镜花缘

书名题字／沈尹默

*插图本*

中国古典小说藏本

镜花缘（下）

李汝珍 著
张友鹤 校注
孙继芳 插图

人民文学出版社

## 第五十一回

### 走穷途孝女绝粮　　得生路仙姑献稻

话说大盗连连叩头道:"只求夫人消了气恼,不记前仇,听凭再打多少,我也情愿。"妇人向偻儸道:"他既自己情愿,你们代我着实重打,若再虚应故事,定要狗命!"四个偻儸听了,那敢怠慢,登时上来两个,把大盗紧紧按住;那两个举起大板,打的皮开肉破,喊叫连声。打到二十,偻儸把手住了。妇人道:"这个强盗无情无义,如何就可轻放? 给我再打二十!"大盗恸哭道:"求夫人饶恕,愚夫吃不起了!"妇人道:"既如此,为何一心只想讨妾? 假如我要讨个男妾,日日把你冷淡,你可欢喜? 你们作男子的:在贫贱时原也讲些伦常之道;一经转到富贵场中,就生出许多炎凉样子,把本来面目都忘了,不独疏亲慢友,种种骄傲,并将糟糠之情[1],也置度外。这真是强盗行为,已该碎尸万段! 你还只想置妾,那里有个忠恕之道! 我不打你别的,我只打你'只知有己,不知有人'。把你打的骄傲全无,心里冒出一个'忠恕'来,我才甘心! 今日打过,嗣后我也不来管你。总而

---
[1] 糟糠之情——指曾经共同度过穷苦生活的夫妻情谊。故事传说:东汉刘秀（光武帝）要把姐姐嫁给大臣宋弘,就教宋弘和家里的老婆离婚。宋弘说:"贫贱之交不可忘,糟糠之妻不下堂。"因而拒绝了刘秀。

言之:你不讨妾则已;若要讨妾,必须替我先讨男妾,我才依哩。我男妾,古人叫做'面首〔1〕':面哩,取其貌美;首哩,取其发美。这个故典并非是我杜撰〔2〕,自古就有了。"大盗道:"这点小事,夫人何必讲究考据。况此中狠有风味,就是杜撰,亦有何妨。夫人要讨男妾,要置面首,无不遵命。就只这股骄傲,乃我们绿林向来习气,久已立誓不能改的,还求见谅。"妇人道:"骄傲固是强盗习气,何妨把这恶习改了?"大盗道:"我们做强盗的,全要仗着骄傲欺人;若把这个习气改了,还算甚么强盗!这是至死不能改的。"妇人道:"我就把你打死,看你可改!"分付偻㑩:"着实再打!"一连打了八十,大盗睡在地下,昏晕数次,口中只有呼吸之气,喘息多时,才苏醒过来。只见他强打精神,垂泪说道:"求夫人快备后事,愚夫今要永别了。我死后别无遗言,惟嘱后世子孙,千万莫把绿林习气改了,那才算得孝子贤孙哩。"说罢,复又昏晕过去。

妇人见大盗命已垂危,不能再打,只得命人抬上床去。不觉后悔道:"我只当多打几板,自然把旧性改了,那知他至死不变。据此看来:原来世间强盗这股骄傲习气,竟是牢不可破。早知如此,我又何必同这禽兽较量!"因分付偻㑩道:"这三个女子才来未久,大约船只

---

〔1〕 面首——故事传说:南北朝宋刘义符(前废帝)的妹妹山阴公主向刘义符说:我们虽然有男女的不同,但都是前代皇帝所生的,为什么你有许多妻妾,我却只有一个"驸马"?刘义符接受她的意见,就送三十个美貌男子做她的"面首"。

〔2〕 杜撰——指文字、语言出于想象、捏造而其实是没有根据的。

还在山下,即速将他们带去,交他父母领回;那个黑女在此无用,也命他们一同领去。连日所劫衣箱,也都发还,省得他日后睹物又生别的邪念。急速去罢!倘有错误,取头见我!"偻儸诺诺连声,即将四人引至山下。恰好多、林二人正在探望,一见甚喜。随后衣箱也都发来。众偻儸暗暗藏过一只,大声说道:"今日大王因你四个女子反吃大苦,少刻必来报仇。你们回去,快快开船。若再迟延,性命难保!"多、林二人连连答应,把衣箱匆匆搬上,一齐上了三板,竟向大船而来。

林之洋问知详细,口中惟有念佛。多九公看那黑女,甚觉眼熟,因问道:"请问女子尊姓?为何到此?"黑女垂泪道:"婢子姓黎,乳名红红,黑齿国人氏。父亲曾任少尉之职,久已去世。昨同叔父海外贩货,不幸在此遇盗。叔父与他争斗,寡不敌众,被他害了,把婢子掳上山去。今幸放归。但孑然一身,举目无亲,尚求格外垂怜!"多九公听了,这才晓得就是前年谈文的黑女。到了大船,搬了衣箱,随即开船。红红与众人见礼。吕氏问知详细,不免叹息劝慰一番。闺臣从舱内取出一把纸扇道:"去岁我从父亲衣囊内见了此扇,因书法甚佳,带在身边,上面落的名款也是'红红'二字,不知何故?"多九公把当日谈文之话说了,众人这才明白。

闺臣道:"我们萍水相逢,莫非有缘!姐姐如此高才;妹子此番回去,要去观光,一切正好叨教。惟恐初次见面,各存客气,妹子意欲高攀,结为异姓姊妹,不知姐姐可肯俯就?"红红道:"婢子今在难中,况家世寒薄,得蒙不弃,另眼相看,已属非分;何敢冒昧仰攀,有玷高贵!"林之洋道:"甚的攀不攀的!俺甥女的父亲也做过探花,黎小姐的父亲也做过少尉,算来都是千金小姐。不如依俺甥女,大家拜了姊妹,倒好相称。"若花、婉如听了,也要结拜。于是序了年齿:红红居长,若花居次,闺臣第三,婉如第四。各自行礼;并与吕氏、多、林二人也都见礼。

只听众水手道:"船上米粮,都被劫的颗粒无存,如今饿的头晕眼花,那有气力还去拿篙弄柁!"多九公道:"林兄快把豆面取来,今日又要仗他度命了。"林之洋道:"前日俺在小蓬莱还同甥女闲谈:自从得了此方,用过一次,后来总未用过。——那知昨日还是满舱白米,今日倒要用他充饥。幸亏女大王将衣箱送还;若不送还,只怕还有甚么'在陈之厄〔1〕'哩!"随即取了钥匙前去开箱。谁知别的衣箱都安然无恙,——就是红红两只衣箱也好好在舱,——就只豆面这只箱子不知去向。多九公道:"此必偻儸趁着忙乱之际,只当里面盛着值钱之物,隐藏过了。"林之洋这一吓非同小可,忙在各处寻找,那有踪影。只得来到外面同众人商议。又不敢回去买米;若要前进,又离淑士国甚远。商议多时,众水手情愿受饿,都不敢再向两面国去,只好前进;惟愿遇着客船,就好加价购买。一连断餐两日,并未遇着一船。正在惊慌,偏又转了迎面大风,真是雪上加霜。只得收口,把船停泊。众水手个个饿的两眼发黑,满船惟闻叹息之声。

---
〔1〕 在陈之厄——指遭遇饥饿。孔子周游列国,第二次到陈国去的时候,绝了粮,跟随的学生们都饿得很厉害。历史记载上称为"在陈之厄"。
---

闺臣同若花、红红、婉如饿的无可奈何,只得推窗闲望。忽见岸上走过一个道姑,手中提着一个花篮,满面焦黄,前来化缘。众水手道:"船上已两日不见米的金面,我们还想上去化缘,你倒先来了。"那道姑听了,口中唱出几句歌儿。唱的是:

> 我是蓬莱百谷仙,与卿相聚不知年;因怜谪贬来沧海,愿献"清肠"续旧缘。

闺臣听了,忽然想起去年在东口山遇见那个道姑,口里唱的倒像也是这个歌儿,不知"清肠"又是何物,何不问他一声。因携若花三人来至船头道:"仙姑请了:何不请上献茶,歇息谈谈,岂不是好?"道姑道:"小道要去观光,那有工夫闲谈,只求布施一斋足矣。"闺臣忖道:"他这'观光'二字,岂非说着我么?"因说道:"请问仙姑:你们出家人为何也去观光?"道姑道:"女菩萨:你要晓得一经观光之后,也就算功行圆满,一天大事都完了。"闺臣不觉点头道:"原来这样。请问仙姑从何至此?"道姑道:"我从聚首山回首洞而来。"闺臣听了,猛然想起"聚首还须回首忆"之句,心中动了一动道:"仙姑此时何往?"道姑道:"我到飞升岛极乐洞去。"闺臣忖道:"难道'观光''回首'之后,就有此等好处么?我再追进一句,看他怎说。"因问道:"请教仙姑:这'极乐洞'虽在'飞升岛',若以地里而论,却在何地?"道姑道:"无非总在心地。"闺臣连连点头道:"原来如此,承仙姑指教了。但仙姑化斋,理应奉敬,奈船上已绝粮数日,尚求海涵!"

道姑道:"小道化缘,只论有缘无缘,却与别人不同:若逢无缘,即使彼处米谷如山,我也不化;如遇有缘,设或缺了米谷,我这篮内之稻,也可随缘乐助。"若花笑道:"你这小小花篮,所盛之稻,可想而知。我们船上有三十余人,你那篮内何能布施许多?"道姑道:"我这花篮,据女菩萨看去虽觉甚微,但能大能小,与众不同。"红红道:"请问仙姑:大可盛得若干?"道姑道:"大可收尽天下百谷。"婉如道:"请教小呢?"道姑道:"小亦敷衍你们船上三月之粮。"闺臣道:"仙姑花篮既有如此之妙,不知合船人可与仙姑有缘?"道姑道:"船上共有三十余人,安能个个有缘。"闺臣道:"我们四人可与仙姑有缘?"道姑道:"今日相逢,岂是无缘:不但有缘,而且都有宿缘;因有宿缘,所以来结良缘;因结良缘,不免又续旧缘;因续旧缘,以致普结众缘;结了众缘,然后才了尘缘。"说罢,将花篮掷上船头道:"可惜此稻所存无多,每人只能结得半半之缘。"婉如把稻取出,命水手将花篮送交道姑。道姑接了花篮,向闺臣道:"女菩萨千万保重!我们后会有期,暂且失陪。"说罢,去了。

婉如道:"三位姐姐请看:道姑给的这个大米,竟有一尺长,无如只得八个。"三人看了,正在诧异,适值多九公走来道:"此物从何而来?"闺臣告知详细。多九公道:"此是'清肠稻'。当日老夫曾在海外吃过一个,足足一年不饥。现在我们船上共计三十二人,今将此稻每个分作四段,恰恰可够一顿,大约可以数十日不饥了。"若花道:"怪不得那道姑说'只能结得半半之缘',原来按人分派,每人只能吃得四分之一,恰恰一半之半了。"多、林二人即将清肠稻拿到后面,每个切作四段,分在几锅煮了。大家吃了一顿,个个精神陡长,都念道姑救命之德。

次日开船。闺臣偶然问起红红当日赴试,可曾得中之话。红红不觉叹道:"若论愚姐学问,在本国虽不能列上等,也还不出中等;只因那些下等的都得前列,所以愚姐只好没分了。"若花道:"这是何意?难道考官不识真才么?"红红道:"如果不识真才,所谓'无心之过',倒也无甚要紧;无如总是关节夤缘,非为故旧,即因钱财,所取真才,不及一半。因此灰心,才同叔父来到海外,意欲借此消遣,不想倒受这番魔难。贤妹前日曾有观光之话,莫非天朝向来本有女科么?"闺臣道:"天朝虽无女科,近来却有一个旷典。"于是就把太后颁诏各话,告诉一遍。红红道:"有此胜事,却是闺阁难逢际遇。但天朝考官向来可有夤缘之弊?"闺臣道:"我们天朝乃万邦之首,所有考官,莫不清操廉洁。况国家不惜帑费,立此大典,原为拔取真才、为国求贤而设,若夤缘一个,即不免屈一真才,若果如此,后世子孙,岂能兴旺?所以历来从无夤缘之事。姐姐如此抱负,何不同去一试?我们既已结拜,将来自然同其甘苦。设或都能中试,岂非一段奇遇?"红红道:"愚姐久已心灰,何必又做'冯妇〔1〕'。'败兵之将,不敢言勇。'虽承贤妹美意,何敢生此妄想。倘蒙携带,倒可同至天朝瞻仰瞻仰圣朝人物之盛;至于考试,竟可不必了。"

未知如何,下回分解。

--------

〔1〕 冯妇——春秋晋人,会打老虎,后来不干了;有一天在野外看见众人在打老虎,却又攘臂下车去打。出《孟子》。"重为冯妇",是比喻不知止境再做前事的人。

--------

第五十二回

谈春秋胸罗锦绣　讲礼制口吐珠玑

话说红红道:"如蒙贤妹携带,倒可借此瞻仰天朝人物之盛。至于考试,久已心灰,岂可再萌妄想。"若花道:"此事到了天朝,慢慢再议,看来也由不得姐姐不去。前日闻得亭亭姐姐一同赴试,不知可曾得中?"红红道:"他家一贫如洗;其父不过是个诸生,业已去世:既无钱财,又无势利,因此也在孙山之外[1]。但他落第后,雄心不减,时刻痴心妄想,向日曾对我说:如果外邦开有女科,那怕千山万水,他也要去碰碰,若不中个才女,至死不服。如今天朝虽开女科,无如远隔重洋,何能前去?看来只好望洋而叹了。"闺臣道:"他家还有何人?近来可曾远出?"红红道:"他无弟兄,只有缁氏寡母在堂,现在课读几个女童,以舌耕度日,并未远出。"闺臣道:"他既有志赴试,将来路过黑齿,我们何不约他同行,岂不是件美事?"红红道:"贤妹约他固妙;但他恃着自己学问,目空一切,每每把人不放眼内。贤妹若去约他,他不晓得你学问深浅,惟恐玷辱,必不同往。据我愚见:必须先去

---
〔1〕孙山之外——指应考落榜的人。故事传说:宋孙山和一个同乡一同应考,孙山取在最后一名,同乡没有考取。同乡的父亲向孙山打听自己儿子取了没有,孙山说:"解名尽处是孙山,贤郎更在孙山外。"出《过庭录》。

谈谈学问,使他心中敬服,然后再讲约他之话,自然一说就肯了。"闺臣道:"闻得亭亭姐姐学问渊博,妹子何敢班门弄斧[1],同他乱谈?倘被考倒,岂非自讨苦么?"若花道:"阿妹为何只长他人志气,却灭自己威风?我倒是个'初生犊儿不怕虎':将来到彼,我就同你前去,难道我们两个还敌不住他一个么?"闺臣道:"姐姐有如此豪兴,妹子只得勉力奉陪。但必须告知舅舅,才可约他。"就把此话告诉林之洋。林之洋道:"俺闻你父亲常说'君子成人之美'。甥女既要成全他的功名,这等美事,你们做了,自有好处,何消同俺商量。那个黑女,当日九公同他谈文,曾吃他大亏,将来你同甥女到彼,俺倒着实耽心哩。"若花道:"他又不曾生出三头六臂,无非也是一个肉人,怕他怎的!"林之洋道:"他那伶牙俐齿,若谈起文来,比那三头六臂还觉利害,——九公至今说起还是头疼,——你说他是肉人,只怕还是一张铁嘴哩。若遇顺风,不过早晚就到。据俺主意:你们快把典故多记几个,省得临期被他难住,莫像九公倒像吃了麻黄只管出汗,那就被他看轻了。当日他们因谈反切,曾有'问道于盲'的话;俺自从在歧舌国学会音韵,一心只想同人谈谈,偏不遇见知音。将来到彼,他如谈起此道,务必把俺举荐举荐。这两日大家吃了清肠稻,都不觉饿,索性到了黑齿再去买米,耽搁半日,趁着闲空,你们也好慢慢同他谈文。"

---

〔1〕 班门弄斧——指在行家面前炫耀自己的本领,不自量力的意思。公输班,春秋鲁人,后人称为鲁班:历史上著名的善于制造机巧器物的人。班门弄斧,就是说在鲁班的门前表演用斧头制造器物。

大家一路说着闲话，不知不觉，这日清晨到了黑齿。把船收口。林之洋托多九公带了水手前去买米。闺臣意欲红红同去。红红道："他的住处，林叔叔尽知，无须我去。我若同去约他，他纵勉强同来，究竟难免被他轻视。贤妹到彼，就以送还扇子为名，同他谈谈。他如同来则已；设或别有推脱，愚姐再去把这美意说了，才不被他看轻哩。"闺臣点头，带着扇子同了若花央林之洋领进城内。来到大街，闺臣同若花由左边街上走去，林之洋从右边走去。不多时，进了小巷，来到亭亭门首，只见上写"女学塾"三个大字。把门敲了两下，有个紫衣女子把门开了。林之洋一看，认得是前年谈文黑女。闺臣从袖内取出扇子道："姐姐请了：前岁敝处有位多老翁曾在尊斋带了一把扇子回去，今托我们带来奉还，不知可是尊处之物？"亭亭接过看了道："此扇正是先父之物。二位姐姐若不嫌茅舍洼曲，何不请进献茶？"闺臣向若花一齐说道："正要登堂奉拜。"于是一同进内。林之洋就在旁边小房坐了。亭亭把二人让进书馆，行礼序坐；有两个垂髻女童也上来行礼。彼此问了名姓。闺臣道："妹子素日久仰姐姐大才，去岁路过贵邦，就要登堂求教；但愧知识短浅，诚恐贻笑大方，所以不敢进谒。今得幸遇，真是名下无虚。"亭亭道："妹子浪得虚名，何足挂齿！前岁多老翁到此，曾有一位唐大贤同来，可是姐姐一家？"闺臣道："那是家父。"亭亭听了，不觉立起，又向闺臣拜一拜道："原来唐大贤就是令尊。姐姐素本家学，自然也是名重一时了。前岁虽承令尊种种指教，第恨匆匆而去，妹子尚有未及请教之处，至今犹觉耿耿。可惜当今之世,除了令尊大贤,再无他人可谈了。"

闺臣道:"姐姐有何见教,何不道其大概呢?"亭亭道:"妹子因《春秋》一书,闻得前人议论,都说孔子每于日月、名称、爵号之类,暗寓褒贬,不知此话可确? 意欲请教令尊,不意匆促而别,竟未一谈,这是妹子无福。"闺臣刚要开言,若花接着说道:"《春秋》褒贬之义,前人议论纷纭。据妹子细绎经旨,以管窥之见,择其要者而论,其义似乎有三:第一,明分义;其次,正名实;第三,著几微。其他书法不一而足,大约莫此为要了。"亭亭道:"请教姐姐:何谓明分义?"若花道:"如《春秋》书月而曰'王正月[1]',所以书'王'者,明正朔之所自出,即所以序君臣之义。至于书'陈黄'、'卫絷'[2]者,所以明兄弟之情;书'晋申生'、'许止'[3]者,所以明父子之恩。他如'曹羁'、'郑忽'[4]之书,

----

[1] 王正月——《春秋》记载当时历史,为了表示承奉周的正朔,在每年的开端第一个月,都写作"王正月"。意思是说,一切都属于周王的。
[2] 陈黄、卫絷——陈侯的弟弟黄,在国内遭到谗害,逃亡楚国;卫国内乱,卫侯的哥哥絷被杀。《春秋》认为,陈侯和卫侯应该负责,所以写作:"陈侯之弟黄出奔楚","盗杀卫侯之兄絷"。特别表明陈黄、卫絷和陈侯、卫侯的兄弟关系。
[3] 晋申生、许止——晋申生被迫自杀(参看第十二回),《春秋》认为,晋侯(献公)应该负责,所以写作"晋侯杀其世子申生"。许悼公患疟疾,喝了世子止的药死了;按照当时礼制,父母吃的药,儿子要先尝一尝,止既未尝药,悼公事实上又是死于止的药,即使止没有害悼公之意,《春秋》认为,止也应该负责,所以写作:"许世子止弑其君买(悼公的名字)。"两处记载,特别表明晋献公、许悼公和申生、止的父子关系。
[4] 曹羁、郑忽——曹羁,曹国世子;郑忽,郑国世子;两人都在接任国君时因变乱逃亡在外。《春秋》认为,两人并非正式的国君,所以写作:"曹羁出奔陈","郑忽出奔卫"。写名字,表示他不是正式的国君;名字上冠以国名,表示他是有国君的继承权。

----

盖明长幼之序;'成风'、'仲子'〔1〕之书,盖明嫡庶之别:诸如此类,岂非明分义么?"亭亭道:"请教正名实呢?"若花道:"如《传》称隐为'摄',而圣人书之曰'公'〔2〕;《传》称许止不尝药,而圣人书之曰'弑';卓之立未逾年,而圣人正其名曰'君'〔3〕;夷皋之弑既归狱于赵穿,而圣人书之曰'盾'〔4〕:凡此之类,岂非正名实么?"亭亭道:"请教著几微呢?"若花道:"如'公自京师,遂会诸侯伐秦〔5〕',盖明

---

〔1〕 成风、仲子——春秋时,诸侯的正妻称"夫人"。成风,鲁庄公的妾,鲁僖公的母亲;仲子,鲁孝公的妾,鲁惠公的母亲。《春秋》认为,即使儿子做了国君,做妾的总不应称夫人,所以写作:"僖公成风","惠公仲子"。

〔2〕 《传》称隐为"摄",而圣人书之曰"公"——《传》,《左传》的省词;隐,鲁隐公的省词;摄,代理的意思;圣人书之,指孔子在《春秋》里所写的。公,周代最高一级诸侯的封爵。鲁隐公、鲁桓公都是鲁惠公的儿子;隐公是妾生的,桓公是继室正妻生的。按照当时礼制,正妻生的儿子才有继承权;惠公死时,桓公年幼,就暂由隐公代理国君之位,所以《左传》不写他"即位",只写作"摄"。摄位的人是不能用封爵称号的,但是,《春秋》认为,隐公年长,又很贤,所以仍然称他作"公"。

〔3〕 卓之立未逾年,而圣人正其名曰"君"——《春秋》的通例,诸侯即位不满一年的,不写他的封爵,不称他为君。晋献公死后,奚齐被立为君;奚齐被杀,卓被立为君;后来卓又被里克杀了。卓立为君,不足一年,但是,《春秋》为了表示里克有"以下犯上"之罪,所以写作:"晋里克弑其君卓。"

〔4〕 夷皋之弑既归狱于赵穿,而圣人书之曰"盾"——夷皋,晋灵公的名字。夷皋暴虐无道,赵盾在屡谏不听之后,就躲到郊外居住;后来赵穿杀了夷皋。《春秋》认为,赵盾身为大臣,应该负责。尽管受刑事处分的是赵穿,而在记载上却写作:"晋赵盾弑其君夷皋。"

〔5〕 "公自京师,遂会诸侯伐秦"——公,指鲁成公。《春秋》的通例,诸侯到京师,总写他"朝王"的;但是,鲁成公到京师,目的只在会同诸侯伐秦,所以《春秋》就不写他朝王,只写作:"公自京师,遂会晋侯、齐侯……伐秦。"

因会伐而如京师;'天王狩于河阳,壬申,公朝于王所[1]',盖明因狩而后朝;'公子结媵妇,遂及齐侯、宋公盟[2]',盖著公子结之专;'公会齐侯、郑伯于中邱,翚帅师会齐人、郑人伐宋[3]',盖著公子翚之擅:似此之类,岂非著几微么?孟子云:'孔子作《春秋》而乱臣贼子惧。'是时王纲解纽,篡夺相寻,孔子不得其位以行其权,于是因《鲁史》而作《春秋》,大约总不外乎诛乱臣、讨贼子、尊王贱霸之意。春秋之世,王室衰微,诸侯强盛,夫子所以始抑诸侯以尊王室;及至诸侯衰而楚强,夫子又抑楚而扶诸侯。——所以扶诸侯者,就是尊王之意。盖圣人能与世推移,世变无穷,圣人之救其变亦无穷:其随时救世之心如此。或谓《春秋》一书,每于日月、名称、爵号,暗寓褒贬,妹子固不敢定其是否。但谓称人为贬,而人未必皆贬,微者亦称人;称

---

[1] "天王狩于河阳,壬申,公朝于王所"——天王,指周襄王;狩,冬天打猎;壬申,这里是纪日的干支,指十月十日;公,指晋文公;王所,周王所在的地方。那时晋国势力强大,晋文公把周襄王约到河阳来,和各诸侯见面。《春秋》认为,河阳是晋国的地方,臣子不应该把王召去的;但是,晋文公见周王,是好意尊重,因而就写成周王自己出外去打猎;在他打猎的时候,晋文公和诸侯们朝见了他。

[2] "公子结媵(yìng)妇,遂及齐侯、宋公盟"——媵,随嫁、陪嫁的意思。也指随嫁的人。《仪礼·士昏礼》:"媵御馂。"郑玄注:"古者嫁女必侄娣从,谓之媵。侄,兄之子;娣,女弟也。"春秋时,诸侯在某一国娶夫人,另外两国要送侄女或妹妹去为媵。陈君娶卫女为夫人,鲁国派公子结送媵到卫国;公子结走到卫国鄄地,并未奉命,却和齐侯、宋公缔结盟约。《春秋》写作:"公子结媵陈人之妇于鄄,遂及齐侯、宋公盟",指明公子结的本身任务,和他的越权行为。

[3] "公会齐侯、郑伯于中邱,翚帅师会齐人、郑人伐宋"——公,指鲁隐公;翚,鲁公子名。公子翚掌握兵权,不向隐公请示,就和齐、郑进兵伐宋,《春秋》认为他擅专,因而在他名字上不写"公子"二字。

爵为襃,而爵未必纯襃,讥者亦称爵。失地之君称名,而卫侯奔楚则不称名[1];未逾年之君称子,而郑伯伐许则不称子[2]。诸如此类,不能枚举。要知《春秋》乃圣人因《鲁史》修成的,若以日月为襃贬,假如某事当书月,那《鲁史》但书其时;某事当书日,《鲁史》但书其月:圣人安能奔走列国访其日与月呢? 若谓以名号为襃贬,假令某人在所襃,那旧史但著其名;某人在所贬,旧史但著其号:圣人又安能奔走四方访其名与号呢?《春秋》有达例[3],有特笔:即如旧史所载之日月则从其日月,名称则从其名称,以及盟则书盟,会则书会之类,皆本旧史,无所加损,此为达例;其或史之所无圣人笔之以示义,史之所有圣人削之以示戒者,此即特笔。如'元年春正月',此史之旧文;加'王'者,是圣人之特笔。晋侯召王,事见先儒之传,而圣人书之曰'狩于河阳',所以存天下之防;宁殖出其君,名在诸侯之策,而圣人书之曰'卫侯出奔'[4],所以示人君之戒;

---

[1] 卫侯奔楚则不称名——卫侯,指卫成公。《春秋》的通例,诸侯因被侵略失地逃亡在外的,称他的名字;因内乱逃亡在外的,不称他的名字。卫成公是因失地逃亡的,《春秋》写作:"卫侯出奔楚",却没有称他的名字,意思认为他本身有罪。

[2] 郑伯伐许则不称子——郑伯,指郑悼公。《春秋》的通例,诸侯的嫡子称世子;诸侯死了,嫡子虽已即位,只称子某某;诸侯已下葬,嫡子称子;但是必须等到诸侯死后隔了一年,继位的嫡子才被加上封爵头衔。郑悼公是襄公的儿子;襄公三月间死去,悼公十一月伐宋,按通例只应称子,《春秋》却称他的封爵为"郑伯",意思是写出他的封爵才足以表示他的罪恶。

[3] 达例——普通一般的例子。

[4] 宁殖出其君,名在诸侯之策,而圣人书之曰"卫侯出奔"——出,驱逐的意思;策,连串的竹片,古时没有纸,有事就记在策上;卫侯,指卫献公。献公是被宁殖驱逐出国,当时曾经得到各国的同意。《春秋》认为,这样被驱逐的国君,自己应该负责,所以不提他为谁人所驱逐,只写作"卫侯出奔齐"。

不但曰仲子,而曰'惠公仲子';不但曰成风,而曰'僖公成风';不曰陈黄,而曰'陈侯之弟黄';不曰卫絷,而曰'卫侯之兄絷';阳虎陪臣,书之曰'盗'〔1〕;吴楚僭号,书之曰'子'〔2〕;他如纠不书'齐',而小白书'齐'〔3〕;突不书'郑',而忽书'郑'〔4〕;立晋而书'卫人'〔5〕;立王子朝而书'尹氏'〔6〕:凡此之类,皆圣人特笔。故云:

------

〔1〕 阳虎陪臣,书之曰"盗"——陪臣,春秋时,诸侯的大夫对周王、和诸侯的大夫的家臣对诸侯的自称,意思是臣子的臣子。阳虎是鲁大夫季氏的家臣,对鲁国的诸侯而言,他是陪臣。鲁国内乱,阳虎入宫,拿走了宝物。《春秋》认为,陪臣地位很低,不够资格拿走宝物;而且这样拿走宝物,根本也是非法的,所以不提陪臣,只写作"盗窃宝玉大弓"。

〔2〕 吴楚僭号,书之曰"子"——《春秋》认为,只有"天下宗主"的周天子才能称王;各国国君是诸侯,不能称王的。吴、楚的国君自称为王,《春秋》却只称他们作"子"。

〔3〕 纠不书"齐",而小白书"齐"——齐襄公被杀,他的孪生的两个儿子,一名小白(桓公),一名纠,互相争位。《春秋》认为,纠并没有被襄公立为世子;小白是哥哥,就应该有继承权。所以在提到小白的时候写作"齐小白",提到纠的时候则单单用一个"纠"字。

〔4〕 突不书"郑",而忽书"郑"——郑庄公死,世子忽继位;由于宋国的操纵,庄公的孪生的儿子突由国外回来,夺得政权;忽被驱逐。《春秋》认为,忽有继承权,突没有继承权。所以在提到忽的时候写作"郑忽出奔魏",提到突的时候只单单写作"突归于郑"。

〔5〕 立晋而书"卫人"——晋,卫公子晋;卫人,卫国的群众。卫国内乱,群众从国外把晋迎回国去做国君。《春秋》的通例,对于原来没有继承权而继承正位的,称之为"立"。晋不是嫡子,原没有继承权的;但是,晋能得到群众的拥护,却是好的,所以《春秋》写作"卫人立晋"。

〔6〕 立王子朝而书"尹氏"——王子朝,周景王的孪生的长子;尹氏,周有权势的大臣。景王死,《春秋》认为,应由嫡子猛继承;猛没有正式就位又死了,就应由猛的同母弟匄继承。朝在景王死时,和猛争位;猛死后,朝驱逐了匄,把政权夺在手中。《春秋》因此写作"尹氏立王子朝",表示朝本来没有继承权,朝的继承,只是有权势的尹氏立了他。

------

'其事则齐桓、晋文,其文则史,其义则某窃取之矣。'学者观《春秋》,必知孰为达例,孰为特笔,自能得其大义。总之:《春秋》一书,圣人光明正大,不过直书其事,善的恶的,莫不了然自见。至于救世之心,却是此书大旨。妹子妄论,不知是否?尚求指示。"

亭亭道:"姐姐所论,深得《春秋》之旨,妹子惟有拜服。还有一事,意欲请示,不知二位姐姐可肯赐教?"闺臣道:"姐姐请道其详。"亭亭道:"吾闻古《礼》自遭秦火,今所存的惟《周礼》、《仪礼》、《礼记》,世人呼作'三礼'。若以古《礼》而论,莫古于此。但汉、晋至今,历朝以来,莫不各撰礼制。还是各创新礼?还是都本旧典?至三礼诸家注疏,其中究以何人为善?何不赐教一二呢?"若花听罢,暗暗吐舌道:"怎么这个黑女忽然弄出这样大题目!三礼各家,业已足够一谈;他又加上历朝礼制,真是茫茫大海,令人从何讲起。只怕今日要出丑了。"正在思忖,只见闺臣答道:"妹子闻得《宋书》[1]《傅隆[2]传》云:'《礼》者:三千之本[3],人伦之至道。故用之家国,君臣以之尊亲;用之婚冠,少长以之仁爱,夫妻以之义顺;用之乡人,友朋以之三益[4],宾主以之敬让。其《乐》之五声[5],《易》之八

---

[1] 《宋书》——记南北朝宋代的历史的书。南北朝梁沈约作。
[2] 傅隆——南北朝宋人,《周礼》、《仪礼》、《礼记》的研究者。
[3] 《礼》者:三千之本——礼是封建社会中君臣、父子、夫妇、上下、亲疏、尊卑、贵贱等等之间的法规。历史记载:周公制《礼》,大礼有三百,小礼有三千。这里的意思,是说一切礼的制定,都根据《礼》的原则而来。
[4] 三益——古人认为,"益者三友:友直,友谅,友多闻"。语出《论语》。
[5] 乐之五声——古时乐分宫、商、角、徵(zhǐ)、羽五声。

象〔1〕,《诗》之《风》《雅》〔2〕,《书》之《典》《诰》〔3〕,《春秋》之劝惩,《孝经》〔4〕之尊亲,莫不由此而后立。唐、虞之时,祭天之属为天礼,祭地之属为地礼,祭宗庙之属为人礼。故舜命伯夷〔5〕典三礼,所以弥纶天地,经纬阴阳,纲纪万物,雕琢六情〔6〕,莫不以此节之。'但《魏书》有云:'三皇不同礼。'又云:'时易则礼变。'故殷因于夏有所损益。商辛无道,雅章湮灭。周公救乱,宏制斯文,以吉礼敬鬼神,以凶礼哀邦国,以宾礼亲宾客,以军礼诛不虔,以嘉礼合姻好:谓之'五礼'。及周昭王南征〔7〕之后,礼失乐微,上行下效,故败检失身之人,必先废其礼:如昭公讳孟子之姓〔8〕,庄公结割臂之盟〔9〕,是

--------

〔1〕《易》之八象——《易经》中用八种符号(八卦)代表八种自然界的现象:☰,代表天,称为乾;☷,代表地,称为坤;☳,代表雷,称为震;☶,代表山,称为艮;☲,代表火,称为离;☵,代表水,称为坎;☱,代表泽,称为兑;☴,代表风,称为巽。总称为八象。

〔2〕《诗》之《风》《雅》——《诗经》中有《国风》、《大雅》、《小雅》等部分,省称《风》《雅》。

〔3〕《书》之《典》《诰》——《书经》中有《尧典》、《舜典》、《大诰》、《康诰》等部分,省称《典》《诰》。

〔4〕《孝经》——书名,孔子和他的学生曾参谈话问答的纪录,谈话的内容都是有关封建礼教中的孝道。

〔5〕伯夷——人名。这里指的是舜时一个礼官名字。

〔6〕六情——六种心理上动作,喜、怒、哀、乐、爱、恶的总称。

〔7〕周昭王南征——周昭王进攻江汉流域的南蛮,全军覆没,君臣淹死在汉水,从此周天子声威大损。

〔8〕昭公讳孟子之姓——昭公,指鲁昭公;孟子,指昭公的正妻吴女孟子。鲁、吴两国都是周王之后,同姓姬。《春秋》认为,同姓是不应该婚配的,因此,在孟子死时,只写作"孟子卒",没有写她的姓,这里是含有隐讳的意思。

〔9〕庄公结割臂之盟——庄公,指鲁庄公。历史记载:庄公向党氏之女孟任求爱,孟任拒不接受;庄公就以娶她做正妻为条件,和她割臂为盟。出《左传》。

婚姻之礼废了,那淫僻之乱莫不从此而生;齐侯悦妇以慢客[1],曹伯观胁以亵宾[2],是宾客之礼废了,那傲慢之情莫不从此而至;文公逆祀于五庙[3],昭公不感于母丧[4],是丧祭之礼废了,那骨肉之恩莫不从此而薄;天子下堂,河阳召君,是朝聘之礼废了,那侵陵之渐莫不从此而起。孔子欲除时弊,故定礼正乐,以挽风化。及至战国,继周、孔之学,讲究礼法的惟孟子一人。嗣后秦始皇并吞六国,收其仪礼,尽归咸阳;惟采其尊君抑臣之仪,参以己意,以为时用,余礼尽废。汉高祖初平秦乱,未遑朝制,群臣饮酒争功,或拔剑击柱,高祖患之,叔孙通于是撰朝仪,胡广因之辑旧礼。汉末天下大乱,旧章殄灭。迨至三国,魏有王粲、卫觊共创朝仪,吴有丁孚拾遗汉事,蜀有孟光草建众典。晋初,荀𫖮以魏代前事撰为晋礼。宋何承天、傅亮同撰朝

--------

[1] 齐侯悦妇以慢客——齐侯,指齐顷公;悦妇,求得妇人的喜欢的意思。历史记载:鲁、晋、卫、曹四国同时派使臣聘问齐国。鲁使头秃,晋使眼睛有毛病,卫使腿跛,曹使背驼。顷公故意派四个有同样毛病的人给他们赶车,顷公的母亲在台上看见,大笑不已。四使认为是莫大的侮辱,回国后就联合起兵进攻齐国。出《穀梁传》。

[2] 曹伯观胁以亵宾——曹伯,指曹共公。历史记载:晋公子重耳逃亡在外,经过曹国,共公听说重耳的胁骨是连合为一的,就乘他洗澡的时候,强迫去看。重耳认为是莫大的侮辱。出《左传》。

[3] 文公逆祀于五庙——文公,指鲁文公;逆祀,祭祖先不按照礼制的顺序;五庙,诸侯祀祖的祠堂。历史记载:文公继僖公之位,僖公继闵公之位。僖公虽然是闵公的庶兄,但是,他做过闵公的臣子,在祠堂里,他的位置就应该在闵公的下面。文公因为僖公是自己的父亲,却把僖公神位放在闵公之上。出《左传》。

[4] 昭公不感于母丧——昭公,指鲁昭公;不感于母丧,母亲死时不悲痛的意思。历史记载:昭公的母亲死了,昭公一点不悲痛,而且还出去打猎。出《左传》。

仪。齐何佟之、王俭共定新礼。至梁武帝乃命群儒裁成大典,以复周公五礼之旧。陈武帝即位,礼制虽本前梁,仍命江德藻、沈洙等随时酌斟弃取,以便时宜。迨至前隋,高祖命辛彦之、牛宏等采梁旧仪,以为五礼。自西汉之初以至于今,历代损益不同,莫不参之旧典,并非古礼不存,不过取其应时之变。所以《宋书·礼志》有云:'任己而不师古,秦氏以之致亡;师古而不适用,王莽所以身灭。'至注《礼》各家:汉有南郡太守马融、安南太守刘熙、大司农郑元、左中郎将蔡邕、侍中阮谌;魏有秘书监孙炎、卫将军王肃、太尉蒋济、侍中郑小同;蜀有丞相蒋琬;吴有齐王傅射慈;晋有太尉庾亮、太保卫瓘、侍中刘逵、司空贺循、给事中袁准、益寿令吴商、散骑常侍干宝、庐陵太守孔伦、征南将军杜预、散骑常侍葛洪、太常博士环济、谘议参军曹耽、散骑常侍虞喜、司空中郎卢谌、安北将军范汪、司空长史陈邵、开府仪同三司蔡谟;宋有光禄大夫傅隆、太尉参军任预、中散大夫徐爰、抚军司马费沉、中散大夫徐广、大中大夫裴松之、员外常侍庚蔚之、豫章郡丞雷肃之、谘议参军蔡超宗、御史中丞何承天;齐有太尉王俭、光禄大夫王逸、步兵校尉刘瓛、给事中楼幼瑜、散骑郎司马瓛、御史中丞荀万秋、东平太守田僧绍、征士沈麟士;梁有护军将军周舍、五经博士贺瑒、散骑侍郎皇侃、通直郎裴子野、尚书左丞何佟之;陈有国子祭酒谢峤、尚书左丞沈洙、散骑常侍沈文阿、戎昭将军沈不害、散骑侍郎王元规;北魏有内典校书刘献之;北齐有国子博士李铉;北周有露门博士熊安生;隋有散骑常侍房晖远、礼部尚书辛彦之。他们所注之书,或所见不同,各有采取;或师资相传,共枝别干。内中也有注意典制,不讲义理的；也有注意义理，不讲典制的。据妹子看来：典制本从义理而生，义理也从典制而见，原是互相表里。他们各执一说，未免所见皆偏。近来盛行之书，只得三家：其一，大司农郑康成；其二，露门博士熊安生；其三，散骑侍郎皇侃。但熊氏每每违背本经，多引外义，犹往南而北行，马虽疾而越去越远；皇氏虽章句详正，惟稍涉冗繁，又既遵郑氏，而又时乖郑义，此是水落不归本，狐死不首邱[1]：这是二家之弊。惟郑注包举宏富，考证精详，数百年来，议《礼》者钻研不尽，自古注《礼》善本，大约莫此为最。妹子冒昧妄谈，尚求指教。"亭亭听了，不觉连连点头道："如此议论，才见读书人自有卓见，真是家学渊源，妹子甘拜下风。"亲自倒了两杯茶，奉了上来。

二人茶罢，闺臣暗暗忖道："他的学问，若以随常经书难他，恐不中用。好在他远居外邦，我们天朝历朝史鉴，或者未必留神；即使略略晓得，其中年岁亦甚纷杂。何不就将史鉴考他一考？"

未知如何，下回分解。

---

[1] 狐死不首邱——古人传说，狐狸即使死在外面，也一定把头对着它所住的洞穴，所以有"狐死正首丘"这句成语。这里把"正"字改做"不"字，是说忘了根本的意思。邱字在这里同丘字。

## 第五十三回

### 论前朝数语分南北　书旧史挥毫贯古今

话说唐闺臣知亭亭学问非凡,若谈经书,未免徒费唇舌;因他远居外邦,或于天朝史鉴未必留神,意欲以此同他谈谈,看他怎样。因说道:"请教姐姐:贵邦历朝史鉴,自然也与敝处相仿。可惜尊处简策流传不广,我们竟难一见。姐姐博览广读,敝乡历朝史书,该都看过;即如盘古至今,年岁多少,前人议论不一,想高明自有卓见了?"亭亭道:"妹子记得天朝开辟之初,自盘古氏以及天皇、地皇、人皇至伏羲氏,其中年岁,前人虽有二百余万年之说,但无可考。《春秋元命包》〔1〕言:'自开辟至春秋获麟之岁,凡二百二十六万七千年';而张揖《广雅》〔2〕以三皇、疏仡〔3〕之类,分为十纪,共二百七十六万岁,与《元命包》所载参差至五十万年之多。妹子历稽各书,竟难定其是否。至年岁可考,惟伏羲以后:按孔安国《尚书序》,以伏羲、

---

〔1〕《春秋元命包》——书名,内容全是迷信的话,牵强附会谈符瑞、预言。后文的《佐助期》、《保乾图》也是这一类的书。这一类的书叫做"纬书"。
〔2〕张揖《广雅》——张揖,三国魏人;《广雅》,书名,张揖所作,按照《尔雅》的节目而又补充许多材料进去的一部类似辞书的书,又名《博雅》。
〔3〕三皇,疏仡——《广雅》认为,从三皇的人皇到周代鲁哀公十四年,一共经过了二百七十六万年。又将这二百七十六万年分做"十纪",每纪有个名称,第十纪名为"疏仡"。

神农、轩辕为三皇;班固《汉志》,以少昊、颛顼、帝喾、帝尧、帝舜为五帝。三皇共计一千八百八十年,五帝共计三百八十四年。其后夏、商至今,皆历历可考了。"若花道:"近日史书,都以天干、地支纪年,此例始于何时?至今共有若干年了?"亭亭道:"史书以干支纪年,始于帝尧。自帝尧甲辰即位,至今武太后甲申即位,共三千四十一年;若以伏羲至今而论,共五千一百五十三年了。"

闺臣忖道:"我们天朝南北朝,往往人都忽略,大约他也未必透彻,何不将此考他一考?"因说道:"请教姐姐:敝处向有六朝、五代、南北朝,不知贵处作何区别?"亭亭道:"妹子记得:当日吴孙权及东晋、宋、齐、梁、陈俱在金陵建都,人皆呼为六朝;宋、齐、梁、陈、隋为时无几,人或称为五代。至南北朝之分,始于刘宋,终于隋初。宋、齐、梁、陈在金陵建都,所以有南朝之称;元魏、高齐、宇文周在中原建都,所以有北朝之称。那时天下半归南朝,半归北朝,彼此各据一方,不相统属。以南朝始末而论:宋得晋朝天下,共传五主,被齐所篡;齐传七主,被梁所篡;梁传四主,被陈所篡;陈传五主,被隋所篡。南朝共计一百六十八年。以北朝始末而论:魏在东晋时,虽已称王,幅员尚狭,及至晋末宋初,魏才奄有中原,谓之大魏;传了一百四十九年,到了第十三代皇帝,因臣子高欢起兵作乱,魏君弃了本国,逃至关西大都督宇文泰处,就在关西为帝,人都叫作西魏;传了三帝,计二十二年,被宇文泰之子宇文觉篡位,改为周朝。那高欢逐了魏君,又立魏国宗室为帝,人都叫作东魏;在位十七年,被高欢之子高洋篡位,改为北齐。那时北朝分而为二,一为北齐,一为周朝;北齐传了五主,计二十八年,被周所灭;周传五主,前后共二十六年,被臣子大司马杨坚篡位,改国号为隋。随即灭了陈国,天下才得一统。此是南北朝大概情形。妹子道听途说,不知是否?尚求指示。"

若花道:"刚才阿姐言夏、商至今历历可考,其年号、名姓也还记得大概?"闺臣忖道:"怎么若花姐姐忽然问他这个,未免苦人所难了。"只听亭亭道:"妹子虽略略记得,但一时口说,恐有讹错,意欲写出呈教,二位姐姐以为何如?"若花点头道:"如此更妙。"亭亭正在磨墨濡毫,忽见红红、婉如从外面走来。大家见礼让坐。亭亭问了婉如姓氏,又向红红道:"姐姐才到海外,为何忽又回来?"红红见问,触动叔叔被害之苦,不觉泪流满面,就把途中遇盗,后来同闺臣相聚的话,哽哽咽咽,告诉一遍。亭亭听了,甚为嗟叹。众人把红红解劝一番,这才止泪。亭亭铺下笺纸,手不停毫,草草写去。四人谈了多时,亭亭写完,大家略略看了一遍,莫不赞其记性之好。闺臣道:"这是若花姐姐故意弄这难题目;那知姐姐不假思索,竟把前朝年号以及事迹,一挥而就。若非一部全史了然于中,何能如此。妹子惟有拜倒辕门了。"亭亭道:"妹子不过仗着小聪明,记得几个年号,算得甚么!姐姐何必如此过奖!"

红红道:"姐姐,你可晓得他们三位来意么?"亭亭道:"这事无头无脑,妹子何能得知。"红红就把途中结拜,今日来约赴试的话说了。亭亭这才明白,因忖一忖道:"虽承诸位姐姐美意;妹子上有寡母,年已六旬,何能抛撇远去? 我向日虽有此志,原想邻邦开有女科,或者再为冯妇之举;今天朝远隔天涯,若去赴试,岂不违了圣人'远游'之戒[1]么?"闺臣道:"姐姐并无弟兄,何不请伯母同去,岂不更觉放心?"亭亭叹道:"妹子也曾想到同去,庶可放心;奈天朝举目无亲,兼且寒家素本淡泊,当日祖父出仕,虽置薄田数亩,此时要卖,不足千金,何能敷衍长途盘费及天朝衣食之用?而且一经卖了,日后回来,又将何以为生?只好把这妄想歇了。"闺臣道:"只要伯母肯去,其余都好商量。至长途路费,此时同去,乃妹子母舅之船,无须破费一文。若虑到彼衣食,寒家虽然不甚充足,尚有良田数顷,兼且闲房尽可居住。况姐姐只得二人,所用无几,到了敝处,一切用度,俱在妹子身上,姐姐只管放心!此地田产也不消变卖,就托亲戚照应,将来倘归故乡,省得又须置买,如此办理,庶可两无牵挂。"亭亭道:"萍水相逢,就蒙姐姐如此慷慨,何以克当!容当禀请母命,定了行止,再去登舟奉谢。"红红道:"姐姐:你说你与闺臣妹妹萍水相逢,难道妹子又非萍水相逢么?现在我虽系孑然一身,若论本族,尚有可投之人,此时近在咫尺;无如闺臣妹妹一片热肠,纯是真诚,令人情不可却,竟难舍之而去。今姐姐承他美意,据妹子愚见:且去禀知师母,如果可行,好在姐姐别无牵挂,即可一同起身。"不由分说,携了亭亭进内,把这情节告知缁氏。

原来缁氏自幼饱读诗书,当日也曾赴过女试,学问虽佳,无奈轮他不上。后来生了亭亭,夫妻两个,加意课读,一心指望女儿中个才

---

[1] 圣人"远游"之戒——《论语》中记孔子说:"父母在,不远游,游必有方。"

女,好替父母争气,谁知仍旧无用。丈夫因此而亡。缁氏每每提起,还是一腔闷气。今听此言,不觉技痒,如何不喜!当时来到外面,众人与缁氏行礼。缁氏向闺臣拜谢道:"小女深蒙厚爱,日后倘得寸进,莫非小姐成全。但老身年虽望六,志切观光,诚恐限于年岁,格于成例,不获叨逢其盛;尚望小姐俯念苦衷,设法斡旋,倘与盛典,老身得遂一生未了之愿,自当生生世世,永感不忘。"闺臣道:"伯母有此高兴,侄女敢不仰体。将来报名时,年岁虽可隐瞒,奈伯母鬓多白发,面有皱纹,何能遮掩?"缁氏道:"他们男子,往往嘴上有须,还能冒籍入考;何况我又无须,岂不省了拔须许多痕迹?若愁白发,我有上好乌须药;至面上皱纹,多擦两盒引见胰[1],再用几匣玉容粉,也能遮掩:这都是赶考的旧套。并且那些老童生,每每拄了拐杖还去小考,我又不用拐杖,岂不更觉藏拙?若非贪图赴试,这样迢迢远路,老身又何必前去?倘无门路可想,就是小女此行也只好中止了。"闺臣听了,为难半晌道:"将来伯母如赴县考,或赴郡考,还可弄些手脚敷衍进去;至于部试、殿试,法令森严,侄女何敢冒昧应承!"缁氏道:"老身闻得郡考中式,可得'文学淑女'匾额。倘能如此,老身心愿已足,那里还去部试。"闺臣只得含糊答应:"俟到彼时,自当替伯母谋干此事。"

---

[1] 引见胰——一种肥皂的名称。清代制度:较低级外官和初分发的人员,上任前要由关系各部派员引着去见皇帝,报告姓名、年岁,籍贯,叫做"引见"。"引见胰"是鹅油制造,专供引见人员所用的,据说用了这种肥皂,可以显得容颜焕发。

缁氏听了,这才应允同到岭南。亭亭命两个女童各自收拾回去,将房屋田产及一切什物都托亲戚照应。天已日暮,林之洋把行李雇人挑了,一齐上船。吕氏出来,彼此拜见。船上众人自从吃了清肠稻,腹中并不觉饿,闺臣姊妹只顾谈文,更把此事忘了;亭亭却足足饿了一日。幸亏多九公把米买来,当时收拾晚饭,给他母女吃了。闲话间,姊妹五个,复又结拜:序起年齿,仍是红红居长,亭亭居次,其余照旧。从此红红、亭亭同缁氏一舱居住,闺臣仍同若花、婉如作伴。一路顺风前进,转眼已交季夏。

　　这日,林之洋同闺臣众姊妹闲谈,偶然谈到考期。若花道:"请问阿父:此去岭南,再走几日就可到了?"林之洋笑道:"'再走几日'?这句说的倒也容易!寄女真是好大口气!"红红道:"若据叔叔之言,难道还须两三月才能到么?"林之洋道:"两三月也还不够。"婉如听了,不觉鼻中哼了一声道:"若是两三月不够,自然还须一年半载了?"林之洋道:"一年也过多,半载倒是不能少的。俺们从小蓬莱回来,才走两月,你们倒想到了?俺细细核算,若遇顺风,朝前走去,原不过两三月程途;奈前面有座门户山横在海中,随你会走,也须百日方能绕过;连走带绕,总得半年。这是顺风方能这样,若遇顶风那就多了。俺们来来往往,总是这样。难道去年出来绕那门户山,你们就忘了?"闺臣道:"彼时甥女思亲之心甚切,并未留神,今日提起,却隐隐记得。既如此,必须明春方到,我们考试岂不误了?"林之洋道:"俺闻恩诏准你们补考,明年四月殿试,你们春天赶到,怕他怎么!"

亭亭道："侄女刚才细看条例,今年八月县考,十月郡考,明年三月就要部试。若补县考、郡考,必须赶在部试之前;若过部试,何能有济?据叔叔所说,岂非全无指望么?"林之洋道："原来考试有这些花样,俺怎得知。如今只好无日无夜朝前赶去,倘改考期,那就好了!"闺臣听了,闷闷不乐,每日在船惟有唉声叹气。

吕氏恐甥女焦愁成病,埋怨丈夫不该说出实情。这日,夫妻两个前来再三安慰。吕氏道："此去虽然遥远,安知不遇极大顺风,一日可行数日路程。甥女莫要焦心,你如此孝心,上天自然保护;岂有寻亲之人,菩萨反不教你考试!"闺臣道："甥女去岁起身时,原将考试置之度外,若图考试,岂肯远出?但前日费尽唇舌,才把红红、亭亭两位姐姐劝来,他们千山万水,不辞劳顿,原为的考试;那知忽然遇此扫兴之事。甥女一经想起,就觉发闷。"林之洋道："海面路程,那有定准,若遇大顺风,一日三千也走,五千也走。俺听你父亲说过:数年前有个才子,名叫王勃,因去省亲,由水路扬帆,道出钟陵,忽然得了一阵神风,一日一夜也不知走出若干路程;赶到彼处,适值重阳,都督大宴滕王阁,王勃做了一篇《滕王阁序》,登时海外轰传,谁人不知。安知俺们就不遇着神风?如果才女榜上有你姐妹之分,莫讲这点路程,就再加两倍也是不怕。"林之洋夫妻明知不能赶上考期,惟恐闺臣发愁,只好假意安慰。

这日顺风甚大,只听众水手道："今日这风,只朝上刮,不朝下刮,却也少见。"林之洋走出问道："为甚这样?"众水手道："你看这船被风吹的就如驾云一般,比乌骓快马还急。虽然惬快,你再看水面却无波浪，岂非只朝上刮、不朝下刮么？这样神风，可惜前面这座门户山拦住去路，任他只朝上刮，至快也须明春方到岭南哩。"

又走几时，来到山脚下。林之洋闷坐无聊，走到柁楼。正在发闷，忽听多九公大笑道："林兄来的恰好，老夫正要奉请，有话谈谈。请教：迎面是何山名？"林之洋道："俺当日初次飘洋，曾闻九公说，这大岭叫门户山，怎么今日倒来问俺？"多九公道："老夫并非故意要问，只因目下有件奇事。当年老夫初到海外，路过此处，曾问老年人：'此山既名"门户"，为何横在海中，并无门户可通，令人转弯磨角，绕至数月之久，方才得过？'那老年人道：'当日大禹开山，曾将此山开出一条水路，舟楫可通，后来就将此山叫作门户山。谁知年深日久，山中这条道路，忽生淤沙，从中塞住，以致船只不通，虽有"门户"之名，竟无可通之路。此事相沿已久，不知何时淤断。'刚才我因船中几位小姐都要赶到岭南赴试，不觉寻思道：'如今道路尚远，何能赶得上。除非此山把淤冲开，也像当年舟楫可通；从此抄近穿过岭去，不但他们都可考试，就是我凤翾、小春两个甥女也可附骥同去。'正在胡思乱想，忽闻涛声如雷，因向对面一看，那淤断处竟自有路可通！"林之洋也不等说完，喜的连忙立起，看那山当中，果然波涛滚滚，竟不像当日淤断光景。正在观看，船已进了山口，就如快马一般，撺了进去。

未知如何，下回分解。

第五十四回

通智慧白猿窃书　　显奇能红女传信


话说林之洋见船只撺进山口,乐不可支,即至舱中把这话告知众人,莫不欢喜。次日出了山口。林之洋望着闺臣笑道:"前日俺说王勃亏了神风,成就他做了一篇《滕王阁序》;那知如今甥女要去赶考,山神却替你开路。原来风神、山神都喜凑趣,将来甥女中了才女,俺要满满敬他一杯了。"众姊妹听了,个个发笑。闺臣道:"此去道路尚远,能否赶上,也还未定。即或赶上,还恐甥女学问浅薄,未能入选。无论得中不得中,倘父亲竟不回家,将来还要舅舅带着甥女再走一遍哩。"林之洋道:"俺在小蓬莱既已允你,倘你父亲竟不回来,做舅舅的怎好骗你? 自然再走一遍。"吕氏道:"据俺看来:你父亲业已成仙,就是不肯回来,你又何必千山万水去寻他。难道作神仙长年不老还不好么?"闺臣道:"长年不老,如何不好! 但父亲把我母亲兄弟抛撇在家,甥女心里既觉不安;兼之父亲孤身在外,无人侍奉,甥女却在家中养尊处优,一经想起,更是坐立不宁:因此务要寻着才了甥女心愿哩。"

一路行来,不知不觉到了七月下旬,船抵岭南。大家收拾行李,多九公别去,林之洋同众人回家。恰好林氏因女儿一年无信,甚不放心，带了小峰、兰音回到娘家；这日正同江氏盼望，忽闻女儿同哥嫂回来，大家见面，真是悲喜交集。闺臣上前行礼，不免滴了几行眼泪，将父亲之信递给林氏，又把怎样寻找各话说了。林氏不见丈夫回来，虽然伤心，喜得见了丈夫亲笔家书，书中又有不久见面之话，也就略略放心。

当时闺臣引着母亲见了缁氏，并领红红、亭亭前来拜见，把来意告知。林氏道："难得二位侄女不弃，都肯与你携伴同来，若非有缘，何能如此。但既结拜，嗣后一同赴试，彼此都要相顾，总要始终和睦，莫因一言半语，就把素日情分冷淡，有始无终，那就不是了。"众人连连答应。闺臣见了兰音，再三拜谢。林氏道："我自从女儿起身，一时想起，不免牵挂，时常多病；幸亏寄女替我煎汤熬药，日夜服侍，就如你在跟前一样，渐渐把牵挂之心减了几分，身体也就渐渐好些。如今县里虽未定有考期，我们必须早些回去同你叔叔商议，及早报名，省得补考费事。"闺臣道："母亲此言甚是。"林之洋道："甥女如报名，可将若花、婉如携带携带，倘中个才女回来，俺也快活。怎样报名，怎样赴试，这些花样，俺都不谙，只好都托甥女了。"闺臣道："舅舅只管放心，此事都在甥女理料。但若花姐姐名姓、籍贯，可要更改？"林之洋道："改他作甚！若把女儿国本籍写明，俺更欢喜。"林氏道："这却为何？"林之洋道："若花寄女本是好好的候补藩王，因被那些恶妇奸臣谋害，他才弃了本国；俺要替他出气，因此要把他的本籍写明。"林氏道："写明本籍，何以就能替他出气？"林之洋道："写明本籍，将来倘在天朝中了才女，一时传到女儿国，也教那些恶人晓得他的本领。

他们原想害他，那知他在天朝倒轰轰烈烈，名登金榜，管教那些畜类羞也羞死了。"闺臣道："如此固妙。但恐一人，郡县不准；莫若红红、亭亭两位姐姐同兰音妹妹也用本籍，共有四人之多，谅郡县也不至批驳了。"婉如道："如果批驳，再去更换也不为迟。"林之洋道："俺们天朝开科，外邦都来赴试，还不好么？太后听了，还更喜哩。"当时多九公将甥女田凤翾、秦小春年貌开来，也托闺臣投递。

林氏带了儿女，别了哥嫂，同红红、缁氏母女坐了小船回家。唐小峰因见婉如所养白猿好顽，同婉如讨来，带回家内。史氏见侄女海外回来，问知详细，不胜之喜；并与缁氏诸人相见。

闺臣道："叔叔今日莫非学中会文〔1〕么？"史氏道："你叔叔自从侄女起身后，本郡印太守有个女儿，名唤印巧文，意欲报名赴试，因学问浅薄，要请一位西宾。印太守向在学中打听你叔叔品学都好，请去课读。后来本处节度窦坡窦大人也将小姐窦耕烟拜从；本县祝忠得知，也将女儿祝题花跟着一同受业；并且本处还有几个乡宦女儿也来拜从看文。虽说女学生不消先生督率，但学生多了，今日这边走走，明日那边看看，竟无片刻之闲。今晨绝早出去，要下午方能回来。"闺臣道："他们既在此地做官，大约均非本处人了；此时各处正当县考，为何还不回籍赴试？"史氏道："他们都因离乡过远，若因县考赶回本籍，将来又须回来，未免种种不便；因此议定索性等冬初补

---

〔1〕 会文——观摩而又含有竞赛、考试意义的文章写作集会。

考,一经郡考中式,即可就近去赴部试,倒是一举两便。并且他们因你叔叔今年五十大庆,都要过了九月祝寿后方肯回籍。"闺臣道:"若果如此,我们倒可一聚了。"不多时,唐敏回来,见了侄女,看了家书,这才略觉放心。闺臣引着叔叔见了众人,告知来意。唐敏道:"我正愁侄女上京无人作伴,今得这些姊妹,我也放心。"

恰好这日良氏夫人带着廉亮、廉锦枫、骆红蕖也从海外来到唐家。林氏问起根由,良氏把前年唐敖拯救女儿,后来尹元替小峰作伐各话细细说了。林氏听了,无意中忽然得了一个如花似玉、文武全才的媳妇,欢喜非常。良氏把骆红蕖交代。因本族现有嫡派,意欲回到族中居住;无如唐闺臣与廉锦枫一见如故,彼此恋恋不舍,不肯分离。恰喜林氏早已买了邻舍一所房子,就同这边住宅开门通连一处,当时留下良氏母女,同缁氏母女都在新房居住。红红跟着缁氏,闺臣同红蕖、兰音住在楼上,小峰陪着廉亮在书房同居。分派已毕,大排筵宴,众姊妹陪缁氏、良氏坐了。闺臣道:"前在水仙村,闻伯母已于春天起身,为何此时才到?"良氏道:"一路顶风,业已难走,偏偏当中遇见一座甚么山,再也绕不过来。"廉锦枫道:"那山横在海中,名唤门户山,其实并无门户。我们因绕此山,足足耽搁半年,沿途风又不顺,若非近日得了顺风,只怕还得两月才能到哩。"林氏道:"表嫂既与尹家联姻,为何女婿并不同来?"良氏道:"尹家籍贯本是剑南,因红萸媳妇要去赴试,都回剑南去了。"

当时唐敏开了众人年貌,骆红蕖改为洛姓,连唐闺臣、枝兰音、林婉如、阴若花、黎红薇、卢紫萱、廉锦枫、田凤翾、秦小春,共计十人;因缁氏执意也要赴考,只好捏了一个假名:都在县里递了履历。

到晚,闺臣同兰音、红蕖都到良氏、缁氏并母亲房中道了安置。回到楼上,推窗乘凉,说起闲话。闺臣把泣红亭碑记取出给兰音、红蕖看了,也是一字不识。二人问知详细,不觉吐舌称异。忽见白猿走来,也将碑记拿着观看。兰音笑道:"莫非白猿也识字么?"闺臣道:"这却不知。当日我在海外抄写,因白猿不时在旁观看,彼时我曾对他说过,将来如将碑记付一文人做为稗官野史,流传海内,算他一件大功。不知他可领略此意。"洛红蕖道:"怪不得他也拿着观看,原来如此。"因向白猿笑道:"你能建此大功么?"白猿听了,口中哼了一声,把头点了两点,手捧碑记,将身一纵,撺出窗外去了。三人望着楼窗发痰。

只听嗖的一声,忽从窗外撺进一个红女:上穿红绸短衫,下穿红绸单裤,头上束着红绸渔婆巾,底下露着一双三寸红绣鞋,腰间系着一条大红丝绦,胸前斜插一口红鞘宝剑;生的满面绯红,十分美貌;年纪不过十四五岁。三人一见,吓的惊疑不止。闺臣道:"请问那个红女姓甚名谁?为何黉夜到此?"红女道:"咱姓颜。不知谁是小山姐姐?"闺臣道:"妹子姓唐,本名小山,今遵父命,改名闺臣。姐姐何以知我贱名?"女子听了,倒身下拜。闺臣连忙还礼。女子问了兰音、红蕖名姓,一同见礼归坐道:"咱妹子名紫绡,原籍关内。祖父在日,曾任本郡刺史,后因病故,父亲一贫如洗,无力回籍,就在本处舌耕度日。不意前岁父母相继去世;哥哥颜崖因赴武试,三载不归;家中现有祖母,年已八旬。前闻太后大开女科,咱虽有观光之意,奈祖母年高,不能同住。此间举目无亲,又无携伴之人。咱妹子也居百香衢,与府上相隔不过数家,素知姐姐才名;今闻寻亲回府,不揣冒昧,特来面求:倘蒙携带同往,俾能观光,如有寸进,永感不忘。"闺臣听了,忖道:"原来碑记所载剑侠,就是此人。"因说道:"妹子向闻父亲时常称颂本郡太守颜青天之德;那知忠良之后,却在咫尺。今得幸遇,甚慰下怀!姐姐既有观光美举,妹子得能附骥同行,诸事正要叨教;俟定行期,自当禀知叔父,到府奉请。但府上既离舍间数家之远,为何就能越垣至此?"颜紫绡道:"咱妹子幼年跟着父亲学会剑侠之术,莫讲相隔数家,就是相隔数里,也能顷刻而至。"

闺臣道:"刚才姐姐来时,途中可有所见?"颜紫绡道:"咱别无所见,惟见有一仙猿捧着一部仙箓而去。"闺臣道:"姐姐何以知是仙箓?"颜紫绡道:"咱妹子望见那部书上,红光四射,霞彩冲霄,约略必是仙箓,因此不敢把他拦住。"闺臣道:"此书正是我妹子之物,不意被这白猿窃去。姐姐可能替取回么?"颜紫绡道:"此书若被盗贼所窃,咱可效劳取回;这个白猿,上有灵光护顶,下有彩云护足,乃千年得道灵物,一转眼间,即行万里,咱妹子从何追赶?况白猿既已得道,岂肯妄自窃取,此去必定有因:或者此书不应姐姐所得,此时应当物归原处,所以他才窃去。但此书此猿,不知从何而来?"闺臣就把碑记及白猿来历,并去岁亏他取枕顽耍才能亲至小蓬莱各话略略说了一遍。颜紫绡道:"即如取枕露意,成全姐姐万里寻亲,得睹玉碑文物之盛,此猿作为,原非寻常可比。他已通灵性,若要窃取,必不肯冒然而去。向在姐姐跟前,可曾微露其意?"闺臣道:"此猿虽未露意,妹子当日曾在他面前说过一句戏言。"就把前在船上同白猿所说之话备细告知。颜紫绡道："彼时姐姐所说，原出无心，那知此猿却甚有意。据咱看来：只怕竟要遵命建此奇功。此时携去，所投者无非儒生墨客，如非其人，他又岂肯妄投。姐姐只管放心，此去包管物得其主。"闺臣道："倘能如此，仍有何言。此书究归何处，尚望姐姐留意。"颜紫绡道："好在此书红光上彻霄汉，若要探其落在何人之手，咱妹子自当存神。"

洛红蕖道："妹子闻得剑侠一经行动，宛如风云，来往甚速。姐姐可曾学得此技？"颜紫绡道："姐姐如有见委之处，若在数百里之内，咱可效劳。"红蕖道："刚才闺臣姐姐意欲寄信邀请林家婉如妹妹来此一同赴试，离此三十余里，姐姐可能一往？"颜紫绡道："其父莫非就是闺臣姐姐母舅么？前者咱因闺臣姐姐日久不归，曾到他家探听消息，今既有信，望付咱代劳一走。"闺臣随即写了一信。颜紫绡接过，说声"失陪"，将身一纵，撺出楼窗。

未知如何，下回分解。

第五十五回

田氏女细谈妙剂　　洛家娃默祷灵签


话说颜紫绡接了书信,将身一纵,霎时不见。枝兰音叹道:"世间竟有如此奇事!真是天朝人物,无所不有。将来上京赴试,路上有了此人,可以'高枕无忧'了!"洛红蕖道:"碑上可载此人?"闺臣道:"妹子隐隐记得碑记有句'幼谙剑侠之术,长通元妙之机'。不知可是此女。可惜碑记已失。早知如此,把各人事迹预记在心,或抄一个副本,岂不是好。此时只觉渺渺茫茫,记不清了。"兰音道:"姐姐不过是句顽话,那知白猿果真将碑记携去。将来倘能物得其主,也不枉姐姐辛苦一场。"红蕖道:"我们看他不过是个猕猴,那知却是得道仙猿。那颜家姐姐黑暗中仓卒一遇,就能识得白猿,辨得碑记,可见他的眼力也就不凡。这句'长通元妙之机',只怕就是他哩。"三人又说些闲话。忽见颜紫绡从楼窗撺进道:"姐姐之信,业已交明。今日已晚,容日再来请教,咱妹子去了。"将身一纵,仍从楼窗飞去。姊妹三个,惟有称奇叫绝。

次日绝早起来,一心盼望婉如诸人,等之许久,杳无踪迹。兰音道:"原来这个红女信未寄去,却来骗人!"不多时,天刚交午,只见林婉如、阴若花、田凤翾、秦小春姊妹四个,竟自携手而来。拜了林氏、史氏;见了闺臣、兰音、红红、亭亭;并与洛红蕖、廉锦枫见礼,各道渴慕之意;闺臣又引他们见了良氏、缁氏。同到内书房,姊妹十个,一同相聚,好不畅快。

洛红蕖提起昨晚托人寄信之话,若花听了,笑个不了。兰音道:"姐姐为何发笑?"若花道:"向来我与婉如阿妹一房同住。昨晚天交二鼓,闭了房门,收拾睡觉;婉如阿妹刚把鞋子脱了一只,忽然房门大开,撞进一个人来。婉如阿妹一见,吓的连鞋也穿不及,赤着一脚,就朝床下钻去。幸亏我还不怕,问明来意,把信存下。那颜家阿姐去远,他才钻了出来。"众人听了,一齐大笑。婉如道:"闺臣姐姐也太不晓事,那有三更半夜,却教人寄信! 亏得妹子胆量还大,若是胆小的,只怕还要吓杀哩!"田凤翾道:"姐姐虽未吓杀,那赤脚乱钻光景,也就吓的可观了。"廉锦枫道:"闺臣姐姐托何人寄信,却将婉如姐姐吓的这样?"闺臣把昨晚情节说了,众人这才明白。洛红蕖道:"昨晚颜家姐姐撞进楼窗,只觉一道红光,我也吃了一吓。及至细看,那知他衣履穿戴,无一不红,并且面上也是绯红,映着灯光,倒也好看。"秦小春道:"这样红人,当日命名为何不起红字,却起紫字? 今红红姐姐面紫,反以红字为名。据我愚见:这二位姐姐须将名字更换,方相称哩。"

田凤翾道:"命名何必与貌相似。若果如此,难道亭亭姐姐面上必须有亭,若花姐姐面上必须出花么?"若花道:"正是,我才细看红红、亭亭两位阿姐面上那股黑气,近来服了此地水土,竟渐渐退了。适听凤翾阿姐'出花'二字,我倒添了一件心事。"闺臣道:

"姐姐此话怎讲?"若花道:"愚姐向闻此处有个怪症,名叫'出花',又名'出痘'。外国人一经到了天朝,每每都患此症。今红红、亭亭两位阿姐,因感此地水土,既将面色更改;久而久之,我们海外五人,岂能逃过出痘之患。所以忧虑。"红红、亭亭听了,也发愁道:"姐姐所虑极是。这却怎好?只怕此命要送在此处了!"廉锦枫道:"送命倒也干净。只怕出花之后,脸上留下许多花样,那才坑死人哩。"婉如笑道:"留下花样,岂但坑死人,只怕日后配女婿还费事哩!"兰音道:"怪不得婉如姐姐面上光光,竟同不毛之地,原来却为易于配婚而设。——难道赤脚乱钻,把脚放大了,倒容易配女婿么?"闺臣道:"你们只顾斗嘴顽笑,那知此事非同儿戏,若不早作准备,设或出痘,误了考期,那却怎好?向来九公见多识广,秘方最多,此事必须请教九公,或者他有妙药,也未可知。就请小春姐姐写一信去。"

田凤翾道:"何必写信。不瞒诸位姐姐说:我家向来就有稀痘奇方。即如妹子,自用此方,至今并未出痘,就是明验。"若花道:"原来府上就有奇方,如此更妙!不知所用何药?此方向来可曾刊刻流传?"田凤翾道:"此方何曾不刻。奈近来人心不古,都尚奢华,所传方子如系值钱贵重之药,世人看了,无论效与不效,莫不视如神明;倘所传方子并非值钱贵重之药,即使有效,他人看了,亦多忽略,置之不用。我家这方虽屡试屡验,无如并非贵品,所费不过数文,所以流传不广。此方得自异人,我家用了数代。凡小儿无论男女,三岁以内,用川练子九个;五岁以内,用十一个;十岁以内,用十五个。须择历书

'除日[1]',煎汤与小儿洗浴;洗过,略以汤内湿布揩之,听其自干。每年洗十次;或于五月、六月、七月,检十个除日煎洗更好:因彼时天暖,可免受凉之患。久久洗之,永不出痘;即出痘,亦不过数粒,随出随愈。如不相信,洗时可留一指不洗,出痘时其指必多。你们五位姐姐如用此方,或将川练子加倍,大约三十个也就够了。"众人听了,个个欢喜。兰音道:"一年只洗十次,是指小儿而言;我们年纪既大,恐十次药力不到。据我拙见:一年共有三十六个除日,莫若遇除就洗,谅无洗多之患。况妹子生成是个药树,幼年因患腹胀,何尝一日离药;今又接上煎洗,这才叫作'里敷外表'哩。"

秦小春道:"妹子闻得世间小儿出花,皆痘疹娘娘掌管:男有痘儿哥哥,女有痘儿姐姐,全要仗他照应,方保平安。今你五位姐姐只知用药煎洗,若不叩祝痘疹娘娘,设或痘儿姐姐不来照应,将来弄出一脸花样,不独婉如姐姐那句择婿的话要紧,并且满脸高高下下,平时搽粉也觉许多不便;倘花样过深,还恐脂粉搽不到底,那才是个累哩。"红红道:"闺臣妹妹府上可供这位娘娘?"闺臣道:"此是庙宇所供之神,家中那得有此。"若花道:"妇女上庙烧香,未免有违闺训,这却怎好?"闺臣道:"上庙烧香,固非妇女所宜;且喜痘疹娘娘每每都在尼庵。去岁妹子海外寻亲,亦曾许过观音大士心愿,至今未了。莫若禀知母亲,明日我同五位姐姐央了婶婶一同前去,岂不一举两

---

[1] 除日——原是按照天文看行星运行的周期而排列出来的一种日子的名称。迷信的说法,把周期出现的日子分为吉、凶两种:属于吉日的是"黄道",属于凶日的是"黑道"。除日,是黄道吉日中的一个日子。

便。"红蕖道:"妹子意欲求签问问哥哥下落,明日如果要去,妹子也要奉陪。"闺臣当时禀过母亲,与婶婶说明。好在紧邻白衣庵就有痘疹娘娘。

到了次日,史氏带着唐闺臣、洛红蕖、阴若花、枝兰音、廉锦枫、黎红红、卢亭亭来到间壁尼庵。有个带发的老尼,名叫末空,将众人引至大殿,净手拈香,拜了观音。红蕖求了一签,问问哥哥下落,恰喜得了一枝"上上"吉签,这才略略放心。末空又引至痘疹娘娘殿内,一同参拜,焚化纸帛。闺臣道:"请问师傅:宝刹可供魁星?"末空道:"间壁喜神祠供有魁星。彼处也是尼僧。诸位小姐如要拈香,不过一墙之隔,小尼奉陪过去。"闺臣道:"彼处魁星可曾塑有女像?"末空道:"这却从未见过。小姐如发慈心,另塑一尊,却也容易。诸位女菩萨适才拜佛,未免劳碌,且到里面献茶,歇息歇息,再到各处随喜〔1〕。"史氏道:"师傅见教甚是。"

大家来至禅堂,一齐归坐。道婆献茶。末空一一请问姓氏。及至问到洛红蕖跟前,把眼揉了一揉,又望了一望,登时垂泪道:"小姐莫非宾王主人之后么?我家徒弟要访骆老爷下落,一连数载,杳无音信;那知天缘凑巧,今日竟得小姐到此!"洛红蕖见老尼之话不伦不类,惟恐被人识破行藏,忙遮饰道:"师傅休要认错!我虽姓洛,乃水旁之'洛',那知骆老爷下落。"末空道:"请问唐小姐:此地唐探花是

---
〔1〕 随喜——在庙里游玩参谒。
---

你何人？"闺臣道："是我家父。"末空道："却又来！当日唐老爷未中探花之时，曾在长安与敬业大人、宾王大人结拜弟兄，我的丈夫曾经目睹。今二位小姐恰恰同至小庵，非宾王主人之后而何？小姐何必隐瞒，我岂为祸之人！况小徒就是骆公子之妻，今虽冒昧动问，岂是无因。"红蕖见话有因，慌忙问道："令徒姓甚名谁？如今在么？"末空道："此人之父，乃太宗第九子，人都呼为九王爷，因灭寇有功，曾封忠勇王爵。素与骆老爷相交最厚，故将郡主[1]许与骆公子为妻。此女现在小庵，名唤李良箴；因恐太后访察，就从外祖之姓，改为姓宋。"红蕖道："师傅此话错了。我同骆府虽非本家，向有亲谊，他家之事，也还略知一二。骆公子虽系九王府中郡马[2]，郡主久已亡过；后来虽有欲续前姻之话，因王爷并未生有郡主，彼此旋即离散，至今十余年，何尝又与王府联姻？此话令人不解。"末空道："原来小姐不知此中详细，待我慢慢讲来。"

未知如何，下回分解。

---

[1] 郡主——对亲王的女儿的称呼。
[2] 郡马——郡主的丈夫。

第五十六回

## 诣芳邻姑嫂巧遇　游瀚海主仆重逢

话说末空道:"原来小姐不知此中详细,待小尼讲这根由:我本祁氏;丈夫名叫乔琴,无志功名,向在骆府课读公子。骆老爷因与王府联姻,同我丈夫说知,将我荐与九王爷课读大郡主。未及一载,大郡主去世。我要回来,娘娘再三挽留,只得仍旧住下。彼时九王爷因娘娘又怀身孕,曾与骆老爷指腹为婚,倘生郡主,情愿与骆公子再续前姻。不意方才定婚,骆老爷带了公子,即同徐老爷举兵遇难;我丈夫跟在军前,存亡未卜。到了次岁,娘娘才生二郡主。老身因这郡主是骆公子之妻,加意照管,用心课读,以冀将来丈夫同公子回来,仍好团聚。那知九王爷因皇上贬在房州,久不复位,心中不忿,同河北都督姚禹起了一枝雄兵前去接驾;不意时乖运舛,登时也就遇害。我同太监瞿权带着二郡主并小王爷宋素,暗地奔逃。不料逃至中途,被大兵冲散,太监同小王爷不知去向;老身吃尽辛苦,才能保得郡主逃至此庵。亏得庵主相待甚好,问明来历,就留我们在此带发修行。庵主去世,我就权当住持[1],在此业已七载。至今仍旧带发,即是明证。郡主今年一十五岁,每日惟以诗书佛经消遣,从不出户,因此人都

---

[1] 住持——庙、庵、观里的当家的。

不知。"

洛红蕖忖道:"指腹为婚,向日母亲也曾言过;至乔琴夫妇两处课读,原有其事;今听老尼之言,丝毫不错,可见我嫂嫂果真在此庵内。"因说道:"师傅既是祁氏师母,我又何敢再为隐瞒。刚才实因不识师母,故尔支吾,尚求见谅!我嫂嫂现在何处?即求引去一见。"末空道:"待老身领他出来。"于是进内把宋良箴领出。众人看时,只见生得龙眉凤目,举止不凡。大家连忙见礼让坐。末空把这情节向宋良箴说了。洛红蕖见了嫂子,因想起哥哥,不觉垂泪道:"原来嫂嫂却在此处!若非今日进香,何由得知。不意府上也因接驾合家离散,真可谓'六亲同运',能不令人伤感!"宋良箴听了,泪落如雨,欲言不言,只得含羞带泪答道:"闻得太公、婆婆都逃海外,近来身上可安? 姐姐何由至此?"红蕖不觉哽咽道:"祖父同母亲都已去世。妹子亏得唐伯伯之力,方能复返故乡。……"

正要告诉逃到海外各话,史氏接着道:"此间说话不便;郡主既是至亲,自应请到家内再为细谈。"宋良箴道:"侄女出家多年,乃方外[1]之人,岂可擅离此庵。尚求伯母原谅。"闺臣道:"话虽如此;好在彼此相离甚近,此时过去谈谈,就是晚上回来,也不费事。"宋良箴仍要推辞,众姊妹不由分说,一齐簇拥出了庵门,别了末空,来到唐府,同林氏、缁氏诸人见过。姑嫂彼此诉说历年苦况,嗟叹不已。到晚,林氏再三挽留,并劝他同去赴试,慢慢打听骆公子下落。宋良箴

---

〔1〕 方外——世外的意思。

那里肯应。无如众姊妹早把行李命人搬来，良箴身不由己，只得勉强住下。闺臣也替他在县里递了履历。从此众姊妹都聚一处。但遇除日，若花就同红红诸人煎汤洗浴；就是良氏、缁氏也都跟着煎洗。闺臣因想起泣红亭之事，即托末空在魁星祠内塑了一尊女像，以了海外心愿。

这日县考，缁氏也随他们姊妹十一个同去赴试。喜得太后诏内有命女亲随一二人伴其出入之话，因此，凡有女眷伴考，都不稽查。点名时，暗用丫鬟顶替，缁氏混在其内，胡乱考了一回。到了发案，闺臣取了第一；若花、红红、亭亭也都高标；惟缁氏取在末名，心中好不懊恼；颜紫绡文字不佳，幸亏众姊妹替他润色，才能取中。各人都竖了匾额。

到了郡考，众人以为缁氏必不肯去，谁知他还是兴致勃勃道："以天朝之大，岂无看文巨眼？此番再去，安知不遇知音？"又进去考了一场。及至放榜，竟中第一名郡元；若花第二，闺臣第三，红红第四，亭亭第五；其余亦皆前列；颜紫绡亏众人相帮，也得高中。大家忙乱去拜老师，缁氏只得装作染病。各家都竖起"文学淑女"匾额，好不荣耀。

缁氏这才心满意足，因向闺臣众人道："此次郡考，我本不愿再去，惟恐又取倒数第一，岂不把老脸丢尽？奈连得梦兆，说我不去应考，日后才女榜上缺了一人；必须我去，方能凑足一百之数：所以勉强进去，那知倒侥幸取了第一。将来我还不知可能去应部试，其实要这第一何用!"闺臣道:"伯母若非限于年岁,倘去殿试,怕不夺个头名才女回来!明年把这第一留给亭亭姐姐,也是一样。"林氏道:"闻得郡考取中不足二十人,今我家倒有十二人之多,可见本郡文风都聚我家了。若论喜酒,须分十二天方能吃完。明日又吃喜酒,又是寿酒,更觉热闹。今日先从老元吃起了。"良氏道:"'老元'二字怎讲?"史氏道:"缁氏嫂嫂本是老才女,今又中了郡元,岂非'老元'么。"大家说说笑笑,畅饮喜酒。

次日乃唐敏五十大庆,家中演戏。本府、本县以及节度都与唐敏有宾东之谊,齐来拜寿;随后各家小姐印巧文、窦耕烟、祝题花也来叩祝;还有本地乡宦女儿苏亚兰、锺绣田、花再芳,因素日拜从唐敏受业,兼之郡考得中,都来拜谢,并来祝寿;颜紫绡也随众人同来。闺臣一一让至客座看戏,众姊妹都来相陪,彼此问了名姓,真是你怜我爱,十分投机。缁氏恐被众人看破,另在一席坐了。用过早面,闺臣将众人引至自己书房,只见诗书满架,笔砚精良,个个称赞不已。

印巧文道:"前者捧读诸位姐姐佳作,真令人口齿生香。家父阅卷时,因想起诏内有'灵秀不锺于男子'之句,可见太后此言,并非无因。就只郡元这本卷子,令人可疑:若论倜傥清雅,以闺臣姐姐第一;论富丽堂皇,以若花姐姐第一;至郡元文字,虽不及二位姐姐英发,但结实老练,通场无出其右,似非出之幼女之手。彼时家父再三斟酌,言此人若非苦志用功,断无如此笔力,此等读书人,若不另眼相看,何以鼓励人才。所以把他取在第一。其实不及二位姐姐时派。"祝题花道:"郡元前在县考,家父也喜他文字;因笔力过老,恐非幼女,兼恐倩代,因此取在末名。可惜此人方才得中,就染重病,至今未得一见,究竟不知年岁几何。诸位姐姐可曾会过?"众人都回不知。婉如道:"这位郡元,只怕亭亭姐姐向来同他熟识?"亭亭忙说道:"妹妹休得取笑。你们都是此地人还不认识,何况我是异乡人哩。"秦小春道:"原来姐姐同他也是素昧平生,这就是了。"

印巧文道:"家父前日评论红红、亭亭二位姐姐文字,都可首列;无如郡元之后,恰恰碰见闺臣、若花二位姐姐卷子,因此稍觉奉屈。"红红道:"妹子僻处海隅,素少见闻,今得前列,已属非分,何敢当此'奉屈'二字。"亭亭道:"妹子固才疏学浅,然亦不肯多让;今老师以闺臣、若花姐姐前列,我又不能不甘拜下风了。"祝题花道:"昨印伯伯与家父评论诸位姐姐文字,言天下人才固多,若以明年部试首卷而论,除闺臣、若花二位姐姐之外,再无第三人。如品论讹错,以后再不敢自居看文老眼。可见二位姐姐学问,非独本郡众人所不能及,即天下闺才,亦当'退避三舍〔1〕'哩。"窦耕烟道:"昨闻家父言,现在看文巨眼,应推印伯伯当代第一。诸位姐姐既被奖许,将来名振京师,已可概见,今日得能幸遇,诚非偶然。"若花道:"妹子海外庸愚,正愧知识短浅,适蒙过奖,更增汗颜。至闺臣阿妹,才名素著,自应高擢。

---

〔1〕 退避三舍——退让不敢相争的意思。历史记载:春秋时,晋文公逃难经过楚国,得到楚国的接待和帮助。后来晋国和楚国打仗,晋文公就命令自己的军队后退九十里,再行作战。后退是表示客气让步。古时行军,三十里叫做"舍";九十里就是"三舍"。出《春秋》。

妹子何知,昨虽滥邀前列,不过偶尔侥幸,岂可做得定准。"廉锦枫道:"部试首卷,老师既如此评论,来年殿元,自然也不出闺臣、若花二位姐姐之外了。"印巧文道:"殿试甲乙,家父却未评论。"兰音道:"据妹子看来:老师所以不言者,大约因恩诏条例言殿试毋许'誊录',又不'弥封',恐太后别有偏爱,因此不敢预定高下。"祝题花点头道:"姐姐所论不差。"

花再芳道:"殿试若不弥封,那殿元我倒有点想头。"锺绣田道:"何以见得?"花再芳道:"闻得当年我们还未出世时,太后曾命百花齐放,大宴群臣,吟诗做赋,甚为欢喜。明年阅卷,看见我'花再芳'三字,倒像又要百花齐放光景,一时心喜,把我点作殿元,也不可知哩。"秦小春冷笑道:"这是姐姐过谦。若论文字,姐姐就可点得殿元,何在尊名。"花再芳道:"外面锣鼓声喧,这样好戏,我们却在此清谈,岂不辜负主人美意? 如诸位姐姐不去,妹子要失陪了。"闺臣忙道:"姐姐既喜看戏,妹子奉陪同去。"洛红蕖道:"此处客多,姐姐是主人,只好在此陪客;妹子替你代劳陪再芳姐姐去。"再芳道:"姐姐是客,怎好劳驾。"宋良箴道:"他虽是客,他是唐府人,也算半主,这有何妨!"红蕖听了,把良箴瞅了一眼,满面绯红,同再芳去了。窦耕烟道:"红蕖姐姐莫非就是世嫂么?"闺臣道:"正是。"

苏亚兰道:"巧文、题花二位世姐同耕烟姐姐学问鸿博,妹子常听老师言及;今得幸遇,真是名下无虚。现在各处纷纷应考,为何还在此耽搁?"窦耕烟道:"昨同印、祝两位姐姐商议,今日过了老师寿诞,早晚就要回籍。他们二位都是家学渊源,此去定然连捷;妹子学问浅薄,才女之名,自知无分,大约明春京师之行,只好奉让诸位姐姐了。"闺臣道:"姐姐说那里话来!若姐姐不到京师,只怕那个殿元还无人哩!"

颜紫绡道:"咱妹子有句话说:今日难得大家幸遇,气味又都相投,咱们何不结个异姓姊妹?日后到京,彼此也有照应。诸位姐姐以为何如?"众人都道:"如此甚好。"田凤翾道:"再芳姐姐一心想中殿元,看他光景,未必把我们看在眼里;况他现在看戏,可以不去惊动。莫若把红蕖姐姐悄悄找来,我们十七人一同结拜罢。"婉如道:"姐姐所言极是。"随命丫鬟把洛红蕖请来,告知此意;红蕖甚喜。当时铺了红毡,众姊妹一齐团拜。少时,林氏进来,邀去看戏。到晚宴毕各散。窦耕烟、印巧文、祝题花各回本籍赴考;颜紫绡也拜从唐敏看文;众姊妹都在唐府用功。

残冬过去,到了正月,闺臣同众人要去赴试,先在府县起了文书。惟恐缁氏要去,也把文书起了,后来亏得良氏、史氏再三劝阻,缁氏这才应允不去。唐敏恐苍头乳母沿途难以照管,同林氏商议,送了老尼末空并多九公许多银两,托他们同去照应。多九公正要照应甥女田凤翾、秦小春赴试,听见此话,正中下怀;末空也因徒弟宋良箴上京,甚不放心,今见林氏送银托他,如何不喜,即换了旧日衣服过来等候起身。当时选择吉期,因这年闰二月,就选了二月中旬日子。是日,林氏安排酒宴送行。闺臣拜别母亲、叔、婶,命小峰好好在家侍奉,即同颜紫绡、林婉如、洛红蕖、廉锦枫、田凤翾、秦小春、宋良箴、黎红红、卢亭亭、枝兰音、阴若花共十二人,各带仆妇,齐往西京进发。——众姊妹本拟去年腊月就要动身,因洛红蕖久已写信通知薛蘅香,意欲等他海外回来;又因婉如说徐丽蓉、司徒妪儿当日曾有要来岭南之话:惟恐他们赴试,以便携伴同行。那知等之许久,杳无音信,众人只得起身。

原来徐承志自从别了唐敖,带了徐丽蓉、司徒妪儿,改为余姓,竟奔淮南。一路甚感唐敖救出淑士之德;司徒妪儿也感赎身救拔之恩。余丽蓉道:"哥哥嫂嫂此番幸遇唐伯伯,我们方能骨肉团圆。此去淮南,不知机缘若何。那文伯伯,哥哥向日可曾见过?其家还有何人?文伯母是何姓氏?"余承志道:"文伯伯我虽见过一面,那时年纪尚小;至文伯母是何姓氏,我更不知。只好且到淮南再去打听。"

这日行至中途,船上几个柁工忽都患病。兄妹正在惊慌,恰喜迎面遇见一只熟船,当时请了一位柁工过来。那只船上还有一位老翁,要搭船同到淮南;余承志因船主人再再相托,情不可却,只得应承。及至过船细谈,原来却是丽蓉乳母之夫,名叫宣信。当年被大兵冲散,逃到淮南节度文老爷府内,在彼十余年;文老爷早知徐公子逃在海外,因久无音信,特命奶公到海外寻访。这奶公因见承志面目宛如敬业主人,所以借搭船之名,过来探听。那知不但主仆相遇,并且夫妇重逢。

未知如何,下回分解。

第五十七回

## 读血书伤情思旧友　闻凶信仗义访良朋

　　话说余承志正因不知文府消息,无从访问;今见奶公,欢喜非常。当时乳母领宣信与丽蓉、司徒妩儿见礼。余承志问起文府亲丁几口。宣信道:"文老爷祖籍江南,寄居河北,并无弟兄,眼前五位公子,都是章氏夫人所生;还有二位小姐,是姨娘所生。姨娘久已去世。大公子名文芸,二公子名文蓏,三公子名文萁,四公子名文菘,五公子名文芥:现在年纪都在二十上下,个个勇猛非凡;——大、四两位公子尤其足智多谋,——人都呼为'文氏五凤'。文老爷年纪虽不足五旬,时常多病,颇有老景;兼之屡次奉旨征剿倭寇,鞍马劳顿,更觉衰残。近来淮南临海一带海寇得以安静,全亏五位公子辅佐之力。文老爷久要退归林下,因主上贬在房州,尚未复位,所以不忍告归;大约主上一经还朝,也就引退了。"丽蓉道:"二位小姐现年几何?"宣信道:"都在十五六岁。大小姐名书香,许与林侍郎公子林烈为妻;二小姐名墨香,许与阳御史公子阳衍为妻:现在府中,都未出室。"承志道:"五位公子可曾配婚?"宣信道:"虽都聘定,尚未婚娶:大公子自幼聘山南节度章老爷小姐章兰英为妻;二公子聘潮州郡守邵老爷小姐邵红英为妻;三公子聘工部尚书戴老爷小姐戴琼英为妻;四公子聘许州参军由老爷小姐由秀英为妻；五公子聘柳州司马钱老爷小姐钱玉英为妻。这位章氏夫人，就是河东节度章更老爷胞姐，为人慈祥，一生好善：相待两位小姐如同亲生；凡有穷人，莫不周济；诸如舍药、施棺、修桥、补路之类，真是遇善必行。淮南一带，人人感仰，都以'活菩萨'称之。"承志道："这五位公子，为何都不成亲？"宣信道："文老爷本早要替众公子婚娶，因太后颁有考才女恩诏，这些小姐都要赴试，所以耽搁。文府两位小姐至今尚未出阁，也是这个缘故。"承志道："原来国中近日又有考才女一事。这恶妇并不迎主还朝，还闹这些新鲜题目，也忒高兴了！"宣信道："小主母同小姐向来可曾读书？若都能文，将来到了文府，只怕两位文小姐都要携着赴考哩。"承志道："我同这恶妇乃不共戴天之仇，岂可令妻妹在他跟前应试！"宣信道："公子此话虽是；但恐那时章氏夫人高兴，特命同去，何能推脱？"

承志道："那河东节度章老爷既是这边章氏夫人胞弟，他家几位公子，几位小姐，想来你也知道了？"宣信道："章府同文府郎舅至亲，时常来往，他家若大若小，老奴那个不知。"承志道："当日老爷在军前同我别时，曾给我两封血书：一送淮南文老爷，一送河东章老爷。将来到过文府，如路上无人盘查，还到河东见见章老爷，所以问问他家光景。你既晓得，何不谈谈？日后到彼，省得临时茫然。"宣信道："他家人口甚多，今日若非问起，将来公子到彼，何能知其头绪。这位章老爷，祖籍江南，弟兄四位，共生四位小姐，十位公子。如今章老爷三位兄弟俱已去世。那十位公子年纪也在二旬上下，个个英勇；——四、五两位公子学问更高，——人都呼为'章氏十虎'。大公子名章茳,自幼聘开封司马井老爷小姐井尧春为妻;二公子名章芝,聘会稽郡守左老爷小姐左融春为妻;三公子名章蘅,聘剑南都督廖老爷小姐廖熙春为妻;四公子名章蓉,聘武林参军邺老爷小姐邺芳春为妻;五公子名章芗,聘户部尚书郦老爷小姐郦锦春为妻;六公子名章苢,聘吏部郎中邹老爷小姐邹婉春为妻;七公子名章苕,聘常州司马施老爷小姐施艳春为妻;八公子名章芹,聘兵部员外柳老爷小姐柳瑞春为妻;九公子名章芬,聘太医院潘老爷小姐潘丽春为妻;十公子名章艾,聘洛阳司马陶老爷小姐陶秀春为妻。都等应过女试,才能完姻。"丽蓉道:"那四位小姐年纪也都相仿么?"宣信道:"四位小姐年纪都与文府小姐差不多。大小姐名兰芳,许与御史蔡老爷公子蔡崇为妻;二小姐名蕙芳,许与翰林谭老爷公子谭太为妻;三小姐名琼芳,许与学士叶老爷公子叶洋为妻;四小姐名月芳,许与中书褚老爷公子褚潮为妻。也因要应女试,都未出阁。章、文二位老爷因爵位甚尊,将来诸位小姐出去应考,若用本姓,恐太后疑有情托等弊,因此将诸位小姐应试履历,都用夫家之姓;如今在家,就以夫家之姓相称。若不说明,将来公子到彼,听他称呼,还觉诧异哩。"承志道:"章府十媳,文府五媳,名字为何都像姐妹一般?"宣信道:"这是章氏夫人写信照会各家都以'英'、'春'二字相排,以便日后看'题名录',彼此都可一望而知。"

　　主仆一路闲话。因沿途逆风,走了多时。这日到了淮南,另雇小船,来到节度衙门。奶公进去通报。承志见了文隐,投了血书。文隐看了,不觉睹物伤情,一时触动自己心事,更自凄怆不已,道:"令尊虽大事未成,且喜贤侄幸逃海外,未遭毒手,可见上天不绝忠良之后。今日得见贤侄,真可破涕为笑。"因又撚须叹道:"贤侄:你看我年未五旬,须发已白,老病衰残,竟似风中之烛。自与令尊别后,十余年来,如处荆棘,心事可想而知。境界如此,安得不老!古人云:'君辱臣死。'今虽不至于辱,然亦去辱无几,五中能毋瀎恨!贤侄要知我之所以苟延残喘不肯引退者:一因主上尚未复位,二因内乱至今未平。若要引退,不独生前不能分君之忧,有失臣节;即他日死后,亦何颜见先皇于地下?然既不能退,只好进了。无如彼党日渐猖獗,一经妄动,不啻飞蛾投火,以卵就石。况令尊之后,又有九王诸人前车之鉴,不惟徒劳无功,更与主上大事有碍。时势如此,真是退既不可,进又不能。蹉跎日久,良策毫无,'不忠'二字,我文某万死何辞!而且年来多病,日见衰颓,每念主上,不觉五内如焚。看来我也不久人世,势难迎主还朝,亦惟勉我后人,善承此志,以了生平未了之愿,仍有何言!"说罢,嗟叹不已。将承志安慰一番,并命仆人把二位小姐接入内厢。司徒婢儿同余丽蓉都到上房,一一拜见;并与书香、墨香二位小姐见礼,彼此叙谈,十分契合。

余承志拜过章氏夫人,来到外厢,与五位公子一同相聚,闲话间,惟恨相见之晚。大公子文芸道:"当日令尊伯伯为国捐躯,虽大事未成,然忠心耿耿,自能名垂不朽。大丈夫做事原当如此;至于成败,只好听之天命,莫可如何。"五公子文芥道:"若依我的主见,早已杀上西京!如今把主上不是禁在均州,就是监在房州,迁来迁去,成何道理！这总怪四哥看了天象，要候甚么'度数'〔1〕，又是甚么'课上孤虚'〔2〕，以致耽搁至今，真是养痈成患，将来他的羽翼越多，越难动手哩。"二公子文蔳、三公子文萁也一齐说道："武氏如把主上好好安顿，我们还忍耐几时，等等消息；倘有丝毫风吹草动，管他甚么天文课象，我们只好且同五弟并承志哥哥杀上长安，管教武氏寸草不留，他才知文家利害！"四公子文菘道："两位哥哥同五弟何必性急！现在紫微垣〔3〕业已透出微光，那心月狐光芒日见消散，看来武氏气数甚觉有限，大约再迟三五年，自必一举成功。此时若轻举妄动，所谓逆天行事，不独自己有损，且与主上亦更有害。当日九王爷之举，岂非前车之鉴么？"文芣道："兄弟记得前年四哥曾言武氏恶贯指日即满，为何此时又说还须三五年？这是何意？"文菘道："当日我说武氏恶贯即满者，因心月狐光芒已退；谁知近来忽又吐出一道奇光，紫微垣被他这光欺住，不能十分透露，因此才说还须三五年方能举事。这道奇光，我闻那些臆断之徒都道以为回光反照，那知却是感召天和所致。"

余承志道："有何惊天动地善政却能如此？"文菘道："我因这事

---

〔1〕 度数——星相家按照天文看行星运行彼此相遇以及和恒星相遇的方向，用来说成人事的吉凶。日月和火水土金木五星为度主，用二十八宿的运行去相配，例如：角、斗、奎、井度木、亢、牛、娄、鬼度金之类。全是迷信的说法。
〔2〕 孤虚——星相家迷信的说法：天干叫做日，地支叫做辰；日辰不全，就有了孤虚。起了孤虚的课，希望的事是难以成功的。
〔3〕 紫微垣——星座名。星相家迷信的说法：紫微垣下应皇帝的住所，看紫微的明暗，就可以晓得皇家的兴衰。

揣夺许久，竟不知从何而至；后来见他有道恩诏，才知此光大约因这恩诏所感而来。"承志道："何以见得？"文菘道："他因七十万寿，所以发了一道恩诏，内中除向例蠲免、减等[1]、广额、加级等项，另有覃恩十二条，专为妇女而设，诸如旌表孝悌、掩埋枯骨、释放宫娥、恩养嫠妇、设立药局、起造贞祠，以及养媪院、育女堂之类，皆前古未有之旷典。此诏一出，天下各官自然遵照办理，登时活了若干民命，救了无数苦人，生者沐恩，死者衔感，世间许多抑郁悲泣之声，忽然变了一股和蔼之气，如此景象，安有不上召天和。奇光之现，大约因此。无奈他杀戮过重，造孽多端，虽有些须光芒，不过三五年即可消尽。此时正在锋头，万万不可轻动！五弟如不信，不出数日，自然有个效验。"

承志道："请教是何效验？"文菘道："小弟连日夜观天象，陇右地方，似有刀兵之象；但气象衰败，必主失利。据我揣夺：此必陇右史伯伯误听谣言，以为心月狐回光反照，意欲独力勤王，建此奇功；那知轻举妄动，却有杀身之祸！"正在谈论，果见各处纷纷文报，都说陇右节度使史逸谋叛，太后特点精兵三十万，命大将武九思征剿。众人听了，这才佩服文菘眼力不差。

承志道："史伯伯若果失利，可惜骆家兄弟少年英豪，投在彼处，不知如何。"文芸道："莫非宾王伯伯之子？兄长何以知其在彼？"承

--------

〔1〕 蠲（juān）免、减等——蠲免，免除赋税或劳役；减等，对已判决的犯人减轻罪刑。

--------

志道:"当日先父同骆家叔叔起兵时,小弟与骆家兄弟都在军前;后因兵马大伤,事机不能挽回,先父命弟投奔淮南,骆家兄弟投奔陇右。此时若史伯伯失利,岂非他亦在内。"文亦道:"我们离得过远,不能救他,这却怎处!"文芸道:"即使相近,又何能救?此时惟有暗暗访他下落,再作计较。"文其道:"宾王伯伯向同父亲结义至交,今骆家哥哥既然有难,我们自应前去救他,岂可袖手!"文蔯道:"为今之计,我与三弟且同承志哥哥赴上陇右,探探下落,如何?"文亦道:"你们且去禀知父亲,再定行止。"文其道:"此事只好瞒着父亲,如何敢去禀知!"文芸道:"若不禀知,如此大事,我又焉敢隐瞒。"

文菘道:"昨日兄弟偶尔起了一课,父亲驿马星[1]动,大约不日就有远差。两位哥哥莫若等父亲出外,再议良策,岂不是好?"文蔯道:"如此敢好,但恐四弟骗我。"文其道:"四弟之课,向来从无舛错,我们且耐几日再看,如何?"文亦道:"若果如此,你们设或去时,切莫把我丢下。"文菘道:"五弟驿马虽动,但恐不是陇右之行。"过了两日,文隐接了一道御旨,因剑南倭寇作乱,命带兵将前去征剿,所有节度印务,仍着长子文芸署理。文隐接了此旨,那敢怠慢,星速束装,带了文菘、文亦并一干众将,即日起身往剑南去了。文蔯、文其约了余承志,带了几名家将,在章氏夫人跟前扯了谎要到五台进香,其实要往陇右探骆承志下落。文芸再三相劝,那里阻得住;只得托了余承志

---

[1] 驿马星——星相家迷信的说法:十二辰所随的善神恶煞叫做丛辰,为吉凶宜忌的征兆。驿马也是丛辰之一,起课遇到驿马星,将要远行、赴任、移居。

诸事照应,并于暗中命人跟去探听。三人上路,望陇右进发。一路饥餐渴饮,早起迟眠,说不尽途中辛苦。

未知如何,下回分解。

第五十八回

史将军陇右失机　宰少女途中得胜

话说三人走了几日,行至中途,只听过往人传说,史逸业已被难。随即趱行。这日来到小瀛洲山下,天色已晚,三人止步,意欲觅店歇宿。众家将道:"这座大山,周围数百里,向无人烟。里面强盗最多;豺狼虎豹,无所不有,每每出来伤人。因此山下并无人家,必须再走一二十里才有歇处。"文萁道:"此处既有强盗,倒要会他一会,且替客商除除害也是好事。"文蕺道:"如此甚好。我们且去望望,这些强盗,从未见过,究竟是何模样?"承志听了,不觉发急道:"二位贤弟:你看天色业已黄昏,不但山路崎岖,难以上去;即使上去遇见强盗,你又何能见他模样?莫若日后陇右回来,起个绝早,再去看罢。此时骆家兄弟存亡未卜,二位既仗义而来,自应趱路,岂可在此耽搁?素日我在山南海北,见的强盗最多,你要问他面目以及名色,我都深知;且随我来,等我慢慢细讲。"于是携了二人,一齐举步。

文蕺道:"请教兄长:世间强盗是何面目?共有几等名色?"承志道:"若论面目,他们面上莫不涂抹黑烟,把本来面目久已失了,你却从何看起?惟有冷眼看他,或者略得其神。"文蕺道:"请教怎样看法?"承志道:"你只看他一经有钱有势,他就百般骄傲;及至无钱无势,他就各种谄媚。满面虽然含笑,心中却怀不良;满嘴虽系甜言,胸中却藏歹意。诸如此类,虽未得其皮毛,也就略见一斑了。其中最易辨的,就只那双贼眼:因他见钱眼红,所以易辨。"

文蒳道:"请教名色呢?"承志道:"若论名色,有杀人放火的强盗,有图财害命的强盗。"文其道:"只得这几种么?"承志听了,随口答道:"岂止这几种! 有不敬天地的强盗,有不尊君上的强盗,有藐视神明的强盗,有毁谤圣贤的强盗,有忘了祖先的强盗,有不孝父母的强盗,有欺兄灭嫂的强盗,有逆长犯上的强盗,有诬罔正人的强盗,有欺压良善的强盗,有凌辱孤寡的强盗,有挟制贫穷的强盗,有损人利己的强盗,有口是心非的强盗,有谣言惑众的强盗,有恶口咒人的强盗,有负义忘恩的强盗,有嫌贫爱富的强盗,有不安本分的强盗,有无事生非的强盗,有作践庙宇的强盗,有秽溺字纸的强盗,有轻弃五谷的强盗,有荼毒生灵的强盗,有暗箭伤人的强盗,有借刀杀人的强盗,有造言害人的强盗,有设计坑人的强盗,有淫人妻女的强盗,有诱人子弟的强盗,有离人骨肉的强盗,有间人弟兄的强盗,有破人婚姻的强盗,有引人嫖赌的强盗,有谋人财产的强盗,有夺人事业的强盗,有坏人名节的强盗,有陷人不义的强盗,有唆人兴讼的强盗,有唆人不和的强盗,有说人闺阃的强盗,有说人是非的强盗……诸如此类,一时何能说得许多。只顾闲谈,不知不觉离了小瀛洲已有二三十里。且喜前面已有人家,我们趁早投宿,以便明早趱路。"上前觅店安歇。

不一日,赶到陇右。细细打听,原来史逸被武九思大兵掩杀,及至退到大关,城池已陷,只得远逃。现在武九思在此镇守。三人即到各处探听骆承志下落,毫无影响。这日又在街上侦探,遇一老者,问起骆公子消息。那老者轻轻说道："你们问的莫非宾王之子骆大郎么？"文菡见他不敢高声，即到跟前附耳道："我们问的正是此人，求老翁指教。"老者听了，也在文菡耳边轻轻说了几句。文菡听罢，不觉喊道："既如此，你又何必轻轻细语？真真混闹！"那老者见他喊叫，慌忙跑开。文其埋怨道："二哥只管慢慢盘问，为何大惊小怪把他吓走？刚才他说骆家哥哥现在何处？"文菡道："你道他说甚么？他道：'你问骆公子么？'我说：'正是。'他道：'你们问他怎么？'我说：'我要问他下落。'他道：'原来你要问他下落。我实对你说罢：我只晓得他是钦命要犯；至于下落，我却不知。'"余承志道："这个老儿说来说去，原来也同我们一样。"文菡道："谁知我低声下气，恭恭敬敬，却去吃他一个冷闷。"文其搔首道："杳无消息，这却怎处？此番辛苦，岂不用在空地！"

三人一连又找数日，也是枉然。只得商议，且回淮南。走了几日，出了陇右边界。这日又到小瀛洲山下。文菡、文其正想上山望望，忽见有员小将带着一伙强人围着一个女子在那里战斗；战了多时，那小将看看抵挡不住。余承志道："远远望去，那个少年宛似骆家兄弟。可惜不能问话，这却怎好？"文菡道："我们何不助他一臂之力？"文其道："既是骆家兄弟，承志哥哥且去同他答话，我们与这女子迎敌。"即同文菡身边各取利刃，迎了上去，大声喊道："女子休得逞强！我二人来了！"登时斗在一处。余承志叫道："那位可是骆家兄弟么？"骆承志听了，撇了女将，把余承志上下打量，虽多年未见，究竟面貌相似,因大声问道:"尊驾莫非徐家哥哥?因何到此?"余承志慌忙上前,把面投血书,"今同文蔚、文萁来此探听贤弟消息"话,略略说了几句。因问道:"贤弟到此几年?为何与这女子争斗?"骆承志道:"此话提起甚长。我们把这女子杀了,慢慢再讲。"各举利刃,一齐上前。

那女子虽然武艺高强,那里敌得四员小将,看看刀法散乱,力怯难支。忽听远远有员小将喊道:"骆家哥哥并诸位壮士休要动手,莫把我的小姨子伤害!我史述来了!"骆承志连忙跳出圈子叫道:"史家兄弟:此话怎讲?"史述道:"兄长且请三位壮士暂停贵手,小弟慢慢讲这缘故。"众人听的明白,只得住手退后。女子叫道:"原来是史述表兄!为何却在此处?"骆承志道:"既是亲眷,此非说话之地,且请上山,慢慢再讲。"大家一齐上山。走了多时,进了山寨,女子往后寨去了。

骆承志指着史述向余承志道:"此即史伯伯之子,名叫史述。当日兄弟自军前分手,逃到陇右,见了史伯伯,呈了血书,蒙史伯伯收留,改为洛姓,命跟教师习学诸般武艺,至今十有余年。史伯伯久欲起兵保主上复位,因常观天象,武后气数正旺,唐家国运未转,耽搁多年。这几年,武后气运日见消败,紫微垣已吐光芒。昨因武后回光反照,气运已衰,正好一举成功;不料起兵未久,竟致全军覆没。史伯伯不知逃奔何处。小弟同史家兄弟蒙史伯伯派在后队接应,因大事已去,只得带了本队一千人马逃至此山。山上向有数百强人,聚集多年;他见我们弟兄骁勇,情愿归降。我们正在'有家难奔,有国难投',见他如此,因此暂在此山权且避难。不想今日得遇三位仁兄,真是三生有幸。不知史家兄弟与这女子是何亲眷?"

史述道:"刚才兄长与这女子战斗,小弟即将他的车辆人口抢掳上山,意欲拷问为何来探行藏;谁知却是小弟舅母,又是小弟岳母。"洛承志道:"此话怎讲?"史述道:"小弟母舅姓宰名宗,当年曾任陇右都督,久已去世;寄居西蜀。舅母申氏,膝下两个表妹:一名宰银蟾,一名宰玉蟾。那银蟾即家君[1]自幼代弟所聘者。刚才那员女将,就是玉蟾,因考才女一事,同了母亲、姐姐并两个姨表姐妹,——一名闵兰荪,一名毕全贞,——回籍赴试,从此路过。我玉蟾表妹素日最孝,他恐山上藏有虎豹惊吓老母,前来探路;那知我们只当他有意来探行藏,与他争斗。若非问明,几乎误事。这三位兄长尊姓大名?从何到此?"洛承志将三人名姓来意说了,史述这才明白,深赞三人义气。洛承志再三拜谢,随命下人大排筵宴。宰氏姊妹即同母亲别了史述,带着兰荪、全贞立试去了。忽有小卒来报:武九思家眷不日从此经过。史述同洛承志听了,当时计议要去报仇。

未知如何,下回分解。

---

〔1〕 家君——对人称自己的父亲。

## 第五十九回

### 洛公子山中避难　　史英豪岭下招兵

话说史述闻武九思家眷不日从此经过,即同洛承志商量,意欲把九思家口杀害,以报陷城之仇。余承志道:"史家哥哥固志在报仇;但他的家眷,岂无兵将护送?纵使杀害,他又岂肯干休?一经领兵到此,岂非泰山压卵?史伯伯兵马数万,尚且不能取胜,何况今日人马不满两千?据小弟愚见:且把报仇之事暂缓,莫若招集旧日部曲,以为日后勤王之计,最为上策。此处难得山田又多,又能容得人马,刚才小弟细细眺望,尽可藏身。况史伯伯在此多年,官声甚好,各兵受恩深重,看来也还易于招集。俟兵马充足,别处一有勤王之信,此处也即起兵相助。二位在此既不替天行道,又不打劫平民,自耕自种,与人无争,眼前既可保全,将来亦不失勤王功业。二位以为何如?"史述同洛承志听了,个个点头称善。就命各兵在山前山后播种五谷,积草屯粮,并暗暗招集人马。

三人住了几日,屡要告归,因史、洛二人再三挽留,又住几时,才同回淮南。见了文芸,把上项话说了。文芸正在三番两次差人打听,今见他们回来,这才放心。余承志见了妻子、妹妹,也把此事告知。丽蓉道:"此处两位姐姐不日要赴县考,意欲约我二人同去;妹子因哥哥前在船上有不可去之话，所以再三推辞。谁知伯母竟将我们履历业已开报，并嘱我们陪伴同去；妹子只得含糊答应，俟哥哥回来再去复命。哥哥你道如何？"余承志道："伯母既如此高兴，自应同去为是。况此间之事，也须耽搁两年方有头绪，你们借此出去消遣消遣，也省我许多挂牵。"

丽蓉同司徒蜘儿听了甚喜，即去见了林书香、阳墨香，告知此意。二人得有伴侣，欢喜非常。因蒋乳母之女崔小莺唤出与二人叩拜行礼。丽蓉连忙搀起还礼道："我们时常见面，今日为何忽又行此大礼？"蜘儿也还礼道："莫非要求我们做媒么？"书香道："姐姐休得取笑。此女虽是乳母所生，自幼与妹子耳鬓厮磨，朝夕相聚，就如自己姊妹一般；并且我同墨香妹妹在家读书，也是他伴读，时刻不离，真是情同骨肉。更喜他心灵性巧，书到跟前，一读便会；所有书法学问，竟在我们姊妹之上。今逢考试大典，乃自古未有奇遇，妹子意欲带他同去考考。他因二位姐姐晓得他的出身，求我们转恳：将来应试，全仗包涵，替他遮掩遮掩。"蜘儿道："这个何消嘱咐！妹子向在淑士也曾充过宫娥，这有何妨。"丽蓉道："既如此，我们竟要叨长，将来不称崔姑娘，竟要呼作小莺妹妹了。"崔小莺道："得蒙二位小姐如此提携，自当永感不忘，此后惟以师礼事之；并且竟要大胆，如在人前，只好以'姐姐老师'呼之了。"墨香笑道："'姐姐老师'向无此称，莫若竟呼姐姐，把'老师'二字放在心里，叫作'心到神知'罢。"

过了几时，章府大小姐蔡兰芳、二小姐谭蕙芳、三小姐叶琼芳、四小姐褚月芳，都从河东节度衙门起身，来约文府二位小姐同回祖籍赴

第五十一回·走穷途孝女绝粮　得生路仙姑献稻

第五十三回·论前朝数语分南北 书旧史挥毫贯古今

第五十四回·通智慧白猿窃书 显奇能红女传信

第五十六回 诣芳邻姑嫂乃遇 游瀚海主仆重逢

第五十七回·读血书伤情思旧友 闻凶信仗义访良朋

第五十八回·史将军陇右失机 宰少女途中得胜

第五十九回·洛公子山中避难 史英豪岭下招兵

第六十回・熊大郎途中失要犯 燕小姐堂上宴嘉宾

试,于是书香、墨香约会丽蓉、斌儿,带了崔小莺,一共九人同到江南。喜得郡县两考都得中式。回到淮南,略为耽搁,即向西京进发。恰好行了几日,适值唐闺臣、林婉如、洛红蕖、廉锦枫、田凤翾、秦小春、宋良箴、颜紫绡、黎红红、卢亭亭、枝兰音、阴若花也上长安,二十一位才女竟于中途巧遇。婉如同丽蓉、斌儿彼此道了久阔,并谢丽蓉神弹相救之力。斌儿见了闺臣,再三道谢当日寄父救拔之恩;此时闻在小蓬莱修行,颇为喜慰。洛红蕖得了哥哥在小瀛洲避难下落,这才放心,把此事告知宋良箴。大家说说笑笑,一路颇不寂寞。

这日天晚下店,只见许多兵丁围着一个木笼,装着一员小将,满面病容,绳索捆绑;后面有一武官押着,出了店门,簇拥而去。只听众兵纷纷言讲:"这个小将,乃九王爷之子,本名李素,如今改作宋素,在逃多年,今日才被擒获。"这话登时传到宋良箴耳内,吓的惊慌失色,泪落不止。只得背着众人,再三恳求闺臣、红蕖想个解救之法。二人踌躇多时,毫无计策;因将多九公找来,暗暗商议。九公摇头道:"他是钦命要犯,有何解救!难道我们把他劫夺回来?安有此理!"正在议论,适值颜紫绡走来,问知此事,忖了一忖道:"九公且去打听:他们今夜要投何处?此番捉获,还是本人犯了重罪,还是为着当年九王爷之事?如果本人并未犯罪,仍为当年之事,咱看良箴姐姐分上,倒可挺身前去,凭着全身本领,或可救他,也未可知。"良箴听了,不觉转悲为喜,再三道谢;即托九公前去打听。闺臣恐人多嘴杂,说话不便,即同良箴、红蕖、紫绡另在一房居住,暗托若花、兰音陪伴众人。

不多时,多九公打听回来道:"这员武官姓熊,不知何名,人都叫他'熊大郎',乃本地督捕。今擒了宋素,因是钦命要犯,惟恐路上有失,连夜要解都督衙门,业已向东去了。"紫绡道:"九公可曾打听宋公子何以被他擒获?"多九公道:"闻得前面过去五十里有两个村庄:一名宋家村,一名燕家村。两村相离甚近。宋家村内有一富户,名叫宋斯,外号叫作'好善'。当日宋素逃到他家,宋斯因他少年英俊,就认为义子,收留在家;并将甥女燕紫琼许他为妻,尚未婚配。谁知宋素右眼是个重瞳。太后因他日久在逃,忽然想起重瞳是个凭据,特发密旨命天下大臣细心访拿。宋素向日常在教场习武,人都叫他'三眼彪';现在身患重病,因此毫不费事,就被擒获。"良箴听了,这才明白。紫绡知宋素并未另犯重罪,才允定了晚上必去解救。当时多九公仍去外面照料。

到晚,四个姊妹同众人饭罢归房,良箴另外备了几样酒肴与颜紫绡壮威,敬了几杯,天已黄昏。良箴道:"紫绡姐姐好去了。惟恐他们去远,何能赶上?"紫绡笑道:"姐姐:不妨。他若去远,咱有甲马〔1〕,若拴上四个,做起'神行法',任他去远,咱也赶得上。"良箴道:"这甲马不知别人拴上也能行么?"紫绡道:"如何不能!只要把咒语一念,他就走了。"良箴道:"若果如此,将来姐姐何不替我拴上两个,我也跟着顽顽呢?"紫绡道:"这个虽可;但路上必须把荤戒了,

〔1〕 甲马——一种画有神佛像的纸。

才能飞跑。若嘴馋,暗地吃了荤,直要奔一世才能住哩!"红蕖笑道:"嫂嫂何必听他疯话!他又何必要用甲马!前在岭南,闺臣姐姐托他寄信,不过半个时辰,往返已是四五十里,就拴百十甲马,也无那般迅速!"

闺臣道:"只顾闲谈,姐姐你听,外面已起更了。"紫绡忙起身道:"此时可行了。"于是换了衣履,系了丝绦,扎了鱼婆巾,胸前插了宝剑,仍是一色通红。三人正看他结束,只听说声"去了",将身一纵,不知去向。良箴一见,口中只呼"奇怪",连忙赶到门外仰头一望,只见月色横空,何尝有个人影。因转身进来道:"紫绡姐姐有此本领,大约我哥哥性命可以无忧了。"闺臣道:"他若无惊人手段,何敢冒昧挺身前去,此事大可放心。古来女剑侠如聂隐娘〔1〕、红线〔2〕之类,所行所为,莫不千奇百怪,何在救脱一人。他们只要所行在理,若教他枉法乱为,只怕不能。你只看他务要打听宋公子有无犯罪,才肯解救,即此已可概见。当日姐姐执意不肯应试,若非众人一力撺掇,姐姐那肯同来?谁知今日倒与公子得了一条生路。虽'吉人天相',亦是上天不绝忠良之后。"红蕖道:"嫂嫂刚才赶到外面,可见紫绡姐姐向那方飞去?"良箴道:"我出去一望,惟见一天星月,那有人形。如此奇技,真是平生罕见!但贤妹刚才为何又以嫂嫂相称?前日所说

---

〔1〕 聂隐娘——故事传奇中唐代的侠女。据说小时候有老尼传她剑术,能刺虎豹;后来常为人打抱不平,在热闹街市里杀人而不被人发觉。

〔2〕 红线——故事传奇中唐代的侠女。据说原是潞州节度使薛嵩的婢女,曾经盗走魏博节度使田承嗣的金盒,使得田承嗣不敢侵犯潞州。

'机事不密则害成'那句话,莫非忘了？只顾如此,设或有人盘根问底,一时答对讹错,露出马脚,岂不有误大事！"红蕖道："这是妹子偶尔顺口称错,此后自当时刻留心。"

三人谈之许久,渐渐已转四更。正在盼望,只听嗖的一声,颜紫绡忽从外面飞进。随后又有一个女子也飞了进来,身穿紫绸短袄,下穿紫绸棉裤,头上束着紫绸渔婆巾,脚下露着三寸紫绣鞋,腰系一条紫色丝绦,胸前斜插一口紫绡宝剑；生得面似桃花,与颜紫绡打扮一模一样。三人一见,不解何意,吓的连忙立起。良箴心中有事,慌忙问道："紫绡姐姐可曾将我哥哥解救？此时现在何处？这位姐姐却是何人？为何与你同来？"颜紫绡道："姐姐你道这人是谁？"

未知如何,下回分解。

## 第六十回

### 熊大郎途中失要犯　　燕小姐堂上宴嘉宾

话说颜紫绡向宋良箴道："这位姐姐，你道是谁？原来却是令亲。——姐姐莫慌，咱们忙了多时，身子乏倦，且请坐了再讲。"大家序了坐。紫绡又接着说道："刚才咱从此间出去，到了中途，忽然遇见这位姐姐。问起名姓，原来姓燕，名紫琼，河东人氏，自幼跟着哥哥学得剑术；今因丈夫有难，特奉母命前去相救。他也问咱名姓，咱将来意说了。谁知他丈夫正是宋公子。因此同至前途：咱妹子迎头把熊大郎拦住，与他战斗；紫琼姐姐趁空即将公子劫去。咱斗了几合，撇了熊大郎，赶上紫琼姐姐，把公子送到燕家村交与太公、夫人。只因闻得彼处官兵现在搜捕余党，家家不宁，所以咱同紫琼姐姐赶来，特与诸位姐姐商议长久之计。"三人听了，这才明白。紫琼问了众人名姓，重复行礼，各道巧遇。

红蕖道："公子向在宋府居住，今藏燕府，岂不甚妥，为何欲议长久之计？"紫绡道："现在宋、燕两村纷纷访拿余党，那熊大郎今日失了公子，岂肯干休，势必仍到原处搜捕。一经访知公子是燕府之婿，岂有不去严查？况是钦命要犯，纵进内室，有谁敢拦？设有不妥，所关非轻，所以不能不预为筹画。为今之计，除远遁之外，别无良策。不知良箴姐姐可有安顿令兄之处？"燕紫琼道："良箴姐姐历来藏身既无人知,可见所居定是僻乡,何不请公子且到尊府暂避几时,岂不放心?"良箴听了,不觉滴下泪来道:"嫂嫂那知妹子苦处!自从先父遇难,妹子逃避他乡,虽得脱离虎口,已是九死一生。后来逃入尼庵,所处之地,不瞒嫂嫂说:方圆不及一丈,起走坐卧以及饮食一切俱在其内。终年惟睹星月之光,不见太阳之面。盖因庵近闹市,日间每多游人,故将其门牢牢反锁;惟俟夜静无人,始敢潜出庭院;及至白昼,又复锁在其内。日日如此。八年之久,几忘太阳是何形象。去年若非闺臣姐姐提携,无非终于斗室,闷死而已。今虽略有生机,但自顾不暇,何能另有安顿哥哥之处。"闺臣道:"紫琼姐姐府上既难存身,莫若且到岭南,权在我家暂避几时,又有我家兄弟可以照应;俟风头过去,再回燕家村,亦是救急之法。"红蕖道:"此说断断不可!昨日九公探得太后曾有特命天下大臣访拿之话;既命天下访拿,岭南岂有不搜捕之理?况今日被劫,明日广捕[1]又行天下,势必更加严紧,姐姐府上岂能藏身。设有败露,不独公子枉送性命,并恐种种牵连。若据愚见:莫若妹子修书一封,即去投奔小瀛洲与我哥哥相处,岂不是好?"

紫绡道:"姐姐所见极是。他们郎舅至亲,同在一处,彼此亦有照应。事不宜迟,就请修书,以便紫琼姐姐趁早伴送郎君上山。"紫琼不觉含羞道:"诸位姐姐计议虽善,但宋公子患病已深,现在人事不知;况离小瀛洲甚远,妹子一人何能办此大事?必须仍烦紫绡姐姐

---

〔1〕 广捕——通缉。

## 第六十回　熊大郎途中失要犯　燕小姐堂上宴嘉宾

帮同照应，庶免疏虞。"紫绡道："此去小瀛洲尚有数百里，咱们往返虽如风云，此时天已发晓，安能顷刻即回。姐姐既要咱同去，闺臣姐姐这里只管收拾起身，明日咱在前途客店相会便了。"闺臣道："与其如此，莫若我们在此耽搁一日，等姐姐回来一同起身，也不为迟。"当时红蕖把信写了，交付燕紫琼；紫琼即携了紫绡，别了三人，腾空而去。

少时天明，闺臣假推有病，不能动身，在店住了一日，到晚仍同红蕖、良箴守候。天交三鼓，紫绡方才回来。良箴道："连日姐姐为我哥哥之事，屡次劳动，实觉不安。可送到小瀛洲么？"紫绡道："今早同紫琼姐姐到了他家，见了叶氏夫人，把上项话说了。夫人与太公再再商酌，虽放心不下，因事在危急，无可奈何，只得勉强应允。等到夜晚，咱同紫琼姐姐将公子送到小瀛洲山寨之内，把书放下，随即回来。"闺臣道："那燕家姐姐呢？"紫绡道："紫琼姐姐也要上京应试，得知诸位姐姐赴试之信，心中甚喜，意欲携伴同行。他家就在前面燕家村，咱们此去，必由村前路过，因此紫琼姐姐先赶回家预备酒饭，以便接待诸位，嘱妹子回来代达其意。姐姐意下如何？"闺臣道："妹子巴不能多几个姊妹，路上才有照应。今紫琼姐姐既有此意，明日路过燕家村，自然前去约他。"

次日收拾起身。走了五十里，到了燕家村；早有燕家仆婢前来迎接。众姊妹进了燕府，见了紫琼，彼此见礼，并拜见叶氏夫人。原来紫琼父亲名燕义,曾任总兵之职,如今年近七旬,致仕[1]在家。妻子叶氏。跟前一儿一女:女即紫琼;儿名燕勇,自幼习武,赴试未归。燕义家资巨富。虽致仕在家,因主上久不复位,时刻在念;所以家中养着许多教师,广交天下好汉,等待天下起了义兵,好助一臂之力,共力勤王。昨闻女儿要同闺臣结伴赴试,知道闺臣是探花唐敖之女,又有骆宾王之女同行,都是忠良之后,心中甚喜,即命家人备筵款待。

登时各村都知燕小姐就要起身,因而燕义甥女姜丽楼,表侄女张凤雏,都来求要同去赴试。紫琼与唐闺臣商议,闺臣甚为乐从。燕义即通知各家。当时张凤雏、姜丽楼都过来与众人相见。燕紫琼命丫鬟摆了五桌酒席,唐闺臣、林婉如、洛红蕖、廉锦枫、田凤翾、秦小春、宋良箴、黎红红、卢亭亭、枝兰音、阴若花、颜紫绡、余丽蓉、司徒妩儿、林书香、阳墨香、崔小莺、蔡兰芳、谭蕙芳、叶琼芳、褚月芳、张凤雏、姜丽楼、燕紫琼,共二十四位小姐,各按年齿归坐,饮酒畅谈。原来紫琼谈风甚好,席上颇不寂寞。婉如道:"我们与紫琼姐姐今日虽是初会,听他言谈,莫不情投意合,真令人恨相见之晚;就是别位姐姐,一经会面,也都是一见如故,倒像素日见过一般。莫非前世我们都曾会过么?"小春道:"如何不曾会过!妹子闻得凡人死后投胎,都要归到转轮王[2]殿上发放,大约我们前世曾在那里一会罢。"说的众人不觉好笑。

---

[1] 致仕——官吏退休。
[2] 转轮王——迷信说法中管理鬼魂投胎的冥王的官号。

---

第六十回　熊大郎途中失要犯　燕小姐堂上宴嘉宾

饭罢，掌灯。正在闲谈，忽见一个女子飞进堂中，身穿桃红绸短袄，下穿桃红棉裤，头上束着桃红渔婆巾，脚下穿着三寸桃红鞋，腰系一条桃红丝绦；手执宝剑；生得十分艳丽。众姊妹一见，吓的惊疑不止。只听那女子厉声问道："昨日那个劫去宋素？姓甚名谁？请来一见！"紫绡闻言，即从身旁掣出宝剑，挺身上前道："是咱颜紫绡！"紫琼也执剑上前道："是俺燕紫琼！你是何人？问他怎么？"女子把二人上下看一看，道："俺只当三头六臂，原来不过如此！但你二人既以宝剑随身，自然都是深通剑术之人。俺闻剑客行为莫不至公无私，倘心存偏袒，未有不遭恶报；至除暴安良，尤为切要。今宋素乃钦命要犯，特奉密旨擒拿，你们竟敢抗拒官兵，中途行劫！俺表兄熊训偶尔疏忽，致将要犯被窃，特托俺前来。快将宋素早早献出，免得大祸临身！俺姓易，名紫菱！父亲在日，曾任大唐都招讨之职，祖父当年亦曾执掌兵权；我家世受国恩，所以特来擒此叛逆！"

紫琼含笑道："尊驾此话固非强词夺理。但你可知宋素是何等样人？俺们救他，岂是无因？"易紫菱道："他何尝姓宋！乃叛逆九王之子，俺如何不知！"紫琼笑道："尊驾既知，更好说了。俺且请教：你说你家世受国恩，这个'国恩'自然是大唐之恩了？"易紫菱道："如何不是！"紫琼道："府上既受大唐之恩，要知九王爷不独是大唐堂堂嫡派，并是大唐为国忠良，他因大唐天子被废，每念皇恩，欲图报效，所以特起义兵，迎主还朝，那知寡不敌众，为国捐躯；上天不绝忠良之后，故留一脉。不意尊府乃世受唐恩之人，不思所以图报，反欲荼毒唐家子孙，希冀献媚求荣。不独恩将仇报，遗臭万年；且剑侠之义何在？公道之心何存？今趁诸位姐姐在此，尊驾不妨把这缘故说明。如宋素果有大罪，俺们岂当献出，决不食言。"易紫菱听了，立在堂中，如同木偶，半晌无言。

红蕖见这光景，连忙携了闺臣上前万福道："姐姐有话，何不请坐慢慢再谈。"易紫菱一面把剑入鞘，一面还礼道："姐姐请坐。"于是大家一齐归坐，紫绡、紫琼也将宝剑入鞘归位。易紫菱问了众人名姓，闺臣把上京赴试，路过此处话说了。红蕖望着燕紫琼道："我看紫菱姐姐举止大雅，器度非凡，真不愧名将之后，令人惟恨相见之晚。但他府上既世受国恩，断无恩将仇报之理。这是上天不绝良善之后，所以幸遇这位姐姐；若是遇了那些负义忘恩之人，……"紫菱不等话完，即接着说道："宋素究是唐家子孙。妹子此时若食周朝之俸，自然惟知忠君之事，替主分忧，何暇计及别的。好在俺非有职食禄之人，此来系为表兄所托；诸位姐姐既仗义相救，俺妹子岂敢另有他意。就此告别，他日再于京中相会。"正要拜辞，燕紫琼那里肯放，务要攀留少饮数杯，略尽主谊。闺臣、红蕖众姊妹也再再相留，紫菱情不可却，只得应允。燕义躲在后堂，探知这些情节，久已命人预备筵席。

登时重整杯盘，众姊妹又复叙坐。闺臣、红蕖、紫绡、紫琼与易紫菱同坐一席。酒过数巡，红蕖道："适才姐姐有'他日京中相会'之话，莫非也有京师之行么？"紫菱道："不瞒姐姐说：妹子幼年亦曾略知诗书；前应郡试，虽得侥幸，但恨尚无伴侣，所以未及登程；大约迟早亦拟就道。"闺臣道："姐姐既无伴侣，如府上无事，何不与妹子同行，岂不甚便？"紫菱道："妹子适才亦有此意，因初次见面，不敢唐突;既承厚爱,足慰下怀,俟回去禀知老母,自当附骥同行。诸位姐姐倘能在此少为耽搁,妹子回去略为收拾,不过两日即可赶回。"燕紫琼道:"家母正要攀留众位在此盘桓数日,姐姐只管回去慢慢收拾,我们自当在此静候。"闺臣道:"虽承伯母盛意,但人口太多,过于搅扰,实觉不安。姐姐千万早些赶来,以便作速起身。"紫菱连连点头。紫绡道:"姐姐回去,作何回复你家表兄,也须预为筹画,省得临期又有纠缠。"紫菱道:"俺只说无从寻找,他又何能再为纠缠。"席散后,别了众人,将身一跃,登时去了。坐中如林书香、蔡兰芳、司徒婉儿之类,从未见过飞来飞去之人,今见紫菱这般举动,莫不出神叫奇,都道:"不意世间竟有如此奇人!"

若花因又谈起去年紫绡寄信,婉如赤脚乱钻光景,引的众人不觉好笑。小春道:"我看婉如姐姐日后定要成仙。"兰音道:"何以见得?"小春道:"世上既有'缠足大仙',自然该有'赤足小仙',这是衣钵相传[1],亦非偶然。所以妹子知他必要成仙。"众人听了,虽觉好笑,却不知"缠足大仙"是谁。婉如道:"'缠足大仙'四字,只有闺臣、若花两位姐姐心内明白,除此之外,再无第三人。何以传到小春姐姐耳内?令人不解。"田凤翾道:"你们海外各事,我家九公舅舅到了无事与我们闲谈,那样不说;并嘱我们日后如到海外,遇见仙果,切莫嘴馋,惟恐捉去要酿'倮儿酒',那才苦哩。"婉如听了,回想当日吃果身

----

〔1〕 衣钵相传——佛家以衣钵为师父传给徒弟的法器:衣,袈裟;钵,盛食物的钵盂。后来就用"衣钵相传"这句成语,指一般师徒、父子之间的技术、学问的传授。

----

软以及男妖搽胭抹粉光景,倒也好笑。廉锦枫见他们说的藏头露尾,走到小春跟前,再三追问。小春只得把倮儿酒及缠足大仙一切情节略略说个大概,众人笑个绝倒。褚月芳道:"今日见了紫菱姐姐飞来飞去,业已奇极;谁知还有海外这些异事,真是闻所未闻!"

余丽蓉道:"刚才紫菱姐姐来时,何等威武;那知紫琼姐姐口齿灵便,只消几句话,把他说的哑口无言,把天大一件事化为瓦解冰消,可见口才是万不可少的。当日'子产有辞,郑国赖之[1]',这话果真不错。"司徒妩儿道:"紫琼姐姐几句话,不独免了许多干戈,并与紫菱姐姐打成相识,倒结了伴侣。将来路上得了紫绡、紫琼、紫菱三位姐姐,妹子别无叨光之处,就只到了客店,可以安然睡觉,叫作'高枕无忧'。"婉如道:"若据姐姐之言,路上有了他们三位,连看家狗也不必带了。"颜紫绡道:"若把狗带去,设或有人赤脚钻在床下,他赶上一口,把脚还要咬赤哩。"说的众人胡卢大笑。小春道:"紫绡姐姐把'赤脚'二字忽然改做'脚赤',这个故典用的生动,真是化臭腐成神奇。将来场中文字都像这宗做法,不独要扰高发喜酒,并且妹子从此要搁笔了。"婉如道:"场中若像这般用意,即使高发,也有些臭气。"紫绡笑道:"原来婉如姐姐脚是臭的!咱们快走罢!莫把紫琼姐姐厅房薰坏了!"大家笑着,一齐起身,来到叶氏夫人跟前,道了厚扰,各自安歇。

---

[1] "子产有辞,郑国赖之"——子产,春秋时郑国政治家,名公孙侨;有辞,会说话的意思。历史记载:春秋时,郑国夹在晋、楚两大国之间,环境很困难,但出于子产会说话,利用外交手腕来应付,因而郑国几十年没有遭到外患。

次日饭后,叶氏夫人命丫鬟引众位小姐到花园游玩。正是桃杏初开,柳芽吐翠,一派春光,甚觉可爱。大家随意散步,到各处畅游一遍。紫琼道:"妹子这个花圃,只得十数处庭院,不过借此闲步,其实毫无可观。内中却有一件好处,诸位姐姐如有喜吃茶的,倒可烹茗奉敬。"兰音道:"莫非此处另有甘泉?何不见赐一盏?"紫琼道:"岂但甘泉,并有几株绝好茶树。若以鲜叶泡茶,妹子素不吃茶,固不能知其味,只觉其色似更好看。"墨香道:"姐姐何不领我们前去吃杯鲜茶,岂不有趣!"紫琼在前引路,不多时,来到一个庭院,当中一座亭子,四围都是茶树。那树高矮不等,大小不一,一色碧绿,清芬袭人。走到亭子跟前,上悬一额,写着"绿香亭"三个大字。

未知如何,下回分解。

第六十一回

## 小才女亭内品茶　老总兵园中留客

话说众小姐来到绿香亭,都在亭内坐下。蔡兰芳道:"这'绿香'二字不独别致,而且极传此地之神,这定是紫琼姐姐大笔了。"燕紫琼指着姜丽楼、张凤雏道:"名字是丽楼姐姐起的,却是凤雏姐姐写的;并且如今连这花园也就叫做绿香园了。"崔小莺道:"原来是凤雏、丽楼二位姐姐手笔,妹子有句批语,叫做'写做俱佳'。"丽楼道:"这是妹子乱道,尚求姐姐改正。"凤雏道:"妹子自知写的不好,亏得名字起的雅,把字的坏处也就遮掩了。"

登时那些丫鬟仆妇都在亭外纷纷忙乱:也有汲水的,也有搧炉的,也有采茶的,也有洗杯的。不多时,将茶烹了上来。众人各取一杯,只见其色比嫩葱还绿,甚觉爱人;及至入口,真是清香沁脾,与平时所吃迥不相同。个个称赞不绝。婉如笑道:"姐姐既有如此好茶,为何昨日并不见赐,却要迟到今日?岂不令人恨相吃之晚么?"小春道:"昨日我们初与紫琼姐姐会面,婉如姐姐曾言惟恨相见之晚;今日品了这茶,又言惟恨相吃之晚:婉如姐姐原来是世间一个恨人,处处不离'恨'字。"闺臣道:"适才这茶,不独茶叶清香,水亦极其甘美,那知紫琼姐姐素日却享这等清福。"紫琼道:"妹子平素从不吃茶,这些茶树都是家父自幼种的。家父一生一无所好,就只喜茶。因近时茶叶每每有假，故不惜重费，于各处购求佳种；如巴川峡山大树，亦必费力盘驳〔1〕而来。谁知茶树不喜移种，纵移千株，从无一活；——所以古人结婚有'下茶'之说，盖取其不可移植之义。——当日并不留神，后来移一株，死一株，才知是这缘故。如今园中惟存十余株，还是家父从前于闽、浙、江南等处觅来上等茶子栽种活的，种类不一，故树有大小不等。家父著有《茶诫》两卷，言之最详，将来发刻，自然都要奉赠。"

红红道："妹子记得六经无'茶'字，外国此物更少，故名目多有不知。令尊伯伯既有著作，姐姐自必深知，何不道其一二，使妹子得其大略呢？"紫琼道："茶即古'荼'字，就是《尔雅》'荼苦槚'的'荼'字。《诗经》此字虽多，并非茶类。至荼转茶音，颜师古〔2〕谓汉时已有此音，后人因荼有两音，故缺一笔为茶，多一笔为荼，其实一字。据妹子愚见：直以'古音读荼、今音读茶'最为简截。至于茶之名目：郭璞言早采为茶，晚采为茗；《茶经》有一荼、二槚、三蔎、四茗、五荈之称；今都叫作茶，与古不同。若以其性而论：除明目止渴之外，一无好处。《本草》言：常食去人脂，令人瘦。倘嗜茶太过，莫不百病丛生。家父所著《茶诫》，亦是劝人少饮为贵；并且常戒妹子云：'多饮不如少饮，少饮不如不饮。况近来真茶渐少，假茶日多；即使真茶，若贪饮

---

〔1〕 盘驳——水陆上下搬运。
〔2〕 颜师古——唐代的训诂学家。（训诂，是对古书中文义不容易明白的地方，加以说明解释。）

无度,早晚不离,到了后来,未有不元气暗损,精血渐消:或成痰饮[1],或成痞胀[2],或成痿痹[3],或成疝瘕[4];馀如成洞泻,成呕逆,以及腹痛、黄瘦种种内伤,皆茶之为害,而人不知,虽病不悔。上古之人多寿,近世寿不长者,皆因茶酒之类日日克伐,潜伤暗损,以致寿亦随之消磨。'此千古不易之论,指破迷团不小。无如那些喜茶好酒之人,一闻此言,无不强词夺理,百般批评,并且哑然失笑。习俗移人,相沿已久,纵说破舌尖,谁肯轻信。即如家父《茶诫》云:'除滞消壅,一时之快虽佳;伤精败血,终身之害斯大。获益则功归茶力,贻患则不为茶灾。'岂非福近易知,祸远难见么? 总之:除烦去腻,世固不可无茶;若嗜好无忌,暗中损人不少。因而家父又比之为'毒橄榄'。盖橄榄初食味颇苦涩,久之方回甘味;茶初食不觉其害,久后方受其殃,因此谓之'毒橄榄'。"

亭亭道:"此物既与人无益,为何令尊伯伯却又栽这许多? 岂非明知故犯么?"紫琼道:"家父向来以此为命,时不离口,所以种他。近日虽知其害,无如受病已深,业已成癖,稍有间断,其病更凶;自知悔之已晚,补救无及,因此特将其害著成一书,以戒后人。恰好此书去年方才脱稿,腹中忽然呕出一物,状如牛脾,有眼有口;以茶浇之,

---

〔1〕 痰饮——一种慢性胃炎症。喝水不能吸收,在胃中作响声。
〔2〕 痞胀——一种慢性脾脏肿大症。按着肚皮,仿佛里面生了硬块。
〔3〕 痿痹——一种神经系的病。筋肉失了功用,四肢不能移动:不觉得痛的叫做痿,觉得痛的叫做痹。
〔4〕 疝瘕——疝,小肠偏坠,阴囊肿大;瘕,肚子里面有积块,鼓胀一类的病。

张口痛饮,饮至五碗,其腹乃满;若勉强再浇,茶即从口流出,恰与家父五碗之数相合。盖家父近年茶量更大,每次必吃五碗,若少饮一碗,心内即觉不宁;少停再饮,仍是五碗;因此身体日见其瘦,饭亦懒吃。去年偶因五碗之后,强进数碗,忽将此物吐出,近来身体方觉稍安。"若花道:"这是吉人天相。兼之伯伯立言垂训,其功甚大,所以获此善报,将来定是寿享期颐[1]。"紫琼道:"家父若像去岁一饮五碗之时,几至朝不保暮;此时较前虽觉略健,奈受病已深,年未五旬,已觉衰老。但愿如姐姐所言,那就是妹子之福了。"

谭蕙芳道:"适才姐姐言茶叶多假,不知是何物做的?这假茶还是自古已有,还是起于近时呢?"紫琼道:"世多假茶,自古已有。即如张华言'饮真茶令人少睡'。既云真茶,可见前朝也就有假了。况医书所载,不堪入药,假茶甚多,何能枚举。目下江、浙等处以柳叶作茶;好在柳叶无害于人,偶尔吃些,亦属无碍。无如人性狡猾,贪心无厌,近来吴门有数百家以泡过茶叶晒干,妄加药料,诸般制造,竟与新茶无二。渔利害人,实可痛恨。起初制造时,各处购觅泡过干茶;近日远处贩茶客人至彼买货,未有不带干茶以做交易。至所用药料,乃雌黄、花青、熟石膏、青鱼胆、柏枝汁之类;其用雌黄者,以其性淫,茶叶亦性淫,二淫相合,则晚茶残片,一经制造,即可变为早春;用花青,取其色有青艳;用柏枝汁,取其味带清香;用青鱼胆,——漂去腥臭,——取其味苦;雌黄性毒,经火甚于砒霜,故用石膏以解其毒,又

---

[1] 期颐——一百岁。

能使茶起白霜而色美。人常饮之,阴受其毒,为患不浅。若脾胃虚弱之人,未有不患呕吐、作酸、胀满、腹痛等症。所以妹子向来遵奉父命,从不饮茶。素日惟饮菊花、桑叶、柏叶、槐角、金银花、沙苑、蒺藜之类,又或用炒焦的薏苡仁。时常变换,倒也相宜。我家大小皆是如此,日久吃惯,反以吃茶为苦,竟是习惯成自然了。"

叶琼芳道:"真茶既有损于人,假茶又有害于人,自应饮些菊花之类为是。但何以柏叶、槐角也可当茶呢?"紫琼道:"世人只知菊花、桑叶之类可以当茶,那知柏叶、槐角之妙。按《本草》言:柏叶苦平无毒,作汤常服,轻身益气,杀虫补阴,须发不白,令人耐寒暑。盖柏性后凋而耐久,禀坚凝之质,乃多寿之木,故可常服。道家以之点汤[1]当茶,元旦以之浸酒辟邪,皆有取于此。麝食之而体香,毛女[2]食之而体轻,可为明验。至槐角按《本草》乃苦寒无毒之品,煮汤代茗,久服头不白,明目益气,补脑延年。盖槐为虚星[3]之精,角禀纯阴之质,故扁鹊[4]有明目乌发之方,葛洪有益气延年之剂。当日庾肩吾[5]常服槐角,年近八旬,须发皆黑,夜观细字,即其明效。可惜这两宗美品,世人不知,视为弃物;反用无益之苦茗,听其克伐;

---

[1] 点汤——点,冲、泡的意思;汤,开水。
[2] 毛女——神话传说中秦始皇宫人,逃亡到华阴山里,用松柏叶果做食粮,不觉得饥饿寒冷,成为仙女。
[3] 虚星——二十八宿之一,两颗星,也叫"北陆"。这里说"槐为虚星之精",是迷信的说法。
[4] 扁鹊——战国郑人,姓秦名越人,历史记载上著名的医生。
[5] 庾肩吾——南北朝梁诗人。

岂不可叹!"小春道:"妹子正在茶性勃勃,听得这番谈论,心中不觉冰冷;就是再有金茶、玉茶,也不吃了。明日也去找些柏叶、槐角,作为茶饮,又不损人,又能明目,岂不是好。"良箴道:"这茶我们能吃多少,每日至多不过五七杯,何必戒他。"小春道:"误尽苍生,就是姐姐这句话!你要晓得,今日是一个五七杯,明日就是两个五七杯,后日便是三个五七杯;日积月累,到了四五十岁,便是几百、几千、几万五七杯!"婉如道:"姐姐与其劳神算这细帐,何不另到别处走走?"随即携了小春出了绿香亭,众人也都跟着。走了两层庭院,紫琼又引至一个杏花多处,进了厅房,就在厅上坐下,看花闲谈。

到晚正要摆设晚饭,只见众园丁担了许多行李进来。紫琼只当易紫菱来了,及问园丁,原来却是过往女眷;因本村客店都被众小姐车辆人夫住满,无处存身,因闻燕员外向来最肯与人方便,每逢客店住满,凡来借居,莫不容留,所以来此借宿一宵。燕义因是女眷,不能推脱,只得命他们暂在园丁女眷房内权宿一夜。不多时,有几个妇女远远而来。园丁走过,把厅上门帘垂下。众姊妹都在窗内张望,原来却是四个女子,后面跟着两个老嬷。内有一个女子,红蕖甚觉眼熟,仔细一看,倒像薛蘅香模样。

未知如何,下回分解。

## 第六十二回

### 绿香园四美巧相逢　红文馆群芳小聚会

话说洛红蕖正在细看,只听廉锦枫道:"红蕖姐姐:你看那个穿青的,岂非红蕤姐姐么?"红蕖复又细看,果是尹红蕤。随即应道:"姐姐眼力不差。"紫琼忙问道:"莫非二位姐姐都熟识么?"红蕖道:"这四人我只认得两个:一名薛蘅香,一名尹红蕤。"闺臣道:"那蘅香姐姐自然是仲璋伯伯之女;红蕤小姐莫非尹太老师千金么?"红蕖道:"正是。"紫琼道:"既是二位姐姐亲眷,何不请来一会。"即命丫鬟去请。不多时,四个女子过来,大家见礼让坐。薛蘅香与红蕖各道久阔;尹红蕤见了红蕖、锦枫,欢喜非常;姚芷馨同婉如各道别后渴想。众人问起那个女子名姓,却是麟凤山的魏紫樱。芷馨问了闺臣名姓,即同薛蘅香再三致谢"当日伯伯拯救之恩";闺臣前在海外,曾闻魏紫樱男装打死狻猊之事,也向紫樱再三道谢。洛红蕖把在座众人名姓都向四人说了。问起根由,原来四人也是去赴部试,都在前途相遇的。于是大家约了一齐结伴同行。紫琼随命摆设酒饭,众人序齿归坐。

酒过数巡,正在闲谈,忽见窗外飞进一个人来。薛蘅香吓的把箸丢在地下,身上只管发抖;姚芷馨推开椅子,躲在桌下。众人看那女子,却是易紫菱回来;把包裹放下,向众人万福,众人还礼让坐。紫琼把姚芷馨搀扶起来道:"姐姐为何这般胆小?"芷馨道:"只因前在巫咸带了乳母前去扫墓,忽遇强人持刀行凶,几乎丧命,幸亏唐伯伯拔刀相助,才得脱身。至今留下一个病根:但遇惊吓,就觉胆落。适才躲避桌下,自知失仪露丑,实系情非得已,诸位姐姐莫要发笑。"蘅香道:"妹子刚才吓的失箸,也因那日受了惊恐留的病根。此时想起当日唐伯伯救命之恩,更令人感激无地。"

大家让紫菱一同坐了。丫鬟把包裹取过。闺臣笑道:"紫菱姐姐这才算得'轻骑简从'哩。"紫菱道:"若要雇车装载行李,大约还须两三天方能到此,此时不能不从简便。诸位姐姐不知打算何日动身?"闺臣道:"此时别无甚事,姐姐既到,自然明早长行。"燕紫琼仍要攀留一日,众人执意不肯,定要明日起身。多九公不时来催。紫琼见挽留不住,只得命人收拾,明日一同长行。当时饭罢,张凤雏、姜丽楼都匆匆回去,约定明早在此会齐。众人各自安歇。紫琼见紫菱带的行囊过少,即命丫鬟送了两床被褥过去,紫菱道谢收了。次日大家早早起来;张凤雏、姜丽楼也都过来:共二十九位小姐,一同用了早饭,拜辞叶氏夫人,往北进发。

一路晓行夜住,这日到了长安。多九公预先进城找寻下处。恰好太后恐天下众才女到京住在客店不便,因当日抄没九王府一所,院落宽阔,房屋甚多,又命工部盖了许多群房,赐名红文馆,如愿住者,悉听其便。多九公闻之甚喜,即将众人文书呈验;用了些须使费,检了一所大院落。通知众人一齐进城,来到寓所。多九公引众小姐各处看了一遍：前后六层，两傍群房无数，另有一个总门出入；若把总门闭了，宛是一家宅院。众人看了，无不欢喜。多九公道："唐小姐看这房屋还够住么？"闺臣笑道："莫讲我们，就再添几十人也还够住。好在又有内外，厅房又大，难得九公费心寻此好寓。"多九公道："这是老夫格外用了些须使费才能如此。现在此处或三五间一所，或十余间一所，老夫细细访问，大约已有二三百处有人住了。我们这所大房，据管房人说，当初原预备礼部尚书[1]、礼部侍郎[2]卞、孟两府小姐住的，此时因两府小姐俱不赴试，才敢给我们居住。"红蕖道："卞、孟两府有几位小姐，却要如此大房？"多九公道："据说卞府有七位小姐，孟府有八位小姐；——因他生的小姐过多，所以卞、孟两位夫人，人都称做'瓦窑[3]'。——还有许多亲眷姊妹，连他两府，约有三四十位，因此才备这所大房。"婉如道："既如此，为何又不赴试呢？"多九公道："闻得有甚回避，不准应试。"

林书香道："侄女有件事拜烦九公：我同兰芳表妹有几个弟妇也来赴试，不知可在此处作寓。今日已晚，明日将名姓开了，拜烦代为问问。"多九公道："这事容易。明日请把姓名开来。"说着，即去照应众人搬发行李，安排厨灶。众位小姐或三个一房，或五个一房，接接

---

[1] 尚书——官名，在明、清是中央政府部的长官。
[2] 侍郎——官名，在明、清是中央政府部的次官。
[3] 瓦窑——瓦，纺砖。古代女子是要从事纺织的；小时候，给她纺砖做玩具，让她熟习"本分"应做的事。因此，后来就叫生女为"弄瓦"。称生女较多的妇人做"瓦窑"，是一种含有侮辱性的玩笑话。

## 第六十二回　绿香园四美巧相逢　红文馆群芳小聚会

连连,都将行囊床帐安置,早早安歇。次日,多九公拿着一本号簿进来,向林书香、蔡兰芳道:"老夫才同管房子的将号簿借来,凡有赴试在此住的,都在上面。令亲可曾到此,请二位小姐一看就知道了。"二人接过,看了一遍,不觉满面堆下笑来。闺臣道:"莫非诸位令弟夫人都在此作寓么?"二人连连点头,把号簿交给九公,再三道谢。多九公拿着去了。

当时谭蕙芳、叶琼芳、褚月芳、阳墨香、崔小莺都过来商量同去探望,即命苍头在前引路,七位小姐带了乳母丫鬟一齐出了总门。两面房舍虽接连不断,静悄悄门前却无一人,也无闲人来往;惟见几个提篮买物之人,亦皆俯首而行。书香细问苍头,才知太后因此处地方辽阔,院落甚多,恐有小人生事,特派两员大臣带了兵役在此弹压。头门以内,禁止闲人擅入,无论大小交易,均在头门以外;所有各家仆人,总归自己总门以内,毋许门首闲立,亦毋许无故闲步:如有不遵,枷号示众;黉夜犯者,即送刑部衙门加倍治罪。因此外面并无闲人来往。章、文两家苍头引着七位小姐各处探望一遍,随即回寓。不多时,文府大公子文芸之妻章兰英、二公子文菂之妻邵红英、三公子文萁之妻戴琼英、四公子文菘之妻由秀英、五公子文芥之妻钱玉英,还有秀英表妹田舜英,六位小姐,俱来回拜。书香迎接进内,与众人一一拜见。正在让坐,忽闻章府大公子章荭之妻井尧春、二公子章芝之妻左融春、三公子章蘅之妻廖熙春、四公子章蓉之妻邺芳春、五公子章苓之妻郦锦春、六公子章莒之妻邹婉春、七公子章苕之妻施艳春、八公子章芹之妻柳瑞春、九公子章芬之妻潘丽春、十公子章艾之妻陶秀春，共十位小姐，都来回拜。兰芳连忙迎出，引着见了众人，彼此问了名姓，都请在厅房坐下。

闺臣见人才济济，十分欢悦，因与书香、兰芳商议："既是至亲，此间房屋甚多，何不请他们搬来同住，彼此都有照应，岂不是好？"书香即将此意向兰英、尧春诸人说了，个个欢喜，无不情愿，随即各命仆婢将行李搬来。闺臣托末空带着众丫鬟铺设床帐，安排桌椅。到晚就在厅房摆了十桌酒席，当时唐闺臣、林婉如、洛红蕖、廉锦枫、黎红红、卢亭亭、枝兰音、阴若花、田凤翾、秦小春、颜紫绡、宋良箴、余丽蓉、司徒妩儿、林书香、阳墨香、崔小莺、蔡兰芳、谭蕙芳、叶琼芳、褚月芳、燕紫琼、张凤雏、姜丽楼、易紫菱、薛蘅香、姚芷馨、尹红萸、魏紫樱、章兰英、邵红英、戴琼英、由秀英、田舜英、钱玉英、井尧春、左融春、廖熙春、邴芳春、郦锦春、邹婉春、施艳春、柳瑞春、潘丽春、陶秀春，共四十五位小姐，无分宾主，各按年齿归坐，饮酒畅谈。

酒过数巡，婉如道："今日众姐妹这般畅聚，妹子心里喜的不知怎样才好！若说'惟恨相见之晚'罢，小春姐姐又说俺是个'恨人'；若说'都有宿缘'罢，他又说'曾在鬼门关上会过'。这话俺都不说，只好用那'久仰大名，如雷贯耳'几句俗套了。"小春道："这话不但过俗，并且一派虚浮，全是捣鬼：若谓'久仰大名'，我们若未会面，谁知谁的大名？素日不知，却说久仰，岂非捣鬼么？"闺臣道："'久仰大名'这句话，只有两个人可以用得：当日我家叔父曾言当今有两个才女，——一名史幽探，一名哀萃芳，——曾将苏蕙《璇玑图》绎出许多诗句，太后见了甚喜，因此才有女试恩诏。我们若见这二人，那才算得'久仰大名'哩。"章兰英道:"这二人素日妹子也曾闻名;并且所绎之诗也都见过,果然甚好。"林书香道:"妹子昨看号簿上面并无其人,大约不在此处居住;不然,倒可会会。"井尧春道:"姐姐莫忙,到了部试少不得都要会面的。"

饭罢,都到庭中闲步,忽觉一股清香扑鼻,远远望去,原来有几丛木香蟠在墙角,开的甚觉茂盛,于是齐到跟前。正在观看,忽闻隔墙有妇女啼哭之声。闺臣道:"闻得此处围墙以内向无民房,都是我辈赴试的寓所,何得忽有哭声?——定有缘故。"秦小春道:"有甚缘故!此必赴试女子自幼从未出外,此刻想家,所以啼哭。"闺臣道:"须托九公前去问问,或者是赴试女子偶然患病,抑或缺了盘费,均未可知。问个详细,倘能周济,也是一件好事。"秀英道:"姐姐不必打听,此事妹子尽知。这个啼哭的是赴试缁姓女子。前者妹子同表妹舜英进京,曾与此女中途相遇,因他学问甚优,兼之气味相投,所以结伴同行。到了京师,就在一处同住,隔墙这所房子,就是我们所住之处。前者到寓,此女检查本籍文书,谁知因他起身匆促,竟将文书未曾带来;此时离部试之期甚近,其家远在剑南,何能起文行查?眼看不能应试,因而啼哭。"红蕖道:"这是他忙中有失,也是命中造定,归咎何人。"田舜英道:"刚才秀英姐姐已将自己文书送给此女,教他顶名应试,不知为何却又啼哭?"林书香、阳墨香一闻此言,吓的惊疑不止。

未知如何,下回分解。

## 第六十三回

### 论科场众女谈果报　误考试十美具公呈

话说林书香、阳墨香听得舜英之言,姑嫂至亲,分外关心,不觉惊疑不止。书香道:"秀英妹妹:这是怎讲!好容易吃了辛苦,巴到此地,却将文书平白给人!请问妹妹好端端为何不要赴试?"秀英道:"妹子一因近日多病,不能辛苦;二者,自知学业浅薄,将来部试,断难有望。与其徒自现丑,终归无用,莫若借此养病,亦可成全此人。况他学问甚优,必能高中,若不赴试,未免可惜。因此将文书命奶公暗地送去,嘱他只管顶名应试,将来得中,再作更名之计,稍迟片刻,奶公就回来了。姐姐切莫替我可惜,倘有可望,妹子又岂肯将现成功名反去给人。"墨香听了,惟有搔首,只说"怎好"。只见奶公进来向秀英道:"那边缁小姐命老奴多多致谢:这封公文虽承小姐美意,但自己命运业已如此,即使勉强进场,也是无用;此文断不敢领,仍命交还小姐,教小姐千万保重,但可支撑,自应仍去应试为是。缁小姐明日就要回籍,也不过来面谢,惟有静听二位小姐捷音便了。老奴又再再请他存下,他执意不肯,老奴只得带回。"将文书交给丫鬟,外面去了。

闺臣道:"秀英姐姐如此仗义,舍己从人,真是世间少有!并且惟恐他人无故那肯就受,却以近日多病不能应试为词,如此设想,曲尽人情;即此一端,已可想见平素为人。此女固辞不受,亦是正理。据妹子看来:此事固由匆迫所误,但如此大事,中途忽有此变,安知不是素日行止有亏,鬼神拨弄,以致如此?若行止无亏,榜上注定该有此人,莫讲赴试文书,即使考卷遗失,亦有何妨。妹子闻得古人言:'科场一道,既重文才,又要福命。至德行阴骘,尤关紧要;若阴骘有亏,纵让文命双全,亦属无用。'以此而论,可见阴骘德行,竟是下场的先锋;即如出兵,先锋得利,那主帅先有倚傍,自然马到成功了。"舜英道:"这位姐姐一路行来,却处处劝人向善;所行之事,也有许多好处。即如路上每逢打尖[1]住宿,那店小二[2]闻是上等过客,必杀鸡宰鸭,谆谆馈送,无论早晚,处处皆同,——这位姐姐因无故杀生,颇觉不安,到处命人劝阻。——从无一处不送;看其光景,竟是向来牢不可破之例,相沿已久,莫可如何。后来他因若辈送鸡送鸭,无非希图正价之外,稍沾余润;何不即迎其意,先付余润,免其鸡鸭,岂不大妙。因命仆人:'后凡看店,即将鸡鸭余润之资,约计若干,预先付给;倘再馈送,即将原资讨回。'小二得此,不独一一遵命,并且一呼即应,分外殷勤:自此馈送鸡鸭之风,才能渐息。那些同路的看见这样,莫不如此。所以一路上活了无数生灵。其余善事,不一而足。姐姐若谓阴骘德行为进场先锋,为何此人这般行为,反不能应试呢?"闺臣道:"此人若果处处行善,一无亏缺,上天自能护佑善人,不

---

[1] 打尖——旅行的人在路上歇下来吃喝。
[2] 店小二——店伙。

但必能应试,定主高发,自有意外机缘;或者将来仍有女试大典,此人应在下科方中,亦未可知:总须日后方见明白。"

舜英道:"凡试官看文,全凭考卷以定优劣。适才姐姐说:'即使考卷遗失,亦有何妨。'难道卷子遗失还能入选么?"闺臣道:"妹子此话,并非无因。当年有弟兄二人进场,其父曾梦神人云:'尔长子本无科名之分,因某年某处猝被火灾,他拾得金珠一包,其物是一妇人为他丈夫设措赎罪之资,因被回禄拥挤遗失,亏尔长子细心密访,物归原主,其夫脱罪,夫妇始得团圆;因此今科得与尔次子同榜。'其父甚喜,即告二子。及至放榜,报弟得中;弟忽伏地恸哭,几不欲生。其父问其所以。弟云:'父亲梦兆,本系兄弟皆中;今我误害哥哥,以致不中,我虽独中,亦有何颜!'忽又报兄中第一。其弟仍哭道:'此系报错,安有卷子遗失而能得中之理!'其父见其语言离奇,再三追问,料难隐瞒,只得细述根由。诸位姐姐!你道是何根由?原来当日弟兄进场,头场、二场已过,至第三场,忽然场中相遇。是时其兄患痢甚重,勉强敷衍完卷,正要交卷出场,又复腹痛,极其狼狈,因将卷子交付其弟,嘱他完卷一同投递,即奔东厕。弟恐兄卷被污,藏入怀中;忙将己卷誊清,交毕回寓。及至临睡解带,始知兄卷仍旧在怀,其时已交三鼓,知难挽回,悔恨无及,只得将卷收藏,以为日后请罪地步。今忽报中第一,所以他说'报错'。及至亲去看榜,弟兄实系双双高中。旋即回寓,再觅其兄第三场之卷,依旧在此。父子三人莫不称奇。到了次日,细细打听,才知有个缘故。——诸位姐姐!请猜一猜,其中究系何故?"

秦小春正听的入彀[1]出神,忽见闺臣又教众人请猜,不觉发急道:"好姐姐!你快说罢!何必又教人猜!这段书委实好听,快快接下去,明日妹子好好画把春扇奉送。"闺臣道:"贤妹莫骗我说了,却把扇子不送。"小春道:"妹子赌个誓:如要骗你,教我日后遇见一只狗把脚咬出血来!"众人听了,猛然一想,不觉好笑。紫绡道:"这个'血'字只怕从那'赤'字化出来的。"婉如听了,鼻中不觉哼了一声。闺臣接着道:"到了次日,父子三人细去打听,原来誊录房失火,把第三场卷子尽都烧了,只好启奏,且自放榜,所有第三场卷子,随后再补。谁知此人恰恰碰了这个机会,因此得中,岂非考卷遗失也都不妨么?这位姐姐不知是何名姓,我们把他记了,或者天缘凑巧,他家竟把文书巧巧差人送来,竟能赶上考期,也未可定。"

秀英道:"此女姓缁,名唤瑶钗,祖籍剑南,现年十六岁。"若花道:"既如此,妹子包管教他进场;倘有差错,都在妹子一力承当。"众人听了,都觉不解。兰音笑道:"我知姐姐尊意了:大约姐姐意欲仍做女儿国王,不愿赴试,所以要把文书给了此女,教他冒名顶替,你便脱身回去。妹子猜的可是?"若花笑道:"阿妹如果不弃,肯做女儿国的宰相,愚姐便做国王,这有何妨!"兰音笑道:"姐姐如果做了国王,妹子少不得要去做个宰相。"众小姐听了,更都不解,齐向兰音细细盘问。

---

[1] 入彀(gòu)——彀,射程;入彀,进入了射程。一般借用作进了圈套、入了迷解释。

---

若花趁大家谈论,将闺臣拉在一旁道:"阿妹可记得去年缁氏伯母要去赴考,我们商量要在县里捏报假名?彼时因缁氏伯母务要本姓,适值手内拿着一枝瑶钗,就以'缁瑶钗'为名;那时恐岭南籍贯过多,把他填了剑南。谁知刚才秀英阿姐所说之人,恰与这个名姓、乡贯相对,年岁又一样。去岁所起赴试文书,恰好愚姐无意中却又带来。何不成全此人,岂不是件好事?"闺臣喜道:"如此现成美举,真是不费之惠,若非姐姐提起,妹子那里记得。此时对着众人莫将缁氏伯母这话露出,恐亭亭姐姐脸上不好看;只说前在家乡,无意拾得这个文书,送给此女便了。"当时若花把文书取来,对秀英说知。秀英道:"天下那有这等巧事!真令人不解!"亭亭心中早已明白,因说道:"我们队里现在并无这个名姓;而且又有印信为凭,可见不是捏造来的。姐姐不必犹疑,速速命人送去,包管此人欢喜。"秀英只得命奶公送去,并将路上拾取之话说了。不多时,缁瑶钗过来拜见众人,并向秀英再三道谢,追问当日拾取之由。若花用些言词遮掩过去,又道:"阿姐只管投递,如有差错,我们众人自当一力承当。天下岂有将人功名视为儿戏之理!难道自己不想上进么?"瑶钗听了,这才拜谢而去。

不几日,到了三月初三部试之期,闺臣同了诸位小姐并天下众淑女齐到礼部听点入考,密密层层,好不热闹。到晚散场,各自回寓。过了几日,礼部尚书卞滨、侍郎孟谟与同考各官蒋进等,把各卷等第俱已看定,选了放榜吉期。正要修本具奏,忽然接了一个公呈,系江南、淮南、河北、河东等处有十个女童,为首的名叫史幽探,其次哀萃芳、纪沉鱼、言锦心、谢文锦、师兰言、陈淑媛、白丽娟、国瑞徵、周庆覃,或因患病未赴郡考,或缘事故已过部试之期,今情急来京,特具公呈:"无论当日有无郡考,情愿一日之内面请四题:一补郡考,一补部试;如一日之内不能完卷,或文理乖谬,情愿治罪"云云。卞滨、孟谟接了此呈,不能定夺,只得据情入奏。旋奉谕旨道:"既据该女童等情愿一日之内连补二试,姑如所请,特赐四题,即于明日黎明,着该部会同同考各官面试优劣如何,据实速奏。"礼部随即传谕。到了第二日清晨,十个女童早已伺候;礼部将题目宣示,到晚交卷散出。次日,卞滨将各卷定了甲乙,即同孟谟修本具奏道:"所有补考十卷,以文理而论,与前所取各卷互有高下;但此卷未经誊录,似未便与前卷分别等第。今将各卷恭呈御览,请旨定夺。"武后亲自看了一遍,果然都好,因传旨道:"前日礼部所取各卷,例应复试后方准殿试;今既续补十卷,着将前榜暂停张挂,统俟复试后即以复试之榜作为正榜。至史幽探、哀萃芳……十名,或未赶赴郡考,或逾部试之期,自应停其殿试;第阅该部所呈各卷,文理尚优,况史幽探、哀萃芳二名,朕于《璇玑新图》久知其人,皆属能文之女,自应准其一体入试。前榜既经停止,其四等花再芳等亦着加恩一并入试。该部一面传谕,即一面速选试期请旨,以免稽延。"卞滨、孟谟接奉此旨,当即出示晓谕,一面选了试期。

　　未知如何,下回分解。

## 第六十四回

### 赌石砚舅甥斗趣　　猜灯谜姊妹陶情

话说卞滨、孟谟接了御旨,当即出示晓谕,一面选了十三日为部试之期,修本具奏。

原来这卞滨表字渭仙,乃淮南道广陵人氏。自幼饱读诗书,由进士历官至礼部尚书,世代书香,家资巨富,本地人都称他"卞万顷"。盖卞滨自他祖父遗下家业,到他手里,单以各处田地而论,已有一万余顷,其余可想而知,真是富可敌国。若要讲起这卞家发财根由,倒可使那奢华之家及早回头,却教那勤俭之人添些兴致。

那卞滨曾祖名叫卞华,是个饱学秀士;妻子奢氏。夫妻两口,秉性最好奢华。祖上留下家业虽有数十万之富,如何禁得卞华毫不打算,一味浪费,不上几十年,早已一贫如洗。那时卞华年已半百,因见家道萧条,回想当日挥金如土、一味浪用时节,那里想到一旦如此。悔之无及。况从前是何等样锦衣美食,而今粗衣淡饭,尚且还费打算。于是忧闷成疾。不两年,夫妻双双去世。存下一子,名唤卞俭:这是卞华临危替他起的名字,以为警戒之意。这卞俭娶妻勤氏。夫妻两口,自从父母去世,将几间旧房变卖做为殡葬之用;城内无处安身,就在城外茔旁起了两间草屋,以为栖身之所。卞俭是个读书人,诸事不谙。这衣食两字要全靠勤氏一人针线,竟难度日;只好且学朱买臣[1]样子,每日带着书,砍些柴,添补度日:真是饥一顿、饱一顿,混过日子。

一日,正值腊月三九[2]时分,天气甚寒。卞俭因衣服单薄,甚觉怕冷,到晚先就睡了。一觉睡醒,天有五更光景,却见勤氏仍在灯下赶做针线。卞俭道:"如此天寒夜深,你还不睡,只管赶他怎么?"勤氏道:"我因连日天气甚冷,你身上又无挡寒棉衣,意欲赶些针线可以多卖几文钱,省得你爬山越岭又去砍柴。况天寒地冻,那旷野寒冷尤其利害,莫要冻出病来,倒是大事!"卞俭因坐起道:"此话虽是;但你素非强壮,岂不怕身子熬伤?断断不要如此!明日还是我去砍柴,你做针线,各人交各人工课。若教我终日在家静坐,未免劳逸不均,心中也是不安的。"夫妻彼此劝慰。说话间,天已发晓。卞俭道:"今日着实寒冷,莫非要下雪么?"因起来开门一望,只见朔风凛凛,冷气飕飕,却已琼瑶密布,飘下一天雪来。卞俭道:"如此大雪,这却怎好!"勤氏道:"昨日剩些柴米尚够一餐,今日权且敷衍,等待雪住,再把针线去卖。"

到了次日,雪仍不住。卞俭只得冒雪把针线拿到城中,走了半日,满天大雪,家家闭户,那有人买,只得败兴而回。勤氏见这光景,虽然心焦,只好勉强用言安慰。卞俭呆了半晌道:"刚才我想家中这

---

[1] 朱买臣——汉代人,家庭贫苦,一面卖柴,一面读书。
[2] 三九——九,农历的时令名词。从冬至这一天算起,每九天是一九;经过九九八十一天,然后"出九";出九后天气就渐渐暖和了。"三九"是冬至后第十九天到第二十七天,正是"九里"最冷的时候。

两只鸡鸭,每日虽在庄田吃些野食,无须喂养,但能生多少蛋?不如把他拿去,倒可卖几文钱,换些米来,岂不是好?"勤氏摇头道:"这却使不得!将来起家发业,全要在他身上。今日如果卖去,所值无多;日后再要买他,就要加上几倍价。你想:我们一日两餐尚且不周,何能有钱再去买他?况现在已生二三十蛋,不过早晚就要抱窝;等抱出小鸡鸭来,慢慢养大,那是多大利息!今日若将这个再卖去,将来只好做一天、吃一天,穷苦到老;再想别的起家法子,可就没了。"卞俭无奈,只得咬着牙又饿一日。次日天晴,将针线卖了,这才饱餐一顿。此后仍是勉强度日。

不知不觉到了春天。鸡子抱窝时共积下鸡蛋二十个,鸭蛋二十个;将鸡蛋给鸡抱了,鸭蛋也用火炕了。过了二十余日,四十个全都抱出。夫妻两个甚是欢喜。好在乡间又有池塘,不上半年,鸡鸭俱已长大。将生蛋的留下几只,余者尽都卖去;所卖之钱,又买两口小母猪。不一年,鸡鸭又是两大群,连那两口猪也生许多小猪。再隔几年,不但猪羊成群,就是耕田大水牛也不知滋生多少。又起了两间草屋,置些田地。他将这地且不种五谷,都培植肥肥的却做菜园,以此利息更厚。他夫妻本是从苦中过来人,素性又极勤俭,一切庄田动作,牛羊喂养,全是亲自动手,因此日盛一日。并且居心甚善:自己虽然衣食淡薄,乡间凡有穷困,莫不周济,却是人人感仰。故遇旱潦之时,他家庄田,众人齐心设法助他,往往别家颗粒无存,他家竟获丰收。因此不上三十年,家资巨富,米谷盈仓。到了卞滨之父卞继身上,也是诸事勤俭,谨守祖业,前后百余年,竟富有良田万顷。

卞滨出仕后，适值麟德[1]初年，西北大荒，兼之刀兵不靖，国家帑项颇费经营；因将田地变卖五千顷，其价尽行报效，作为军需赈济之用。因此圣眷甚为优隆。这卞滨一生最重斯文：不但文墨之人爱之如宝；凡琴棋书画，医卜星相，如有一技之长者，前来进谒，莫不优礼以待。而且仗义疏财，有求必应，人又称为"赛孟尝[2]"。现年五旬向外，因中年无子，四十岁上就广置姬妾，虽接连生育，无如总是女儿；如今膝下共有七女。

夫人成氏，十年前曾生一子，名叫卞璧；谁知刚到三岁，得了惊风之症，一病而亡。彼时合家好不伤心。正在悲哭之际，适值门外有一道人化缘，听见哭声甚惨，问知缘故，要将公子送出一看。及至看过，他道："此儿虽有一分可救，但在尘凡闹市之中恐不中用。你们如给我抱去，倘能救转，俟他灾难满时，年纪略大，我再送来奉还。"卞滨惟恐谣言惑众；兼之小儿已死，那里肯信：执意不从。无奈夫人再三苦劝，无论死活，定要把公子给道人领去。卞滨只得叹口气走开，随着夫人办去。过了几年，毫无影响，卞滨知是无用。

好在这七个女儿都是比花稳重，比月聪明。每日除公事应酬外，惟有教他们做诗写字，倒也解闷。去岁县考，原可声明原籍，在京赴试；因避嫌疑，故命七女都回本籍。到了县考，恰好大女卞宝云取了第一，次女卞彩云取了第二，三女卞锦云取了第三，四女卞紫云取了

---

[1] **麟德**——唐高宗李治的年号。
[2] **孟尝**——战国时齐相，姓田名文，号孟尝君，好客，经常有好几千人靠着他生活。

第四,五女卞香云取了第五,六女卞素云取了第六,七女卞绿云取了第七;后来郡试虽略有参差,都不出十名以外。试毕回来。今年部试偏偏父亲做了主考,都要回避,好不扫兴。卞滨虽爱女心胜,每与妹夫孟谟斟酌,又不敢冒昧入奏。因同夫人成氏商量:"眼看就要部试,惟恐众女儿在家郁闷,莫若着人把孟家八个甥女接来一同散闷。"因而又向同考官考功员外郎[1]蒋进、主客员外郎[2]董端、祠部员外郎[3]掌仲、膳部员外郎[4]吕良说知,意欲将他几位小姐请来一同消遣。众人因女儿不能入试,终日在家无情无绪,今听此话,如何不喜;况且向来都常来往,如今又算同年[5],自然更觉亲热。当时个个应允。回来都对女儿说了,无不要来相聚。

卞滨有两个妹子:一个嫁与原任御史台大夫[6]孟谋为妻,一个嫁的就是礼部侍郎孟谟。那孟谋是孟谟的胞兄,早经亡故,存下四个女儿:长名孟兰芝、次孟华芝、三孟芳芝、四孟芸芝。孟谟也有四个女儿,就从孟芸芝排行:五叫孟琼芝、六孟瑶芝、七孟紫芝、八孟玉芝。个个

---

[1] 考功员外郎——唐时吏部设有考功司,专管考察官吏工作的成绩,长官是郎中、员外郎。
[2] 主客员外郎——唐时礼部设有主客司,专管外国朝见、进贡和招待、赏赐的事情,长官是郎中、员外郎。
[3] 祠部员外郎——唐时礼部设有祠部曹,专管祠祀、天文、漏刻、国忌、庙神、卜祝、医药和僧尼簿籍,长官是郎中、员外郎。
[4] 膳部员外郎——唐时礼部设有膳部,专管肴馔的事情,长官是郎中、员外郎。
[5] 同年——科举时代,同榜考取举人、进士、乡贡的,互称"同年"。这里指同考中的淑女。
[6] 御史台大夫——御史台,唐时主管监察弹劾的官署。长官为御史大夫。

都是饱读诗书,娇艳异常。这孟谋之妻卞氏夫人,自从丈夫去世,本要带着女儿回河南原籍,因小叔孟谟、哥哥卞滨再三留在京中,以为将来众女儿择婿之计;兼之八个姊妹自从一同赴考,郡县取中之后,真是如胶如漆,就像粘住一般,再也离不开:因此卞氏只好带着四个女儿就在孟谟府上住下。这日见众女儿因不能赴试,个个眉头不展,正在用言安慰,忽见哥哥那边来接他们,连忙教他姊妹略为穿戴,即时过去。

这八位小姐到了卞府,孟兰芝带着七个妹子见了舅舅、舅母,并与宝云、彩云、锦云、紫云、香云、素云、绿云,都见了礼,随便坐下。卞滨道:"我怕你们不能入考,在家发闷,因此接你们过来。但这一向为何不来看看我呢?"孟兰芝同孟琼芝道:"甥女这两日本要来请安,惟恐舅舅考试匆忙,所以不敢过来。"卞滨道:"我虽有事,你舅母同宝云七个姐姐却闲在家;你们不过因回避发闷,不大兴头,那里是因我忙就不来哩。"孟紫芝道:"我们好一向不来,今日过来,舅舅该说怎样想念甥女的话才是,怎么刚见面,就把人家心病说出哩。"卞滨笑道:"果然我的话是不错的。"因向宝云道:"我已教人备了几桌饭,少刻蒋府、董府、掌府、吕府四家姊妹也都过来,你们就在花园聚聚,或做诗,或猜谜,如酒量好或行个酒令,随便顽顽。好在大家又是常会的,也没甚拘束。刚才部里来送信,说剑南倭寇已被文隐平定,一两日就有红旗报捷[1]到京。连日朝中有事,少时我还要上朝伺候,

---

[1] 红旗报捷——古时习惯用红色表示喜庆:军队打了胜仗,由主帅派员拿着红旗飞驰到京城里向皇帝报告,就叫做"红旗报捷"。

今晚就在部中住下,大约过了十三日考试方能回来。你们只管多聚几日,等考事完毕,我还要同你们做诗聚聚哩。"

那孟玉芝年纪最小,向来卞滨最是疼他。他听了这话,便道:"舅舅刚才说教我们姐妹或做诗,或猜谜,如今我倒有个谜请舅舅先猜猜。"卞滨笑道:"猜谜却是你舅舅生平最喜的,而且从不让人;但如果猜着,你以何物为赠,倒要预先说明。"玉芝道:"我们去年郡考有刺史送的端砚,就以端砚一方为赠。"卞滨道:"狠好!你且说甚么题面?"玉芝道:"就是舅舅适才所说'红旗报捷'四字,打《论》、《孟》一句。"卞滨闻言,不觉哈哈大笑道:"你速速教人把端砚取来预备送我,等我好猜。"香云道:"倘我们猜着,不知有赠无赠?"锦云不等玉芝回答,就说道:"你问他怎么!我们只管猜,那有无赠之理!"成氏夫人也笑道:"你们只管猜,八甥女如不给赠,将来到他婆婆家闹去,看他给不给!"玉芝道:"舅母何苦哩,你老人家又要引着头儿来闹了。"

卞滨望着兰芝道:"他这谜你们都晓得么?"兰芝道:"都不知道。"华芝道:"我们姐妹终日虽在一处,却未听他说过。"卞滨道:"既如此,你们何不也猜猜,岂不有趣?"芳芝道:"不劳舅舅分付,甥女却着实想哩。"彩云道:"我猜着了,可是'胜之'?"玉芝摇头道:"不是。"素云道:"可是'战必胜矣'?"紫芝代答道:"也不是。"素云道:"他这谜你也晓得么?"紫芝道:"这是玉芝妹妹做的,我不知道。"素云道:"你既不知,为何代他回答'也不是'呢?"紫芝道:"我因姐姐的与彩云姐姐意思都相仿:彩云姐姐猜的既不是,自然你也不是了,所以随嘴就替他回答出来。"素云听了,把脸红了一红。刚要说话,只见卞滨向众人道:"他这谜,正面自然先打这个'胜'字。如今猜了两个既不是,必须另想别的路数,莫要只在'胜'字着想,倒被他混住了。"芸芝道:"舅舅这话很是。况且《论》、《孟》战胜的话,除了这两句,别的也加不上,一定另有意思。"卞滨因问道:"可是'克伐怨欲'的'克'字么?"瑶芝拍手道:"只怕舅舅猜着了!"玉芝道:"不是,还要猜猜。"紫云道:"不是'克'字,一定是'克有罪'了。"绿云道:"怎么加上'有罪'二字?"紫芝代答道:"他在那里造反,所以兵去征他。难道造反还不是有罪么?"宝云道:"紫云妹妹猜的不是,只怕是'克告于君'罢?"卞滨点头道:"不必猜了,被宝云这句打着了。"玉芝笑道:"宝云姐姐猜的不错。"卞滨笑道:"果然做的也好,猜的也好。我将来倒要做几个同你们顽顽。你们就到园中去罢,我也要走了。"因又望着玉芝道:"好是好的,莫要只顾赞好,就把砚台忘了。"一路笑着去了。众姊妹也就别了夫人,齐向花园而来。

未知如何,下回分解。

## 第六十五回

### 盼佳音虔心问卜　预盛典奉命抡才

话说众姊妹别过夫人,来到花园,走过几层凉亭水榭,到了文杏阁。只见满园桃杏盛开,嫣红照眼。紫芝望着宝云道:"姐姐:我们今日莫到凝翠馆去,那边太觉辽阔冷清,此刻桂花又不开,虽说松阴可爱,须交四五月方好顽哩。我们就在这个阁子坐坐罢。"宝云道:"愚姐也是这个意思。"一齐进了文杏阁。坐不多时,只见使女来报:"蒋府、董府、掌府、吕府四家小姐都到了。"众姊妹连忙迎出。

原来这蒋进乃河北道广平郡人氏,现任吏部考功员外郎。夫人赵氏,膝下一子四女:子名蒋勋,尚在年幼;长女名唤蒋春辉、次蒋秋辉、三蒋星辉、四蒋月辉。还有寡嫂跟前两个侄女:一名蒋素辉、一名蒋丽辉。姊妹六人,都生得丽品疑仙,颖思入慧。去年郡试,俱在十名以内,试毕来京,静候部试。谁知武后因当年举子部试本归吏部考功,今虽特点礼部,仍将蒋进派为同考;又派了礼部主客员外郎董端、祠部员外郎掌仲、膳部员外郎吕良,共四位同考,以示慎重之意。蒋春辉等闻父亲派入同考,都要回避,好不扫兴;因同赵氏夫人说知,在家无事,要到姨父董端府上会会姨表姊妹,消遣消遣。夫人随即命人伴送到了董府。

这董端乃江南道馀杭郡人氏,现任礼部主客员外郎。夫人赵氏,膝下无子,生有五位小姐:长名董宝钿、次董珠钿、三董翠钿、四董花钿、五董青钿。个个都是娇同艳雪,慧比灵珠。这日正因回避在家闷坐,听得蒋家表姐过来,姊妹五个连忙迎到上房,大家行礼。赵氏夫人正在让坐问话,只见董端从衙中回来,蒋春辉忙同五个妹子上前见礼。董端道:"你们来的正好。我同你父亲才在卞府,那卞家伯伯恐你们不能赴试,在家烦闷,今日接你们过去同孟府、掌府、吕府几家姐妹大家聚聚。"言还未毕,蒋进也命人过来告知此话,就教六位小姐同这边五位小姐一同过去。众姊妹个个欢喜,登时乘车;行至中途,又遇见掌府、吕府小姐也是望卞府去的。

这掌仲乃河东道太原郡人氏,现任祠部员外郎。夫人朱氏,三胎生育二子四女:二子俱幼;大女名叫掌红珠、次掌乘珠、三掌骊珠、四掌浦珠。姊妹四个,都生得神凝镜水,光照琪花。这位掌老爷就是膳部员外郎吕良夫人掌氏之兄,同卞滨、孟谟、蒋进、董端、吕良都是同科进士。那吕良乃河东道平阳郡人氏。夫人掌氏,止生三女:长名吕尧蓂、次吕祥蓂、三吕瑞蓂。姊妹三个,也是生得暖玉含春,静香依影。这日因卞府来请,约了掌家四个表妹一同前来。走至中途,恰恰遇见蒋、董两家小姐。

不多时,到了卞府。宝云等迎出,大家拜见,并与成氏夫人行礼,归坐。茶罢,成氏道:"诸位侄女这两年都是在家用功,相聚日子甚少;即或偶尔一会,我看你们都是匆匆忙忙就别过了,总因有个书本子放在心上。好在你们姐妹都立了'淑女'匾额,也不枉这几年苦功。去年冬天,我打听打听这家也中了,再问问那家也中了;你们姐妹三十三个,就没剩下一个!我那时得了这些喜音,足足欢喜好两月,只怕比你们自己喜的还加倍哩。如今就只可惜你们现现成成的'才女'匾额却被你们父亲、伯伯、叔叔们耽搁了。"蒋春辉道:"这是侄女们'才女星'还没现,所以有此一折。将来能彀托赖伯母福气,再遇才女部试,诸位伯伯同侄女父亲都不派入考试,那就好了。"

紫芝道:"春辉姐姐:你这话才叫'望梅止渴'哩。你想:自古至今,天下考过几回才女?——还想将来再考,并且还要父兄叔伯不派考官,你想可难不难?太后诏内虽有下科殿试之说,也不知何年何月。况且即或他年再遇女试,只怕到了那时,你同宝钿、尧蓂、红珠几位姐姐都有姐夫了;就是这边宝云姐姐同我兰芝姐姐,到那时大约也有婆婆家了。"兰芝听了,脸上不觉红了一红,把紫芝瞅了一眼道:"你又乱说了!"吕尧蓂道:"紫芝妹妹如今念了几年书,怎样嘴里还是这样淘气?"掌红珠道:"姐姐:你还不知哩。我们今年正月来贺节,伯母留我们看灯,住了两日,谁知紫芝妹妹那张嘴近来减去零碎字,又加了许多文墨字,比从前还更狠哩。"董花钿道:"紫芝妹妹嘴虽利害,好在心口如一,直截了当,倒是一个极爽快的。"紫芝道:"刚才尧蓂姐姐因我说他有姐夫,他就说我淘气。难道有姐夫这句话也错了?如果说错,并不是我错的,那孟夫子曾说'女子生而愿为之有家',只好算他错的。谁知那乐正子[1]听了不悦道:'紫芝不要混

---

[1] 乐正子——战国时人,姓乐正,名克,孟轲学生,在《孟子》中有许多他和孟轲谈话的记录。这里"乐正子听了不悦道"这一段话,是开玩笑假托的,并不是他真说过这段话。

说,我先生何尝说错;你去问问那些女子,他们可肯对天发誓,一生一世不愿有家么?"成氏笑道:"你们听听:他忽然把个乐正子又请出来,说的活灵活现,倒也有个意思。"蒋星辉道:"伯母莫要赞他,他得了意,更要乱说了。"

紫芝道:"我也不想下次再考;我只盼明日部试,太后看了卷子说:'去年郡考还有几家同姓的,怎么都不见了? 快快教他都来殿试!'那就好了。"蒋春辉道:"妹妹:你这话虽不是望梅止渴,却有四字批语。"青钿道:"那四个字?"春辉道:"叫做'画饼充饥'。"成氏笑道:"要这样说,一个是望梅止渴,一个是画饼充饥,那还好么? 依我说:你们饭后无事,何不求个签儿决决疑? 闻得六甥女起的课最灵,或者起个课也好。——只顾说话,你们也该用饭了,都到晚芳园去罢。"紫芝道:"这里花园本名'漱芳',为何又改做'晚芳'?"成氏道:"这是你舅舅因膝下无子,欲取晚年得子之兆,所以改做'晚芳'了。"

众姊妹别过夫人,都到园中,进了文杏阁,照向日次序分宾主坐下。用了点心。蒋秋辉道:"可惜今年殿试都不能恭逢其盛。愚姐妹向来并未用功,今年不去,倒是借此藏拙;诸位姐姐未免抱屈了。"宝云道:"当日伯伯大魁天下[1],谁人不知! 所谓'家学渊源',六位姐姐如果与试,自然也是前列,怎么倒说藏拙的话。"董珠钿道:

---

〔1〕 大魁天下——天下第一的意思。科举制度,殿试第一名为状元,中了状元的称为大魁天下。

"若论藏拙,要算我们姐妹五个,莫讲别的,只这学问上,向来也不知叨宝云姐姐多少教,还算我们老师哩。"吕瑞蕊道:"若这样说,宝云姐姐要算我们太老师了。"紫云道:"此话怎讲?"瑞蕊道:"向来我们常叨珠钿姐姐教,珠钿姐姐又叨宝云姐姐教,以此论起来,岂非太老师么。"掌红珠道:"宝云姐姐是珠钿姐姐的老师,又是瑞蕊姐姐的太老师,但我们素日又叨瑞蕊姐姐教,若论称呼,宝云姐姐该算我们甚的老师呢?"紫芝道:"据我看来:只好算个'太太老师'了。"蒋丽辉道:"太太同老师本是两人,今忽变成一人,倒也别致。"

紫芝道:"我劝诸位姐姐暂把酸文收一收,我有句话说:今日之聚,原是舅舅惟恐大家不能应试,心中烦闷,接来一同玩耍消遣。我可不会说谎:我连日因回避在家,同我七个姐姐妹妹心里好不闷躁;今日听得舅舅来接,以为借此大家顽顽可以解解闷气。谁知你们见了面,只说这些口是心非道学话,岂不闷上加闷么!"董宝钿道:"你看紫芝妹妹如今中了淑女,还这样好顽;他的脾气,倒同我家青钿妹妹一样。"芳芝道:"紫芝妹妹平素在家总是如此,我们起他一个外号,叫做'乐不够'。"紫芝道:"莫说我中了淑女还要顽,就是太后准我们殿试,中了才女,也要顽哩。"锦云冷笑道:"你们听听:好自在话儿,还想殿试哩!"蒋春辉道:"他这话也有四字批语。"香云道:"叫做甚么?"春辉道:"叫做'一相情愿'。"掌浦珠道:"姐姐倒莫这样说。妹子听得家父说:'此番女试,乃自古未有旷典,非往年科场可比,原可无须回避;无如大家俱怕冒昧,不敢请旨,以致耽搁。如果联衔请旨,太后正恐考的人少,那有不准之理。'如今只盼他怎样能问一声,或在别的话上提起,也就好奏了。"

蒋素辉道:"我们与其疑疑惑惑,何不遵着伯母之命,公求一签,看是怎样。"宝云道:"如此甚好。"因命丫鬟摆了香案,着人借了签桶,登时齐备,一个个虔诚顶礼,望空祷告,求了一签。把签本展开,大家一看,却是"中平"签。后面有两句诗道:"欲识生前君大数,前三三与后三三。"众人看了都不解何意。紫芝道:"这末句明明写着前三三,是我们三十三人,那后三三,是三月二十三日教我们去殿试。难道这还错么?"掌乘珠道:"妹妹解的虽有点意思,但殿试在四月,怎说三月就殿试呢?"紫芝道:"不错,我倒忘了。只怕三月二十三日教我们去补部试罢。"吕祥蓂道:"刚才伯母说芸芝姐姐会起课,我们何不再起一课? 签课合参,岂不更妙。"彩云道:"闹了半日,倒把这件决疑的忘了。"

众人都围着孟芸芝,教他起课。芸芝道:"这也不必都起,只须公起一课,详详课体,再看看类神[1],就可略知一二了。"掌骊珠道:"既如此,求姐姐起罢。还是用钱摇,还是要用蓍草呢?"瑶芝道:"那是'《周易》课'用的;他这'六壬课[2]'要报时的,就请那位姐姐报个罢。"董青钿道:"等我来。"刚要想报,因忖了一忖,指着外面向众

---

[1] 类神——六壬课中有十二个分别吉凶的迷信名词,叫做"十二支神",总称"类神"。下文三传、四传、旬空、陷空、铸印乘轩、朱雀、入传、丁马,都是卜课中应用的迷信名词。
[2] 六壬课——迷信占法的一种。分为六十四课。占课工具,是刻有干支等字样的两个木盘,上名天盘,下名地盘。把天盘加在地盘上去转动,把日子所值的干支和时辰的部位来分别吉凶。也有在手上掐算的。

人道：" 口报时辰，惟恐三心二意；我如今将那东首紧靠桥边那颗杏树，有个翠雀落的朝东那枝杏花折来，看看连花带朵共有多少，如在十二朵之外，就以十三为子时。以此为时，不知可好？"绿云不等说完，即拉了玉芝一同走出，随后琼芝、青钿也跟来。刚到桥边，玉芝道："你看那个雀儿见有人来，他就飞了。"绿云道："幸亏他才飞，要早早飞开，还记不清那一枝哩。——好在还不甚高。"即用手轻轻折了下来。琼芝道："难得齐齐全全，一个花瓣也不落。"只见蒋月辉迎来道："芸芝姐姐教你们留神拿着，莫把花朵遗失，就不灵了。"一齐来到阁内。芸芝接过杏花，数了一数，却是初放朵儿，连大带小共三十三朵。华芝道："你看这个花儿也合今日人数，莫不有些道理么？"香云摇手道："姐姐且慢议论，让他静静好算。"芸芝掐着指头，沉思半晌，忽然满面喜色道："今日是初九日，大约二十三日壬申，大家都要礼部走走哩！"紫芝道："何如？春辉姐姐还说'一相情愿'哩！"

董翠钿道："姐姐且把课中大略讲讲，是个甚么意思？"芸芝道："凡占考试，以文书爻[1]为主；次则再看朱雀。盖朱雀属火，主文明之象，是此课的类神。这两样是最要紧的。其次再将课体合参，即如今日是个戊午日，……"紫芝道："他这课一定灵的，你们只听这个日子就晓得了。别人可记得今日是个戊午么？"宝云道："芸芝妹妹刚讲的有点意思，你又从中添一段子。你看天已不早，等他说完，我们也好吃饭了。"紫芝道："姐姐：你说加的这段不好？"蒋秋辉道："好妹

---

[1] 文书爻——爻，卦象。文书爻，有关文字、文凭之类的卦象。

妹！你莫说,听他说。"芸芝道:"杏花三十三朵,除去二十四,仍余九数,按十二时论之,是为申时;妙在三传四课七个字,除去旬空、陷空,暗暗透出巳、戌、卯三个字,恰合了'铸印乘轩'之格,占试最吉。况巳为文书,朱雀又入传,兼之巳又暗遁丁马,主文书发动之象;二十三日交了壬申,巳申合动文书,丁壬合起丁马,看来一定补考的。"众人听了,无不喜笑颜开。

紫芝道:"你这课,莫像《西厢》那句才好哩。"秋辉道:"像句甚么?"紫芝道:"莫是'说来的话儿不应口'罢。"兰芝把紫芝瞅了一眼道:"据我看来:第一次部试是三月初三日,第二次复试又是三月十三日;那杏花又是三十三朵,我们又是三十三人;如果二十三日补考,恰又合了签上'前三三后三三'的话:这课一定灵的!"素云道:"紫芝妹妹敢是看过《西厢》么?"兰芝道:"那里看过,不过听那唱戏说的,他就记在心里,随口乱说,妹妹何必同他讲究。"宝云道:"饭已摆在对面敞厅,请诸位姐姐那边坐罢。"大家于是过去。自此之后,众位小姐都在花园日日团聚。

那卞滨进朝伺候红旗捷报到京,忙了几日。十三日试毕,于二十二日放榜:阴若花中了第一名部元,唐闺臣中了第二名亚元。卞滨同孟谟带领司官[1],捧了各卷,进朝面呈。武后把超等卷子看了数本,道:"不意闺阁中竟有如此奇才,而且并有外邦才女,真可谓一时

---

[1] 司官——明、清时对中央政府部里的郎中、员外郎、主事等官的通称。

之盛了。"又将卷面名姓细细翻阅一遍,不觉叹道:"谁知这几家竟无一人取在超等,真真可惜!"一面又将特等名次清单前后看了一遍,因向卞滨道:"有件异事,卿可晓得?前者朕阅各处所进淑女试卷,内河南道有孟姓八女,淮南道有卞姓七女,其余同姓的亦复不少,朕亦不能记忆。但孟、卞几家,揆其命名,倒像姐妹一般;细看郡县所取名次,又都前列。朕意今年部试,倘这几家同姓之女俱能取中固妙;设或竟有一二不能中式,亦必加恩准其一同殿试,以成千古佳话。今将各卷看来看去,不但超等并无一人,就是特等也无其名,以此看来,竟是未曾来京赴试。其淮南一道,或者离京稍远,所以不来;至于河南距京既近,又是平坦陆路,何以亦不赴试,岂不是件异事?卿居淮南,其卞姓之女,可知其详么?"卞滨因叩首奏道:"圣上所言卞姓七女,皆臣妻妾所出;那孟家八女,俱臣甥女,——即臣部侍郎孟谟之女,并孟谟之侄女。臣与孟谟因蒙钦派阅卷,故循科场旧例,臣等令其回避,未敢入试。"武后忙问道:"卿女并卿之甥女可在京么?"卞滨同孟谟一齐奏道:"臣等之女,自去岁郡试后都已来京。"武后喜道:"原来有这些缘故。我说郡考既都前列,安有部试一名不中之理。若非问明,几乎埋没人才。其实此番考试,原无须回避,这是卿等过于谨慎之处。不知此外还有回避几人?"卞滨奏道:"还有同考官吏部考功员外郎蒋进六女、臣部主客员外郎董端五女、祠部员外郎掌仲四女、膳部员外郎吕良三女,连臣等之女,共回避三十三名。"

  武后立命卞滨开单呈览,即刻发一谕旨道:

    本日经朕查出回避之淑女孟兰芝等三十三人未赴部试,例应钦派试官另行考试。第检阅从前郡县所呈各卷,该淑女等或文理条畅,或字体端楷,均有可观;况每考俱经前列,毋庸另行考试,即着一并钦赐才女,至期一体殿试。着先赴礼部,即照前次试题各补诗赋一卷,仍发誊录。该部堂官[1]会同同考各官公同取列名次呈览。

这旨刚才发下,礼部又奏进一本道:

前日臣部考场有淑女花再芳、毕全贞、闵兰荪三名,俱因污卷贴出[2]。今该淑女等因孟兰芝等三十三名俱蒙钦赐殿试,求臣等转奏,欲乞皇恩一视同仁,准预殿试,等因。臣等因其吁恳至再,不敢壅于上闻。再,该淑女即前次部试名列四等三名,合并声明,请旨定夺。

武后览奏,因将原呈并履历看了一遍道:"这都是少年要好的心胜。况迢迢数千里而来,别人都得才女匾额,独他三人白白辛苦一场,这也无怪其然。"因于本后批道:

据奏淑女花再芳等吁恳情切,姑念污卷系属无心之失,着加恩附入册末,准其一体殿试,以副朕拔取闺才之至意。

将本发下,卞滨当即晓谕,并命人通知众位小姐明日五鼓齐至礼部补考。这日宝芸同兰芝众姊妹因已交了二十二日,部试业已放榜,仍无消息,正在花园,都说芸芝的课不灵,忽然得了这个信息,人人欢

---

[1] 堂官——明、清时对县以上各级政府机关中的负责长官的通称。
[2] 污卷贴出——科举考试,对于泼墨弄脏了的考卷,即使文章作得好也不取录,而且要把卷子贴出去,以示警戒。

喜。次日赴部补过诗赋,大家商量仍要到红文馆原定房子居住,希图殿试近便。及至命人打听,原来那所大房已被部元阴若花并章、文两府小姐住了。内中虽有几处空房,院落甚小,不能容得多人。大家只好各自归家,静候殿试。

那红文馆闺臣众姊妹因若花中了部元,个个心欢;兼之同寓四十五人都得名列超等,真是无人不喜;闺臣因叔叔六个女学生也都得中,分外得意。这日正吃庆贺筵席,忽见多九公进来,众人连忙立起让坐。多九公道:"适才外面有一人要面见若花侄女,众苍头问他名姓,他又不说。老夫细细观看,倒像尊府国舅模样。他不远数万里忽然到此,不知何故。老夫特来告知。"若花听了,惊疑不止。

未知如何,下回分解。

## 第六十六回

### 借飞车国王访储子　放黄榜太后考闺才

话说阴若花闻多九公之言,不觉吃惊道:"女儿国向无朝觐之例,今阿舅忽从数万里至此,必有缘故。但何以知我住处?——令人不解。"多九公道:"侄女如今中了第一名部元,现有黄榜张挂礼部门首,谁人不知。国舅大约找着长班[1],才寻到此处。"红蕖点头道:"九公猜的不错。"闺臣道:"国舅既已远来,无论所办何事,若花姐姐同他骨肉至亲,自应请进一会为是。"若花连连点头,即托九公命人把国舅请至旁边书房;进去看时,果是国舅。连忙拜见让坐,道:"阿舅别来无恙!阿父身体可安?今阿舅忽来天朝,有何公干?"

国舅垂泪叹道:"此话提起甚长:自从贤甥去后,国主因往轩辕祝寿,我也随了远去;不意西宫趁国中无人,与那些心腹狗党商议,惟恐日后贤甥回国,其子难据东宫,莫若趁此下手,或可久长,竟将其子扶助登了王位。及至老夫同国主回来,他们竟闭门不纳。国主只得仍到轩辕避难。谁知其子十分暴虐,信用奸党,杀害忠臣,荼毒良民,兼且好酒贪花:种种无道,不一而足。竟至家家闭户,日不聊生。不及一载,举国并力,竟将西宫母子害了,随即迎主还朝。那些臣民因

---

[1] 长班——会馆里公用的仆人。

吾甥贤声素著,再三吁恳,务要访求回国。国主一因现在无嗣,二因臣民再三吁请,不惜重费,于周饶国借得飞车一乘。——此车可容二人,每日能行二三千里,若遇顺风,亦可行得万里。——国主得此甚喜,特命老夫驰赴天朝,访求贤甥回国。老夫到此业已多日,四处访问,踪迹杳然。幸而得见黄榜,才能寻访到此。现有国主亲笔家书,贤甥看了自知。"把书递过。

若花看罢,叹道:"原来两年之间,国中竟至如此!至西宫此种光景,甥久已料定;不然,我又何肯远奔他乡!若非当日见机,早早逃避,岂能活到今日!一经回想,尚觉心悸。现在本族中如西宫母子者亦复不少,阿父若不振作整顿,仍复耳软心活,自必祸不旋踵,阿舅久后自见分晓。此时阿父书中,虽命迅急还乡,以承祖业;但甥本无才,不能当此重命;二来自离本国,已如漏网之鱼,岂肯仍投火坑。固云'子不言父之过',然阿父不辨贤愚,不以祖业为重,甥亦久已寒心。况现在近派子侄,贤者甚多,何必注意于我!若我返国后,设或子侄中又有胜于我的,他日又将如何?总而言之:甥既到此,岂肯复回故乡。此时固虽不才,业蒙天朝大皇帝特中才女,并授显职。此等奇遇,已属非分,岂敢另有他想。惟求阿舅回去替我婉言,自当永感不忘。"

国舅道:"贤甥为何忽发此言?实出老夫意料之外!难道果真将祖业不顾?断无此理!国主固耳软心活,连年经此大难,自知当日之失;此时若非急于要见贤甥之面,岂肯花费多金借请飞车?其所以命我星驰而来者,因当日误听谗言,致将吾甥之贤尽行蒙蔽,今后悔既晚,要见又难;若令老夫航海前来,又恐多耽时日;踌躇至再,始有飞车之举:无非要早见贤甥一日,其心即早安一日。今贤甥忽然如此,毫无眷恋,不独令国主两眼望穿,深负爱子之心,亦且有失臣民之望。贤甥切莫因当年小忿,一时任性,致误大事,后悔无及;他日虽要返国,不可得了。"若花听这几句话,登时不悦道:"阿舅这是甚话!甥又不曾落魄,为何却要后悔!——即使落魄,又何后悔之有。若要后悔,当日又何肯轻离故乡!总之:阿舅这番美意,无有不知,无有不感;至于'仍返故国'这句话,甥立意已决,阿舅再也休提!"

正在谈论,闺臣命人备出饭来。国舅又再再苦劝,无奈若花心如铁石,竟无一字可商。饭罢后,若花匆匆写了一封回书,给国舅看了。国舅料难挽回,只得落泪别去。若花送过,回到里面。闺臣道:"适才姐姐同国舅说话,我们窃听多时。妹子屡要进去力劝姐姐还乡,究因男女不便,不好冒昧相见。及至此时,才想起他原是女扮男装。早知如此,我又何妨进去一会。"若花道:"就是阿妹进去劝我,我也不能应承。但可去得,我又何必如此。这宗苦情,只有各人心内明白便了。"小春道:"国王如立意务要你去,他既不惜钱财去借飞车,安知他又不送金银与林伯伯?那时林伯伯得他银钱,务要你去,那就脱不掉了。"若花道:"就是寄父教我回去,我也不去。"小春道:"你若不去,林伯伯也不准你住在岭南,看你怎样?据妹子愚见:莫若早早寻个婆婆家,到了要紧关头,到底有个姐夫可以照应。"婉如道:"姐姐只顾不做国王,岂不把兰音姐姐宰相也耽搁么?将来你们如到女儿国得了好处,俺也不想别的,只求把那飞车送俺,俺就欢喜了。"小春道:"你要飞车何用?"婉如道:"俺如得了飞车,一时要到某处,又不打尖,又不住店,来往飞快。假如俺们今年来京,若有一二十辆飞车,路上又快又省盘费,岂不好么?"小春道:"如果都像这样,那店小二只好喝风了。"

只见缁瑶钗因部试得中,特来拜谢。彼此道喜,见礼让坐。瑶钗向秀英道:"若非姐姐成全,今日何能侥幸。时刻感念,又不敢屡次过来惊动。明日备有薄酌,意欲奉屈姐姐同舜英、闺臣、若花三位姐姐一聚,因此亲自过来奉请。望诸位姐姐赏光,明日早些过去。"闺臣、若花一齐说道:"我们早要奉拜,因连日应试,彼此都觉匆忙,所以未能晋谒。今既承宠召,明日自当同了秀英、舜英二位姐姐过去,一则奉拜,二来奉扰。"秀英、舜英道:"既如此,我们明日一同过去。"瑶钗见四人都肯去,不胜之喜,随即拜辞。次日,四人扰过,当即备酒还东。

一连聚了几日,不知不觉到了四月初一殿试之期。闺臣于五鼓起来,带着众姊妹到了禁城,同众才女密密层层,齐集朝堂,山呼万岁;朝参已毕,分两旁侍立。那时天已发晓,武后闪目细细观看,只见个个花能蕴藉,玉有精神,于那娉婷姽媚之中,无不带着一团书卷秀气,虽非国色天香,却是斌斌儒雅。古人云:"秀色可餐。"观之真可忘饥。越看越爱,心中着实欢喜。因略略问了史幽探、哀萃芳所绎《璇玑图》诗句的话;又将唐闺臣、国瑞徵、周庆覃三人宣来问道:"你三人名字都是近时取的么?"闺臣道:"当日臣女生时,臣女之父,曾梦仙人指示,说臣女日后名标蕊榜[1],必须好好读书。所以臣女之父当时就替取了这个名字。"国瑞徵同周庆覃道:"臣女之名,都是去岁新近取的。"武后点点头道:"你们两人名字都暗寓颂扬之意,自然是近时取的;至于唐闺臣名字,如果也是近时取的,那就错了。"又将孟、卞几家姊妹宣至面前看了一遍道:"虽系姐妹,难得年纪都相仿。"又赞了几句,随即出了题。众才女俱各归位,——武后也不回宫,就在偏殿进膳。——到了申刻光景,众才女俱各交卷退出。原来当年唐朝举子赴过部试,向无殿试之说,自武后开了女试,才有此例。此是殿试之始。当时武后命上官婉儿帮同阅卷。所有前十名,仍命六部大臣酌定甲乙。诸臣取了唐闺臣第一名殿元,阴若花第二名亚元。择于初三日五鼓放榜。

秦小春同林婉如这日闻得明日就要放榜,心里又是欢喜,又是发愁。二人同由秀英、田舜英同房。到晚,秀英、舜英先自睡了。小春同婉如吃了几杯酒,和衣倒在床上,思来想去,那里睡得着,只得重复起来;坐在对面,又无话说。好容易从二更盼到三鼓,盼来盼去,再也不转四更,只好房里走来走去。彼此思思想想,不是这个长吁,就是那个短叹。一时想到得中乐处,忽又大笑起来;及至转而一想,猛然

---

[1] 蕊榜——道家迷信的说法:大罗天的神仙在蕊珠宫放榜。从前恭维科举功名,把中进士的比作神仙,因而称录取进士的榜为蕊榜。

想到落第苦处,不觉又哽咽起来:登时无穷心事,都堆胸前,立也不好,坐也不好,不知怎样才好。

秀英被他二人吵的不时惊醒。那时已交四更,秀英只得坐起道:"二位姐姐也该睡了!妹子原因他们那边都喜夜里谈天,每每三四更不能睡觉,妹子身弱禁不起熬夜,又不能因我一人禁止众人说话,所以同舜英妹妹搬过这边。幸喜二位姐姐疼顾妹子,上床就睡,从未深夜谈天,因而妹子咳嗽也就好些,正在感激。那知二位姐姐平素虽不谈天,今日忽要一总发泄出来:刚才一连数次,睡梦中不是被这位姐姐哭醒,就是被那位姐姐笑醒,心里只觉乱跳;并且那种叹息之声,更令人闻之心焦。尤其令人不解的:哭中带笑,笑中有哭,竟是忧欢莫辨、哭笑不分的光景。请问二位姐姐:有何心事,以至于此?"

舜英听了也坐起道:"他们那有甚么心事!不过因明日就要放榜,得失心未免过重,以致弄的忽哭忽笑,丑态百出。"秀英道:"既因放榜,为何又哭又笑呢?"舜英道:"他若昧了良心,自然要笑;设或天良发现,自然要哭了。"秀英道:"妹妹此话怎讲?"舜英道:"他既得失心重,未有不前思后想:一时想起自己文字内中怎样练句之妙,如何摛藻之奇,不独种种超脱,并且处处精神,越思越好,愈想愈妙,这宗文字,莫讲秦、汉以后,就是孔门七十二贤[1]也做我不过,世间那有这等好文字!明日放榜,不是第一,定是第二。——如此一想,自然

---

[1] 孔门七十二贤——孔子的学生据说有三千人。其中"高材异能、身通六艺"的有颜回等七十二人,号称"七十二贤"。

欢喜要笑了。姐姐！你说这宗想头岂非昧了良心么？及至转而一想，文字虽佳，但某处却有字句欠妥之处，又有某处用意错谬之处，再细推求，并且还有许多比屁还臭、不能对人之处，竟是坏处多，好处少，这样文字，如何能中！——如此一想，自然闷恨要哭了。姐姐！你说这宗忖度岂非良心发现么？"

秀英道："妹妹这话未免太过，二位姐姐断非如此。"小春道："舜英姐姐安心要尖酸刻薄，我也不来分辩，随他说去。但秀英姐姐乃我们姐妹队中第一个贤慧人，将来却与这个刻薄鬼一同于归[1]，那里是他对手！"婉如道："说话过于尖酸，也非佳兆，第一先与寿数有碍。俺劝姐姐少说几句，积点寿，也是好的。"秀英道："二位姐姐，你听！鸡已啼过几遍，只怕已转五更，再要不睡，天就亮了。"婉如道："二位姐姐只管请睡。俺们已托九公去买题名录，他于二更去的，大约少刻就可回来。"

话言未毕，只听远远的一阵喧嚷，忽然响了一声大炮，振的窗棂乱动。——外面仆妇丫鬟俱已起来，——原来报喜人到了。婉如开了房门。小春即命丫鬟去找多九公，谁知二门锁还未开，不能出去。只听又是一声炮响，二人只急的满房乱转。小春刚命丫鬟去催钥匙，忽又大炮响了两声。婉如道："共响四炮，这是'四海升平'。外面如此热闹，你们二位也该升帐了。"秀英笑道："二位姐姐真好记性！昨日大家因议放炮，讲定二门不准开，必须报完天亮方开；怎么此时要

---

[1] 于归——出嫁。出《诗经》："之子于归，宜其室家。"

讨钥匙？岂非反复不定么？——你听：又是一炮，共成'五谷丰登'。"小春道："我只顾发急，把昨日的话也忘了，原来放炮也是昨日议的。其中怎样讲究，此时心里发慌，也想不出。姐姐可记得？"婉如道："昨日何尝议论放炮！这是你记错了。——只顾说话，接连又是三炮，这叫做'大椿以八百岁为春〔1〕'。"舜英笑道："又是两响，可谓'十分财气'了。"秀英道："妹子只当小春姐姐记性不好，谁知婉如姐姐记性更丑。昨日议论放炮，还是你极力赞成，怎么此时倒又忘了？——你听！接连又是五炮，恰好凑成骨牌名，是'观灯十五'。"婉如道："究竟怎样议的？妹子实实想不出。"秀英道："昨日公议：如中一人，外面即放一炮；倘中殿元，外加百子炮十挂。所有报单，统俟报完，二门开放，方准呈进。——如今又是三炮，已有'罗汉之数'了。"婉如道："若是这样，俺们四十五人须放四十五炮了。早知这样气闷，昨日决不随同定议。若不如此，今日中一名报一名，岂不放心？如今也不知那位先中，也不知谁还未中，教人心里上不上、下不下，不知怎样才好。——此时又响了六炮，共是'二十四番花信'了。"舜英道："你听！这四声来的快，恰恰凑成'云台二十八将'。"

小春道："怎么他们众姐妹都不出来？大约同我们一样，也在那里掐着指头数哩；只等四十五炮齐全，他才跳出哩。——你听！又是两炮，共成'两当十五之年'了。"秀英道："此话怎讲？"小春道："难

---

〔1〕 大椿以八百岁为春——《庄子》："上古有大椿者，以八千岁为春，八千岁为秋。"椿是香椿树。这里和前后几处含有数字的成语，都是单纯地用来表示数目（八百代表八），和句子本身的意义是没有什么关系的。

---

为姐姐还是博学,连这出处也不知?这是当日有位才子做'三十而立'破题有此一句,叫做'两当十五之年,虽有板凳椅子而不敢坐焉'。"婉如道:"接连又是三响,到了'三十三天'了。还有十二炮,俺的菩萨!你快快放罢!"小春朝着外面万福道:"魁奶奶!魁太太!这十二炮你老人家务必做个整人情,把他扫数全完,一总放了罢!你若留下一个,我就没命了!——好了,好了!你听!又是三炮,凑成'三十六鸳鸯'。好!这声接的快,三十七炮了!你听,又是一……"正要说"炮"字,谁知外面静悄悄并无声响。小春嘴里还是"一……一……一……",等之许久,那个"炮"字再也说不出。秀英道:"自一炮以至三十七炮,内中虽陆陆续续,并未十分间断;此时忽停多时,这是何意?"舜英道:"这又停了半晌,仍无影响,难道还有八炮竟不放么?"婉如道:"若果如此,可坑死俺了!"

只见天已发晓,各房姊妹都已起来。仔细再听,外面鸦雀无闻,不但并无炮声,连报喜的也不见了。众人这一吓非同小可。秀英、舜英也收拾下床,正在梳洗,众丫鬟纷纷进来请用点心,众才女都在厅房等候。二人穿戴完毕,来约小春、婉如一同前去。只见二人坐在椅上,面如金纸,浑身瘫软,那眼泪如断线珍珠一般直朝下滚。秀英、舜英看了,回想这八炮内不知可有自己在内,也不觉鼻酸;只得扶着二人来到厅房。众才女久已到齐,一同归坐。彼此面面相觑,个个脸如金纸,一言不发。点心拿到面前,并无一人上唇。那暗暗落泪的不计其数。

未知如何,下回分解。

## 第六十七回

### 小才女下府谒师　老国舅黄门[1]进表

话说众才女因初三日五鼓放榜,预先分付家人:"如有报子到门,不必进来送信;每中一名,即放一炮,里面听得炮声若干,自然晓得中的名数;等报子报完,把二门开了,再将报单传进。"谁知自从五更放了三十七炮,等到日高三丈,并未再添一炮,眼见得竟有八位要在孙山之外。不觉个个发慌,人人胆落,究竟不知谁在八名之内;一时害怕起来,不独面目更色,那鼻涕眼泪也就落个不止。小春、婉如见众人这宗样子,再想想自己文字,由不得不怕:只觉身上一阵冰冷,那股寒气直从头顶心冒将出来;三十六个牙齿登时一对一对撕打;浑身抖战筛糠,连椅子也摇动起来。婉如一面抖着,一面说道:"这……这……这样乱抖,俺……俺……可受不住了!"小春也抖着道:"你……你……你受不住,我……我……我又何曾受得住!今……今……今日这命要送在……在此处了!"闺臣叹了几声道:"今又等了多时,仍无响动,看来八位落第竟难免了。妹子屡要开门,大家务要且缓,难道此时还要等报么?"婉如一面抖着,一面哽咽道:"起……起初俺原想早些开门,如……如今俺又不愿开门了。——

---

〔1〕 黄门——指宫门。宫门涂黄色,所以叫"黄门"。

你不开门,俺……俺还有点想头;倘……倘或开门,说……说俺不中,俺……俺就死了!实……实对你们说罢,除……除非把俺杀了,方准开哩。"

若花道:"此时业已如此,也是莫可如何。若据闺臣阿妹追想碑记,我们在坐四十五人,似乎并无一人落第;那知今日竟有八人之多!可见天道不测,造化弄人,你又从何捉摸!但此门久久不开,也不成事,莫若叫人隔着二门问问九公,昨日婉如、小春二位阿妹所托题名录想已买来,如今求他细细查看,如题名录只得三十七人,此门就是不开也不中用。——况所中之人,只怕还要进朝谢恩,何能过缓?"闺臣道:"姐姐此言甚是。"即分付丫鬟去问多九公,谁知九公还未回来。闺臣道:"昨在部里打听,准于五鼓吉时放榜,无人不知;现在已交卯正,题名录还未买来,岂非怪事!"秀英道:"今日如已放榜,何以九公此时还不回来?若说尚未放榜,现在却又报过三十七人。其中必有缘故。"

忽听外面隐隐的一片喧嚷,原来多九公回来要面见众小姐。闺臣忙把钥匙递给丫鬟,众人都迎到门前。不多时,只见多九公跑的满脸是汗,走到厅前,望着众人说了一声"恭……",那个"喜"字不曾说完,只是吁吁气喘,说不出话来。小春一面抖着,同田凤翾把九公搀进厅房,坐在椅上,丫鬟送了两杯茶,喘的略觉好些。小春滴着泪向九公道:"甥……甥女可有分么?"多九公一面喘着,把头点了两点。婉如也滴泪道:"九……九公!俺呢?"多九公也把头点了两点。闺臣道:"请问九公:题名录可曾买来?"多九公连连摇头。停了片刻,望着众人把胸前指了一指,凤翾从怀中取出一个名单递给闺臣。闺臣展开同众人观看,只见上面写着:"钦取一等才女五十名、二等才女四十名、三等才女十名。……"若花恐众人看不见,未免着急,就便顺口高声朗诵,从头念了下去:

第一名史幽探　　　　第二名哀萃芳

第三名纪沉鱼　　　　第四名言锦心

第五名谢文锦　　　　第六名师兰言

第七名陈淑媛　　　　第八名白丽娟

第九名国瑞徵　　　　第十名周庆覃

第十一名唐闺臣　　　第十二名阴若花

第十三名印巧文　　　第十四名卞宝云

第十五名由秀英　　　第十六名林书香

第十七名宋良箴　　　第十八名章兰英

第十九名阳墨香　　　第二十名郦锦春

第二十一名田舜英　　第二十二名卢紫萱

第二十三名邺芳春　　第二十四名邵红英

第二十五名祝题花　　第二十六名孟紫芝

第二十七名秦小春　　第二十八名董青钿

第二十九名褚月芳　　第三十名司徒妩儿

第三十一名余丽蓉　　第三十二名廉锦枫

第三十三名洛红蕖　　第三十四名林婉如

第三十五名廖熙春　　第三十六名黎红薇

第三十七名燕紫琼　　第三十八名蒋春辉

第三十九名尹红荑　　第四十名魏紫樱

第四十一名宰玉蟾　　第四十二名孟兰芝

第四十三名薛蘅香　　第四十四名颜紫绡

第四十五名枝兰音　　第四十六名姚芷馨

第四十七名易紫菱　　第四十八名田凤翾

第四十九名掌红珠　　第五十名叶琼芳

第五十一名卞彩云　　第五十二名吕尧蓂

第五十三名左融春　　第五十四名孟芸芝

第五十五名卞绿云　　第五十六名董宝钿

第五十七名施艳春　　第五十八名窦耕烟

第五十九名蒋丽辉　　第六十名蔡兰芳

第六十一名孟华芝　　第六十二名卞锦云

第六十三名邹婉春　　第六十四名钱玉英

第六十五名董花钿　　第六十六名柳瑞春

第六十七名卞紫云　　第六十八名孟玉芝

第六十九名蒋月辉　　第七十名吕祥蓂

第七十一名陶秀春　　第七十二名掌骊珠

第七十三名蒋星辉　　第七十四名戴琼英

第七十五名董珠钿　　第七十六名卞香云

第七十七名孟瑶芝　　第七十八名掌乘珠

第七十九名蒋秋辉　　第八十名缁瑶钗

| | |
|---|---|
| 第八十一名卜素云 | 第八十二名姜丽楼 |
| 第八十三名米兰芬 | 第八十四名宰银蟾 |
| 第八十五名潘丽春 | 第八十六名孟芳芝 |
| 第八十七名锺绣田 | 第八十八名谭蕙芳 |
| 第八十九名孟琼芝 | 第九十名蒋素辉 |
| 第九十一名吕瑞蓂 | 第九十二名董翠钿 |
| 第九十三名掌浦珠 | 第九十四名井尧春 |
| 第九十五名崔小莺 | 第九十六名苏亚兰 |
| 第九十七名张凤雏 | 第九十八名闵兰荪 |
| 第九十九名花再芳 | 第一百名毕全贞 |

若花把榜念完,众才女这才转悲为喜。

多九公喘息已定。众人都问:"何以报子漏报八名?这个名次,从何处抄来?"九公道:"老夫今日三鼓就在那里守榜。略略用点使费,所以里面信息也通。起初原是闺臣小姐第一名殿元,若花小姐是第二名亚元。谁知榜已填到八九,太后忽然想起闺臣小姐名姓不好,因史幽探、哀萃芳向日绎的诗句甚佳,登时把前十名移到后面,后十名移到前面,复又从新填榜;如此往返转折,耽搁许多工夫,以致天明还未放榜。老夫惟恐众小姐等的心焦;况且报子里面信息虽通,只能填一名,报一名,那知这些移换之事,若等他报,不知等到何时。老夫只得托人把榜上等第、名次,匆匆抄了,连籍贯也不及写,飞忙赶回,跑的连气也喘不过来。并且闻得这是自古未有旷典,一经放榜,就要上朝会齐谢恩,因此更要赶回告知此事。我们宁可走在人先。诸位

第六十回・熊大郎途中失要犯 燕小姐堂上宴嘉賓

第六十三回·论科场众女谈果报　误考试十美具公呈

第六十五回·盼佳音虔心问卜 预盛典奉命抡才

第六十六回·借飞车国王访储子 放黄榜太后考闺才

第六十七回·小才女卞府谒师 老国舅黄门进表

第六十九回 · 百花大聚宗伯府 众美初临晚芳园

第七十二回・古桐台五美抚瑶琴　白芷亭八女写春扇

第七十二回·古桐台五美抚瑶琴　白芷亭八女写春扇

小姐收拾收拾,用些饭食,急速去罢。……"话未说完,只听外面接连放了八声大炮。九公道:"你听:这炮就是移到后面前十名。原来向日填榜,惟恐前几名太后仍要更换,故此先从末名填起;今日也是这样。所以前二十名倒报在众人之后了。老夫足足一夜未曾合眼,且去歇歇,明日慢慢再领喜酒。"说罢,外面去了。

众人连忙收拾。谁知小春、婉如忽然不见,四处找寻,好容易才从茅厕找了出来。原来二人却立在净桶旁边,你望着我,我望着你,倒像疯颠一般,只管大笑;见了众人,这才把笑止住。舜英道:"二位姐姐即或乐的受不得,也该拣个好地方。你们只顾在此开心,设或沾了此中气味,将来做诗还恐有些屁臭哩。"说的众人不觉好笑。

都到厅房用过饭,匆匆来至朝房,会同众才女上殿谢恩。武后将一等的授为"女学士"之职,二等授"女博士"之职,三等授"女儒士"之职。授职已毕,各赐金花一对;随即传旨命膳部大排红文宴;筵宴之际,武后越看越喜,因又颁赐许多大缎异香。一连赐宴三日,接着公主又赐了两日宴。众才女天天聚会,唤姐呼妹,彼此叙谈,不但个个熟识,并且极其亲热,每到席散分手,甚觉恋恋不舍。众人都说:"我们虽聚了五日,究竟拘束,不能尽兴;怎能拣个幽僻去处,得能畅聚几日,那就天从人愿了!"至第六日,乃佛诞之期,大家约会谢了公主;这才得闲来拜老师,——都向卞府而来。

这日,宝云带着七个妹妹同众才女谢了公主,听见众人要到他家,忙命仆人回府通知。卞滨听了,命人在凝翠馆调摆桌椅,预备酒饭。登时众人都到门前,先投门生名帖并贽见〔1〕礼。卞滨迎至二门。众才女除卞、孟两家姊妹在后,其余都是按名鱼贯而入。进了二门,穿过厅房,丫鬟引至凝翠馆。卞滨先说道:"众位才女且慢行礼,老夫有句话说:若论师生之谊,自然该受半礼才是。无如今日人多,若大家一齐行礼,这里也挤不开;若是一位一位行礼,今日只好尽行礼了。莫若通身行个常礼,我倒欢喜的。"史幽探道:"老师话虽如此,但门生们蒙老师知遇提携,得能恭与盛典;若以宝云……七位姐姐而论,又属年谊,亦是晚辈;今初次晋谒,那有不行全礼之理!"哀萃芳道:"既是老师怕行礼过慢,我们就十人为一排,不过顷刻也就行完了。"史幽探即命众丫鬟把拜垫依次铺下。卞滨无法,只得受了两礼。

众人拜完,兰芝姊妹也上来行礼。卞滨笑道:"怎么你们八个也是我门生么?"紫芝道:"不但我们是舅舅门生,只怕宝云……七位姐姐也是舅舅门生哩。难道我们前日补考卷子不是舅舅定的名次?"卞滨笑道:"定却是我定的,你说那些批语可好?但有点好处,我就批出。我向来看文总是如此,从不昧人之善。你看你们这些卷子可有委屈去处?"紫芝把脸红一红道:"舅舅还说不屈,单单把我考在红

---

〔1〕 贽见——初次见面的礼物。古时多用食物,后来多用钱。

椅子〔1〕上！我还要同舅舅不依哩。"卞滨不觉大笑道："原来第三十三名却是你的卷子。后来拆了弥封，我也不曾理会。当时我看卷时，本来要把你这本取在十名前的，后来不知怎样就弄到后头了。"紫芝道："这是过后好看话，我不领情。"众人听了，都抿口而笑。

行过礼，丫鬟刚收拜垫，史幽探道："且慢。"因向卞滨道："门生们还要请师母出来叩见。"卞滨道："也罢，若是不见，你们也不依。刚才我已受过礼，师母出来只好行个常礼罢。"不多时，宝云姊妹把夫人请来。众人谦让多时，仍是照前把礼行过。又同宝云姊妹行了礼。卞滨向宝云道："我已教人备了早饭，你们姐妹同兰芝……八个甥女都替我款待款待。今日不过便饭，改日我还下帖请来你们大家聚聚。我也不陪了。"到了外面，教家人卞彪把贽见礼都璧回道："你告诉送礼的，说我向来从不收礼，断不要再送。倘众才女心里不安，不妨日后得闲，或写把扇子，写个对联，如会画的就画点东西，我倒收的。至于古字古画我更不要。好在众才女墨卷我都见过，即或写的不佳，我也欢喜，不过算点情分罢了。"众家人又送两遍，见不肯收，只得各各带回。

那成氏夫人扶着宝云，把众才女挨次望望，心里好不欢喜。真是看看这个夸两句，瞧瞧那个又赞两句，不知从那一个问起才好。看了半晌，因说道："今日诸位年侄女初次见面，我也没备甚么见面礼，这

---

〔1〕 红椅子——考试录取的榜示，每每在最后一名的底下，用红笔勾一下，表示名单到此为止。习惯上因之就称最后一名为"坐红椅子"。

却怎好！也罢，我向来最喜说吉利话，往往说去都有灵验，我就送你们几句吉利话儿：'从此中后，诸事如意，福寿绵长。'这几个字就算我的见面礼罢。"众人齐道："多谢师母吉言！师母是福寿双全之人，所赐的话，自然也是多福多寿的。"夫人道："你们姐妹随便坐坐顽顽。少刻用饭，这里又是老师，又算年伯，比别处不同，都要依实才好。我也不陪了。"众丫鬟伺候去了。

这里宝云正在让坐，只见史幽探丫鬟道："刚才家人来报：圣上有旨，宣众位才女进朝领御赐笔砚，并召若花小姐问话。"登时各家都有信来。大家连忙别过卞滨，齐到朝房。武后御便殿宣入，行礼，两旁侍立。若花跪在丹墀道："臣阴若花见驾。"武后道："适才朕览你家国王表章，并细问来使，才知你因避难到此；不期如今倒在我天朝中了才女，且又经朕授为女学士之职，可谓千秋未有佳话。你且把表看了，朕再加恩赐你封号，以便同着来使即乘飞车早回本国。"近臣把表递过，若花展开观看，只见上面写着：

女儿国国王臣阴奇，匍匐谨上书天朝天后大皇帝陛下。伏惟陛下：坤德无疆，离晖久照。功媲风娲之炼石，道符月驭以行天。臣早殷服事之心，徒怀蚁悃；僻处裨瀛之角，未仰龙颜。兹际文教之宏敷，微才幸进；叨沐仁恩之远被，荒甸咸知。窃闻臣子若花，恭应制科，滥邀首荐。颂椒语拙，得聊玉笋之班；咏絮才疏，许侍珠樱之宴。自宜终身感戴，没齿瞻依。只缘臣已四旬，惟生二子：若花立储虽定，自痛孤雏；次子恃母而骄，阴连党类。

梦天忽压,逆子何幸遭怜;祭地而坟,长君无辜受屈。贤愚莫辨,巧悬衣上之蜂;嫡庶相争,妄掘宫中之蛊。忧铄金而出走,去国图生;喜择木以高飞,为亲讳过。及乎鹿马既辨,鸾凤已翔;寝门之问膳无闻,太室之承祧欲绝。臣悔深爱溺,病益愁煎。二竖难驱,藐孤安在?是以哀鸣伏枕,恭恳圣慈:俯念臣心自怨,臣眼将穿,将若花赏归故国,得接宗支。指白水而重耳归来,犹是山河无害;及黄泉而寤生复见,遂为母子如初。倘遂犊舐之私,终矢雀衔之报。诚惶诚恐,稽首顿首。

若花看罢,不觉一阵心酸,落下泪来。

　　未知如何,下回分解。

第六十八回

受荣封三孤膺敕命　奉宠召众美赴华筵

话说若花看罢表章,不觉滴泪奏道:"臣蒙皇上高厚,特擢才女,叠沐鸿施,涓埃未报,岂忍竟回本国。况臣自到天朝,业经两载,私制金瓯之颂,幸依玉烛之光,食德饮和,感恩恋阙。此时家难未靖,荆棘丛生,一经还乡,存亡莫保,臣稍知利害,岂肯自投罗网。尚祈皇上俯念苦衷,始终成全,即敕来使归国,俾臣得保蚁命;此后有生之年,莫非主上所赐,惟求格外垂怜!"连连叩首,泪落不止。武后见若花不愿回国,又爱他学问,心中也不愿他回去。无如业已收了国王许多财宝,究竟这个有贝之"财",胜于无贝之"才",却不过"家兄[1]"情面,只得说道:"你之所以出亡者,原惧西宫逸害之祸。今西宫已没,其子又殇,该国王除你之外,别无子嗣。况他情辞恳切,殊觉可怜;而且不惜重费,特于邻国借请飞车,可见望子甚殷。尔自应急急回去,善为侍奉,以尽为子之道,庶不失天伦之情。俟他百年之后,缵承藩服,翼戴天朝,这才是你一生一世的正事。且国王表内多是后悔之

---

[1] "家兄"——这里指钱。晋鲁褒作《钱神论》,讽刺当时人的贪鄙,文中有"亲之如兄,字曰孔方";又有"见我家兄,莫不惊视"等句。后人因用"孔方兄"和"家兄"作为钱的代词。

话,你纵百般委屈,看了这表,心中也该释然。朕意已决,不必再奏。今朕封尔为'文艳王'爵,特赐蟒衣一袭,玉带一条。可速返本国,下慰臣民之望,上宽尔父之心,即随来使去罢。"

若花连连叩首道:"臣蒙圣上天高地厚,破格荣封,虽粉身碎骨,不能仰报万一。第此时臣国西宫之患虽除,无如族人甚众,良莠不齐,每每心怀异志,祸起萧墙[1],若稍不留神,未有不遭其害;此国中历来风气如此,臣知之最悉,故不敢仍返故国。今蒙皇上谆谆劝谕,敢不凛遵。惟是臣离本邦业已二载,当日读书东朝,既未树援,此时回国,亦岂另有腹心;势甚孤而年又稚,安得不时切悚惶!倘蒙格外垂慈,许留宇下,策其犬马之劳,万死不悔!如圣意必欲命臣归国,尚恳别开天地之恩,特派能事宫娥三四人,伴臣数载,使族中无知之徒,知天朝大皇帝有钦差护卫之事,凭借天威,自可消其异志;俟臣稍能自立,即敬送钦差还朝。如蒙俞允[2],臣当生生世世,永戴尧天[3],感且不朽!"武后道:"此事虽易,但朕跟前能事宫娥不过数人,皆朕随身伺候不可缺的;若使庸懦无能之辈跟随前去,不独教他们笑我天朝无人,反与尔事有碍。朕何惜此三四人,无如人才难得,这便怎处?"

若花道:"臣意中虽有三人,惟恐冒渎天颜,不敢妄奏。"武后道:

---
〔1〕 祸起萧墙——萧墙,小墙。古人建筑,房屋当门处有小墙,用以隔别内外。"萧墙之内"属于内部,"祸起萧墙"就是内部发生了祸患。
〔2〕 俞允——古时专指皇帝的许可。
〔3〕 尧天——古时认为尧做皇帝的时候天下太平,所以用"尧天"比喻盛世。

"这三人是何名姓？都是何等样人？你且奏来。"若花道："这三人皆新中才女，殿试俱蒙特取一等。一名枝兰音，歧舌国人；一名黎红薇，一名卢紫萱，俱黑齿国人；向在外洋遇难，赖臣寄父林之洋陆续相救，带至天朝，适值女试，均沐恩荣。此三人文理尚优，遇事谨慎，足可为臣膀臂。倘蒙圣上俯如所请，敕此三人同去，臣得保全，没齿难忘。"武后道："他们既是海外之人，趁此伴你回国，彼此倒觉有益；久后在彼如能相安固妙，即或不然，亦可就近各归本乡。"因命近臣宣枝兰音、黎红薇、卢紫萱谕话。登时三人都到丹墀跪下。武后道："朕命阴若花回他本国，你们本系海外之人，原拟各遣归国；今因阴若花奏请，特派尔等伴他回去，皆授为东宫护卫大臣，职有专司，钦承宠命。今授尔枝兰音为东宫少师学士之职，尔黎红薇为东宫少傅学士之职，尔卢紫萱为东宫少保学士之职。各赐蟒衣一件，玉带一条。限十日内即随来使护送若花回国。倘能竭忠翊赞，俟若花奏到，再沛殊恩。"说罢，命太监把笔砚分赐众才女，随即回宫。诸臣退出，众才女来到朝房。宝云面邀众人过去用饭；众人因要谒见孟老师并同考四位老师，惟恐回来过晚，再三辞谢；即到各处谒见完毕，各自散了。

闺臣同众人回至红文馆，刚进总门，只见婉如眼泪汪汪从外面哭至厅房，同众人坐下，道："俺们自从若花、兰音、红红、亭亭四位姐姐相聚以来，从无片刻相离，今被无道女儿国王把若花姐姐讨去，就如快刀把俺心割去！今太后又将兰音、红红、亭亭三位姐姐也教跟去，岂不把俺肝肺五脏全都割去！俺要这命何用！与其日后活活想死，倒不如一刀杀了,倒也干净!"说着,悲泣不已。众人无不落泪,若花更是哽咽难止,兰音、红红也都流涕。只有亭亭满面笑容,心中颇觉得意。婉如见他这样,不觉发话道:"俺把你这没良心的!你看俺们这样落泪,你不伤心也罢了,为何反倒满面笑容?难道相聚这几年,你就这样狠心,毫无依恋么?大约你因太后封你做了'少保',你就乐了?幸而是少保,若封做'老保',还不知怎样得意哩!俺把你这没良心的混帐黄子[1]!"

亭亭正色道:"少保何足为奇?愚姐志岂在此!我之所以欢喜者,有个缘故:我同他们三位,或居天朝,或回本国,无非庸庸碌碌,虚度一生;今日忽奉太后敕旨,伴送若花姐姐回国,正是千载难逢际遇。将来若花姐姐做了国王,我们同心协力,各矢忠诚:或定礼制乐,或兴利剔弊,或除暴安良,或举贤去佞,或敬慎刑名,或留心案牍。——扶佐他做一国贤君,自己也落个'女名臣'的美号,日后史册流芳,岂非千秋佳话。那知婉如妹妹不明此义,只图目前快聚。你要晓得:再聚几十年,也不过如此,与若花姐姐有何益处?若说愚姐毫无依恋:我们相聚既久,情投意合,岂不知远别为悲?况闺臣妹妹情深义重,尤令人片刻难忘,何忍一旦舍之而去?然天下未有不散的筵席,且喜尚有十日之限,仍可畅聚痛谈。若今日先已如此,以后十日,岂不都成苦境?据我愚见:我们此后既相聚无几,更宜趁时分外欢聚为是。此

---

[1] 混帐黄子——骂人的话:混帐,指糊涂和不讲理的坏人;黄子,指生成的胚胎,如蛋黄。"混帐黄子"是混帐胚子、混帐种子的意思。

时只算无此一事,暂把'离别'二字置之度外,每日轮流作东,大家尽欢;俟到别时,再痛痛快快哭他一场,做个悬崖撒手,庶悲欢不致混杂。而且欢有九日之多,悲不过一时。若照婉如妹妹只管悲泣,纵哭到临期,也不过一哭而别,试问此十日内有何益处?古人云:'人生行乐耳。'此时离行期尚远,正当及时行乐;反要伤悲,岂不将好好时光都变成苦海么?"几句话,把众人说的登时眼泪全无,个个称善。闺臣道:"我们自从殿试授职之后,连日进朝匆忙,尚未吃得庆贺筵席。今日妹子就遵亭亭姐姐之令,先做东道主人。"婉如道:"明日俺也做个主人。"闺臣命人预备酒席。亭亭即将此事写了家书,托多九公寄去,以安缁氏之心。

只见门上来回:国舅过来。若花仍命请到书房,随即出去相见,道:"阿舅前者回去,走了几日到家?阿父身上可安?"国舅道:"我自那日别了贤甥,幸遇顺风,走了六日,即到本国。不意国主因想念贤甥,业已成疾,及至看见回书,更自悲恸不止;再三踌躇,只得备了许多财宝并表章一道,命我再来天朝,敬献大皇帝,恳其敕令贤甥还国。惟恐飞车装了财宝,行走不快,又到周饶借了二车。三车分装,甚觉轻便,兼遇顺风,所以走了五日,即到此地。适阅邸报[1],知有三位钦差同去。现在我们主仆两个,连贤甥共计六人,三车还不过重,即使路上多走几日,这也无妨。"因从怀中取出表章底稿递给若花道:"我恐贤甥今日在朝未将此表细看,特将底稿带来,贤甥细细一看,

---

[1] 邸报——政府的官报。

就知国主悔过想念贤甥的至情了。"说罢,辞去。若花托多九公分付长班打听住处,以便过去拜望。随即进来,把底稿给众人看了,莫不点头嗟叹。婉如道:"这个稿子,兰音、红红、亭亭三位姐姐都要记在心里,日后若花姐姐做了国王,这些笔墨都是不能免的。"亭亭道:"此表不独典雅恳切,并且对的字字工稳,若教我们动手,何能有此巧思。岂但我要记熟,只怕你们做词臣[1]的,更要揣摩哩!"小春道:"姐姐说他对的工稳,只怕'孤雏'对'党类',似乎远些。"亭亭听了,不觉扑嗤笑了一声。正要开谈,只见多九公进来对若花道:"适才打听国舅住处,离此甚近,已分付他们套了车了,何不就去一拜?"若花匆匆去了。

闺臣向阳墨香道:"若花、兰音、红红、亭亭四位姐姐不日就要远别,闻得姐姐丹青[2]甚佳,妹子要画个'长安送别图',大家或赠诗赠赋,不拘一格,姐姐可肯留点笔墨传到数万里外?也是自古画师未有的佳话。"大家都道:"如此极妙!"阳墨香道:"妹子虽画的不好,却要洒点墨雨替他去压风涛。少时先画个稿子,俟姐姐改正定了,我再慢慢去画。这比不得寻常画债可以歪着良心随意涂抹的。"小春道:"妹子明日也做两首送别诗,就只写的不好,只好求书香姐姐替我写写。"婉如道:"你求书香姐姐,俺只好托月芳姐姐了。"舜英道:"据我愚见:二位姐姐的诗也托人代做才好;若要自做,恐怕还有茅厕那股

---

[1] 词臣——给皇帝办理有关文学之类的事情的臣子。
[2] 丹青——指图画。

气味哩。"说笑间,若花业已回来。只见管门家人拿着许多帖子进来道:"卞老爷着人下帖,请诸位才女明日午饭,并有早面,请早些过去。"众人都将帖子留下,回复来人,明日清晨过去。

原来宝云从朝中散后,同众人拜过各位老师,带着六个妹子回家,见了卞滨,把女儿国进表及赐笔砚各话告诉一遍。卞滨道:"我只当阴若花是女儿国民人,原来却是一位储君;那知你们才女榜上,却有一位国王、三位宫保[1]在内,倒也是段佳话。散朝之后,为何不将他们邀来?"宝云道:"大家因谒见孟家姑夫并同考四位伯伯,天已不早,都再三致谢,各自散了。"卞滨道:"也罢,索性明日备个戏酒,请他们过来。"宝云道:"戏倒可以不用;只备两顿饭,我们倒可叙叙。他们都是外省居多,大约早晚也要请假回去。连日虽在一处,因过于拘束,不能畅谈;明日这一聚,大家说话还说不清,那里还能看戏。"卞滨点点头,即到外边分付家人卞彪预备请帖。卞彪道:"这个帖儿从没备过,请示怎样写法?"卞滨笑道:"正是,我倒忘了,还没告诉你。这个帖儿,只消一个封套,一个红签,一个单帖[2]。那帖子上首只写'初九日',不必写'候光'、'候叙'的话,下首赘过'某人拜

---

[1] 宫保——原指太子少保。太子住在东宫,所以叫做宫保。封建时代的一种荣誉官衔,并不是实职。这里是包括东宫的少保、少师、少傅而言;上文少师也叫宫师,少傅也叫宫傅。
[2] 单帖——从前通庆吊和一般交际用的请帖之类的东西,单页红纸,上面署名。把单帖外面的红封套上贴一红纸条,用写收帖人姓名官衔,这个红纸条叫做"红签"。

订'。那签子上就照殿试的名次,即如:第一名是史幽探,你把签子当中写'史才女'三个大字,旁边添一行小字,写'钦取第一等第一名'八个字。其余都照这样写去就是了。"卞彪答应,随即下帖,并命看园的各处多备桌椅。

次日清晨,卞滨分付家人备了二十五桌酒席,就在凝翠馆摆列。原来这凝翠馆对面是个戏台;两旁都是丹桂;桂树之外,周围山石堆成一道松岭,四面接连俱是青松翠柏:把这凝翠馆团团围在居中,极其清雅。卞滨每逢做戏筵宴,就在此地起坐,取其宽阔敞亮。若到桂花盛开之时,衬着四围青翠,那种幽香都从松阴中飞来,尤其别有风味,所以又名"松涛桂液之轩"。卞滨命人把这二十五席正面向南,由东至西,分做五行摆开,每行五席,每席四坐。正在分派,部中来请议事,因命宝云在家接待,即匆匆去了。不多时,家人来报众才女到了。

未知如何,下回分解。

## 第六十九回

### 百花大聚宗伯[1]府　众美初临晚芳园

话说卞滨去后,家人来报:"孟府、蒋府、董府、掌府、吕府诸位小姐到了。"宝云带着妹子彩云、锦云、紫云、香云、素云、绿云连忙迎出。只见孟兰芝、孟华芝、孟芸芝、孟芳芝、孟琼芝、孟瑶芝、孟紫芝、孟玉芝、蒋春辉、蒋秋辉、蒋星辉、蒋月辉、蒋素辉、蒋丽辉、董宝钿、董翠钿、董珠钿、董花钿、董青钿、掌红珠、掌乘珠、掌骊珠、掌浦珠、吕尧蓂、吕祥蓂、吕瑞蓂一齐进来,大家见礼。因成氏夫人偶患头晕,懒于见客,于是都在厅房坐了。紫芝道:"前在公主府内,也是我们姊妹三十三个先会面;今日不期而遇,又是如此。据我看来:只怕还是签上'前三三后三三'的余波哩。"玉芝道:"前日在那里弹琴、下棋、马吊、投壶、花湖[2]、

---

[1] 宗伯——原是周代掌管礼仪的官名,也就是春官;后来用作对礼部尚书客气的称呼。

[2] 花湖——一种纸牌。和三十二张的天九牌花色(二十一种)相同,但每种六张,——其中三张中间是白的;两张中间有蓝花;一张中间画有人物,如《西游记》上的唐僧、猪八戒等。——另加图牌一张,共一百二十七张。四个人玩,实际三人出场,一人轮流休息并负算湖的责任。庄家拿牌二十五张,平家二十四张。牌有大将、中将、小将之别,先凑成十二对的成牌。算湖数依种种花色,可以加若干倍;最后再看预先摇定的骰子点数,例如拿着天牌的,如逢骰子里的六点最多,又可以加上倍数,每每有几千湖的,所以通常带着算盘上场。

十湖[1]、状元筹[2]、升官图[3],狠够顽了,偏偏公主又要联韵[4]。及至轮到妹子,又是险韵[5],想了许多句子,再也压不稳,那时心里一急,把点饮食存在心里,亏得吃了许多普洱茶,这才好了。前日还亏尧蓂、尧春二位姐姐同公主弹琴,才免了许多诗。今日宝云姐姐务要想个好顽的,若再教我搜索枯肠,那真坑死人了。"

只见家人拿着许多名帖进来,原来是红文馆所住的唐闺臣、林婉如、洛红蕖、廉锦枫、黎红薇、卢紫萱、枝兰音、阴若花、田凤翾、秦小春、颜紫绡、宋良箴、余丽蓉、司徒妩儿、林书香、阳墨香、崔小莺、蔡兰芳、谭蕙芳、叶琼芳、褚月芳、燕紫琼、张凤雏、姜丽楼、易紫菱、薛蘅香、姚芷馨、魏紫樱、尹红萸、章兰英、邵红英、戴琼英、由秀英、钱玉英、田舜英、井尧春、左融春、廖熙春、邴芳春、郦锦春、邹婉春、陶秀

---

[1] 十湖——一种纸牌。有一条到九条,一万到九万,一饼到九饼各四张;千子四张;驴子四张;仁、义、礼、智、信五张,叫做五星;枝花四张:共一百二十五张。四个人玩,实际三人出场,一人轮流休息。庄家拿三十一张,平家三十张。有素张、荤张之别,先凑成十湖的成牌。

[2] 状元筹——一种游戏用的筹子。拿牙、骨或竹做筹子,排列科举功名;用六粒骰子掷彩,以决定得注的多寡。最大的是状元,得六十四注;其余榜眼、探花为三十二注;各色名目,依次减少,最小的是秀才,只得一注。完了之后,计算筹子以分胜负。

[3] 升官图——一种游戏用的图。画有最小到最大的官位。掷骰子以定进退,用三粒骰子,除去点数相同的两粒,看另一粒的点数为准:四点叫做德,六点叫做才,二、三、五点叫做功,都可以升官。德最好,升的最快;么点叫做赃,罚降。先到最大官位的为胜,最后到的输。

[4] 联韵——二人或多人接力做诗,句尾同用一个韵目里的韵。

[5] 险韵——做诗用生僻的字押韵。

春、潘丽春、施艳春、柳瑞春、缁瑶钗四十六位才女到了。宝云方才迎接进内,接着史幽探、哀萃芳、纪沉鱼、言锦心、谢文锦、师兰言、陈淑媛、白丽娟、国瑞徵、周庆覃、米兰芬、窦耕烟、印巧文、祝题花、锺绣田、苏亚兰、花再芳、宰银蟾、宰玉蟾、闵兰荪、毕全贞二十一位才女也都到了。大家见礼,都命丫鬟到成氏夫人跟前请安道谢。

宝云把众人让到花园,走了几层庭院,众人啧啧赞美。进了凝翠馆随便散坐。茶罢,略叙寒温;又上了两道杏酪冰燕汤之类。宝云道:"家父今早本在家恭候,原想见见诸位姐姐,因部里两三次来请,立等议事,只好去了。"孟兰芝道:"闻得妹子叔叔说:连日因剑南平定,会议善后事宜,并有遣使敕封外国等事,所以甚忙,大约都要在部里住几天才能回来。我们趁此倒好畅聚。我家叔叔因凝翠馆宽阔,意欲明日在此奉请诸位姐姐聚聚,少刻备帖过去,务必要求赏光早降。"史幽探道:"妹子们所送贽见,诸位老师都不肯收,已觉抱歉,反要叨扰,更令人不安。既承老师赐饭,我们自当过来,姐姐千万不可费事。"兰芝道:"不过便饭,有何费事。"

宝云命人调摆桌椅,因向众才女道:"今日是便饭,不过奉请过来大家聚聚,我们就把早饭用了,也好园中各处走走,说说闲话。"说罢,带着六个妹子上来让史幽探首坐。幽探连连摇手道:"诸位姐姐:今日在老师府上,非往日可比,可讲不得客情。况一同殿试,就是同年:比我年长的,就是我的姐姐,自然该他上坐;比我年幼的,就如我的妹妹,我也不谦,竟自僭他。若必要妹子上坐,那是断断不敢遵命。"毕全贞道:"姐姐不要过谦,若论坐位,自应仍按名次,既不费事,又省彼此推让。至于序齿,虽有履历可查,但此中年岁相同的甚多,若再叙起月分日子的先后,那更费事了。"幽探道:"今日难得大家相聚,天时甚早,何妨借此叙叙月分,岂不更妙?"紫芝道:"姐姐要问月分生日,平时闲谈,可以问得;若因这个坐位序齿,你想谁肯说比谁大呢?即如我是十四岁,他也十四岁,他要问我月分,我就说是腊月的;再要问我日子,我就说是三十亥时生的。你想这里同岁甚多,设或都说腊月三十日亥时生的,难道你还替他分别上四刻、下四刻么?"幽探笑道:"这紫芝妹妹倒说的有趣。"因又望着众人道:"诸位姐姐:且莫讲别人,即如我们若论年纪,要算全贞、再芳两位姐姐长些。我们若是上坐,却教两位年长的坐在末席,这如何使得!不但妹子心里不安,只怕诸位姐姐也觉不安罢。"

毕全贞道:"姐姐:这可论不得年纪!况今日这个坐儿已是久已定就,应该姐姐第一位,谁人敢僭?就是妹子的末席,也是久已定就的。姐姐如不信,问再芳姐姐就知道了。"花再芳道:"正是,我倒忘了,妹子正要告诉诸位姐姐这件奇事:前者部试,我同闺臣、全贞两位姐姐坐的甚近,一时说说闲话。我说:'今日我们在此相聚,大约到了殿试,我就没分了。'闺臣姐姐听了,他暗暗说道:'我要说出来,你们莫怪:将来殿试,你是倒数第二,全贞姐姐是倒数第一。'——他说他是第十一名。——'那第一的名叫史幽探,第二哀萃芳。'当时我都写下记了。如今看起来,不但名姓相符,连次序也不错。这不是一件奇事么?"众人都诧异道:"这是怎讲?那时榜还未定,倒都晓得?

难道闺臣姐姐未卜先知,是位活神仙么?"紫芝道:"这话真闷死人,不懂是个甚么讲究,这比芸芝姐姐起的课还奇:他不过断个日子,不像这个连名姓、等第都有了。"宝云道:"却是前者殿试,听见闺臣姐姐奏对,说是因梦命名的,其中必有缘故。倒要请教姐姐谈谈。"闺臣道:"提起此话,真也奇怪!前日若非先对再芳、全贞二位姐姐说过,只怕今日平空说起,连大家也不信。此话甚长,诸位姐姐请坐,妹子才好细讲。"紫芝道:"好姐姐!你说罢!那里把脚就站大了!"

闺臣道:"这件异事,却是妹子因到海外寻亲,亲目所睹的。今日既要细谈,必须起根发由说起,诸位姐姐才明白。当日家父因中后被议,未免灰心,想到海外领略山水之奇,借此消遣。适值家母舅要到外洋贩货,于是一同航海。所有经过崇山峻岭,以及海外各国,处处上去游玩。及至货物卖完,忽然起了风暴,那船随风逐浪,飘了数日,飘到一座小蓬莱山下。家父因山景甚佳,上去游玩,谁知竟是一去不归。"紫芝道:"妹子记得古人书中所载海外各国都是奇奇怪怪,并且长人其长无比,小人其小无对;还有以土为食的,又有以鱼皮为衣的:以此看来,饮食衣服,都与我们不同了。既然不同,为何又买我们货物?不知当初所卖何物?"闺臣道:"货物甚多,妹子那里记得。适闻姐姐所说长人、小人之话,我却想起当日在长人国、小人国曾卖两件货物,却大获其利:长人国卖的是酒坛,小人国卖的是蚕茧。你道为何带这两样货物?……"

未知如何,下回分解。

第七十回

述奇形蚕茧当小帽　谈异域酒坛作烟壶[1]

话说闺臣道:"我母舅带那蚕茧,因素日常患目疾,迎风就要流泪,带些出去,既可熏洗目疾,又可碰巧发卖。他又最喜饮酒,酒量极大。每到海外,必带许多绍兴酒,即使数年不归,借此消遣,也就不觉寂寞。所有历年饮过空坛,随便撂在舱中,堆积无数。谁知财运亨通,飘到长人国,那酒坛竟大获其利;嗣后飘到小人国,蚕茧也大获其利。"紫芝道:"那个长人国想来都喜吃酒,所以买些坛子好去盛酒。但那蚕茧除洗目疾,用处甚少,他却买他怎么？难道那些小人都有迎风流泪的毛病么?"闺臣笑道:"他们那是为此。原来那些小人生性最拙,向来衣帽都制造不佳。他因蚕茧织得不薄不厚,甚是精致,所以都买了去,从中分为两段,或用绫罗镶边,或以针线锁口,都做为西

---

[1] 烟壶——装鼻烟的壶。鼻烟,是把烟叶研成碎屑,加进花露,供人闻嗅因而打喷嚏的一种烟。据说最初是明代由意大利人利玛窦带到中国来的;清代极为流行。后文"玫瑰露",是加入玫瑰花露的红色烟叶;"乾铳儿",是没有加入任何花露的烟叶。烟壶最初是用五色玻璃制造的;后来改用套料,有套四五色的;更后有用珠、玉、瓷、石、水晶、宝石做的,上面有的有极精致的雕刻。烟壶以用过时间久的为最宝贵,后文"老胚儿",就指的这一种;"窝瓜瓤",是倭瓜瓤的别写,指一种用久了而发深黄色的烟壶;"水上飘",指一种质料好而分量轻的烟壶。

瓜皮的小帽儿,因此才肯重价买去。"紫芝道:"这样小头小脸,倒有个意思。我不愁别的,我只愁若不钉上两根帽绊儿,只用小小一阵风,就吹到'瓜洼国[1]'去了。请教那长人国把酒坛买去又有何用?"闺臣道:"说来更觉可笑:原来那长人国都喜闻鼻烟,他把酒坛买去,略为装潢装潢,结个络儿,盛在里面,竟是绝好的鼻烟壶儿;并且久而久之,还充作'老胚儿';若带些红色,就算'窝瓜瓢儿'了。"

紫芝道:"原来他们竟讲究鼻烟壶儿。可惜我的'水上飘'同那翡翠壶儿未曾给他看见;他若见了,多多卖他几两银子,也不枉辛辛苦苦盘了几十年。"小春道:"姐姐这个'十'字如今还用不着,我替你删去罢。"紫芝道:"我那壶儿当日在人家手里业已盘了多年,及至到我手里又盘好几年,前后凑起来,岂非几十年么?这个'十'字是最要紧的,如何倒要删去? 幸亏姐姐未在场里阅卷,若是这样粗心浮气,那里屈不死人!"小春道:"姐姐才说要把壶儿多卖几两银子,原来你顽鼻烟壶儿并非自己要顽,却是借此要图利的。"紫芝道:"我也并非专心为此;如有爱上我的,少不得要赚几个手工钱。"

小春道:"我见姐姐于这鼻烟时刻不离,大约每年单这费用也就不少?"紫芝吐舌道:"这样老贵的,如何买得! 不瞒姐姐说:妹子自从闻了这些年,还未买过鼻烟哩。"小春道:"向来闻的自然都是人送

---

[1] 瓜洼国——本应作爪哇国。荷兰和中国通商很早,那时荷兰在南洋殖民地的主要城市是爪哇,中国人都知道有爪哇这个地方,并认为爪哇是很远很远的外国,因而就用这三个字来形容遥远。

的了?"紫芝道:"有人送我,我倒感他大情了。"因附耳道:"都是'马扁儿'来的。"小春道:"马扁儿这个地方却未到过,不知离此多远?"婉如道:"'马扁'并非地名,姐姐会意错了。你把两字凑在一处,就明白了。"小春想了一想,不觉笑道:"原来鼻烟都是这等来的,倒也雅致,却也俭朴。但姐姐每日如此狠闻,单靠'马扁儿',如何供应得上,也要买点儿协济罢?"紫芝道:"因其如此,所以这鼻烟壶儿万不可不多,诸如玛瑙、玳瑁、琥珀之类,不独盘了可落手工钱,又可把他撒出去弄些鼻烟回来。设或一时'马扁儿'来的不接济,少不得也买些'乾铣儿'或'玫瑰露'勉强敷衍。就只乾铣儿好打嚏喷,玫瑰露好塞鼻子,又花钱,又不好,总不如'马扁儿'又省又好。"

小春道:"他们诸位姐姐都要听闺臣姐姐外国话,我们只顾打岔,未免不近人情,妹子只问问鼻烟高下,就不问了。"紫芝道:"若论鼻烟:第一要细腻为主;若味道虽好,并不细腻,不为佳品。其次要有酸味,带些椒香尤妙,总要一经嗅着,觉得一股清芬,直可透脑,只知其味之美,不见形迹,方是上品;若满鼻渣滓,纵味道甚佳,亦非好货。"小春道:"姐姐近日'马扁儿'不知可有酸的? 我要请教请教。"紫芝从怀中取出一个翡翠壶儿,双手递过去。小春慌忙抢进一步,双手接过来,倒出闻了一闻,只觉其酸无对。登时打了几个嚏喷,鼻涕眼泪流个不住。不觉皱眉道:"姐姐:为何如此之酸?"紫芝又附耳道:"这是妹子用'昔酉儿'泡的。"小春道:"昔酉儿是何药料? 卖几两银一个? 我也买两个。"婉如笑道:"他这'昔酉儿'也同'马扁儿'一样,都是拆字格。"小春听了,这才明白。

紫芝道:"请教闺臣姐姐:这个长人国闻鼻烟,还是偶尔一闻,还是时刻闻呢?"闺臣道:"据说那些贫穷人家,没钱购买,不过偶尔一闻;至富贵人家,却是时刻不能离的。"紫芝道:"不知当日带去是甚等酒坛?"闺臣道:"闻得是宗女儿酒[1],其坛可盛八十余斤。"紫芝道:"如此说,那长人国闻鼻烟也过于费事了。"闺臣道:"何以见得?"紫芝道:"他这鼻烟既是时刻不能离的,每日却教人抬着鼻烟坛子跟在后面,岂不费事?"闺臣笑道:"原来姐姐还不明白:他所以要烟壶络子者,原是挂在身边以图便易;岂有叫人扛抬之理。姐姐真小觑长人国了。"紫芝道:"姐姐:这不是长人国闻鼻烟,叫作'老虎闻鼻烟',是没有的事!"小春道:"刚才姐姐还恨长人国未见你的壶儿;你想,他把大酒坛子只算烟壶儿挂在身边,姐姐若把那个翡翠的送他,只怕他做钮子还嫌小哩。"紫芝道:"难道长人国只买此一物么?"闺臣道:"那时家父曾带了许多大花盆,谁知他们见了,也都重价买去,把盆底圆眼用玛瑙补整,都做了牛眼小烧酒杯儿。"

宝云道:"伯伯上山,一去不归,府上可曾有人去寻访?"闺臣道:"后来妹子得知此信,即同母舅到了小蓬莱。蒙若花姐姐伴我登了此山,寻访将及半月,忽见迎面有一五色亭子,上写'泣红亭'三个大字;亭中设一碧玉座,座上竖一白玉碑,两旁有副对联,写的是:'红

---

[1] 女儿酒——从前绍兴人的习惯,养了女儿便酿很多坛酒,埋在地下,候女儿长大出嫁时,拿出来待客,这种酒叫做"女儿酒"。这种酒的酒坛,比一般的酒坛是较大的。

---

颜莫道人间少,薄命谁言座上无。'那白玉碑上镌着一百位才女名姓,原来就是我们今日百人。名姓之下,各注乡贯事迹。人名之后,有一总论。论后有一篆字图章,镌着四句,是:'茫茫大荒,事涉荒唐;唐时遇唐,流布遐荒。'"紫芝道:"后面两句,岂非教姐姐流传海内么?"闺臣道:"妹子因此把碑记抄了。后来遇一樵夫,接得父亲家信,催我作速回家,即赴考试,俟中过才女,父女方能会面,因此匆匆回来。"紫芝道:"姐姐且把碑记取来,大家看看。"闺臣道:"这个碑记带回岭南,不意却被一个得道白猿窃去。"宝云道:"此猿从何而来?"闺臣道:"此猿乃家父在小蓬莱捉获,养在船内;婉如妹妹带到家中。每逢妹子看那碑记,他也在旁观看。那时妹子曾对他取笑道:'我看你每每宁神养性,不食烟火,虽然有些道理;但这上面事迹,你何能晓得,却要观看?如今我要将这碑记付给文人墨士,做为稗官野史,流传海内;你既观看,可能替我建此大功么?'谁知他听了把头点了两点,拿着碑记,将身一纵,就不见了;至今杳无下落。"紫芝道:"偏偏被这猴子偷去,令人可恨。不知那段总论姐姐可还记得?"闺臣道:"我在船上看过两遍。此时提起,虽略略记得,恐一时说不明白,必须写出才好。"

宝云随命丫鬟设下笔砚。闺臣道声"得罪",坐下,写一句,想一句;幸而大略都还记得。不多时写完,随手又把几副匾对也写了。众人都围着观看。紫芝道:"与其大家慢慢传观,不如我念给诸位姐姐听。"于是高声朗诵,连匾带对,从头至尾念了一遍。众人听了,个个称奇。紫芝道:"据我看来:我们大家倒要留神好好顽,将来这些事,只怕还要传哩。若在书上传哩,随他诌去,我还不怕;我只怕传到戏上,把我派作三花脸,变了小丑儿,那才讨人嫌哩。"兰芝点点头道:"你只是跟着吵,那个三花脸看来也差不多。"因向史幽探道:"姐姐:他这'薄命谁言座上无'一句,是个甚么意思?难道内中薄命的多么?"幽探道:"若是多,他何不将'谁'字改做'须'字,'无'字改做'多'字呢?"宝云道:"话虽如此,但这对句同那'泣红亭'三字究竟不佳。"因向师兰言道:"那论上曾说'师仿兰言',明明道着姐姐,其中必有寓意。这几日我们赴宴,你在那里登答[1]公主,以及一切言谈,莫不深明时务,洞达人情。他这匾对用意,大约姐姐也可参详大概。何不道其一二?倘竟详解不差,大家知所趋避,也是一件好事。"师兰言道:"妹子那能解得仙机;若据对联两句细细猜详,却有个道理。"

未知如何,下回分解。

---

[1] 登答——登时答复的意思。

第七十一回

触旧事神往泣红亭　　联新交情深凝翠馆

话说师兰言道:"若据对联两句看来:大约薄命是不能免的,似还不至甚多,幸亏'座上'两字;若把'座'字变成'世'字,那可不好了。据我参详:要说个个都是福寿双全,这句话只怕未必,大概总有几位不足去处。莫讲别的,只望望那个泣红亭的'泣'字,还不教人鼻酸么?妹子有句话奉劝诸位姐姐:倒不必因此怀疑。古人说的最好,他道:'但行好事,莫问前程。'又道:'善恶昭彰,如影随形。'无论大小事,只凭了这个'理'字做去,对得天地君亲,就可俯仰无愧了。今日大家在此相聚,总是同年姐妹,非泛泛可比。诸位姐姐若不嫌絮烦,妹子还有几句话。即如为人在世,那做人的一切举止言谈,存心处事,其中讲究,真无穷尽。若要撮其大略,妹子看来看去,只有四句可以做得一生一世良规。你道那四句?就是圣人所说的[1]:'非礼勿视,非礼勿听,非礼勿言,非礼勿动。'人能依了这个处世,我们闺阁也可算得第一等贤人。这是为人存心应该如此,不应妄为的话。至于每日应分当行的事,即如父母尊长跟前,自应和容悦色,侍奉承

---

〔1〕 圣人所说的——圣人,指孔子。这里引用的"非礼勿视"等四句,是孔子说的,出《论语》。

欢,诸务仰体,曲尽孝道。古来相传孝女甚多,如女婧[1]、缇萦[2]之类,一使景公废伤槐之刑,一使文帝除肉刑之令,皆能委曲用心,脱父于难。他如木兰戍边,以身代父[3];曹娥投江,终得父尸[4]。他们行为如此,其平时家庭尽孝之处可想而知,所以至今名垂不朽。至于手足至亲跟前,总以和睦为第一。所谓:'和气致祥,乖气致戾。'苟起一争端,即是败机。如田家那颗紫荆[5],方才分家,树就死了。难道那树晓得人事,因他分家就要死么?这不过是那田家一股乖戾之气,适值发作,恰恰碰在树上,因此把个好好紫荆先就戾杀;他家其余房产各物,类如紫荆这样遭戾气的,

---

[1] 女婧(jìng)——故事传说:春秋时,齐景公在他所欢喜的槐树下面竖了一块牌子说:"犯槐者刑,伤槐者死。"有一名叫衍的人,吃醉酒伤了槐树,景公就派人把他抓了起来,打算处刑。他的女儿婧,去到当时的大臣晏婴家里,问道:"国君爱树贱人,应该不应该呢?"晏婴去劝景公,景公就废除了伤槐的禁令,把犯槐的罪囚也释放了。
[2] 缇萦——汉代施用肉刑,分为四种:一、墨,就是在脸上刺字,用墨涂上;二、劓,割鼻子;三、剕,把脚砍断;四、宫,男子割去生殖器,女子幽闭。故事传说:刘恒(汉文帝)时,太仓县令淳于意犯了罪,囚在长安监狱里,要处肉刑。他的小女儿缇萦跟到长安,自己请求做官家的奴婢,来赎父亲的罪。刘恒因而下令废除肉刑,淳于意得免罪。
[3] 木兰戍边,以身代父——故事传说:木兰因政府征兵,父亲年老,她就女扮男装,代父从军,去到边境,过了十二年才回来,并没有人知道她是女人。一说木兰姓花,一说姓魏。故事出在北魏,也有人说是隋、唐时候的事。
[4] 曹娥投江,终得父尸——故事传说:曹娥,东汉人。十四岁时,父亲淹死在江里,尸首没有捞到。她日夜沿着江啼哭,隔了七天,也投江而死;过了五天,她抱着父尸,浮出水面。
[5] 田家那颗紫荆——颗,同棵。故事传说:汉代田真、田庆、田广弟兄三人商议分家,堂前有一棵紫荆树,也打算劈成三份;还没有实行,树就枯死了。三弟兄因此感动,不再分家,后来树又活转回来。这是一个迷信的传说。

想来也就不少。虽说紫荆会死,房产不会死,要知房产分析或转卖他姓,也就如死的一样了。"

紫芝道:"妹子闻得田家那颗紫荆是他自己要死,以为警戒田家之意,姐姐怎么说是戾死的?"兰言道:"这话错了。自古至今,分家的也不少,为何不闻别家有甚树儿警戒呢?难道那树死后,曾托梦田家,说他自己要死么?即使草木有灵,亦决不肯自戕其生,从井救人。我说那树当时倒想求活,无如他的地主已将颓败。古人云:'人杰地灵。'人不杰,地安得灵?地不灵,树又安得而生?总是戾气先由此树发作,可为定论。"紫芝道:"怎么别人分家没见戾死过树木?难道别家就无戾气么?"兰言道:"戾死树木,也是适逢其会。别家虽无其事,但那戾气无影无形,先从那件发作颓败,惟有他家自己晓得,人又何得而知。后来田家因不分家,那颗紫荆又活转过来,岂不是'和气致祥'的明验么?诸位姐姐:刚才妹子所说侍奉承欢,至亲和睦,这都是人之根本第一要紧的。其余如待奴仆宜从宽厚,饮食衣饰俱要节俭,见了人家穷困的尽力周济他,见了人家患难的设法拯救他:如果人能件件依着这样行去,所谓人事已尽;至于'薄命谁言座上无'那句话,只好听之天命。若任性妄为,致遭天谴,那是'自作孽不可活',就怨不得人了。"众人听了,都道:"姐姐这话真是金石之言。"

锦云道:"以颜子而论,何至妄为,不知他获何愆而至于夭?"兰言道:"他如果获愆,那是应分该夭的,夫子又哭他怎么?就同叹那

'斯人也而有斯疾也〔1〕'一个意思,因其不应夭而夭,所以才'哭之恸'了。固云'命也',然以人情而论,岂能自已。即如他这论上'泣'字,自然也是当泣才泣的,我们那里晓得。"锦云望着众人笑道:"兰言姐姐的话,总要驳驳他才有趣。刚才他说:'善恶昭彰,如影随形。'我要拿王充《论衡》〔2〕'福虚祸虚'的话去驳他,看他怎么说?"兰言道:"我讲的是正理,王充扯的是邪理,所谓邪不能侵正,就让王充觌面,我也讲得他过。况那《论衡》书上,甚至闹到问孔刺孟,无所忌惮,其余又何必谈他。还有一说:若谓《阴骘文》'善恶报应'是迂腐之论,那《左传》说的'吉凶由人',又道'人弃常则妖兴'这几句,不是善恶昭彰明证么?即如《易经》说的'积善之家必有余庆,积不善之家必有余殃';《书经》说的'作善降之百祥,作不善降之百殃'这些话,难道不是圣人说的么?近世所传圣经,那《坟》、《典》诸书,久经澌灭无存,惟这《易经》、《书经》最古,要说这个也是迂话,那就难了。"锦云笑道:"设或王充竟是这样驳你,你却何以对答?"兰言道:"他果如此,我就不同他谈了。"锦云道:"敢是你辞穷么?"兰言道:"并非辞穷。我记得《家语》〔3〕同那《大戴礼》都说:'倮虫三百六

---

〔1〕 "斯人也而有斯疾也"——孔子的学生冉伯牛生病,孔子去看他,叹道:"斯人也而有斯疾也!"意思是:这样的人,怎么会害这样的病哩! 语出《论语》。
〔2〕 王充《论衡》——王充,东汉时杰出的思想家;著《论衡》一书,揭穿统治阶级利用自然界的现象欺骗人民,警告统治者不要虚伪地自称天命。他的学说是唯物主义的。在封建社会里,统治阶级及其拥护者反对他的学说,认为是离经叛道的异端。《问孔》、《刺孟》,是《论衡》中两篇的篇名。
〔3〕《家语》——书名,《孔子家语》的省称。魏王肃作。内容是采取《左传》、《国语》、《荀子》、《孟子》、《二戴记》的材料凑成。

十,圣人为之长。'圣人既是众人之长,他的话定有识见,自然不错,众人自应从他为是。况师旷[1]言:'凤凰鸾举,百鸟从之。'凤为禽之长,所以众鸟都去从他。你想:畜类尚且知有尊长,何况于人!妹子不去答他者,因他既以圣人为非,自然不是我们倮虫一类,他自另有介虫或毛虫另归一类,我又何必费唇费舌去理他。"这一番话,说得众人齐声称快。锦云道:"若非拿王充去驳他,你们那里听这妙论。"

紫芝扶着茶几望史幽探、哀萃芳道:"二位姐姐:你们可记得那论上说的'以史幽探、哀萃芳冠首者'那句话么?这个坐位已是注定的,不必谦了,请坐罢!我们腿都站酸了!早些吃了饭,还要痛痛顽哩。"幽探道:"既是久已注定,我们姐妹更该亲热序齿才是。况且即或我同萃芳姐姐坐了首席、二席,只怕沉鱼、锦心两位姐姐也不肯就坐三席、四席罢?"哀萃芳、纪沉鱼道:"我们谦让的话也不必再说,如果宝云……七位姐姐,同兰芝……八位姐姐,也照中式名次坐了,我们无不遵命。"兰芝道:"诸位姐姐要数宝云……七位姐姐也按名次坐,他是主人,安有此理。这是苦他所难了。至愚姐妹在舅舅家里,既不能僭客,又是奉命陪客的。如四位姐姐坐过,自然该是文锦、兰言诸位姐姐,何必再让。"谢文锦道:"这可使不得!妹子年纪甚轻,若这样坐了,岂不教别位姐姐见怪么!"

---

[1] 师旷——春秋时音乐家,晋国的乐师。

蒋春辉道："诸位姐姐：看来这坐儿也难让。妹子有个愚见：莫若除了主人，——既是兰芝……八位姐姐在母舅府上不肯僭客，索性也除了。共除一十五位。余者拈阄何如？并且不论上下，就以东北第一坐拈起，至西南主席上一位为末席。阄儿虽按次序，坐位仍无上下；不然，要论席面，又要许多分派。诸位姐姐以为何如？"众人都道："如此甚妙。"宝云明知难让，只好依着众人。拈过之后，却是阴若花第一，唐闺臣居末。婉如道："你看连这阄儿也来凑趣：若花姐姐本是女儿国储君，自应该他首坐，恰恰就拈了第一。"紫芝道："闺臣姐姐拈在末席，怎讲呢？"婉如道："闺臣姐姐拈在末席，就如总结一句的意思，言在坐一百人，无非都是唐朝闺中之臣。"紫芝不等说完，连忙摇手道："姐姐留神，莫教人听见，把舌头割去，那才是个累呢！"说话间，大家挨次坐了。绿云道："闺臣姐姐为何眼圈通红，只管滴泪？这是何意？莫非拈了末席，心中委屈么？"闺臣忙把眼泪揩了，道："妹子何尝落泪！刚才被风吹了，所以如此。"原来闺臣因大家谈论泣红亭之事，触动思亲之心，不觉鼻酸滴泪，恨不能立时飞到小蓬莱见见父亲，才趁心愿；正在伤悲，忽被绿云看见，忙用言词遮饰，众人也就忽略过了。

若花道："幽探阿姐，妹子有句话说：我们都是同门而兼同年，大家理应亲热，不该客气才是。况异姓姐妹相聚百人之多，是古今有一无二的佳话。刚才诸位阿姐都不肯上坐，也不过因姐妹相聚，那里论得客套；所以此刻按阄而坐，无分上下，真是亲热之中更加亲热。但既如此，还要阿姐向宝云诸位姐姐说声，送酒上菜一切繁文，也都免了,才更见亲热哩。"史幽探道:"姐姐所言极是。"于是大家都向宝云姊妹说过。

不多时,丫鬟送了酒,又上了几道菜。紫芝叫道:"若花姐姐!你说异姓姐妹相聚百人之多,是古今有一无二的,这话我就不信!天地之大,何所不有,难道自古至今,就只我们聚过?这话不要说满了!"掌红珠道:"若花姐姐这话并非无稽之谈。妹妹不妨去查,无论古今正史、野史,以及说部之类,如能指出姐妹百人相聚的,愚姐情愿就在对面戏台罚戏三本。"紫芝道:"我不信。我要查不出也罚三本。"众人道:"好了!无论那位输赢,我们总有戏看了!"紫芝想了半日,因走至下滨五车楼上把各种书籍翻了一阵,那里有个影儿,只得扫兴而回。蒋春辉道:"妹妹!我劝你不必查了,认个输罢。莫讲百十人,就是打个对折也少的。——我倒有哩,不但百十人,就是二三百人我也找得出。你如请我三本戏,我就告诉你。"紫芝道:"与其请你三本戏,倒不如认输了。——也罢,我就请你,你说出大家听听学个乖,也是好的。只怕未必有百十姐妹聚在一处,也未必有个凭据罢。"春辉向若花道:"妹子同紫芝妹妹说顽话,姐姐莫要多心。"因又向紫芝道:"如何没凭据!我们本朝那部《西游记》可是有的?《西游记》上女儿国可是有的?你到女儿国酒楼戏馆去看,只怕异姓姐妹聚在一处的,还成千论万哩。"紫芝道:"姐姐:我也不说,只教你自己想想这几句话可值得三本戏?"春辉道:"若说这个不值,你就展我一年限,等我也去诌出一部书来,那就有了。"说的众人都笑。

少刻,用过面。宝云道:"妹子恐诸位姐姐用不惯早酒,不敢多敬,只好晚饭多敬几杯罢。"说着,一齐茶罢出席。彩云道:"妹子在前引路,请诸位姐姐到园中游玩游玩。"大家都跟着散步闲行。

未知如何,下回分解。

## 第七十二回

## 古桐台五美抚瑶琴　　白荒亭八女写春扇

话说众才女都到园中闲步,只见各处花光笑日,蝶意依人,四壁厢娇红姹紫,应接不暇。刚过了小桥曲水,又见些茂林修竹;步过几层庭院,到了古桐台。锦云道:"诸位姐姐莫走乏了,请到台上歇歇吃杯茶罢。"众人道:"如此甚好。"都进了古桐台。这平台是五间敞檐,两旁数间凉阁,庭中青桐无数。壁上悬着几张古琴。紫芝道:"我才看见这琴,忽然想起前在公主府,只顾外面看紫琼、紫菱二位姐姐下棋,后来才知尧蓂、尧春二位姐姐同公主弹琴,可惜妹子未得听见。我想当日伏羲削桐为琴,后来尧、舜都作过五弦琴,今二位姐姐香名皆取'尧'字,可见此道必精。妹子意欲求教,不知可肯赏脸?"井尧春道:"妹子这个名字,叫做有名无实,那里及得尧蓂姐姐弹的幽雅,他才名实相称哩。"吕尧蓂道:"姐姐不必过谦。妹子前日原是勉强奉陪,今既高兴,自然还要现丑。但舜英姐姐前在公主府因天晚未及领教,闻得瑶芝姐姐背后极赞指法[1]甚精,今日定要求教。"田舜英道:"不瞒姐姐说:弹是会弹两调,就只连年弄这诗赋,把他就荒疏了,所谓'三日不弹,手生荆棘'。设或弹的不好,休要见

---

[1] 指法——指弹琴时运用手指的技巧。

笑。"宝云道:"瑶芝妹妹:前日业已让你躲懒,今日遇见知音,还不替我陪客么?"瑶芝道:"妹子正要叨教,怎敢躲懒。但琴主人不来陪客,未免荒唐。"素云听了,忙把两手伸出道:"好姐姐:我并非躲懒,你看这两手指甲,若翦去岂不可惜?况有四位尽够一弹,何必定要妹子?"瑶芝也把手伸出道:"这两年因要应试,无暇及此,那个不是一手长指甲;你是主人既怕翦,我更乐得不翦了。"紫芝道:"你们二位姐姐不弹,岂不把'瑶琴'、'素琴'两个好名色埋没了。瑶芝姐姐既肯陪客,素云姐姐,你是主人,何能推脱?"素云无奈,只得命丫鬟把翦子取来。宝云命人摆了琴桌,又焚了几炉好香。紫芝道:"五位姐姐! 香都上了,快把脚修好,请登坛罢!"素云道:"我同舜英姐姐,你骂一句也罢了;难道你家瑶芝姐姐你也骂么?"紫芝道:"妹子何尝骂人?"素云道:"我们三人在此翦指甲,你说把脚修好,岂非骂么?"紫芝:"原来姐姐听错了。我说把甲修好,并非把脚修好。甲者,指甲之谓也;姐姐奈何疑到我的屦中乎?"素云道:"好! 这句骂的更好! 我看你咬文嚼字的,太把科甲摆在脸上了!"

尧春道:"我们现在共有五人,若每人各弹一套,须半天工夫,岂不误了游玩。此处琴既现成,莫若大家竟将《平沙》[1]一套合弹,四位姐姐以为何如?"四人都道:"甚好。"归了坐,慢慢把弦调了。丫鬟送上茶来。众人茶罢,也有站的,也有坐的,听他五人弹的真是声清

---

[1] 《平沙》——琴曲《平沙落雁》的省词。这个琴曲包含很多声调,可以同时合奏。

韵雅，山虚水深；兼之五琴齐奏，彩云欲停，那些听琴的姊妹也都觉得惊鸿照影，长袖临风，个个有凌云欲仙之意。都道："从未听过五琴合弹，倒也有趣。"师兰言道："这可算得'绝调'了。"言锦心道："五位姐姐琴是抚的极妙，不必说了；我不喜别的，只喜兰言姐姐这'绝调'二字，真可抵得嵇叔夜[1]的一篇《琴赋》：任你怎样赞他抚的好，弹的妙，总不如这两字批的简洁。"

大家出了古桐台，又往别处游玩。紫芝道："我不喜别的，难得五个人竟会一齐住。"因向井尧春道："刚才五位姐姐弹过琴，此刻该弄五管笛儿吹吹，才不缺典呢。"尧春道："此话怎讲？"紫芝道："姐姐岂不闻俗语说的'牧童横骑牛背上，短笛无腔信口吹'？五位姐姐弹过琴，如今都变作牧童，难道不该弄个笛子顽顽么？"众人都笑道："紫芝姐姐好骂。"[2]

说话间，又游几处。行到一带柳阴之下，桃杏已残，四面田中尚存许多菜花；并有几个庄农老叟在那里，也有打水浇菜的，也有牵牛耕田的；又有好些猪羊鸡鸭点缀那芳草落花，倒像乡村光景。哀萃芳道："此地怎么又有庄户人家？"宝云道："这非乡庄，是我家一个菜园。当日家父因家中人口众，每日菜蔬用的不少，就在此处买下这块地作为菜园，并养些牲畜。每年滋生甚多，除家里取用之外，所余瓜

---

[1] 嵇叔夜——名康，三国魏人。会弹琴。
[2] 这里的一段话，是暗用"对牛弹琴"的典故骂人的话。

果以及牛马猪羊之类,都变了价,以二分赏给管园的,其余八分慢慢积攒起来,不上十年,就起造这座花园。"

只见丫鬟来请诸位才女到白芷亭吃点心。史幽探道:"方才用面,那里吃得下!"谢文锦道:"此亭既以'白芷'为名,其中牡丹想来必盛,吃点心还在其次,何不前去看看牡丹?"宝云道:"牡丹虽不甚多,各色凑起来也有四五百株,还可看得。"不多时,过了海棠社,穿过桂花厅,由莲花塘过去,到了白芷亭。只见姚黄魏紫[1],烂熳争妍。正是:

  本来天上神仙侣,偶看人间富贵花。

紫芝道:"此处牡丹虽佳,未免有些犯讳。"纪沉鱼道:"何以见得?"紫芝道:"牡丹人都叫作'花王'。若花姐姐是候补女儿国王,这'花王'二字,岂不犯讳么?"

一齐进了亭子。只见燕紫琼同易紫菱在里面着棋,卞香云同姚芷馨在旁观阵。史幽探道:"原来四位姐姐却在此手谈[2],怪不得半日不曾见面。"四人连忙立起让坐。众丫鬟把点心预备,大家随便坐下,一面吃点心,一面赏牡丹。把点心用过,锦云意欲邀着到芍药轩、海棠社各处去顽,众人因见亭内四壁悬着许多字画,收拾的十分

---

[1] 姚黄魏紫——宋时两种珍贵牡丹的名称:姚黄是一种千叶黄色的花,出在姓姚的家里;魏紫是一种千叶肉红色的花,出在宰相魏仁溥家里。后来一般用这四个字形容所有的牡丹。

[2] 手谈——指下围棋,意思是用手在谈天。

精致,都不肯就走,分着这里一攒,那里一伙,围着观看。

宝云道:"素日华芝妹妹同彩云妹妹评论此处字画,每每争论。今日放着书香、文锦两位姐姐乃钦定的书家,为何倒不请教呢?"华芝道:"却是前日赴宴,太后极赞他二位书法,妹子久已预备今日要来求教。"说着,从袖中取出两把春扇,递给书香、文锦道:"拜烦二位姐姐替妹子写写。"林书香道:"不是妹子故做谦词,其实写的不好。前日不知怎样合了圣意。这不过偶尔侥幸,姐姐若以书家看待,那就错了。"谢文锦道:"妹子的字,那里及得巧文姐姐。去岁郡试,巧文姐姐是第一;他的书法,谁人不赞,那求写对联的也不知多少。谁知今年殿试,妹子倒在前列,真是惭愧!"印巧文道:"去年郡考,那不过一时侥幸,岂能做得定准。至求写对联的,不过因我们闺中字外面甚少,叫作'物以罕为贵',其实算得甚么。前者殿试,字既不好,偏又坐的地方甚暗,兼之诗赋又不佳;能够侥幸,不致名列四……"因转口道:"不致落第,已算万幸,怎么还说抱屈哩!"花再芳道:"据我看来:就是取在一等,也不过是个才女,难道还比人多个鼻子眼睛么?"闵兰荪道:"就是四等,也不见得有甚么回不得家乡、见不得爷娘去处!"宝云望着芸芝、芳芝递个眼色;二人会意,连忙望着再芳、兰荪道:"那边芍药开的甚佳,我们同二位姐姐看芍药去。"拉着二人去了。

这里宝云命人取了两盒扇子,就在亭中设了笔砚,托书香、文锦、巧文三人替他写。彩云也取三把扇子,一把递给褚月芳,一把递给锺绣田,一把递给颜紫绡。刚要说话,紫绡笑道:"怎么又要姐姐费心送咱扇子?"彩云道:"姐姐休得取笑。我是求教的,拜恳三位姐姐都替妹子写写。"月芳道:"妹子的字如何写得扇子!这是姐姐安心要遭遢扇子了。"锺绣田道:"此时坐中善书的甚多,何苦却要妹子出丑!"颜紫绡道:"咱妹子向来又无善书的名儿,为何却要见委?倒要请教。"彩云道:"三位姐姐都不要过谦。若论书法,大约本朝也无高过三位府上了:月芳姐姐府上《千字文》〔1〕、绣田姐姐府上《灵飞经》〔2〕、紫绡姐姐府上《多宝塔》〔3〕,这是谁人不知。岂非家传?还要谦么!"月芳同绣田道:"我家祖父虽都有点微名,我们何能及得万分之一。既是姐姐谆谆见委,须先说明:可是姐姐教我们写的!"紫芝在旁道:"不妨,你们只管写,如写坏了,我来拜领。我还要请问彩云姐姐:方才所说褚府《千字文》,锺府《灵飞经》,那都是人所共知的,不必说了;至于颜府这《多宝塔》,不知是谁的大笔?妹子却未见过。"彩云笑道:"妹妹莫忙,再迟几十年,少不得就要出世。"颜紫绡道:"咱家《多宝塔》还未出世,姐姐却要咱写,岂非苦人所难么?莫若咱去托人替你画画,何如?"彩云道:"如此更妙。"紫绡拿着扇子向

---

〔1〕《千字文》——原是书名,梁周兴嗣作。这里指的是唐褚遂良根据周书写的字帖。

〔2〕《灵飞经》——原是佛经名。这里指的是唐钟绍京根据《灵飞经》节写的字帖。

〔3〕《多宝塔》——原是西京的一座宝塔。这里指的是唐颜真卿给这座塔写的碑文拓本。颜真卿写碑文是武则天时代以后几十年的事,所以下文有"再迟几十年,少不得就要出世"的话。

阳墨香道:"姐姐替咱画画罢!"墨香道:"妹子何尝会画?"紫绡笑道:"姐姐好记性!昨日所说'长安送别图',你倒忘了!"墨香道:"呸!原来你是晓得的!我也要预先说明:如画坏了,可要姐姐赔他扇子。"

登时众丫鬟各处摆了许多笔砚。墨香把扇子接过道:"此时颜料不便,只好画个墨笔罢。"彩云道:"我家锦云妹妹向来最喜学画,颜料倒是现成,并且碟子碗儿多的狠哩。"锦云道:"我已教人取去了。"不多时,丫鬟把颜料碟子取来,摆了一桌,却是无一不备。墨香调了颜色,提起笔来画了许多竹子,众人在旁看着,个个道好。墨香道:"诸位姐姐且慢赞好。去年妹子郡考,闻得本处有好几位姐姐都撇的好兰,画的好画,可惜名姓我都忘了;今日坐中同乡人却有,但不知那位会画?"彩云道:"难道姐姐这样善忘,连一个也想不出?"墨香停着笔,猛然想起道:"我还记得一位姓祝的,不知可是题花姐姐?"祝题花在旁笑道:"不是!"紫芝道:"众位姐姐莫信他,他一定会画;他若不会,为甚么带着笑说呢?这笑的必定有因。"说罢,同宝云要了一把扇子央他画。

题花接了扇子道:"紫芝妹妹倒说的好!难道不教我笑着说,却教我装个鬼脸儿罢?妹妹且莫忙,我问你可喜画个绝妙美人?"紫芝道:"除了别人,如不欢喜美人,你只管骂。"题花道:"既如此,为何放着我家丽娟表妹倒不请教呢?你只看他尊名,就知他美人画的如何。前日我在公主跟前要保举他,他再三恳我,所以未说;今日可脱不掉了。"白丽娟道:"妹子名字固与'美人'二字相合,难道姐姐的花卉也不与尊名'题花'二字相合么？岂但姐姐,就是银蟾姐姐草虫,凤雏姐姐禽鸟,蕙芳姐姐兰花,也未有不与本名相合。若论本乡闺秀,都可算得独步了。"谭蕙芳道:"妹子的兰花,那才混闹哩！从未经人指教,不过自己一点假聪明,岂能入得赏鉴！"张凤雏道:"妹子的翎毛,更是无师之传,随笔乱画,算得甚么！"宰银蟾道:"要拿妹子的草虫也算画,真是惭愧！姐姐何苦把我也拉出来！"只见锦云又命丫鬟取了许多画碟摆在各桌。紫芝把宝云盒内扇子取出四把道:"四位姐姐莫谦了,都替妹子画画罢。题花姐姐在那里倒要画完了。"大家只得各接一把分着画去。

这边林书香因闺臣提起当日曾见红红、亭亭写的《女诫》、《璇玑图》甚好,同宝云要了两把扇子托他二人写。红红道:"当日妹子写那扇子,因迫于先生之命。这宗笔墨,岂可入得姐姐法眼[1]。"亭亭道:"没奈何,我们只好'班门弄斧'。"绿云也拿一把扇子递给颜紫绡道:"刚才彩云姐姐托你写扇子,你却转托别人替你画；如今妹子这把扇子可要赏脸了。"紫绡只得接了,同红红、亭亭一桌写去。

紫芝走到围棋那桌。只见燕紫琼同易紫菱对着,手拈冷玉[2],息气凝神；卞香云同姚芷馨静悄悄的在旁观阵。紫芝道:"原来四位

---

[1] 法眼——佛家的说法:看事物,有五等眼睛的不同,第一等是佛眼,无事不见；第二等是法眼,是仅次于佛的；第五等就叫肉眼。一般用"法眼"二字恭维内行、有眼光的人。
[2] 冷玉——指围棋子。

姐姐却在这里下棋！今日这琴棋书画倒也全了。就只紫琼、紫菱二位姐姐特把芷馨、香云两个姐姐拉来观阵,未免取巧。"紫琼一面下棋,一面问道:"为何取巧?"紫芝道:"芷馨姐姐是'馨',香云姐姐是'香',既有馨香在跟前,就如点了安息香一般,即或下个臭着儿,也就不致熏人。若不如此,此地还坐得住么?"易紫菱听了,不觉好笑。

未知如何,下回分解。

第七十三回

看围棋姚妹谈弈谱[1]　观马吊孟女讲牌经

话说易紫菱笑道:"这紫芝妹妹真会取笑,怪不得公主说你淘气。"紫芝道:"芷馨姐姐既喜观阵,自然也是高棋了?"姚芷馨道:"不瞒姐姐说:妹子向在外洋,除养蚕纺机之外,惟有打谱,或同蘅香姐姐下下棋。虽说会下,就只驶些[2],每日至少也下百十盘。"香云道:"就是随手乱丢,一日也不能这些盘。"芷馨道:"我们这棋叫做'跑棋'。彼此飞忙乱赶,所以最快。"香云道:"依我说:姐姐既要下棋,到底还要慢些。谱上说的:'多算胜,少算不胜。'如果细细下去,自然有个好着儿;若一味图快,不但不能高,只怕越下越低。俗语说的好:'快棋慢马吊,纵高也不妙。'围棋犯了这个'快'字,最是大毛病。"紫琼道:"时常打打谱,再讲究讲究,略得几分意思,你教他快,他也不能。所以这谱是不可少的。"芷馨道:"妹子打的谱都是'双飞

----

〔1〕弈谱——就是棋谱。把高深的、危险的棋势汇列编成,注明先后着数的走法,并加讲解,以供研究的书。一个人,自己又做甲方,又做乙方,按着棋谱下棋,借以练习棋艺,叫做"打谱"。
〔2〕驶些——快些。

燕'、'倒垂莲'、'镇神头'、'大压梁'之类,再找不着'小铁网'[1]在那谱上。"香云道:"倒像甚的'武库'有这式子,你问他怎么?"芷馨道:"妹子下棋有个毛病,最喜投个'小铁网'。谁知投进去,再也出不来;及至巴巴结结活一小块,那外势全都失了。去年回到家乡,时常下棋解闷,那些亲戚姐妹都知妹子这个脾气,每逢下棋,他们就支起'小铁网'。妹子原知投不得,无如到了那时,不因不由就投进去。因此他们替妹子取个外号,叫作'小铁网'。姐姐如有此谱,给妹子看看,将来回去,好去破他。"

紫菱道:"妹子当日也时常打谱,后来因吃个大亏,如今也不打了。"紫芝道:"怎么打谱倒会吃亏呢?"紫菱道:"说起来倒也好笑:我在家乡,一日也是同亲戚姐妹下棋,下未数着,竟碰到谱上一个套子,那时妹子因这式子变着儿全都记得,不觉暗暗欢喜,以为必能取胜。下来下去,不意到了要紧关头,他却沉思半晌,忽然把谱变了,所下的着儿,都是谱上未有的;我甚觉茫然,不知怎样应法才好。一时发了慌,随便应了几着,转眼间,连前带后共总半盘,被他吃的干干净

---

[1] 这里的五个名词,都是围棋局势的术语。围棋盘横直各有十九道线路:乙方下子在四四线上,甲方就下子在六三和三六两面的线上,形象仿佛是燕子,这叫做"双飞燕";乙方下子在三六线上,甲方就下子在四七线上,甲方地位低于乙方一格,这叫做"倒垂莲";乙方下子在三六线上,甲方就下子在五六线上,切断乙方对外的联系,这叫做"镇神头";乙方下子在三六线上,甲方就下子在四七线上加以镇压,这叫做"大压梁"。甲方在四四和八三线上下子,占据了靠边角的阵地,这叫做"小铁网";如果乙方想打进去,在六三线上下子,是进了"网",纵使能活一块,局势也很有限。

净。"紫芝道："姐姐那时心里发慌,所下之棋,自然是个乱的。那几个臭着儿被他吃去,倒也无关紧要;我不可惜别的,只可惜起初几个好谱着儿也被他吃去,真真委屈。所以妹子常说,为人在世,总是本来面目最好。即如姐姐这盘棋,起初下时,若不弄巧闹甚么套子,就照自己平素着儿下去,想来也不致吃个罄净。就如人家做文,往往窃取陈编,攘为己有,惟恐别人看出,不免又添些自己意思,杂七杂八,强为贯串,以为掩人耳目;那知他这文就如好好一人,浑身锦绣绫罗,头上却戴的是草帽,脚上却穿的是草鞋,所以反觉其丑。如把草帽草鞋放在粗衣淡服之人身上,又何尝有甚么丑处!可见装点造作总难遮人耳目。"

只见素云同井尧春走来望一望道："我这紫芝妹妹话匣子要开了,有半天说哩,我们还是弹琴去罢。"尧春道："如此甚好。但此地过于热闹,我们须找静些地方才好。"于是约了吕尧蓂、田舜英、孟瑶芝仍到古桐台去。适值阴若花、由秀英从海棠社走来,尧春素闻二人弹得一手好琴,携了二人一同来到古桐台。

七个人,弹琴的弹琴,讲究指法的讲究指法,正在说笑,只见紫芝也走来。井尧春道："妹妹那段草帽讲完么?"紫芝道："那话不过随嘴乱说,长也由得我,短也由得我;比不得诸位姐姐抚琴,定要整套弹完才歇哩。"吕尧蓂道："妹妹将来何不学学?如学会了,到那风清月朗时候,遇见知音,大家弹弹,倒是最能养心、最可解闷的,在我们闺中,真可算得良朋益友;就是独自一人,只要有了他,也可消遣的。"

紫芝道："正是。刚才妹子听你们五琴合弹，到得末后正在热闹之际，猛然鸦雀无声，恰恰一齐住了，实在难得！我至今还是佩服。"瑶芝笑道："诸位姐姐：你说紫芝妹妹这话可是外行不是外行？他且不讲人家抚的好，只说五个人难得一齐住；也不想想人家既会弹，难道连个弹完还不知道么？"

紫芝道："妹子也曾学过。无奈学了两天，泛音[1]总是哑的，因此不甚高兴。往常瑶芝姐姐同素云姐姐弹时，我去问问，他们总不肯细心教我，说我性子过急，难以学会；我实不服。请教这个泛音究竟怎样才响？"秀英道："若论泛音，也无甚难处。妹妹如要学时，记定左手按弦，不可过重，亦不可太轻，要如蜻蜓点水一般，再无不妙。其所以声哑者，皆因按时过重；若失之过轻，又不成为泛音：'蜻蜓点水'四字，却是泛音要诀。"紫芝道："泛音既有如此妙论，为何谱上都无此说？他却秘而不宣，是个甚么意思？"瑶芝道："他那谱上单论八法，尽够一讲，那还说到这个；况且他又怎能晓得有人把个泛音算做难事哩。"田舜英道："妹妹要学泛音，也不用别法，每日调了弦，你且莫弹整套，只将'蜻蜓点水'四字记定，轻轻按弦，弹那'仙翁'两字：弹过来也是'仙翁仙翁'；弹过去也是'仙翁仙翁'。如此弹去，不过一两日，再无不会的。"若花道："阿妹把泛音会了，其余八法，如：'擘'、'托'、'勾'、'踢'、'抹'、'挑'、'摘'、'打'之类，初学时倒像

---

[1] 泛音——七弦琴琴面上有十三个指示音节的标识，叫做"徽"；弹琴时，弹着徽位上的弦所发出的声音，叫做"泛音"。

头绪纷纭,及至略略习学,就可领略,更是不足道的。"紫芝道:"还有几句歌诀,这两年没去弄他,我倒忘了,不知共有几句?"秀英道:"歌诀虽有八句,第一却是'弹欲断弦方入妙,按令入木始为奇'这两句是要紧的。此诀凡谱皆有,你细细揣摩,自能得其大意。"

紫芝道:"姐姐:你说泛音要如蜻蜓点水一般,我要请姐姐弹个样儿,我也好弹。"秀英随即按着弦,"仙翁仙翁"弹了一阵。紫芝也按着弦弹了几声,谁知按不得法,仍是哑音,不觉着急道:"秀英姐姐!莫是这弦也有嘴眼罢?你们按的得法,按了他的眼,所以有声;我按的不得法,按了他的嘴,所以哑了。只好恳那位姐姐,要像先生教学生写字样子,用个'把笔'法儿把把我才好。"瑶芝道:"不知六位姐姐当日学时可有这个把法?真是学个琴儿也是古怪的!"若花笑道:"阿妹过来,我来把你。"于是把着紫芝两手又弹一阵"仙翁"。把了多时,紫芝道:"我会了。"若花把手放开,随他自弹,果然弹的竟成泛音。紫芝道:"你们且弹,我去去就来。"

说罢,来到白茫亭,向紫云道:"他们写字的写字,画画的画画,下棋的下棋,弹琴的弹琴;我们也想甚么顽的才好,不然,这许多姐姐不要闷气么?"紫云道:"今日人多,据我主意:须分几样顽法。莫若我们挨着问问,先派几桌双陆、马吊;再派几桌花湖,象棋;余者或投壶、秋千、抛毬;甚至斗草、垂钓,无所不可;如不喜顽的,或做诗联句,悉听其便。你道如何?"绿云在旁点头道:"姐姐所论极是。不如此,也分派不开,也不足尽兴。"随命丫鬟预备调摆。

紫云向蒋春辉、董青钿道:"这件事必须二位姐姐同我们挨着问问,分派分派;不然,再也分派不开。"蒋春辉道:"如今弄的满眼都是人,也不知除了他们琴棋书画,还剩几位姐姐?"紫芝道:"这个妹子都记得,等我数给你听:那弹琴的是尧春、尧蓂、舜英、若花、秀英、瑶芝、素云七位姐姐;那下围棋的是紫琼、紫菱、芷馨、香云四位姐姐;那写扇子的是书香、文锦、巧文、月芳、绣田、紫绡、红红、亭亭八位姐姐;那画扇子的是墨香、题花、丽娟、银蟾、凤雏、蕙芳六位姐姐。共计二十五位。下存七十五位;再除大解、小解二十五位,实存五十位。"说的众人不觉好笑。宝云道:"紫芝妹妹真好记性!至于那处那几位,我原都晓得,你要教我一位一位念他名姓,这个实实不能。今日全仗妹妹替我各处照应照应;此时也不知都在此处,也不知有到别处去的,弄的糊里糊涂,这才叫作慢客哩。"

当时蒋春辉同众人分了马吊一桌、双陆一桌、象棋一桌、花湖一桌、十湖一桌。余者或投壶、斗草、抛毬、秋千之类,也分了几处。还有不喜顽的,或吟诗、猜谜、垂钓、清谈,各听其便。登时都在文杏阁、凝翠馆、芍药轩、海棠社、桂花厅、百药圃,分在几处坐了。宝云道:"紫芝妹妹记性又好,走路又灵便。今日众姐妹或在这里,或在那里,惟恐照应不周,未免慢客,务必拜托妹妹替我挨着时常看看。若丫鬟老嬷躲懒,缺了茶水,千万告诉我。"因把脚扬一扬道:"一连跑了五天,偏偏今日他又疼了。"紫芝道:"我劝姐姐:就是四寸也将就看得过了;何必定要三寸,以致缠的走不动,这才罢了?"

董青钿道:"他是我们老姐姐,你也要刻薄他?刚才宝云姐姐说你记性好,我今日同你赌个东道:少时你到各处挨着看看众姐妹共分几处,某处几人,共若干人;除了琴棋书画,其余如说的丝毫不错,那才算得好记性,我情愿将手上这副翡翠镯送你;你若说错,就把翡翠壶儿送我。不知你可敢赌?"紫芝道:"原来你倒看上我的鼻烟壶儿!既如此,宝云姐姐做个中人,我就赌这东道。"宝云道:"罢!罢!罢!我不做中人。省得临期反悔,同你们淘气。"题花笑道:"妹子最喜做中人,希图落点中资,为甚么不来托我?"二人道:"如此甚好,就托姐姐做中人。"题花道:"你们二位把赌的东西放在我处,我才放心哩。"青钿随即把镯子交代了。紫芝也把烟壶递给题花道:"姐姐切莫把烟偷吃完了,近来像这酸味的少的很哩。"题花笑道:"不妨。如吃完了,我有'昔酉儿'。"紫芝道:"怎么姐姐还未出阁,预先倒喜吃'昔酉儿'了?"题花听了,把笔放下,举着扇子赶来要打。

紫芝飞忙跑开,来到文杏阁。只见师兰言、章兰英、蔡兰芳、枝兰音四人在那里要打马吊;旁边是宰玉蟾、钱玉英、孟玉芝观局。大家搬了坐。蔡兰芳道:"紫芝姐姐何不打两吊?"紫芝道:"妹子今日受了主人之托,要替他照应客,所以不能奉陪。我看你们斗两牌,还要到别处去哩。"章兰英道:"请教兰言姐姐:我们还是打古谱,打时谱呢?还是三花落尽,十字变为熟门;还是百子上桌,十子就算熟门呢?"师兰言道:"要打,自然时谱简便。至于百子上桌,十子就算熟门,未免过野,这是谱上未有的。若照这样打法,那'鲫鱼背'色样也可废了。"宰玉蟾道:"正是,妹子闻得'鲫鱼背'有个谱儿,不知各家是怎样几张?"紫芝道:"我记得桩家是红万、九十、六万、六索,余皆十子、饼子;四八之家,百子、九饼、一万、一索、三万、三索、七万、七索;么五九家,九万、九索、五万、五索,余皆十字;二六之家,一张空堂、四张饼子、三张十字、二索当面、四肩在底。二六之家,关赏斗十,桩家立红,九十加捉;四八之家,以百子打桩,或发三万,或发三索;大家照常斗去,那就上了。"宰玉蟾道:"怪不得人说紫芝姐姐嘴头利害,你只听他讲这牌经,就如燕子一般,满口唧唧咋咋,叫个不住。看这光景,将来紫芝姐夫如不惧内,我再不信。"众人听了,都道:"玉蟾姐姐这句道得好。"钱玉英道:"妹子向来只知打着顽,不知此中还有古谱、今谱之分。倒要请教是何分别?"章兰英道:"古谱哩,不过小色样多些;今谱小色样少些。诸如'百后趣'、'趣后百'、'大参禅'、'小参禅'、'捉极献极'、'捉百献极'之类,今谱尽都删了。"玉芝道:"色样多些,岂不有趣,为何倒要删去?难道嫌他过于热闹么?"师兰言道:"他删去不为别的,因此等小色样,每牌皆有,如果斗上,其中恐有犯赔之家,必须检查灭张;若牌牌如此,未免过烦,因此删去,以归简便。况此中四门色样不一而足,其余如'双叠'、'倒捲'、'香炉'、'桌吊'之类,何尝不妙。只要会打,千变万化之处甚多,又何必在几个小色样时刻较量哩。"蔡兰芳道:"不消再议,我们就打时谱罢。"枝兰音道:"妹子才初学,色样越少越好,省得照应不来。"大家翻了百子,都打起来。

宰玉蟾道:"请教诸位姐姐:如今还有把马吊抽去八张,三个人打着顽,叫作'蟾吊',那是甚么意思?"蔡兰芳道:"他因向来四人打马吊,马是四条腿,所以三人打就叫蟾吊,蟾是三条腿;还有两人顽的叫作'梯子吊',盖因梯子只得两条腿。"玉蟾道:"若是这样,将来一人顽,势必叫作'商羊[1]吊'了。"师兰言道:"姐姐:你道那打蟾吊的是个甚么主见?皆因粗明打吊,尚未得那马吊趣味;或者当日学时本由蟾吊学成,一时令其骤改马吊,就如乡里人进城,满眼都是巷子,不知走那一路才好;只好打个蟾吊,倒底头绪少些。"玉芝道:"我听人说:'蟾吊热闹,马吊闷气,因此都爱蟾吊。'"兰言道:"这话更错了。马吊本好好四十张,今抽去八张,改为蟾吊,以图热闹;试问若图热闹,如打天九,把三长四短全都去了,满手天九、地八,亦有何味?即如当日养由基百步穿杨[2],至今名传不朽者,因其能穿杨叶,并非说他射中杨树,就算善射;若射中杨树就算善射,纵箭箭皆中,亦有何趣。即如蟾吊抽去清张,纵牌牌成色样,亦不过味同嚼蜡。"宰玉蟾道:"我还听见人说:'马吊费心,蟾吊不费心,所以人喜蟾吊。'请教姐姐此话可是?"兰言道:"这做马吊的,当日做时,原不许粗心浮气人看的。若谓马吊费心,何不竟将蟾吊不打,岂不更省许多心血?"兰芳道:"兰言姐姐把这蟾吊真驳的有趣;不然,久而久之,被这粗心浮气的把马吊好处都埋没了。"

紫芝道:"诸位姐姐且慢吊吊,我说个笑话:一人好打蟾吊。死后,冥官道:'好好马吊不打,你却矫揉造做云打蟾吊。——也罢,如

---

[1] 商羊——古代神话中一种一只脚的鸟。
[2] 养由基百步穿杨——养由基,春秋时楚国大夫,历史记载上最会射箭的人,在百步之外射柳叶,百发百中,所以叫做"百步穿杨"。

今就罚你变个蟾去!'此人转世虽变了蟾,那打吊心肠,仍是念念不忘。一日,同了素常相好的许多小蟾出去游玩;他前走,小蟾随后。他道:'我们这个走法,好像马吊一副色样。'众蟾道:'叫做甚么?'他道:'叫做"公领孙"。'众蟾鼓噪道:'把我们做他孙子,这还了得!'不由分说,一齐动手,把他按住,也有打的,也有骂的。有一小蟾,取了一个石子,狠狠朝他头上一丢道:'你说!这是甚么色样?说不出,再打!'他道:'求诸位莫打,容我说!这叫"佛顶珠"。'又一小蟾把他足上皮撕下一片道:'你说!这是甚么?'他道:'这是"佛赤脚"。'又一蟾拿着竹片,把他打的浑身是血道:'这是甚么?'他道:'这是"硃砂鼎"。'又一蟾取些黑泥,把他涂的浑身漆黑道:'这是甚么?'他道:'这是"铁香炉"。'众蟾道:'刚才他身上是红的,所以说是硃砂鼎;此刻身上涂黑了,因而说是铁香炉;难道把你身上涂绿了,就算"绿毛龟"么?究竟不像,还要打!'他道:'诸位若说不像,真真委屈,你们暂且松手,让我做个香炉样儿给你们看。'众蟾果然一齐闪开。他把三足立在地下,把腰朝上一拱道:'诸位请看:难道香炉不是三只脚么?'说罢,他就势想要逃走,连忙将身一纵,远远落在地下;谁知不巧,恰恰将嘴碰在一堆粪上。众蟾看见一齐笑道:'好了!如今蟾吊新添一副色样了!'他忍着臭气问道:'请教诸位:这副色样叫做甚么?告诉我,我好添在谱上。'众蟾道:'叫作"狗吃屎"。"'说的众人笑个不了。

玉蟾听了,望着紫芝只管冷笑。紫芝道:"妹子实在一时疏忽,忘你大名;若要记得,怎敢犯讳!我尝听得银蟾姐姐说,小瀛洲四员猛将都敌你不过,妹子还敢放肆么?"玉蟾把手伸出道:"姐姐:你拿手来试试,妹子何尝有甚么力量。"紫芝吓的连忙跑开道:"姐姐莫给我苦吃,我还到各处替宝云姐姐照应客哩。"说着,去了。

未知如何,下回分解。

第七十四回

打双陆嘉言述前贤　下象棋谐语谈故事

话说紫芝惧怕玉蟾,连忙走开,来到双陆那桌。只见戴琼英同孟琼芝对局;掌红珠、邵红英、洛红蕖、尹红萸在旁观局。掌红珠道:"当日双陆不知为何要用三骰。与其掷出除去一个,何不就用两个,岂不简便? 妹子屡次问人,都不知道。其中一定有个缘故。"孟琼芝一面掷骰,一面笑道:"据我看来:大约因为杜弊而设。即如两个骰子下盆,手略轻些,不过微微一滚,旋即不动;至于三个骰子一齐下盆,内中多了一个,彼此旋转乱碰,就让善能掐骰[1]也不灵了。况双陆起手几掷虽不要大点,到了后来要紧时,全仗大点方能出得来。假如他在我盘,五梁已成,我不掷个六点,只好看他一人行了。以此看来:他除大算小,最有讲究的。"尹红萸点头道:"姐姐议论极是。古人制作,定是这个意思。我还听见人说:双陆是为手足而设[2]。不知是何寓意?"戴琼英道:"他是劝人手足和睦之意,所以到了两

---

[1] 掐骰——一种掷骰子的技巧。有这种技巧,掷骰子,可以任意掷出所需要的点子来。也叫"做骰子"、"做点子"。
[2] 双陆是为手足而设——双陆是何时、何人所发明,传说不一。其中一说:双陆是胡人发明的。当时胡主的兄弟有罪被囚,在狱里创制双陆,里面包含了兄弟合作的道理,送给胡主,希望胡主能从双陆中得到感化。

---

个、三个连在一处,就算一梁,别人就不能动;设若放单不能成梁,别人行时,如不遇见则已,倘或遇见,就被打下。即如手足同心合意,别人焉能前来欺侮;若各存意见,不能和睦,是自己先孤了,别人安得不乘虚而入。总要几个连在一处成了梁,就不怕人打了。这个就是'外御其侮'一个意思。"洛红蕖道:"可见古人一举一动,莫不令人归于正道,就是游戏之中,也都寓着劝世之意。无如世人只知贪图好玩,那晓其中却有这个道理。"

紫芝道:"琼英姐姐且莫掷骰,妹子说个灯谜你猜:'三九不是二十七,四八不是三十二,五七不是三十五,六六不是三十六:打一物。'"掌红珠道:"我猜着了,可是'十二'?"紫芝道:"'三九'、'四八'、'五七'、'六六',凑起来都是十二,姐姐猜的真好。——但妹子刚才有言在先,打的是个物件,请姐姐把'十二'取来看看,如果是个物件,就算姐姐猜着。"红珠不觉笑道:"呸! 我只当是个数目哩。"邵红英道:"可是'双陆'?"紫芝笑道:"这个猜的却好。至于是不是,且等我看看花湖再来回复。"

于是走到海棠社。只见郦锦春、言锦心、廉锦枫、卞锦云四人在那里看〔1〕花湖;哀萃芳、叶琼芳在旁看"歪头湖〔2〕"。廉锦枫见紫芝走来,连忙叫道:"姐姐来的正好。妹子输的受不得了! 我这初学

---
〔1〕 看——这里同玩牌的"玩"、打牌的"打"。
〔2〕 "歪头湖"——看人打牌,坐在桌子旁边要歪着头看,所以叫做看"歪头湖",也叫看"边湖"。
---

的花湖,如何上得场!刚才我求萃芳、琼芳二位姐姐替我看两牌,谁知他把'么六'、'二三'、'四六'认作杂花,成了下去,倒被他们割了一个耳朵。姐姐替我看看罢,今日被这'三公'、'三才',头都闹昏了。"紫芝道:"怎么如今花湖忽又添出三公、三才,这是怎讲?"锦云道:"何尝添什么三公、三才。只因锦枫姐姐头一次起了一个双张,做了一回老相公[1];第二次补牌又多补一张,又做一回老相公;第三次下家还未起牌,他又多起一张,又做一回老相公:一连做了三回老相公,因此他叫做'三公'。"紫芝道:"三才又是怎讲?"廉锦枫道:"紫芝姐姐未曾读过《三字经》[2]么?"紫芝道:"《三字经》上有句:'三才者,天地人。'怎么没有读过。"锦枫道:"妹子每牌总是天、地、人三个单张在手,偏偏又是肚子[3],又不敢打,所以打了半日,还未成得一牌。刚才好容易叫六头,偏偏又被上家拦成。"哀萃芳道:"那牌原是姐姐自己打错。"紫芝道:"怎么打错?"叶琼芳道:"他手里只剩一对天牌,却把长三打出去,恰好锦心姐姐六张开招,一连补了三张么三,又是一个六张,这也罢了;末尾还补二三一坎,恰恰凑成一封;及至锦心姐姐再打三六,锦云姐姐也是六张开招,喜相逢拦成:这

--------

〔1〕 老相公——打牌时多拿了一张以上的牌,叫做"老相公",做了老相公,这一局只许输不许赢。

〔2〕 《三字经》——从前给蒙童读的书。因为三个字一句,所以叫做《三字经》。据说是宋代人所作,明、清人都加以增订。

〔3〕 肚子——花湖牌的中间画有人物的牌叫做"肚子"。有了这种牌,可以加倍数计算,所以轻易不能打去。

比我的么六、二三、四六诈湖〔1〕更臭。"郦锦春道："这一牌不独锦枫姐姐吃亏，就是妹子也多输三个龙船。这牌方才打错，接着一牌湖四头又把长二打去，被人六张开招双封，也是一对人牌成了。"

言锦心道："锦枫姐姐打错也罢了，并且打的也过慢。刚才有一牌，左拆右拆，弄了半天，再也打不出。彼时适值我是梦家〔2〕，因他跨蹋，过去看看，谁知他手里除了天、地、人三个孤张，还有六张闲牌，打去一张，却是'八尖嘴'。"紫芝道："若是这样，他打的虽臭，倒有一件可取，却还细腻。但只工夫还未到家，能够练的打到'眠张儿'，那就好了。"锦春道："何为'眠张儿'？"紫芝道："眠者，睡也。即如他家应该发牌，左拆右拆，左打右打，再也打不出。及至闹到后来，把那三个看牌的都等的磕睡起来，这才打出去，其名就叫'眠张'。"锦枫道："姐姐莫闹了，你再闹，更要错了。"紫芝道："今日这牌不但添了三公、三才，只怕还要添个骨牌名哩。"锦枫道："此话怎讲？"紫芝道："姐姐刚才湖六头，打长三；湖四头，又打长二；少刻湖二头，再把地牌打了，岂不凑成一副'顺水鱼'么？"锦枫道："我的紫姑太太！够了！够了！你老人家不要刻薄了！请罢！请罢！"紫芝道："我要抽几个头儿才肯走哩。"锦枫道："我还没赢，那有头儿。"紫芝用指在锦枫头上一弹道："这不是头儿？"锦云用力把紫芝朝外一推道："人家这里顽钱，你只管跟着瞎吵！"

---

〔1〕 诈湖——牌未组织成功，冒认或错认已组织成功，摊出牌来，叫做"诈湖"。
〔2〕 梦家——打牌时，如果规定入局的人轮流休息，休息的人就叫做"梦家"。

紫芝趁势走出，来到猗兰堂。只见余丽蓉、姜丽楼、潘丽春、蒋丽辉在那里闲谈，旁边放着一桌十湖。四人见了紫芝，都欠身让坐。紫芝道："你们为什么不看牌，却在这里清谈？"余丽蓉道："因为丽辉姐姐不大高兴，所以歇歇再打。"紫芝道："丽辉姐姐为甚不高兴？"蒋丽辉道："我们一连看了八轮[1]，我一牌未成，这不是讨罪受么！并且每牌总是一张老千[2]，从未起过空堂，牌牌总要打九索；至于破梆破群[3]，更不必说了。尤其可恨的，那破梆破群再不教你成个二报三报[4]，他总是一张八饼、一张二索，或是一张七饼、一张三万，教你八下不成副；及至巴到十成，不是人家湖了，就是上家拦成。你说这面糊鬼[5]令人恨不恨！教人气不气！再顽半天，我还气成鼓胀病哩。可惜我今日来的匆忙，未将剪子带来，这是他的命长。我明日一定戒赌，妹妹莫劝我。"紫芝道："妹子何敢劝？但姐姐又何须劝？今日戒，明日开，那是向来的老规矩。并且这'戒赌'二字，我从太后颁恩诏那年一直听到如今了。姐姐莫生气，妹子替你看两牌。"姜丽楼道："如此甚好。"大家归坐。紫芝一连看了几牌，谁知牌牌皆成，不但不输，并且反做了赢家。把牌交给丽辉道："你来看罢。如今反

---

[1] 看了八轮——犹如说"打了八圈"。
[2] 老千——指千子，参看第六十九回"十湖"注。
[3] 破梆破群——二条、二万、八饼一副叫做"梆子"，三条、三万、七饼一副叫做"群子"。破梆破群是每副里缺一张饼子，如二条、二万，三条、三万。
[4] 二报三报——二条、二万、二饼叫做二报；三条、三万、三饼叫做三报。
[5] 面糊鬼——指纸牌。因为纸牌是用面糊粘贴而成的。

输为赢,大约可以不必戒赌了。"丽辉接过牌道:"人说你斗的好,果然不错。才看这几牌,都在我的意料之外,倒长许多见识。明日一定要送门生帖过去。"紫芝道:"拜门生你且暂缓;等我老师开了剪子店,替你多多预备几把剪子你再来。"说的众人不觉好笑。

　　紫芝走出,要去看看象棋,找了两处,并未找着。后来问一丫鬟,才知都在围棋那边。随即来到白芷亭。只见崔小莺同秦小春对局;旁边是掌乘珠、蒋月辉、董珠钿、吕祥蓂四人观局。那对局的杀的难解难分,观局的也指手画脚。紫芝道:"教我各处找不着,原来却在围棋一处。看这光景,大约也是要借点馨香之意。"

　　只听蒋月辉道:"小春姐姐那匹马再连环起来,还了得!"董珠钿道:"不妨!小莺姐姐可以拿车拦他。"吕祥蓂道:"我的姐姐!你这话说的倒好,也不望马后看看!"谁知秦小春上了马,崔小莺果然拿车去拦。这里吕祥蓂连忙叫道:"小莺姐姐拦不得,有个马后炮哩!"话未说完,秦小春随即用炮把车打了。崔小莺道:"人家还未走定,如何就吃去?拿来还我!"秦小春道:"你刚才明明走定,如何还要悔?"掌乘珠道:"小春姐姐把车还他罢。况且这棋小莺姐姐业已失势,你总是要赢的,也不在此一车。"紫芝道:"二位姐姐且慢夺车,听我说个笑话:一人去找朋友,及至到了朋友家里,只见桌上摆着一盘象棋,对面两个坐儿,并不见人。这人不觉诧异;忽朝门后一望,谁知他那朋友同一位下棋的却在门后气喘嘘嘘夺车。恰好今日二位姐姐也是因车而起,好在有例在先。"紫芝一面说着,故意大声叫道:"丫鬟快将门后打扫打扫,少刻就有客来了。"

题花按着扇子,一面撇兰,一面笑道:"'女孩儿家恁响喉咙,也不管吓得人来怕恐,准备精皮肤一顿打!'"紫芝道:"有件奇事:一家养口小猪,忽然得个怪病,伏在地下将尾乱摆。有人传个方儿,教他磨些黑墨涂在尾上就好了,——那知摆的更甚。这家没法,只得把兽医请来。偏偏这兽医又是近视眼,走来一望,见那猪尾上黑墨画的满地横一道,竖一道。看了一看,回头就走道:'这样好猪,还说有病!'这家忙问道:'怎说无病?'兽医道:'我们虽是兽医,也要"望、闻、问、切〔1〕";你莫看别的,只看猪尾就知道了:他如果有病,怎么还撇的那样好兰呢?'"题花笑道:"好啊!替你画,你还骂我!"紫芝道:"这个只好算个笔资罢。"

忽闻远远箫音嘹亮,甚觉可耳。紫芝正要叫丫鬟去看,只见芳芝走来道:"诸位姐姐听听这箫品的可好?"众人道:"不知那位姐姐品的这样好箫。"忽听又有笛音,倒像箫笛合吹光景。芳芝道:"刚才我同再芳、兰荪两位姐姐看了芍药,到了莲花塘,兰荪姐姐被他们邀去投壶。再芳姐姐因见绿云妹妹铁笛铁箫甚好,所以约了亚兰姐姐、绿云妹妹就在水阁合吹,这箫笛借着水音,倍觉清亮,又是顺风吹来,远听更有意思。"左融春道:"如此妙音,箫笛必另有不同,姐姐把我带去看看。"二人携手去了。

---

〔1〕 望、闻、问、切——中医给人看病的四种方法的省词。四种方法是:望色,闻声,问状,切脉。

紫芝也随后跟来,走到桂花厅。只见林婉如、邹婉春、米兰芬、闵兰荪、吕瑞蕙、柳瑞春、魏紫樱、卞紫云八个人在那里投壶。林婉如道:"俺们才投几个式子,都觉费事,莫若还把前日在公主那边投的几个旧套子再投一回,岂不省事。"众人都道:"如此甚好;就从姐姐先起。"婉如道:"俺说个容易的,好活活准头,就是'朝天一炷香'罢。"众人挨次投过:也有投上的,也有投不上的。邹婉春道:"我是'苏秦背剑〔1〕'。"米兰芬道:"我是'姜太公钓鱼'。"闵兰荪道:"我是'张果老倒骑驴'。"吕瑞蕙道:"我是'乌龙摆尾'。"柳瑞春道:"我是'鹞子翻身'。"魏紫樱道:"我是'流星赶月'。"卞紫云道:"我是'富贵不断头'。"众人都照着式子投了。紫芝走来,两手撮了一捆箭,朝壶中一投道:"我是'乱劈柴'。"逗的众人好笑。

　　紫芝说笑一阵,信步走到秋千那边。只见田凤翾、施艳春、薛蘅香、董翠钿、蒋素辉、卞彩云六人在那里一起一落打着顽。紫芝道:"我看你们打来打去,不过总是两个俗套子。据我主意:何不各抒己见,出个式子,岂不新鲜些?"彩云道:"如此甚好,就请凤翾姐姐先出。"田凤翾道:"妹子出个'平步青云',要双足平起。"薛蘅香道:"我是'鲤鱼跳龙门',要双足微纵。"施艳春道:"我是'金鸡独立',要一足微长。"董翠钿道:"我是'指日高陞',要一指向日。"蒋素辉道:"我是'凤凰单展翅',要一手朝天。"卞彩云道:"我是'童子拜观

---

〔1〕 "苏秦背剑"——这一句和下面几句,都是指投壶时的姿式。

音',要一手合掌。"都照式子打了一回。彩云道:"倒是紫芝妹妹会顽,果真出个式子就觉有趣。"田凤翾道:"紫芝姐姐何不出个式子也顽顽呢?"紫芝道:"我怕头晕。"薛蘅香道:"姐姐向来斗的趣儿甚好,既不打秋千,何不说个笑话呢?"紫芝道:"这倒使得。"因想了一想,登时编了一个笑话。

　　未知如何,下回分解。

第七十五回

弄新声水榭吹箫　隐俏体纱窗听课

话说紫芝因薛蘅香教他说笑话,当时想了一想,望着六人道:"老蛆在茅坑缺食甚饥。忽然磕睡,因命小蛆道:'如有送食来的,即来唤我。'不多时,有人登厕出恭;因肠火结燥,蹲之许久,粪虽出,下半段尚未坠落。小蛆远远看见,即将老蛆叫醒。老蛆仰头一望,果见空中悬着一块'黄食',无奈总不坠下。老蛆喉急,因命小蛆沿坑而上,看是何故。小蛆去不多时,回来告诉老蛆道:'我看那食在那里顽哩。'老蛆道:'做甚么顽?'小蛆道:'他摇摇摆摆,悬在空中,想是打秋千哩。'"董翠钿道:"臭轰轰的,把人比他,姐姐也过于尖酸了。"蒋素辉道:"那'黄食'二字,倒也新奇。"薛蘅香、施艳春道:"幸而没有痔疮,若有血痔,那可变成'紫食'了。"紫芝道:"你去尝尝,只怕还'香艳'的狠哩。"蘅香、艳春道:"姐姐真真利害,一句也不饶人。"田凤翾遥遥指着道:"姐姐,你听:他们这个笛音,远远听着,实在有趣。姐姐何不领我们望望去?"紫芝道:"我正要去哩。"

七人一同到了莲花塘,进了凉阁。苏亚兰、左融春、董花钿,孟芳芝、卞绿云五人连忙站起让坐。田凤翾道:"我们原是特来领教的,怎么倒不吹了?"绿云道:"吃了这杯茶,少不得都要吹一套奉敬。"董花钿道:"你们七位却在何处游玩,半日总未见面?"蒋素辉道:"紫芝姐姐才从白荙亭来的;我们六人在桃花岭旁打了一会秋千。"苏亚兰道:"敢是六位姐姐在秋千架上听见我们这里箫笛声音才过来的?"施艳春道:"刚才我们打着秋千,在半空中忽闻这个箫笛之音,倒像云端里飘出一阵仙乐,好不令人神爽。"绿云道:"那是姐姐离的远,又在高处,所以隐隐跃跃倒觉可耳;今若近听,可差远了。"芳芝道:"姐姐何不再吹一套呢?"左融春道:"还是绿云、亚兰二位姐姐合吹有趣。"亚兰道:"如此甚好。"同绿云各拿箫笛合吹起来。

紫芝一心记挂东道,无暇细听,趁空走到外面。只见宝云也向莲花塘走来,道:"妹妹可晓得众位姐姐共分几处?我恐我们表姐妹陪不过来,又托了蒋、董两家姐姐替我陪陪客。不知每处可有我们四姓之人?倘竟并无一个,教客人自己照应自己,那真是慢客了。"紫芝道:"姐姐:你等妹子先把这几处念给你听,就明白了:马吊那边是兰言、兰英、兰芳、兰音、玉蟾、玉英、玉芝七位姐姐;双陆那边是琼英、琼芝、红蕖、红萸、红英、红珠六位姐姐;花湖那边是锦枫、锦春、锦心、锦云、萃芳、琼芳六位姐姐;十湖那边是丽蓉、丽楼、丽春、丽辉四位姐姐;象棋那边是小春、小莺、乘珠、祥蕖、月辉、珠钿六位姐姐;投壶那边是婉如、婉春、瑞春、瑞蕖、兰芬、兰荪、紫樱、紫云八位姐姐;秋千那边是凤翙、蕙香、艳春、翠钿、素辉、彩云六位姐姐;品箫那边是亚兰、融春、花钿、芳芝、绿云五位姐姐:共四十八位。还有几处,等妹子看过,再来告诉你。大约青钿妹妹那副镯子是我的了。姐姐可见芸芝姐姐么?"

宝云道:"他同再芳姐姐才从莲花塘出去,因再芳姐姐要学'大六壬课',大约都在芍药轩讲究课哩。"紫芝道:"芸芝姐姐果然如此,未免可恶!"宝云道:"这却为何?"紫芝道:"妹子一心要学大六壬课,往常求他,再也不肯教我;今日倒教外人,岂不可恶么!"宝云轻轻说道:"刚才巧文姐姐在白茝亭无心说了一个四等,谁知再芳姐姐当日部试就是四等,因此语言颇有芒角〔1〕,所以我托芸芝妹妹伴伴他。这位姐姐气性不好,到处同人斗嘴。芸芝妹妹同他谈论,因受我之托,那里情愿教他。妹妹要学,恰好他们方才过去,你跟去听听就是了。"

紫芝走到芍药轩。房内并无一人,窗外倒像有人说话。轻轻走到纱窗跟前,朝外一望,原来再芳同芸芝紧靠窗子,坐在那里说话。只听芸芝道:"这有甚么要紧,怎说拜起老师来了?"再芳道:"此话倒出我的本心:妹子这个念头,并非一朝一夕,已存心中几年了。向日闻得古人有'袖占一课'之说,真是神乎其神,我只当总是神仙所为,凡人不能会的;后来才知袖占一课,就是如今世上所传大六壬课。妹子听了,四处购求课书,日日习学,再也不能入门。要访一位精于此道的求他指引,访来访去,比访神仙还难。今幸遇姐姐,岂不是我心上老师么? 妹子并非求精,只要姐姐指点,能够入门,起得'三传四

---

〔1〕 芒角——形容尖锐、刺人的意思。

课'，心愿也就足了。"芸芝道："若能会起三传四课,底下功夫,自然容易。可惜妹子所着《大六壬指南》尚未脱稿,姐姐如将此书一看,登时就能了然。至于古人之书,精微奥妙则有之,若讲入门,倒是罕见的。"

再芳道："请问姐姐：何谓'地盘'？ 妹子再也弄不明白。"芸芝道："世人学课,往往半途而废者,皆因'天地盘'分不明白之故。其所以然者,总由前人于入门一条,未能分晰指明,学者又不能细心体察,所以易于忽略。妹子今将地盘写一样式,再细细注解,自然易于领略。"随命丫鬟设个小几,摆下笔砚,登时写毕。再芳接过,只见上面写着：

巳 午 未 申

辰　　　酉

卯　　　戌

寅 丑 子 亥

此地盘式,有从左手起的,有以右手起的。以左手而论：于无名指第四节起子时；中指第四节丑；食指第四节寅,第三节卯,第二节辰,第一节巳；中指第一节午；无名指第一节未；禁指[1]第一节申,第二节酉,第三节戌,第四节亥。以右手而论：于中指第四节起子时；无名指第四节丑；禁指第四节寅,第三节卯,……照前顺排,至食指第四节为亥时。此式必须细心摹拟,须将地盘

--------
[1] 禁指——第五小手指。
--------

十二时所列方位个个记得烂熟,然后再讲天盘。若地盘未熟,即讲天盘,势必上下不分,徒乱人意。盖地盘千载不移,天盘随时流转。今以随时流转之盘,加于千载不移盘上,若不记清,何能上下分得明白?即如你以右手五指,合于我之右手五指之上,你若问我大指之上,是汝何指,我必说是禁指;食指之上,是你无名指。盖上下十指,是胸中滚熟的,所以不看亦能了然。姐姐要明天地盘,只须记熟就能领会了。

紫芝在窗内看的明白,不觉喜道:"原来地盘却是如此。"

再芳道:"妹子适观此式,地盘业已明白。请教天盘式子呢?"芸芝道:"天盘随十二时流转,每日式子十二。要明天盘,先记月将。——月将者,太阳也。正月雨水后在亥,就是历书所谓'日躔登明之次'。每三十日一换:二月春分后在戌,三月谷雨后在酉,四月小满后在申,五月夏至后在未,六月大暑后在午,七月处暑后在巳,八月秋分后在辰,九月霜降后在卯,十月小雪后在寅,十一月冬至后在丑,十二月大寒后在子。逆行十二时。假如正月雨水后起课,应用亥将,来人口报寅时,即以亥将加在地盘寅时之上,依次排去,就是天盘。今写个样儿请看。"

| 正月雨水后 | | | | 二月春分后 | | | |
|---|---|---|---|---|---|---|---|
| 亥将寅时天盘式 | | | | 戌将寅时天盘式 | | | |
| 寅 | 卯 | 辰 | 巳 | 丑 | 寅 | 卯 | 辰 |
| 丑 | | | 午 | 子 | | | 巳 |
| 子 | | | 未 | 亥 | | | 午 |

　　　　亥 戌 酉 申　　　　戌 酉 申 未

紫芝看了,只管暗暗点头,记在心里。

再芳道:"这天盘式子,妹子也明白了。请教'四课'呢?"芸芝道:"凡起四课,有六句歌诀须要读熟:'甲课在寅乙课辰,丙戊在巳不须论,丁己在未庚申上,辛戌壬亥是其真,癸课由来丑上坐,分明不用四正辰。'此诀皆指地盘而言,切须牢记。今以甲课在寅而论:即如甲日占数,须在地盘寅上起第一课。——寅上者,即天盘所加之时。假令三月谷雨后占课,应用酉将,来人口报丑时,本日系甲子日,今将先排日干,后起四课样子写来你看。"

　　　　　子　　　甲
　　　　丑 寅 卯 辰
　　　　　子　　　巳
　　　　　亥　　　午
　　　　戌 酉 申 未

紫芝看了忖道:"原来未起四课,先将本日干支排在两处,倒要看他怎样起法。"

未知如何,下回分解。

第七十六回

## 讲六壬花前阐妙旨　观四课牖下窃真传

话说紫芝正在思忖,只听芸芝对再芳道:"天盘排定,先将本日干支从中空一格写在两处,再起四课。今把一课、二课、三课、四课写来你看。此是起课入门,最为切要,向来各书从未指出,以致初学无从入手。这是妹子因姐姐学课心切,所以独出心裁,特将门户指出,姐姐从此追寻,可以得其梗概了。"

辰　申　午　戌
申　子　戌　甲

　　申　午　戌
申　子　戌　甲

　　　　午　戌
　子　戌　甲

　　　　　　戌
　子　戌　甲

```
丑 寅 卯 辰
子     巳
亥     午
戌 酉 申 未
```

紫芝忖道:"向来课书只讲三传,从未讲到四课,令人无从下手,非口授不能明白;今既晓得天盘、四课,再将课书三传合参,自能知其来路,何必又要口授。他向来不肯教我,那知我倒会了。"

芸芝道:"我把这个式子一层一层分开讲给你听:即如甲子日起课歌诀是'甲课在寅',即看地盘寅上所加之时,如所加是戌,即于日干甲上写一戌字,支干中间所空之处亦写一戌,——凡课皆如此。——此是第一课。一课起后,再看地盘戌上所加之时,如所加是午,即于戌上写一午字,此是第二课,——盖寅上得戌,戌上得午也。二课起后,再看地盘子上所加之时,如所加是申,即于日支子上写一申字,子字之旁也写一申,亦如第一课戌字一样,——凡占皆如此。——此是第三课。三课起后,再看地盘申上所加之时,如所加是辰,即于申上写一辰字,此是第四课。你把这话同那式子对看,无不了然。古人起课歌诀都是'甲课在寅乙课辰',必须改为'甲课寅上乙课辰',初学始无舛错之虞。四课起毕,然后照着古法再起三传,如'元首'、'重审'[1]之类,课经所载甚详。三传明后,再将《毕法

---

[1] "元首"、"重审"——六壬课课名。元首是六十四课的第一课,被星相家认为万事顺遂、大吉大利的课。重审却被星相家认为是以下犯上、可吉可凶应该考虑的课。

赋》[1]以及《指掌占验》[2]不时细玩,自能领会。"

再芳道:"即如起贵人'甲戊庚牛羊,乙己鼠猴乡,丙丁猪鸡位,壬癸兔蛇藏,六辛逢马虎,此是贵人方'。这六句歌诀虽然记得,至如何起法,尚不明白。"芸芝道:"所谓甲戊庚牛羊者,谓甲日或戊日或庚日占课,贵人总在天盘丑未之上,——盖丑属牛,未属羊也。"再芳道:"妹子闻得贵人有昼贵、夜贵、阳贵、阴贵之分:上一字为昼为阳,下一字为夜为阴。即以首句而论,丑为甲戊庚昼贵,未为甲戊庚夜贵。但每日既有两贵,为何往往占课却写一个贵人呢?"芸芝道:"贵人虽二,要看来人所报之时:如所报之时是子、丑、寅、卯、辰、巳,则用昼贵,夜贵不论;是午、未、申、酉、戌、亥,则用夜贵,昼贵不论。或以卯酉分昼夜者,或以日出日没分阴阳者,议论不一。据妹子愚见:似以子至巳为昼为阳,用昼贵为是;午至亥为夜为阴,用夜贵为是。如此用去,恰与古人所谓'天干相合处,便是贵人方'其义甚合。姐姐久后自知。"

再芳道:"课传一切,蒙姐姐指教,略知一二。至于怎样断法,还求姐姐讲讲。"芸芝道:"课体不一,事务纷纭,虽云课止七百有二,但时有不同,命有不同,断法岂能一定。若撮其大略,总不外乎'生、克、衰、旺、喜、忌'六字,苟能透彻此理,无论所占何事,莫不一望而

---

[1] 《毕法赋》——六壬课的"毕法"有一百句,是解释所谓"格局"的一些迷信歌诀。如第一句是"前后引从升迁吉",第二句是"首尾相见始终宜"等等。
[2] 《指掌占验》——说明六壬课卜占方法的一部迷信书。

知。姐姐细心体察,慢慢自能领会。"再芳道:"姐姐何不将这六字大略谈谈呢?"芸芝道:"妹子新著一部《大六壬类纂》,上面无一不备,将来拿去,姐姐一看就明白了。"

紫芝在窗内喊道:"我明白了!"把二人吓了一跳。芸芝回过头来,见是紫芝,不觉变色道:"这里空空的,我们坐在此处,就是没人惊吓,心里也觉胆怯,那里禁得冒冒失失这一声! 此时心里跳个不住。要像这样顽法,不顾人死活,这可了不得了!"紫芝道:"姐姐:你不怪自己,反来怪人!"芸芝道:"为何倒怪我自己?"紫芝道:"你的课既灵,刚才在此坐时,为何预先不起一课? 若课中知我躲在窗内,岂不省此一惊么?"芸芝道:"要像这样处处起课,将来喝碗茶、吃袋烟,还要问问吉凶哩。"紫芝道:"姐姐莫气,我说个笑话你听。"芸芝把手按住两耳道:"罢! 罢! 罢! 我不听!"紫芝道:"你不听,我改日再说。"

说罢,走到金鱼池边。只见唐闺臣、陶秀春、纪沉鱼、蒋星辉、掌骊珠五人都在池边垂钓。紫芝道:"池内菱藕甚多,你们莫非借垂钓为名,偷吃蟠桃么?"掌骊珠道:"你要赖人做贼,也把谎儿撒的完全些! 如今才交四月,不但藕是老的没人吃,就是菱角也未出世哩。"蒋星辉道:"菱藕虽未见,我倒看见有枝血紫的灵芝,可惜被狗衔了去。"陶秀春道:"这句骂的有点意思。"

紫芝要想编个笑话回他,偏又想不出,因向闺臣道:"姐姐可曾钓几个?"纪沉鱼道:"闺臣姐姐未曾垂钓,先把钩儿去了,所以尚未钓着。"紫芝道:"既要钓鱼,为何倒把钩儿去了?"闺臣道:"我虽垂钓,却志不在鱼。若暗藏毒饵,诱他上钩,于心何忍?此时面对清泉,颇觉适意,虽不得鱼,亦有何妨。"沉鱼道:"闺臣姐姐是无钩之钓,所以不曾得鱼;妹子不知为何也未钓着一个。"紫芝道:"姐姐尊名明明说是鱼都沉了,如何还想钓着!倒是婉如姐姐所说海外'云中雁',你去弄个'鸟枪打',那雁只怕倒可落下;若要想鱼,却是难的。"一面说着,忽然把腰弯下道:"我这脚缝疼的很,不知甚么塞在里面?"故意在绣鞋边摸了一摸,把手退出望一望,道:"呸!我只当甚么东西,原来是个'灰星'子塞在脚缝里!"星辉听了,放下钓竿,赶来要打。

　　紫芝慌忙跑开,来到百药圃。只见史幽探、周庆覃、国瑞徵、孟兰芝远远走来。兰芝道:"妹妹到那里去?"紫芝道:"我同青钿妹妹赌东,要到各处查查人数。"周庆覃道:"姐姐为何赌东?"紫芝把上项话说了。国瑞徵道:"这个东道,你如何同他赌?莫讲分在几处不能记,就是这一百人教我一个一个念出来,我也不能。看来姐姐竟有八分要输了。"紫芝道:"这也论不定。你们四位适从何来?"史幽探道:"我们才在菊花岩抢了一回状元筹,此时要到莲花塘听听亚兰姐姐笛子去。"紫芝道:"状元筹又不费心,倒也好顽,为何半途而废?"兰芝道:"只因幽探姐姐五红得了状元,正自欢喜,谁知不巧,我又掷了六红夺了过来,因此幽探姐姐不高兴,把状元筹歇了。"紫芝道:"六红盖五红,就如他的文章比你高,这个状元应该他得。要像这样就不高兴,设或把后十名弄到前面,又将如何呢?"兰芝道:"你去罢,不要乱说了。"四人携手去了。紫芝自言自语道:"今日方替闺臣姐姐出了这口闷气。"

一面思忖,已进了百药圃。只见陈淑媛、窦耕烟、邺芳春、毕全贞、孟华芝、蒋春辉、掌浦珠、董宝钿八人都在那里采花折草,倒像斗草光景。连忙上前止住道:"诸位姐姐且慢折草,都请台上坐了,有话奉告。"众人都停了手,齐到平台归坐。陈淑媛道:"妹子刚才斗草,屡次大负,正要另出奇兵,不想姐姐走来忽然止住,有何见教?"紫芝道:"这斗草之戏,虽是我们闺阁一件韵事,但今日姐妹如许之多,必须脱了旧套,另出新奇斗法,才觉有趣。"窦耕烟道:"能脱旧套,那敢妙了。何不就请姐姐发个号令?"紫芝道:"若依妹子斗法,不在草之多寡,并且也不折草。况此地药苗都是数千里外移来的,甚至还有外国之种,若一齐乱折,亦甚可惜。莫若大家随便说一花草名或果木名,依着字面对去,倒觉生动。"毕全贞道:"不知怎样对法?请姐姐说个样子。"紫芝道:"古人有一对句对的最好:'风吹不响铃儿草,雨打无声鼓子花。'假如耕烟姐姐说了'铃儿草',有人对了'鼓子花',字面合式,并无牵强。接着再说一个,或写出亦可。如此对去,比旧日斗草岂不好顽?"邺芳春道:"虽觉好顽,但眼前俗名字面易对的甚少。即如当归一名'文无',芍药一名'将离',诸如此类,可准借用么?"紫芝正要回答,忽然想起青钿东道之事,连忙说道:"妹子有件事,少刻再来。"

说罢,走到外面去寻青钿。找来找去,找到梅花坞,只见董青钿同宋良箴、司徒妩儿、廖熙春、缁瑶钗、蒋秋辉在那里摆着算盘,谈论算法。蒋秋辉道:"刚才所说这些归除之类,无甚趣味。据我愚见:莫若大家随便说一难算之事请教众人。如有人答得出固妙;倘无人知,自再破解。诸位姐姐以为何如?"缁瑶钗道:"如此甚好,就请那位先说一个。"廖熙春道:"因谈算法,忽然想起前在家乡起身时,亲戚姐妹都来送行。适值有人送了一盘鲜杲,妹子按人分散,每人七个多一个,每人八个少十六个,诸位姐姐能算几人分几果么?"司徒妩儿道:"此是盈朒〔1〕算法,极其容易:以七个、八个相减,余一个为法;多一个、少十六个相加,共十七个为实。法除实,为人数。这帐'一'为法,一归不须归,十七便是人数。以十七乘七个,得一百一十九个;加多一个,是一百二十个。乃十七人分一百二十果儿。"熙春道:"向来算法有筹算、笔算、珠算,今姐姐一概不用,却用嘴算,又简便,又不错。"宋良箴命丫鬟取出百文钱道:"妹子不喜算法,却有两个顽意:一名'韩信点兵〔2〕',一名'二十八宿闹昆阳'……"

紫芝等的发躁,只得上前拱手道:"诸位请了!我要兑换几两银子。"青钿道:"此话怎讲?"紫芝道:"这里钱也有,算盘也有,不是要

---

〔1〕 盈朒(nù)算法——盈,多、有余;朒,少、不足。盈朒算法,是根据一方面有多余、一方面不足的两个数目,来求出真实数目。它的歌诀是:"算家欲知盈不足,两家互乘并为物,并盈不足为人实,分率相减余为法,法除物实为物价,法除人实人数目。"盈朒算法起源很早,据说秦、汉以前就有了。

〔2〕 "韩信点兵"——这里指古代算法的一种,也叫做"物不知总",就是现在的一次联立不定方程式问题。"韩信点兵"的歌诀是:"三人同行七十稀,五树梅花廿一枝,七子团圆正半月,除百零五便得知。"例如说,现有一个数目:用三去数,剩两个;用五去数,剩三个;用七去数,剩两个。用"韩信点兵"算法,求出总数,它的答案是二十三个。下文"二十八宿闹昆阳",也是算法的一种。

开钱店么?"青钿道:"开钱店倒还有点油水;就只看银水眼力还平常,惟恐换也不好,不换也不好,心里疑疑惑惑,所以不敢就开。姐姐何不出个新奇算法顽顽呢?"紫芝道:"别的顽意都可奉陪,就只此道弄不明白。不瞒妹妹说:一个'小九九'儿学了半年,我还只当九九是八十三哩。你跟我来,宝云姐姐找你哩。"于是一同来至白茝亭。

未知如何,下回分解。

第七十七回

## 斗百草全除旧套　对群花别出新裁

话说青钿跟了紫芝一同来到白茝亭。宝云道："今日紫芝妹妹替我各处照应,令人实在不安。但除两次所说七十三位之外,其余众姐妹共分几处,你都见么?"紫芝道："适才妹子都已去过。那讲六壬课的是再芳、芸芝二位姐姐;垂钓的是闺臣、秀春、沉鱼、星辉、骊珠五位姐姐;状元筹是幽探、庆覃、瑞徵、兰芝四位姐姐;斗草是淑媛、芳春、耕烟、全贞、华芝、春辉、浦珠、宝钿八位姐姐;谈算法是良箴、熙春、瑶钗、秋辉、斌儿、青钿六位姐姐:共二十五位姐姐。"

青钿道："宝云姐姐唤我有何话说?"紫芝道："宝云姐姐请你非为别事,要告诉妹妹这个东道你可输了。题花姐姐把烟壶、镯子都给我罢!"题花把笔放下,对着众人道："刚才被紫姑奶奶一把扇子闹出无数扇子,今日我们八个写的,六个画的,连老嬷丫鬟扇子凑起来,足足可开一个扇子店。"紫芝道："姐姐!烟壶、镯子呢?"题花道："幸而还是绝精扇面,易于着色;若是丑的,画上颜色,再也揭不开,那才坑死人哩。"紫芝道："我问你烟壶、镯子,怎么不理我?"题花道："人说'洛阳纸贵',谁知今日闹到'长安扇贵'。此时画的手也酸了,眼也花了,我要……"话未说完,被紫芝伸进手去,在肋肢上一阵乱摸。题花笑的气也喘不过来道："快放手!我怕痒！我给你！"紫芝把手退出道："你快给我！不然,我还乱摸,看你可受得！"

青钿道："姐姐且慢给他。我听他说过前后五十人,至当中五十人还未听见哩。"题花从扇子底下拿出一张单子道："刚才妹子已将各处众姐妹命丫鬟陆续查明,开了一个清单。姐姐拿去教紫芝妹妹从头再说一遍,如与单子一样,只怕姐姐就要输了。"青钿接过单子,紫芝又把某处某人从头至尾说了一遍。青钿道："姐姐说的固然不错。但我们是一百人,今只九十八位,这是何意?"紫芝道："我同宝云姐姐凑上,难道不是一百么?题花姐姐不必替他耽搁,这半日我的心血也用尽了。"题花把壶儿镯子放在桌上。

紫芝连道"多谢",拿着来到百药圃。众人都埋怨道："你骗我们坐在这里,却去了这半日,必定有个缘故。"紫芝把赌东话说了。蒋春辉道："原来为这小事。刚才芳春姐姐问你'当归一名文无,可准借用'的话,你还未回他哩。"紫芝道："即如铃儿草原名沙参,鼓子花本名旋花,何尝不是借用。又如古诗所载'鸦舅影、鼠姑心':鸦舅即药中乌臼,鼠姑即花中牡丹。余如合欢蠲忿、萱草忘忧之类,不能枚举。只要见之于书,就可用得,何必定要俗名。"陈淑媛道："据姐姐所言,自然近世书籍也可用了?"紫芝道："只要有趣,那里管他前朝后代,若把唐朝以后故典用出来,也算他未卜先知。"

登时摆了笔砚。紫芝道："其实可以无须笔砚。"董宝钿道："设或遇着新奇的,记下也好。就请妹妹先出罢。"紫芝四处一望,只见墙角长春盛开,因指着道："头一个要取吉利,我出'长春'。"窦耕烟道:"这个名字竟生在一母,天然是个双声〔1〕,倒也有趣。"掌浦珠道:"这两字看着虽易,其实难对。"众人都低头细想。陈淑媛道:"我对'半夏',可用得?"春辉道:"'长春'对'半夏',字字工稳,竟是绝对。妹子就用长春别名,出个'金盏草'。"邝芳春遥指北面墙角道:"我对'玉簪花'。"窦耕烟指着外面道:"那边高高一株,满树红花,叶似碧萝,想是'观音柳'……"邝芳春指着一株盆景道:"我对'罗汉松'。"春辉道:"以'罗汉'对'观音',以'松'对'柳',又是一个好对。"

只见弹琴的由秀英……七人,下围棋的燕紫琼……四人,写扇子的林书香……八人,画扇子的祝题花……六人,打马吊的师兰言……七人,打双陆的洛红蕖……六人,讲六壬的花再芳……二人,打花湖的廉锦枫……六人,都因坐久,宝云陪着闲步。见他们议论纷纷,都进来坐了。秀英问其所以,华芝把斗草翻新之意说了。林书香道:"这倒有趣。不知对了几个?"掌浦珠把长春、观音柳说了,众人无不称妙。

宝钿道:"紫芝妹妹才说'鼓子花'原名'旋花'……"素云即接着道:"去岁家父从雅州移来一种异草,见人歌则舞,名唤'舞草'。"锺绣田道:"这个对的好。我出'续断'。"瑶芝道:"这二字只怕难对。"谭蕙芳道:"我对'连翘'。"宰银蟾道:"这又是绝对。妹子就出续断的别名'接骨'。"紫芝把毕全贞脊背一拍,道:"我对'扶筋'。"

---

〔1〕 双声——两个字同一个子音的叫做"双声"。旧说指两字同母。

红珠道:"狗脊一名'扶筋',全贞姐姐被他骂了。"张凤雏道:"凤仙一名'菊婢'。"谢文锦道:"桃枭一名'桃奴'。"褚月芳道:"我出'蝴蝶花'。"姚芷馨道:"我对'蜜蜂草'。"紫芝道:"这个只怕杜撰了。"耕烟道:"姐姐刚才说过:'只要见之于书就可用得。''铃儿草'既是沙参别名,他这'蜜蜂草'就不是香薷的别名么?"邵红英道:"我才想了'木贼草'三字,因其别致,意欲请教,但紫芝姐姐莫要说我贼头贼脑才好哩。"紫芝道:"果真姐姐这个'贼'想的有趣!"红英道:"不是又骂么!"廉锦枫道:"我对'水仙花'。"祝题花道:"以'仙'对'贼',以五行对五行,又是好对。妹子把'草'字去了,就出'木贼'。"若花道:"牡丹一名'花王'。"春辉道:"这可列入超等了。"易紫菱道:"妹子出玫瑰别名'离娘草'。"秀英道:"我对个兰花别名'待女花'。"尹红萸道:"我出'猴姜'。"蔡兰芳道:"我对'马韭'。"玉芝道:"骨碎补一名'猴姜',那是人所共知的;这'马韭'二字有何出处?"兰芳道:"陶宏景《名医别录》,麦门冬一名'马韭',因其叶如韭,故以为名。"琼芝道:"姐姐既看过此书,大约李勋所修《本草》自然也看过了。我出'灯笼草'。"白丽娟道:"这是国朝《本草》酸浆别名,又叫'红姑娘'。"亭亭道:"我对钩吻的别名'火把花'。"众人齐声喝彩。宰玉蟾道:"我出'慈姑花'。"戴琼英道:"我对黄芩别名'妒妇草'。"田舜英道:"我出'钩藤'。"印巧文道:"茜草一名'蒻草'。"素云道:"以'蒻'对'钩',又是巧对。"章兰英道:"我出'金雀花'。"阳墨香道:"我对淡竹叶的别名'竹鸡草'。"洛红藻道:"我出'千岁虆'。"钱玉英道:"我对'万年藤'。"芸芝道:"这个对的字字雪亮,与'灯笼草'

都是一样体格。"

只见投壶的林婉如……八人,打秋千的薛蘅香……六人,下象棋的秦小春……六人,打十湖的余丽蓉……四人,掷围筹[1]的史幽探……四人,都走过来,众人让坐。问了详细,都道有趣。紫芝道:"幸亏昨日舅舅又添了几百张椅子,若不早为预备,今日被诸位姐姐这边聚聚,那里坐坐,只好抬了椅子跟着跑了。"

婉如道:"俺先发发利市,出个'金星草'。"姜丽楼道:"梨花一名'玉雨花'。"锦云道:"以'玉'对'金',以'雨'对'星',无一不稳。"秦小春把崔小莺袖子一拉,道:"我出'牵牛'。"崔小莺两手向小春一扬,道:"我对丹参的别名'逐马'。"紫芝道:"你对'逐马',我对'夺车'。"引的众人好笑。花再芳道:"妹子因小春姐姐'牵牛'二字,忽然想起他的别名,我出'黑丑'。"紫芝道:"好端端为何要出丑?"素云道:"这个'丑'字暗藏地支之名,却不易对。"燕紫琼道:"茶有'红丁'之名。"众人一齐叫绝。田凤翾道:"茶是紫琼姐姐府上出产,自然有此好对。"邹婉春道:"桂州向产一草,名唤'倚待草'。"枝兰音道:"玫瑰一名'徘徊花'。"兰芝道:"'倚待'对'徘徊',这是天生绝对。"施艳春道:"我出'苍耳子'。"吕瑞蓂道:"我对'白头翁'。"米兰芬道:"敝处蔷薇向有别种,其花与月应圆缺,名叫'月桂'。此花不

---

[1] 围筹——和状元筹形式相似的一种游戏用的筹子。拿牙、骨或竹做筹子,排列各种兽名;用六粒骰子掷彩,以决定得注的多寡。最大的是狮,得六十四注;其余虎、豹,各色名目,依次减少;最小的是兔,只得一注。完了之后,计算筹子,以分胜负。因打猎又叫打围,所以这种游戏叫做围筹。

独我们智佳最多,闻得天朝也有此种。"闵兰荪道:"温台山出有催生草,名唤'风兰',以此为对。"紫芝道:"请教'催生'二字怎讲?"兰荪满面通红道:"你说甚么!"蒋丽辉道:"兰荪姐姐莫说闲话,请教兔丝是何别名?"兰荪想一想道:"记得兔丝又名'火焰草'。"薛蘅香道:"我对'金灯花'。"众人一齐叫好。柳瑞春道:"三春柳一名'人柳'。"董翠钿道:"我……我……我对'佛桑'。"紫芝道:"他又结巴了。"郦锦春道:"苜蓿一名'连枝草'。"魏紫樱道:"我对袁宝儿所持的[1]。"众人听了,一齐称妙。掌乘珠道:"袁宝儿所持的虽叫'合蒂花',但原名却叫'迎辇花'。"周庆覃道:"我对连翘的别名'摇车草'。"紫芝摇头道:"这个对的无趣。"吕祥蓂道:"我出地榆别名'玉豉'。"余丽蓉道:"五加一名'金盐',以此为对。"蒋素辉道:"小莺姐姐言丹参一名'逐马',但除'逐马'之外,可另有别名?"潘丽春道:"还有'奔马草'。"董珠钿道:"隔虎刺一名'伏牛花'。"哀萃芳道:"三奈一名'山辣'。"蒋月辉道:"泽兰又叫'水香'。"

只听外面有人赞道:"这个可以算得绝对。原来你们瞒着我们却在此地做这韵事。那个骗我镯子的可在这里?"众人看时,原来是讲算法的董青钿……六人,品箫的苏亚兰……五人,垂钓的唐闺臣……五人,都进来。让了坐。青钿向紫芝道:"我那镯子通身尽翠,百十副还挑不出一副,最是难得的,姐姐如留自戴就罢了,设或赏

---

[1] 袁宝儿所持的——袁宝儿,杨广(隋炀帝)的宠妃。故事传说:某次,有人进贡迎辇花,花很香,杨广叫袁宝儿拿了花,称她做"司花女"。

给女档子,我可不依的。"紫芝道:"妹妹何不早说!"玉芝道:"刚才我见紫芝姐姐将镯子交给丫鬟,命人送给宝儿、贝儿,果然被你猜着。"青钿道:"把这好东西赏给他们怪可惜的,我明日给他二百银子务要赎回来。"宝云道:"紫芝妹妹替我照应,既得了彩头,还该有始有终。这里挤的满满的,不知还有几位在别处,何不替我邀来都在一处顽顽哩?"紫芝道:"此时除了你我,恰恰九十八位都在这里,教我何处再去邀人?"

闺臣道:"今日把这斗草改做偶花,一对一对替他配起来,却也有趣。刚才我们只听山辣对水香,可谓工稳新奇之至。不知还有甚么佳对?"春辉道:"这里有个单子,姐姐一看便知。"闺臣接过,众人围着观看,莫不称赞。董花钿道:"'慈姑花'对'妒妇草',虽是绝对,但'慈姑'二字,往往人都写作草头'茈菰',今用这个'慈姑',自然也有出处?"宰玉蟾道:"按各家《本草》言:慈姑一根,岁生十二子,闰月则生十三,如慈姑之乳诸子,故以为名。大约有草头、无草头皆可用得。"

国瑞微道:"我出苔菜别名'水镜草'。"廖熙春道:"我对'金钱花'。"叶琼芳道:"我出'金丝草'。"掌骊珠道:"我对'锦带花'。"绿云道:"请教姐姐:金丝草原名叫做甚么?"琼芳正要回答,紫芝把闵兰荪左耳一指,又把花再芳右耳一指,道:"他就叫做这个。"引的众人好笑。兰荪、再芳暗暗请教吕尧蓂,才知叫做"狗耳草"。二人听了,气的正要发挥,只听绿云道:"我对'鸡冠花'。"陶秀春道:"我出'龙须柏'。"蒋秋辉道:"我对'凤尾松'。"芳芝道:"秋辉姐姐如此敏捷,可知知母又名甚么?"言锦心道:"知母又名'儿草'。姐姐可知菊花别名么?"司徒婢儿道:"菊花又名'女花'。"纪沉鱼道:"'儿草'、'女花',真是天生绝对。"左融春道:"水仙一名'雅蒜'。"红红即接着道:"蘸荷一名'廉姜'。"紫云拍手道:"这个真可上得'无双谱'了!"掌浦珠道:"景天一名'据火'。"缁瑶钗道:"白英又号'排风'。"枝兰音道:"芍药有'花相'之名。"阴若花笑道:"梓树有'木王'之号。"邺芳春道:"常山原名'互草'。"香云笑道:"首乌又唤'交藤'。"玉芝道:"我看这个光景倒像要做赋了。"只见丫鬟捧上茶来。玉芝道:"我就出'茶花'。"陈淑媛道:"椰名酒树,我对'酒树'。"众人道:"这又是绝对。"花再芳道:"紫芝姐姐!我出一个你对:甘遂一名'鬼丑'。我因姐姐比鬼还丑,所以出给你对。"紫芝道:"姐姐才出黑丑,此时又出鬼丑,原来姐姐却喜出丑。我倒想个对你一对。"因忖一忖道:"妹子记得疏麻一名神麻,我对'神麻'。"花再芳道:"你见那位神的面上有麻子?"紫芝道:"你见那个鬼的脸上生得丑?"田舜英道:"马齿苋一名'五行草'。"宋良箴道:"柳穿鱼一名'二至花'。"闵兰荪道:"我出'独活'。"紫芝道:"一人活着有甚趣味?"颜紫绡道:"玉兰一名'丛生'。"柳瑞春道:"我出'三春柳'。"春辉道:"'三春'二字却不易对。"师兰言道:"我对'九节兰'。"锦云道:"'九节'对'三春',可谓巧极。"闺臣道:"我出'仙人掌',"紫芝用手朝花再芳头上一指,道:"我对'夜叉头'。"再芳道:"紫芝姐姐杜撰,这是要罚的。"紫芝道:"此对或者平仄不调;若说杜撰,姐姐问牛蒡子就明白了。"春辉道:"若不论平仄,诸如青葙一名'昆仑草',瑞香一名'蓬莱花';

地黄苗唤作'婆婆奶',赤雹儿叫作'公公须':都可为对子。这个对子,若论等第,要算倒数第一。"紫芝道:"你把妹子取在后头,我会移到前面去。"蒋丽辉道:"地锦一名'马蚁草',请教一对。"瑶芝道:"这个名字,又是兽,又是虫,倒也别致。"紫芝用手向毕全贞身上一扑,道:"我对蜡梅的别名。"吕瑞蕖笑道:"藕一名雨草,我出'雨草'。"毕全贞道:"蜡梅是何别名,妹子还未问明,姐姐就出雨草么。"题花笑道:"蜡梅一名'狗蝇花'。"苏亚兰道:"我对络石草别名'云花'。"吕尧蓂道:"梨一名'蜜父'。"闵兰荪道:"我对枇杷别名'蜡儿'。"紫芝道:"共总两个字,再将上一字平仄不调,有何趣味。这个同我'夜叉头'一样,都是四等货。并且观音柳、罗汉松,五行草、二至花,都是上一字平仄不调,也不能列之高等。"

史幽探道:"日已向西,再对几个,主人好赐饭了。"宝云随即分付丫鬟预备。

井尧春把案上所摆"木瓜"拿了一个,道:"我就出这个。"蒋星辉道:"这个易对的,何必出他。"青钿道:"姐姐看着容易,只怕难哩。"众人想了,都对不出。星辉道:"我对'银杏'。"青钿道:"瓜是总名,杏字如何对得。"潘丽春道:"我对无漏子别名'金果'。"玉芝道:"你才对丹参别名,此刻又是无漏子别名,《本草》都是透熟,无怪医道高明了。"锦云道:"这个又是绝对。"印巧文道:"菠菜一名'鹦鹉菜'。"彩云道:"忍冬一名'鹭鸶藤'。"林书香道:"医书误以牡蒙认作紫参,其实牡蒙乃'王孙草'。"若花道:"我对菊花别名何如?"春辉鼓掌道:"'帝女花'对'王孙草',又是天生绝唱。"

史幽探立起道:"我们外面走走罢。"大家于是一齐起身。未知如何,下回分解。

## 第七十八回

### 运巧思对酒纵谐谈　飞旧句当筵行妙令

话说众人离了百药圃,只见丫鬟禀道:"酒已齐备,夫人也不过来惊动,请诸位才女不要客气,就如自己家里一样才好。"众人道:"拜烦先替我们在夫人跟前道谢一声,少刻扰过,再去一总叩谢。"说罢,一齐散步。丫鬟预备净水都净了手。香云引至凝翠馆。若花道:"这个坐儿早间妹子胡乱坐了,此刻必须从新拈过才好坐哩。"闺臣道:"早间业已说过,今日这个坐位原无上下,何必又拈?"春辉道:"坐位自然照旧,不必说了。但妹子还有一个愚见:少刻坐了,断无哑酒之理,少不得行个酒令方觉有趣。若照早间二十五桌分五排坐了,不知这令如何行法。据我主意:必须减去十三桌,只消十二桌,由东至西,分两行团团坐了,方好行令。"兰芝道:"若摆十二桌,每桌八人,只坐九十六人,还有四位怎样坐呢?"春辉道:"由东至西虽分两行,每行只须五桌;东西两横头再摆两个圆桌;圆桌上面可坐十人,岂非十二桌就够坐么?"众人听了,齐声赞好,都道:"如此团团坐了,既好说话,又好行令。"宝云惟恐过挤,执意不肯。众人那里由他,各命自己丫鬟动手,又嘱宝云把送酒上菜繁文也都免了。一齐归坐。丫鬟送了酒,上了几道菜。

大家谈起园中景致之妙,花卉之多。掌红珠道:"适才想了一谜,请教诸位姐姐:'无人不道看花回',打《论语》一句。"众人想了多时，都猜不出。玉芝道："妹子向来参详题义，往往都有几分意思，无如所读之书都是生的，所以打他不出。可惜今日只顾对花，无暇及此。明日诸位姐姐切莫另出花样，务必猜谜顽顽。若把明日再蹉跎过去，不知何日方能再聚。偏偏今日过的又快，转眼已是下午。刚才红珠姐姐说'无人不道看花回'，此等句子，妹子最怕入耳；如把'看花回'改做'看花来'，我就乐了。这个'回'字，好像一本戏业已唱完，吹打送客，人影散乱，有何余味？若换个'来'字，就如大家才去游玩，兴致方豪，正不知何等陶情，我就欢喜了。"青钿道："且莫闲谈。究竟他这'无人不道看花回'是个甚么用意？"玉芝道："据我看来：内中这个'道'字，却是要紧的。大约所打之句，必定有个'曰'字或有个'言'字在内。至于此句口气，刚才我已说过，就如一本戏已经唱完，无非游玩已毕之意。"小春道："若果这样，只怕是'言游过矣'。"红珠道："正是。"题花道："此谜以人名借为虚字用，不独灵活，并可算得今日游园一句总结，可谓对景挂画。"

紫芝道："游玩一事既已结过，此刻是'对酒当歌'，我们也该行个酒令多饮两杯了。春辉姐姐可记得前月我们在文杏阁饮酒，我说有个酒令，那时姐姐曾教我吃杯令酒宣令的？后来大家只顾说笑斗趣，也就忘了。今日难得人多，必须行令才觉热闹，莫若妹子就遵姐姐前月之命，吃个令杯宣宣罢。"众人道："如此甚妙，我们洗耳恭听。"兰芝道："此时如要行令，自应若花姐姐或幽探姐姐先出一令，焉有我们倒僭客呢？"若花道："阿姐此话过于客气。行令只要斗趣好顽，那里拘得谁先谁后。"史幽探道："今日紫芝妹妹在母舅府上也有半主之分。俗语说的:'主不吃,客不饮。'就请先出一令。行过之后,如天时尚早,或者众人再出一令,也未为不可。就请饮杯令酒宣宣罢,不必谦了。"

紫芝把酒饮过道:"请教兰言姐姐:妹子宣令之后,如有不遵的,可有罚约?"兰言道:"不遵的,罚三巨觥。"紫芝道:"既如此,妹子宣了。诸位姐姐在上:妹子今日这令并非酒令之令,是求题花姐姐先出一令之令。如有不遵的,兰言姐姐有言在先。题花姐姐请看:妹子又饮一杯了。"题花道:"莫讲一杯,就饮十杯,我也不管。这三巨觥我也情愿认罚。但为何单要派我呢?"紫芝道:"妹子初意原要自出一令,因人数过多,竟难全能行到;意欲拜恳公议一令,又恐推三阻四,徒然耽搁;因姐姐天姿明敏,一切爽快,所以才奉求的。"众人道:"此话却也不错。就请题花姐姐先出一令,如普席全能行到,那更有趣了。"题花仍是推辞,无奈众人执意不肯。题花道:"大众既听紫芝妹妹之话,都派我出令,我一人又焉能拗得。令虽要出,但妹子放肆也要派一派了:先请诸位姐姐吃个双杯。"众人都饮了。题花道:"再请紫芝妹妹格外饮两杯。"紫芝无法,只得饮了。题花道:"格外这两杯,可知敬你却是为何?"紫芝道:"妹子不知。"题花道:"是替你润喉咙的。把喉咙润过,好说笑话;笑话说过,我好行令。"

紫芝道:"你左一个双杯,右一个双杯,都教人吃了,此刻又教人说笑话,竟是'得陇望蜀[1]',贪得无厌了。——也罢,我就把'贪得无

---

[1] 得陇望蜀——比喻贪得无厌,不知满足。历史记载:刘秀占领了陇右,又要进攻蜀地。他给岑彭的信里说:"人苦不知足,既平陇,复望蜀。"

厌'做个话头：当日有个人甚是穷苦。一日，遇见吕洞宾，求其资助。洞宾念他贫寒，因用'点石成金'之术，把石头变成黄金，付给此人。以后但遇洞宾，必求资助，不几年，竟居然大富。一日，又遇洞宾，仍求资助，洞宾随又点石成金，比前资助更厚。此人因拜谢道：'蒙大仙时常资助，心甚感激；但屡次劳动，未免过烦，此后我也不敢再望资助，只求大仙赏赐一物，我就心满意足了。'洞宾道：'你要何物？——无不遵命。'此人上前把洞宾手上砍了一刀道：'我要你点石成金这个指头！'"兰言笑道："这虽是笑话，但世间人心不足，往往如此。"春辉道："怪不得点石成金这个法术如今失传，原来吕洞宾指头被人割去了。"

紫芝道："笑话说了，请出令罢。"题花道："所谓笑话者，原要发笑；刚才这个笑话并不发笑，如何算得？也罢，我同你豁拳赌个胜负，输家出令，何如？"紫芝道："你要豁拳，我倒想起一个笑话：一人骑驴趱路，无奈驴行甚慢，这人心中发急，只是加鞭催他快走。那驴被打负痛，索性立住不走，并将双蹄飞起，只管乱踢。这人笑道：'你这狗头也过于可恶！你不趱路也罢了，怎么还同我豁拳！'"众人笑道："这个笑话可发笑了，请出令罢。"题花道："既派我出令，焉敢不出。但必须紫芝妹妹再饮两杯，我才出哩。"

紫芝道："诸位姐姐！刚才我同众人饮过之后，他又教我格外饮两杯；及至饮过，他又教我说笑话；此时笑话说了，他又教我再饮两杯：这明明要同我歪缠了。他的意思，总因我派他出令，所以如此。妹子因他只管歪缠，忽又想了一个笑话：有一富翁带一小厮拜客，行至中途，腹中甚饥，因同小厮下馆吃饭。饭毕，店主算帐，谁知富翁吃的只得白饭两碗,那小厮吃的除饭之外倒有一菜。富翁因他业已吃了,无可奈何,只得忍痛还了菜帐。出了饭馆,走未数步,富翁思及菜钱,越想越气。回头望见小厮跟在后面,因发话道:'我是你的主人,并非你的顶马[1],为何你在我后?'小厮听了,随即趱行几步,越过主人,在前引路。走未数步,富翁又发话道:'我非你的跟班[2],为何你在我前?'小厮听罢,慌忙退后,与主人并肩而行。走未数步,富翁又发话道:'你非我的等辈,为何同我并行?'小厮因动辄得咎,只得说道:'请问主人:前引也不好,后随也不好,并行也不好,究竟怎样才好呢?'富翁满面怒色道:'我实对你说罢,你把菜钱还我就好了。'"

题花笑道:"若非派他吃酒,诸位姐姐何能听这许多笑话。适才我倒想了一令,往常人少,狠无意味;今日喜得人多,倒可行得,也可算得雅俗共赏。但过于简便,不甚热闹,恐不合众人之意,必须大家公同斟酌才好。"史幽探道:"只要雅俗共赏,我就放心。若是难题目教人苦思恶想,那不是陶情取乐,倒是讨苦吃了。并且今日有百人之多,若全要行到,也须许多工夫;能够令完,大家回去不至夜深,那才好哩。请姐姐宣宣罢。"题花道:"此令也无可宣。就从妹子说一句书,无论经史子集,大家都顶针绪麻[3]依次接下去。假如我说'万

---
[1] 顶马——官员出行时走在前面的仪仗性的骑兵。
[2] 跟班——跟随出行的仆人。
[3] 顶针绪麻——一种文字游戏。后一人所说句子的第一字,一定要和前一人句子的末一字相同。例如前一人说"万国咸宁",后一人的句子必须是"宁×××"之类。

国咸宁',第一字从我数起,顺数至第四位饮一杯接令。"兰言道:"既如此,就请姐姐起令。但量有大小,必须定了分数,使量大者不致屈量,量小者不致勉强,方无偏枯。据我愚见:大量一杯,小量半杯;内中还有半杯也不能的,亦惟随量酌减,这才好哩。"题花道:"此话极是。"因饮一杯道:"妹子有僭了。但我们蒙老师盛意宠召,又蒙宝云……七位姐姐破格优待,今日之聚,可谓极欢了。我就下个注语:'举欣欣然有喜色。'……"

只见众丫鬟来报:"长班才从部里回来,说现奉太后御旨,命诸位才女做诗,所有题目卷子,已分送寓所去了。"众人听了,茫然不解。

未知如何,下回分解。

第七十九回

指迷团灵心讲射　　擅巧技妙算谈天

话说众才女听了丫鬟之话,正在不解,恰好卞滨也差家人把题目送来,告知此事。原来太后因文隐平定倭寇,甚是欢喜,适值上官昭仪以此为题,做了四十韵五言排律[1],极为称颂。太后因诗句甚佳,所以特命众才女俱照原韵也做一首,明晨交卷。众人把原唱看了。幽探道:"既如此,就请主人早些赐饭,大家赶回去,连夜做了,明早好交卷。"宝云道:"众位姐姐何不就在此处一齐做了,岂不甚便?"颜紫绡道:"这比不得应酬诗,可以随便诌几句,咱要回去静静细想才做得出哩。"哀萃芳道:"妹子也有这个毛病。求姐姐快赐饭罢,设或回去迟了,还不能交卷哩。好在明日承兰芝姐姐见召,今日早些去,明日也好早些来。"众人齐道"甚是"。宝云只得命人拿菜拿饭,道:"这总是妹子心不虔,所以如此。即如昨日教人扎了几百灯球,以备今日顽的,那知至今还未做成,岂非种种不巧么!"小春道:"即或做成,现在都要回去,也不能顽;都留着明

---

[1] 四十韵五言排律——旧诗一般的诗句,两句押一次韵,四十韵就是八十句。五言,是五字一句。一般称八句四韵的做律诗,有时多到几十韵或者百韵,也还叫律诗;元时把长的律诗叫做排律。

日再来请教罢。"大家饭毕出席,命人到夫人跟前道谢。宝云道:"家母所要药方,丽春姐姐不可忘了。"潘丽春道:"妹子记得。"闺臣道:"我托宝云姐姐请问师母之话,也不可忘了。"宝云连连点头。当时匆匆别去。

次日把卷交了,陆续都到卞府,彼此把诗稿看了,互相评论一番。用过早面,仍在园中各处散步。游了多时,一齐步过柳阴,转过鱼池,又望前走了几步。紫芝手指旁边道:"这里有个箭道,却与玉蟾姐姐对路。诸位姐姐可进去看看?"张凤雏道:"此地想是老师射鹄消遣去处,我们进去望望。"一齐走进。里面五间敞厅,架上悬着许多弓箭,面前长长一条箭道,迎面高高一个敞篷,篷内悬一五色皮鹄。苏亚兰道:"这敞篷从这敞厅一直接过去,大约为雨而设?"香云道:"正是。家父往往遇着天阴下雨,衙门无事,就在这里射鹄消遣。恐湿了翎花[1],所以搭这敞篷。"

张凤雏见这许多弓箭,不觉技痒,因在架上取了一张小弓,开了一开。玉蟾道:"姐姐敢是行家么?"凤雏道:"不瞒姐姐说:我家外祖虽是文职,最喜此道,我时常跟着顽,略略晓得。"紫芝道:"妹子也是时常跟着舅舅顽。我们何不同玉蟾姐姐射两条舒舒筋呢?"琼芝道:"苏家伯伯曾任兵马元帅,亚兰姐姐自然也是善射了?"亚

---

[1] 翎花——就是箭羽。箭的末端嵌入羽毛,这样,箭可以射得快而且稳。因为箭羽是用胶粘嵌在箭杆上的,所以怕受潮湿。

兰道:"妹子幼时虽然学过,因身体过弱,没甚力量,所以不敢常射,但此中讲究倒知一二。如诸位姐姐高兴,妹子在旁看看,倒可指驳指驳。"紫芝道:"如此甚好。"当时就同玉蟾、凤雏各射了三箭:紫芝三箭全中,玉蟾、凤雏各中了两箭。紫芝满面笑容,望着亚兰道:"中可中了,但内中毛病还求老师说说哩。并且妹子从未请人指教。人说这是舒筋的,我射过之后,反觉胳膊疼;人说这是养心的,我射过之后,只觉心里发跳:一定力用左了,所以如此,姐姐自然知道的。"亚兰道:"玉蟾、凤雏二位姐姐开放势子,一望而知是用过功的,不必说了。至妹妹毛病甚多,若不厌烦,倒可谈谈。"绿云道:"如此甚妙,就请姐姐细细讲讲,将来我们也好学着顽,倒是与人有益的。"

亚兰道:"妹子当日学射,曾撮大略做了一首《西江月》。后来家父看见,道:'人能依了这个,才算会射;不然,那只算个外行。'今念来大家听听:

> 射贵形端志正,宽裆下气舒胸。五平三靠是其宗,立足千斤之重。开要安详大雅,放须停顿从容。后拳凤眼最宜丰,稳满方能得中。

刚才紫芝妹妹射的架势,以这《西江月》论起来,却样样都要斟酌。既要我说,谅未必见怪的。即如头一句'射贵形端志正',谁知他身子却是歪的,头也不正,第一件先就错了。至第二句'宽裆下气舒胸',他却直身开弓,并未下腰。腰既不下,胸又何得而舒?胸既不舒,气又安得而下?所以三箭射完,只觉嘘嘘气喘,无怪心要发跳了。

第三句'五平三靠是其宗',两肩、两肘、天庭[1],俱要平正,此之谓五平;翎花靠嘴、弓弦靠身、右耳听弦,此之谓三靠;这是万不可忽略的。以五平而论,他的左肩先已高起一块,右肘却又下垂,头是左高右低,五平是不全的。以三靠而论,翎花并不靠嘴,弓是直开直放,弓梢并未近身,所以弓弦离怀甚远,右耳歪在一边,如何还能听弦?三靠也是少的。第四句'立足千斤之重',他站的不牢,却是我们闺阁学射通病,这也不必讲。第五句'开要安详大雅',这句紫芝妹妹更不是了。刚才他开弓时,先用左手将弓推出,却用右手朝后硬拉,这不是开弓,竟是扯弓了。所谓开者,要如双手开门之状,两手平分,方能四平,方不吃力;若将右手用扯的气力,自然肘要下垂,弄成茶壶柄样,最是丑态,不好看了。第六句'放须停顿从容',我看他刚才放时并不大撒,却将食指一动,轻轻就放出去;虽说小撒不算大病,究竟箭去无力,样子也不好看。射箭最要洒脱,一经拘板,就不是了。况大撒毫不费事,只要平时拿一软弓,时时撒放,或者手不执弓,单做撒放样子,撒来撒去,也就会了。若讲'停顿'二字,他弓将开满,并不略略停留,旋即放了出去,何能还讲从容?第七句'后拳凤眼最宜丰',他将大指并未挑起,那里还有凤眼?——纵有些须凤眼,并不朝怀,弦也不拧,因此后肘更不平了。第八句'稳满方能得中',就只这句,紫芝妹妹却有的,因他开的满,前手也稳,所以才中了两箭。——但这样射去,纵箭箭皆中,也不可为训。"

------

[1] 天庭——人的两眉之间。

------

紫芝道:"姐姐此言,妹子真真佩服!当日我因人说射鹄子只要准头,不论样子,所以我只记了'左手如托泰山,右手如抱婴孩'这两句,随便射去,那里晓得有这些讲究。"亚兰道:"妹妹:你要提起'左手如托泰山'这句,真是害人不浅!当日不知那个始作俑者[1],忽然用个'托'字,初学不知,往往弄成大病,实实可恨!"琼芝道:"若这样说,姐姐何不将这'托'字另换一字呢?"亚兰道:"据我愚见:'左手如托泰山'六字,必须废而不用才好。若按此句,'托'字另换一字,惟有改做'攥'字。——虽说泰山不能下个'攥'字,但以左手而论,却非'攥'字不可。若误用'托'字,必须手掌托出;手掌既托,手背定然弯曲;手背既弯,肘也因之而翻,肩也因之而努。托来托去,肘也歪了,肩也高了,射到后来,不但箭去不准,并且也不能执弓,倒做了射中废人。这'托'字贻害一至于此!你若用了'攥'字,手背先是平正,由腕一路平直到肩,毫不勉强,弓也易合,弦也靠怀,不但终身无病,更是日渐精熟,这与'托'字迥隔霄壤了。"玉蟾道:"妹子也疑这个'托'字不妥,今听姐姐之言,真是指破迷团,后人受益不浅。"绿云道:"据妹子意思:只要好准头,何必讲究势子,倒要费事。"亚兰道:"姐姐这话错了。往往人家射箭消遣,原图舒畅筋骨,流动血脉,可以除痼疾,可以增饮食,与人有益的。若不讲究势子,即如刚才紫芝妹妹并不开弓,却用扯

---

〔1〕 始作俑者——比喻开头造成恶事例的。俑,古代殉葬的土木偶,有面目手足,很像真人。由于有俑,才造成后来皇帝和贵族用真人殉葬的恶果。孔子痛恨这种俑的作者,曾说:"始作俑者,其无后乎!"出《论语》。

弓,虽然一时无妨,若一连扯上几天,肩肘再无不痛。倘不下腰,不下气,一股力气全堆胸前,久而久之,不但气喘心跳,并且胸前还要发痛,甚至弄成劳伤之症。再加一个'托'字,弄的肘歪肩努,百病丛生,并不是学他消遣,倒是讨罪受了。"张凤雏道:"姐姐这番议论,真可算得'学射金针'。"

众人离了箭道,丫鬟请到百药圃吃点心。大家都走进坐了。春辉道:"昨日若不是紫芝妹妹耽搁半日,还可多对许多好花。"紫芝道:"我一心只想翡翠镯子,那知青钿妹妹同他们谈论算法,滔滔不断,再也说不完。"闺臣道:"适因算法偶然想起家父当日曾在智佳访问筹算,据说有一位姓米的精于筹算,又善笔算,久已带着女儿来到天朝,自然就是兰芬姐姐了。可惜这一向匆忙,也未细细请教。"米兰芬道:"家父向在家乡,筹算、笔算,俱推独步;妹子自幼也曾习学,却不甚精。将来无事,大家谈谈,倒可解闷。"青钿道:"昨日那里知道却埋没这一位名公,真是瞎闹!"因指面前圆桌道:"请教姐姐:这桌周围几尺?"兰芬同宝云要了一管尺,将对过一量,三尺二寸。取笔画了一个"铺地锦[1]":

---

[1] 铺地锦——古时笔算乘法。先画方格,各作对角线;然后写被乘数在格外上方,写乘数在格外右方。乘后把乘积写在交格里:个位数写在斜线下面,十位数写在斜线上面。各数乘完,依着斜线把各乘积合并起来,写在格外的下方和左方。从左方到下方连起来读,这个数字便是所要求得的数字。

---

```
      三    二
   ┌────┬────┐
 一 │ ╲九│ ╲六│ 三
   ├────┼────┤
 ○ │ ╲三│ ╲二│ 一
   ├────┼────┤
 ○ │ ╲二│ ╲八│ 四
   └────┴────┘
      四    八
```

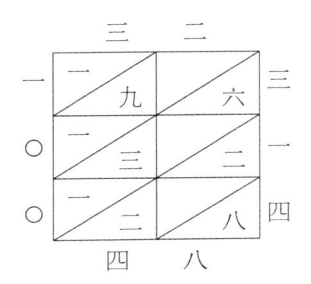

画毕道:"此桌周围一丈〇〇四分八。"春辉看了道:"闻得古法'径一周三',是么?"兰芬道:"古法不准。今定'径一周三一四一五九二六五',甚精。只用'三一四'三个大数算的。"春辉道:"若将此桌改做方桌,可得多长、多宽?"兰芬道:"此用圆内容方算,每边二尺二寸六分。"

宝云指桌上一套金杯道:"此杯大小九个,我用金一百二十六两打的,姐姐能算大小各重多少么?"兰芬道:"此是'差分法'。法当用九个加一个是十个,九与十相乘,共是九十个,折半四十五个,作四十五分算;用'四归五除'除一百二十六两,得二两八钱,此第九小杯,其重如此。"因从丫鬟带的小算袋内取出二、八两筹摆下,用笔开出:大杯重二十五两二钱、次重二十二两四钱、三重十九两六钱、四重十六两八钱、五重十四两、六重十一两二钱、七重八两四钱、八重五两六钱。

宝云看那两筹,只见写着:

二筹

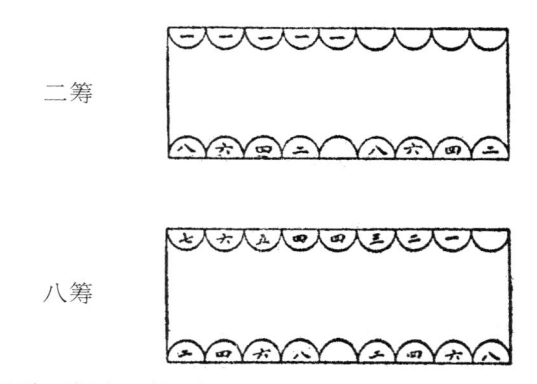

　　　　｜一｜一｜一｜一｜一｜一｜一｜
　　　　｜八｜六｜四｜二｜八｜六｜四｜二｜

八筹

　　　　｜七｜六｜五｜四｜四｜三｜二｜一｜
　　　　｜二｜四｜六｜八｜二｜四｜六｜八｜

宝云道："据这二筹，自然是一二如二，至二九一十八；那八筹是一八如八，至八九七十二了。但姐姐何以一望就知各杯轻重呢？"兰芬道："刚才我用四归五除，得了小杯二两八钱数目，所以将二、八两筹一看就知了。你看第一行'二八'两字，岂非末尾小杯斤重么？第九行'二五二'就是头一个大杯。其余七杯计重若干，都明明白白写在上面。"宝云道："第九行是'一八七二'，怎么说是'二五二'呢？"兰芬道："凡两半圈上下相合，仍算一圈。即如第九行中间'八七'二字，凑起来是'一五'之数，把'一'归在上面一圈，岂非'二五二'么。"宝云点头道："我见算书中差分法，有递减、倍减、三七、四六等名，纷纷不一，何能及得这个明白了当。筹算之精，即此可见。"

宋良箴指花盆所摆红白玛瑙两块道："此可算么？"兰芬道："如知长短，就可算出斤重。"取尺一量，对方三寸，算一算道："红的五十九两四钱，白的六十二两二钱。"宝云命人拿比子一秤，果然不错。廖熙春道："一样玛瑙，为何两样斤重？"兰芬道："白的方一寸重二两三钱;红的方一寸重二两二钱,今对方三寸,照立方积二十七寸算的。凡物之轻重,各有不同,如白银方一寸重九两,红铜方一寸重七两五钱,白铜一寸重六两九钱八分,黄铜一寸只重六两八钱。"熙春点头道:"原来如此。"

说话间,阴云满天,雷声四起。兰芝道:"莫要落雨把今晚的灯闹掉,就白费宝云姐姐一片心了。"兰芬道:"如落几点,雨后看灯,似更清妙。"说着,雨已大至,一闪亮过,又是一个响雷。缁瑶钗道:"算家往往说大话,偷天换日,只怕未必。"兰芬道:"此是诳话。但这雷声倒可算知里数。"月辉道:"怎样算法?"兰芬指桌上自鸣钟道:"只看秒针,就好算了。"登时打了一闪,少刻又是一雷。玉芝道:"闪后十五秒闻雷,姐姐算罢。"兰芬算一算道:"定例一秒工夫,雷声走一百二十八丈五尺七寸。照此计算,刚才这雷应离此地十里零一百二十八丈。"阳墨香道:"此雷既离十里之外,还如此大声,只怕是个'霹雷'。"毕全贞道:"雷都算出几丈几里,这话未免欺人了。"

少时,天已大晴。成氏夫人因宝云的奶公才从南边带来两瓶"云雾茶",命人送来给诸位才女各烹一盏。盏内俱现云雾之状。众人看了,莫不称奇。宝云把奶公叫来问问家乡光景,并问南边有何新闻。奶公道:"别无新闻;只有去岁起了一阵大风,把我院内一口井忽然吹到墙外去。"绿云道:"如此大风,却也少见。"奶公道:"不瞒小姐说:我家是个篱笆墙。这日把篱笆吹过井来,所以倒像把井吹到墙外去。今日为何我说这话?只因府里众人都说我家乳了宝小姐十分发财,那知我还是照旧的篱笆墙。——倒是人不可不行善,那恶事断做不得;若做恶行凶,人虽欺了,那知那雷惯会报不平。刚才我在十里墩遇雨,忽然起一响雷,打死一人,彼处人人念佛。原来是个无恶不作的坏人。"素云道:"十里墩离此多远?"奶公道:"离此只得十里。那打人的地方离墩还有半里多路。我在那里吃了一吓,也不敢停留,一直赶到十里墩才把衣服烘干。"众人听了,这才佩服兰芬神算。

用过点心,来到白芷亭。大家意欲联句。又因婉如、兰音韵学甚精,都在那里谈论"双声、叠韵〔1〕"。兰芬又教众人"空谷传声"。谈了多时。玉芝因昨日红珠说的"言游过矣"甚好,只劝众人猜谜。

未知如何,下回分解。

---

〔1〕 叠韵——两个字同一个母音的叫做"叠韵"。旧说指两字同韵。

## 第八十回

### 打灯虎亭中赌画扇　抛气球园内舞花鞋

话说玉芝一心只想猜谜,史幽探道:"你的意思倒与我相投,我也不喜做诗。昨日一首排律,足足斗了半夜,我已够了。好在这里人多,做诗的只管做诗,猜谜的只管猜谜。妹妹既高兴,何不出个给我们猜猜呢?"玉芝见幽探也要猜谜,不胜之喜。正想出一个,只听周庆覃道:"我先出个吉利的请教诸位姐姐:'天下太平',打个州名。"国瑞徵道:"我猜着了,可是'普安'?"庆覃道:"正是。"若花道:"我出'天上碧桃和露种,日边红杏倚云栽',打个花名。"谢文锦道:"好干净堂皇题面!这题里一定好的!"董宝钿道:"我猜着了,是'凌霄花'。"若花道:"不错。"春辉道:"真是好谜!往往人做花名,只讲前几字,都将花字不论,即如牡丹花,只做'牡丹'两字,并未将花字做出。谁知此谜全重花字。这就如兰言姐姐评论他们弹琴,也可算得花卉谜中绝调了。"言锦心道:"我出'直把官场作戏场',打《论语》一句。"师兰言道:"这题面又是儒雅风流的,不必谈,题里一定好的。"紫芝道:"既是好的,且慢赞,你把好先都赞了,少刻有人猜出,倒没得说了。"春辉道:"妹妹:你何以知他没得说呢?"紫芝道:"卿非我,又何以知我不知他没得说呢?"林书香笑道:"要像这样套法,将来还变成咒语哩,连没得说都来了。"紫芝道:"姐姐:你又何以知其变成呪语呢?"书香道:"罢!罢!罢!好妹妹!我是钝口拙腮,可不能一句一句同你套!"[1]忽听一人在桌上一拍道:"真好!"众人都吃一吓,连忙看时,却是纪沉鱼在那里出神。紫芝道:"姐姐!是甚的好,这样拍桌子打板凳的?——难道我们《庄子》套的好么?"纪沉鱼道:"'直把官场作戏场',我打着了,可是'仕而优'?"锦心道:"是的。"紫芝道:"原来也打着了,怪不得那么惊天动地的。"春辉鼓掌道:"像这样灯谜猜着,无怪他先出神叫好,果然做也会做,打也会打。这个比'凌霄花'又高一筹了。他借用姑置不论,只这'而'字跳跃虚神,真是描写殆尽。"花再芳道:"据我看来:都是一样,有何区别? 若说尚有高下,我却不服。"春辉道:"姐姐若讲各有好处倒还使得,若说并无区别这就错了。一是正面,一是借用,迥然不同。前者妹子在此闲聚,闻得玉芝妹妹出个'红旗报捷',被宝云姐姐打个'克告于君',这谜却与'仕而优'是一类的:一是拿着人借做虚字用,一是拿着虚字又借做人用,都是极尽文心之巧。凡谜当以借用为第一,正面次之。但借亦有两等借法,即如'国士无双',有打'何谓信'的;'秦王除逐客令',打'信斯言也'的。此等虽亦借用,但重题旨,与重题面、迥隔霄壤,是又次之。近日还有一种数典[2]的,终日拿着类

---

〔1〕《庄子·秋水篇》写庄子和惠子在水上看鱼,庄子说:"鱼很快乐。"惠子说:"你不是鱼,怎么知道鱼的快乐?"庄子说:"你不是我,怎么知道我不知道鱼的快乐?"这里几个人互相辩论的对话,就是从《庄子》这一篇套来的。
〔2〕 数典——数出故事的来源。

书[1]查出许多,谁知贴出面糊未干,早已风卷残云,顷刻罄净,这就是三等货了。"

余丽蓉道:"我出'日'旁加个'火'字,打《易经》两句。"绿云道:"此字莫非杜撰么?"哀萃芳道:"这个'昳'字,音光,见字书,如何是杜撰。"芳芝道:"就是不成字,也可算得'破损格[2]'。"张凤雏道:"可是'离为火、为日'?"丽蓉道:"正是。"薛蘅香道:"这个'离'字用的极妙。往往人用'拆字格',都浑沦写出,不像这个拆的这样生动,这是拆字格的另开生面。"宋良箴道:"我仿丽蓉姐姐意思出个'他'字,打《孟子》两句。"玉芝道:"这明明是个'人也'。难道先是一句'分之',后是一句'人也'?那《孟子》又无这两句。"春辉道:"这两句大约战国时还有,到了秦始皇焚书后,——妹妹不怕你恼——想是焚了。"戴琼英道:"可是'人也,合而言之'?"良箴道:"正是。"窦耕烟道:"我也效颦出个'昱'字,打《诗经》一句。"华芝道:"这个昱字,若将'日'字移在下面,'立'字移在上面,岂非'音'字么。"郦锦春道:"必是'下上其音'。"耕烟道:"正是。"余丽蓉道:"刚才蘅香姐姐赞我'昳'字拆的生动,谁知这个'昱'字却用'下上'二字一拆,不但

---

〔1〕 类书——搜集古书的典故,用各种方法分类编纂成书,供人参考检阅,叫做类书,如《太平御览》、《佩文韵府》等是。

〔2〕 破损格——灯谜有各种格式:"拆字格"是把谜面的字拆破;破损格也是拆字,但有时谜底的字被拆得不完整;有时谜面的字是自己创造,并非原来有的。其余如从揣想上领悟的叫"会意格",倒读的叫"卷帘格",第一个字读作别字的叫"白头格"等等。后文"广陵十二格",就是指灯谜的各种格式。

灵动可爱,并且天然生出一个'其'字,把那'昱'字挑的周身跳跃,若将'旼'字比较,可谓天上地下了。"缁瑶钗道:"春辉姐姐说'国士无双'有打'何谓信'的,我就出'何谓信',打《论语》一句。"香云道:"瑶钗姐姐意思,我猜着了。他这'何谓'二字必是问我们猜谜的口气,诸位姐姐只在'信'字着想就有了。"董花钿道:"可是'不失人,亦不失言'?"瑶钗道:"正是。"琼芝道:"这个又是拆字格的别调。"易紫菱道:"我出个'四'字?打个药名。——妹子不过出着顽,要问甚么格,我可不知。"众人想了多时,都猜不出。潘丽春道:"可是'三七'?"紫菱道:"妹子以为此谜做的过晦,即使姐姐精于岐黄,也恐难猜,谁知还是姐姐打着。"柳瑞春道:"我仿紫菱姐姐花样出个'三'字,打《孟子》二句。"众人也猜不着。尹红萸道:"可是'二之中、四之下也'?"瑞春道:"妹子这谜也恐过晦,不意却被姐姐猜着。"叶琼芳道:"这两个灯谜,我竟会意不来。"春辉道:"此格在广陵十二格之外,却是独出心裁,日后姐姐会意过来,才知其妙哩。"

只见芸芝同着闵兰荪,每人身上穿着一件背心,远远走来。众人道:"二位姐姐在何处顽的?为何穿了这件棉衣,不怕暖么?"兰荪道:"妹子刚才请教芸芝姐姐起课,就在芍药花旁,检个绝静地方,两人席地而坐,谈了许久,觉得冷些。"褚月芳道:"妹子从来不知做谜,今日也学个顽顽,不知可用得:'布帛长短同,衣前后,左右手,空空如也',打一物。"蒋丽辉道:"我猜着了,就是兰荪姐姐所穿的背心。"月芳笑道:"我说不好,果然方才说出,就打着了。"司徒妩儿道:"月芳姐姐所出之谜,是'对景挂画';妹子也学一个:'席地谈天',打《孟子》一句。"芸芝道:"我倒来的凑巧,可是'位卑而言高'?"姒儿道:"我这个也是面糊未干的。"谭蕙芳道:"你看兰荪姐姐刚才席地而坐,把鞋子都沾上灰尘,芸芝姐姐鞋子却是干净的;我也学个即景罢,就是'步尘无迹',打《孟子》一句。"吕瑞蓂道:"可是'行之而不著焉'?"蕙芳道:"这个打的更快。我们即景都不好,怎么才说出就打去呢?"兰言道:"姐姐!不是这样讲。大凡做谜,自应贴切为主;因其贴切,所以易打。就如清潭月影,遥遥相映,谁人不见?若说易猜不为好谜,难道那'凌霄花'还不是绝妙的,又何尝见其难打?古来如'黄绢幼妇外孙齑臼[1]',至今传为美谈,也不过取其显豁。"春辉道:"那难猜的,不是失之浮泛,就是过于晦暗。即如此刻有人脚指暗动,此惟自己明白,别人何得而知。所以灯谜不显豁、不贴切的,谓之'脚指动'最妙。"玉芝道:"狠好!更闹的别致!放着灯谜不打,又讲到脚指头了!姐姐!你索性把鞋脱去,给我看看,到底是怎样动法?"春辉道:"妹妹真个要看?这有何难,我且做个样儿你看。"一面说着,把玉芝拉住,将他手指拿着朝上一伸,又朝下一曲道:"你看:就是这个动法!"玉芝哀告道:"好姐姐!松手罢,不敢乱说了!"春辉把手放开。玉芝抽了回来,望着手道:"好好一个无名指,被他弄的

---

[1] "黄绢幼妇外孙齑臼"——故事传说:曹操经过曹娥碑下面,看见碑后面题着"黄绢幼妇外孙齑臼"八个字。随从的文士杨修解释道:"黄绢是色丝,色丝合起来是'绝'字;幼妇是少女,少女合起来是'妙'字;外孙是女子,女子合起来是'好'字;齑臼用来捣辣菜的,是受辛之器,受辛合起来是'辤(同辞)'字;所以这八个字隐藏着'绝妙好辞'四字。"这是古代一种拆字格的谜。

'屈而不伸'了。"

紫芝道:"你们再打这个灯谜,——我才做的,如有人打着,就以丽娟姐姐画的这把扇子为赠。——叫做'嫁个丈夫是乌龟'。"兰芝道:"大家好好猜谜,何苦你又瞎吵!"紫芝道:"我原是出谜,怎么说我瞎吵?少刻有人打了,你才知做的好哩。"题花道:"妹妹这谜,果然有趣,实在妙极!"紫芝望着兰芝道:"姐姐!如何?这难道是我自己赞的?"因向题花道:"姐姐既猜着,何不说出呢?"题花道:"正是,闹了半日,我还未曾请教:毕竟打的是甚么?"紫芝道:"呸!我倒忘了!真闹糊涂了!打《论语》一句,姐姐请猜罢。"题花道:"好啊!有个《论语》,倒底好捉摸些;不然,虽说打的总在天地以内,究竟散漫些。"紫芝道:"你还是谈天,还是打谜?"题花道:"我天也要谈,谜也要打。你不信,且把你这透新鲜的先打了,可是'适蔡〔1〕'?"紫芝道:"你真是我亲姐姐,对我心路!"题花把扇子夺过道:"我出个北方谜儿你们猜:'使女择焉',打《孟子》一句。"紫芝道:"春辉姐姐:你看妹子这谜做的怎样?你们也没说好的,也没说坏的,我倒白送了一把扇子。"春辉道:"我倒有评论哩,你看可能插进嘴去?题花妹妹刚打着了,又是一句《左传》;他刚说完,你又接上。"春辉说着,不觉掩口笑道:"这题花妹妹真要疯了,你这'使女择焉',可是'决

---

〔1〕"适蔡"——《论语》原文的意思是"到蔡国去"。因为"适"字也可作出嫁解释,"蔡"字也可作大龟解释,所以这里借用作"嫁个丈夫是乌龟"的谜底。

---

汝……'"话未说完,又笑个不了,"……可是'汉[1]'哪?"一面笑着,只说:"该打!该打!疯了!疯了!"

兰芝笑道:"才唱了两出三花脸的戏,我们也好煞中台用些点心,歇歇再打罢。"兰言道:"如何又吃点心?莫非姐姐没备晚饭么!"宝云道:"我就借歇歇意思,出个'斯已而已矣',打《孟子》一句。"春辉道:"闻得前日有个'红旗报捷'是宝云姐妲打的;但既会打那样好谜,为何今日却出这样灯谜?只怕善打不善做罢?"吕尧蓂道:"何以见得?"春辉道:"你只看这五字,可有一个实字?通身虚的,这也罢了,并且当中又加'而'字一转,却仍转到前头意思。你想:这部《孟子》可能找出一句来配他?"田舜英道:"我打'可以止则止'。"宝云道:"正是。"春辉不觉鼓掌道:"我只说这五个虚字,再没不犯题的句子去打他,谁知天然生出'可以止则止'五字来紧紧扣住,再移不到别处去。况且那个'则'字最是难以挑动,'可以'两字更难形容,他只用一个'斯'字,一个'而'字,就把'可以''则'的行乐图画出,岂非传神之笔么!"左融春道:"'天地一洪炉',打个县名。但这县名是古名,并非近时县名。"章兰英道:"可是'大冶'?"融春道:"正是。"师兰言道:"这个做的好,不是这个'大'字,也不能包括'天地'两字,真是又显豁,又贴切,又落落大方。"亭亭道:"我出'橘逾淮北为枳',

---

[1] "决汝汉"——《孟子》原文的意思是"挖掘汝水、汉水这两条河流"。因为"决"字也可作判断、选择解释;"汝"古写同"女"字,也可作你字解释;"汉"字也可作丈夫解释:所以这里借用作"使女择焉"的谜底。

'橘至江北为橙',打个州名。"玉芝道:"这两句:一是《周礼》,一是《淮南子》。今日题面齐整,以此为第一。"吕祥蕚道:"妹妹道此两句,以为还出他的娘家,殊不知《淮南子》这句还从《晏子春秋》[1]而来。"蔡兰芳道:"据妹子看来:那部《晏子》也未必就是周朝之书。"魏紫樱道:"可是'果化'?"亭亭道:"正是。"掌乘珠道:"这个'化'字真做的神化。"紫云道:"既有那个渊博题面,自然该有这个绝精题里;不然,何以见其文心之巧。"钱玉英道:"我出个斗趣的:'酒鬼',打《孟子》一句。"玉蟾道:"这个倒也有趣。"邵红英道:"我打'下饮黄泉'。"玉英道:"正是。"兰言听了,把玉英、红英望了一望,叹息不止。

颜紫绡正要问他为何叹气,只见彩云同着林婉如、掌浦珠、董青钿远远走来。吕尧蕚道:"四位姐姐却到何处顽去,脸上都是红红的?"掌浦珠道:"我们先在海棠社看花,后来四个人就在花下抛球,所以把脸都使红了。"彩云道:"告诉诸位姐姐:我们不但抛球,内中还带着飞个鞋儿顽顽哩。"琼芝道:"这是甚么讲究?"彩云只是笑。婉如指着青钿道:"你问青钿姐姐就知道了。"青钿满面绯红道:"诸位姐姐可莫笑。刚才彩云姐姐抛了一个'丹凤朝阳'式子,教妹子去接,偏偏离的远,够不着,一时急了,只得用脚去接,虽然踢起,谁知力太猛了,连球带鞋都一齐飞了。"众人无不掩口而笑。紫芝道:"这鞋

---

[1]《晏子春秋》——书名,记载春秋时齐国政治家晏婴的言行故事,原是后人搜集材料编辑而成,假托是晏婴自己的著作。

飞在空中,倒可打个曲牌名。"青钿道:"好姐姐!亲姐姐!你莫骂我,快些告诉我打个甚么?"紫芝道:"你猜。"青钿道:"我猜不着。"紫芝道:"既猜不着,告诉你罢,这叫做……"

未知如何,下回分解。

## 第八十一回

### 白荒亭董女谈诗　凝翠馆兰姑设宴

话说青钿道:"我这'飞鞋'打个甚么?姐姐告诉我。"紫芝道:"只打四个字。"青钿道:"那四个字?"紫芝道:"叫做'银汉浮槎'。"题花笑道:"若这样说,青钿妹妹尊足倒是两位柁工了。"众人听着,忍不住笑。

青钿呆了一呆,因向众人道:"妹子说件奇事:一人饮食过于讲究,死后冥官罚他去变野狗嘴,教他不能吃好的。这人转世,在这狗嘴上真真熬的可怜。诸位姐姐,你想:变了狗嘴,已是难想好东西吃了,况且又是野狗嘴,每日在那野地吃的东西可想而知。好容易那狗才死了。这嘴来求冥官:不论罚变甚么都情愿,只求免了狗嘴。冥官道:'也罢!这世罚你变个猴儿屁股去!'小鬼道:'禀爷爷:但凡变过狗嘴的再变别的,那臭味最是难改,除非用些仙草搽上方能改哩。'冥官道:'且变了再讲。'不多时,小鬼带去,果然变了一个白猴儿屁股。冥官随命小鬼觅了一枝灵芝在猴儿屁股上一阵乱揉,霎时就如胭脂一般。冥官道:'他这屁股是用何物揉的?为何都变紫了?'小鬼道:'禀爷爷:是用紫芝揉的。'"紫芝道:"他要搽点青还更好哩。"题花道:"只怕还甜哩。"

青钿道:"诸位姐姐且住住笑,妹子还有一首诗念给诸位姐姐听。一人好做诗,做的又不佳。一日,因见群花齐放,偶题诗一首道:'到处嫣红娇又丽,那枝开了这枝闭。'写了两句,底下再做不出。忽一朋友走来,道:'我替你续上罢。'因提起笔来写了两句道:'此诗岂可算题花,只当区区放个屁!'"掌红珠笑道:"这两个笑话倒是极新鲜的,难为妹妹想的这样敏捷。"颜紫绡道:"这都从'银汉浮槎'两位柁工惹出来的。"

紫芝道:"青钿妹妹大约把花鞋弄脏,所以换了小缎靴了。我就出个'穿缎靴',打《孟子》一句。"素辉道:"这个题面虽别致,但《孟子》何能有这凑巧句子来配他。"姜丽楼道:"可是'足以衣帛矣'?"紫芝道:"然也。"陶秀春道:"这可谓异想天开了。"题花把青钿袖子抓两抓道:"你是穿缎靴,我是'隔靴搔痒',也打《孟子》一句。"掌红珠道:"这个题面更奇。"姚芷馨道:"此谜难道又有好句子来配他?我真不信了。"邺芳春道:"可是'不肤挠'?"题花道:"如何不是!"洛红蕖道:"这两个灯谜,并那'适蔡'、'决汝汉'之类,真可令人解颐。"紫芝道:"题花姐姐把扇子还我罢。"题花道:"我再出个'照妖镜',打《老子》一句,如打着,还你扇子。"紫芝道:"诸位姐姐莫猜,等我来。"因想一想道:"姐姐:我把你打着了,可是'其中有精'?"彩云道:"是甚么精?"紫芝接过扇子:"大约不是芙蓉精,就是海棠怪,无非花儿朵儿作耗。"廉锦枫道:"我因玉英姐姐'酒鬼'二字也想了一谜,却是吃酒器具,叫做'过山龙〔1〕',打《尔雅》一句。"阳墨香笑

---

〔1〕 过山龙——近似虹吸管一类的东西,可以把酒吸上来的一种酒具。

道:"可是'逆流而上'?"锦枫道:"正是。"

紫芝道:"今日为何并无一个《西厢》灯谜?莫非都未看过此书么?"题花道:"正是。前者我从家乡来,偶于客店壁上看见几条《西厢》灯谜,还略略记得,待我写出请教。"丫鬟送过笔砚,登时写了几个。众人围着观看,只见写着:"'厢',打《西厢》七字;'亥',打《西厢》四字;'花斗',打《西厢》十五字;'甥馆[1]',打《西厢》四字;'连元',打《西厢》八字;'秋江',打《西厢》五字;'叹比干',打《西厢》八字;'东西二京',打《西厢》三字;'一鞭残照里',打《西厢》四字;'偷香',打《孟子》三字;'易子而教之',打《孟子》四字。"题花道:"其余甚多,等我慢慢想起再写。"吕祥蓂道:"他以'厢'字打《西厢》倒也别致。"红珠道:"据我看来:这个'厢'字,若论拆字格,必是以目视床之意。"锺绣田道:"请教题花姐姐:那'花斗'二字,只怕妹子打着了。我记得《赖柬》有两句:'金莲蹴损牡丹芽,玉簪儿抓住荼蘼架。'不知可是?"春辉道:"这十五字个个跳跃而出,竟是'花斗'一副行乐图,如何不是!"苏亚兰道:"那'一鞭残照里',可是'马儿向西'?"众人齐声叫好。春辉道:"这'残照'二字,把'向西'直托出来,意思又贴切,语句又天然,真是绝精好谜。我们倒要细细打他几条。"燕紫琼道:"我记得'长亭送别'有句'眼看着衾儿枕儿',只怕那个'厢'字就打这句罢?"春辉道:"床上所设无非衾枕之类,以目视

---

[1] 甥馆——甥,指女婿;馆,住所。《孟子》:"舜尚见帝(尧),帝馆甥于贰室。"舜是尧的女婿,称"甥";所以后来就称女婿的住所为"甥馆"。

床,如何不是此句!姐姐真好心思!"陈淑媛道:"他那'亥'字,不知可是'一时半刻'?"春辉道:"姐姐是慧心人,真猜的不错。若以此谜格局而论,却是'会意'带'破损'。不但独出心裁,脱了旧套;并且斩钉截铁,字字雪亮:此等灯谜,可谓掷地有声了。"施艳春道:"那'东西二京',打的必是'古都都'。"题花道:"这个灯谜我猜了多时,总未猜着,不想却被姐姐打着,真打的有趣!"紫芝道:"春辉姐姐:他这'叹比干'是何用意?"春辉道:"按《史记》:'微子去,比干强谏;纣怒,剖比干,观其心。'以此而论,他这谜中必定有个'心'字在内,但必须得他'叹'字意思才切。"廖熙春道:"我才想了一句:'你有心争似无心好。'不知可是?"春辉道:"此句狠得'叹'字虚神;并且'争似无心好'这五个字,真是无限慷慨,可以抵得比干一篇祭文。"兰荪道:"好好一个人,怎么把心剖去倒好呢?"春辉笑道:"他若有心,只怕你我此时谈起还未必知他名字。即或意中有个比干,也不过泛常一个古人。今日之下,其所以家喻户晓,知他为忠臣烈士,名垂千古者,皆由无心而传。所以才说他'有心争似无心好'。此等灯谜,虽是游戏,但细细揣度,却含着'君子疾没世而名不称'之意,真是警励后人不少。"青钿道:"他这'偷香'二字出的别致,必定是个好的。我想这个'偷'字,无非盗窃之意,倒还易猜;第'香'为无影无形之物,却令人难想。莫非内中含着'嗅'字意思么?"素云道:"只怕是'窃闻之'。"春辉道:"这个'闻'字却从闺臣姐姐所说长人国闻鼻烟套出来的,倒也有趣。"香云道:"他这'易子而教之',大约内中含着互相为师之意。"吕尧蓂道:"今人称师为西席,又谓之西宾,只怕还含着

'宾'字在内哩。"张凤雏道："必是'迭为宾主'。"春辉道："不意这个单子竟有如此好谜，虽不如'仕而优'、'克告于君'借用之妙，也算正面出色之笔了。"紫芝道："他这'秋江'二字，我打一句'清霜净碧波'；'甥馆'二字，打'女孩儿家'；'连元'二字，打'又是一个文章魁首'。请教可有一二用得？"春辉道："这三句个个出色！即如'清霜净碧波'，不独工稳明亮，并将'秋江'神情都描写出来；至于'甥馆'打'女孩儿家'，都字字借的切当，毫不浮泛；最妙的'又是一个文章魁首'，那个'连'字直把题里的'又'字擒的飞舞而出。这几个灯谜，可与'迭为宾主'并美了。"

掌红珠道："他这单子我们猜的究竟不知可是。倘或不是也说是的，将来倒弄的以讹传讹，这又何必。好在所有几个都已猜过，题花姐姐也不必再写了，还是请教那位姐姐再出几个，岂不比这个爽快。"易紫菱道："刚才红珠姐姐所说'将错就错，以讹传讹'，妹子就用这八字，打《孟子》一句。"哀萃芳道："可是'相率而为伪者也'？"紫菱道："正是。"题花道："题里题面，个个字义无一不到，真好心思。"姜丽楼道："我出'蟾宫曲'，打个曲牌名。"董珠钿道："以曲牌打曲牌，倒也别致。"崔小莺道："可是'月儿弯'？"丽楼道："正是。"题花道："这个'曲'字借的巧极，意思亦甚活泼。"纪沉鱼道："我出'走马灯'，打《礼记》一句。"玉芝道："这有何难，无非燃灯即动之意。"蒋星辉道："妹妹何不就打'燃灯即动'呢？"郦锦春道："可是'无烛则止'？"沉鱼道："正是。"薛蘅香道："我出'农之子恒为农'，打《孟子》一句。"宝钿道："这个'恒'字，倒像世代以耕为业，永不改行的意思。"姜丽楼道："必是'耕者不变'。"众人齐声赞"好"。邹婉春道："这'耕者不变'四字，最难挑动，不意天然生出'农之子恒为农'六字，把个'不变'扣的紧紧的，此谜可谓天生地造，再无他句可以移易了。"印巧文道："我出'核'字，先打《孟子》一句，后打《论语》一句。"玉芝道："这个'核'字有何精微奥妙，要打两部书？若按字义细细推求，'核'之外有果，'核'之内有仁。"董翠钿道："我猜着了：可是'果在外'、'仁在其中矣'？"巧文道："正是。"锦云道："他虽结巴，倒会打好谜，并且说的也清爽。"廉锦枫道："我出'鸦'字，打《孟子》二句。"小春道："这个大约又是拆字格。"曰凤翾道："若要拆开，必是'爵一、齿一'。"红珠道："此谜做的简净。"宰银蟾道："我出'重庆'，打《孟子》一句。"婉如道："《孟子》上面'祖'字甚少，至于'父父子子'，又是《论语》。"掌骊珠道："必是'父子有亲'。"题花道："这个'亲'字借的有趣。"

兰言道："今日主人须早些摆席才好，我们早早吃了饭，把宝云姐姐灯看了，彼此回去也好歇息歇息。昨日足足忙了一夜，今日若再过迟，妹子先支不住了。"兰芝道："既如此，妹子也不再拿点心，就教他们早些预备。——但此时未免过早，诸位姐姐再打几个，少刻就来奉请。"谭蕙芳道："我出'其涸也可立而待也'，打个药名。"叶琼芳道："可是'无根水'？"蕙芳道："妹妹打着了。"燕紫琼道："非'无根'二字不能'立待其涸'，真是又切当，又自如。"林书香道："我出'辙环天下，卒老于行'。"秀英道："必是'尽其道而死者'。"书香点点头。颜紫绡暗暗问兰言道："姐姐为何听了这几个灯谜只管摇头？闻得姐姐精于风鉴,莫非有甚讲究么?"兰言道:"我看玉英、红英、蕙芳、琼芳、书香、秀英六位姐姐面上,都是带着不得善终之象。——那玉英姐姐即使逃得过,也不免一生独守空房。不意这些'黄泉'、'无根'、'生死'字面,恰恰都出在他们妯娌、姊妹、姑嫂六人之口,岂不可怪!"颜紫绡道:"你看咱妹子怎样?"兰言道:"姐姐骨格清奇,将来自然名登宝箓,位列仙班;到了那时,只要把妹子度脱苦海,也不枉同门一场。"颜紫绡道:"咱能成仙,真是梦话了。"兰言道:"少不得日后明白。"

红红道:"你们二位谈论甚么?妹子出个灯谜你猜:'疏影横斜水清浅[1]',打曲牌名。"掌骊珠道:"姐姐好妩润题面!"枝兰音道:"可是'梅花塘'?"红红道:"正是。"素云道:"这七个字又是'梅花塘'一个小照,真是如题发挥,一字不多,一字不少。"宰玉蟾道:"我出'不重伤,不禽二毛[2]',打古人名。"蒋月辉道:"可是'斗廉'?"玉蟾道:"正是。"紫芝道:"你当日在小瀛洲同那四员小将打仗,心里就存这个爱惜么?将来银蟾姐姐同史公子成了亲,有人感你当日'不重伤'之情,一定托他们来作伐哩。"玉蟾道:"少刻捉住你,再同你算帐。"阳墨香道:"我出'事父母几谏[3]',打个鸟名。"瑶芝道:

---

[1] "疏影横斜水清浅"——宋诗人林逋咏梅的有名诗句。
[2] "不重伤,不禽二毛"——不重伤,不使已受伤的人再受伤。禽,同擒。不禽二毛,不擒捉头上长了花白头发的人,也就是不擒捉上了年纪的敌人的意思。历史记载:春秋时,宋襄公在作战中,采用"不重伤,不禽二毛"的策略去对待他的敌人。
[3] 几谏——下对上的温和的、低声下气的劝告。

"世上那有这样孝顺鸟儿。"田凤翾道:"可是'子规'?"墨香道:"正是。"锦云道:"'事父母'三字把个'子'字扣定,'几谏'二字把个'规'字扣定,真是又贴切,又自然,可以算得鸟名谜中独步。"米兰芬道:"我出曲牌名'刮地风',打个物名。"井尧春道:"可是'拂尘'?"兰芬道:"正是。"花再芳道:"据我看来:只用'刮风'二字就可拂起尘来,何必多加'地'字,这是赘笔。"春辉道:"此谜之妙,全亏'地'字把个'尘'字扣的紧紧的。若无'地'字,凡物皆可'拂',岂能独指'拂尘'。并且还有……"玉芝道:"够了! 今日若无春辉姐姐评论,不知还听多少好谜。评论哩,也罢了,偏要添岔枝儿,甚至还牵到脚指头上去,你说教人心里可受得? 刚把脚指头闹过,紫姑太太'适蔡'也来了,题姑太太'汉子'也来了,弄这刁钻古怪的,教我一个也猜不着,你还只管说闲话。"紫芝道:"妹妹莫急,我出个容易的,包你猜着。题面是曲牌名'称人心',打个物名:'如意。'你猜!"题花道:"这谜又打物名,又打如意,倒难猜哩!"紫芝道:"吥! 我又露风了!"秦小春道:"我出'张别古[1]寄信',打两个曲牌名。"玉芝道:"我于曲牌原生,再打两个,那更难了。"崔小莺道:"可是'货郎儿'、'一封书'?"小春道:"正是。"紫芝道:"你们二位如要下棋,可先招呼我一声。"小莺道:"告诉你做甚么?"紫芝道:"我好打扫去。"闺臣道:"我

---

[1] 张别古——元人杂剧《渔樵记》中的人物,他的职业是货郎。张别古,原作张懒古。

---

出'老莱子戏彩[1]',打两个曲牌名。"秀英道:"可是'孝顺儿'、'舞霓裳'?"

只见丫鬟禀道:"酒已齐备。"毕全贞道:"今日也算鏖战了。此时既要上席,我出'鸣金[2]',打《孟子》三字。"言锦心道:"可是姐姐贵本家?"全贞点点头。众人不解。周庆覃笑道:"我晓得了,必是'使毕战'。"全贞笑道:"正是。"春辉道:"此谜不但'毕'字借的切当,就是'使'字也有神情。"兰芝道:"今日之聚,可谓极盛了,我出'高朋满座,胜友如云',打曲牌名。"众人听了,都不做声。绿云道:"他们诸位姐姐过谦,都不肯猜,我却打着了,是'集贤宾'。这才叫做对景挂画哩。"

众人起身,都到外面散步净手。兰芝让至凝翠馆,仍旧撤了十三席,摆了十二席,照昨日次序团团坐定。兰芝只得遵照旧例,把敬酒上菜一切繁文也都蠲了。酒过数巡,大家又把昨日诗稿拿出,彼此传观,七言八语,议论纷纷。

未知如何,下回分解。

----

[1] 老莱子戏彩——老莱子,故事传说中的孝子。春秋楚人,七十岁了,还穿着彩衣扮戏,让老年父母看着高兴。
[2] 鸣金——古时打仗,在收兵时,敲击铃、钟一类金属品作为信号。

## 第八十二回

### 行酒令书句飞双声　辩古文字音讹叠韵

话说众才女归席饮酒,谈起所和上官昭仪之诗,某首做的精,某句做的妙,议论纷纭。兰芝道:"诸位姐姐且莫谈诗,妹子有一言奉陈:今日奉屈过来,虽是便饭,必须尽欢畅饮,才觉有趣。拜恳诸位姐姐行一酒令,或将昨日未完之令接着顽顽,借此既可多饮几杯,彼此也不致冷淡。"史幽探道:"昨日之令,又公又普,又不费心,是最妙的。无如方才起令,就生出和韵岔头。今日宁可闲谈,断不可又接前令,设或再有岔头,岂不更觉扫兴?"哀萃芳道:"酒令虽多,但要百人全能行到,又不太促,又不过繁,何能如此凑巧?据妹子愚见:与其勉强行那俗令,倒不如就借评论诗句,说说闲话,未尝不能下酒。"

紫芝道:"妹子今日叨在主人之列,意欲抛砖引玉,出个酒令。如大家务要清谈,也不敢勉强。"师兰言道:"主人既有现成之令,无有不遵的。是何酒令?请道其详。"紫芝分付丫鬟把签桶送交兰言道:"此桶之内,共牙签一百枝,就从姐姐掣起,随便挨次掣去,将所剩末尾一签给我,以免猜疑。掣过,妹子自有道理。"兰言点头。大家掣毕,看了并无一字;只见若花拿着牙签,只管细看。紫芝隔席叫道:"若花姐姐可看明白了?请宣令罢。"众人听了,都不解何意。春辉道:"若花姐姐何不念给我们听听呢?"若花道:"他这签上写的是:

'奉求姐姐出一酒令,普席无论宾主,各饮两杯。'旁边又赘几个小字,写着:'此签倘我自己掣了,即求自己出令,所谓求人不如求己,普席也饮双杯。'若照此签看来,这令自然要我出了,岂非是个难题么。"兰言道:"今日这签所投得人,一定该有好令,以补昨日未尽之兴。姐姐只管慢慢细想,我们且饮两杯,再候出令。"

大家饮毕,若花道:"我虽想出'双声、叠韵'一令,但恐过于冷淡,必须大家公同斟酌,可行则行,如不可行,容妹子另想别令。"春辉道:"闻得时下文人墨士最尚双声、叠韵之戏,以两字同归一母,谓之双声,如'烟云'、'游云'之类;两字同归一韵,谓之叠韵,如'东风'、'融风'之类。姐姐可是此意?但怎样行法?还要宣明才好。"若花道:"此令并无深微奥妙,只消牙签四五十枝,每枝写上天文、地理、鸟兽、虫鱼、果木、花卉之类,旁边俱注两个小字,或双声,或叠韵。假如掣得天文双声,就在天文内说一双声;加系天文叠韵,就在天文内说一叠韵。说过之后,也照昨日再说一句经史子集之类,即用本字飞觞[1];或飞上一字,或飞下一字,悉听其便。以字之落处,饮酒接令;挨次轮转,通席都可行到。不知可合诸位之意?"众人道:"此令前人从未行过,不但新奇,并且又公又普,毫无偏枯,就是此令甚好。"若花道:"既如此,就将刚才所用牙签写一令签,每人各掣一枝,掣着令签之家,饮杯令酒,就从本人起令。"紫芝把令签写了,挨次掣

---

[1] 飞觞——觞,酒杯;飞觞,酒杯在各人面前飞来飞去,大家轮流吃酒的意思。下文"流觞",原是把酒杯浮在水上,流到谁的面前谁就吃酒的意思。这里借做递来递去的酒杯解释。

去,却被国瑞徵掣着。若花写了名目,放入桶内,道:"此签共二十余门,每门两枝。这是妹子创始,其中设有不妥,或增或减,临时再为斟酌。"

兰芝说:"此令固妙,但内中怎样可以多销几杯,还求姐姐设法代为生发生发,才觉热闹。"若花道:"既如此,我就添个销酒之法:此后凡流觞所飞之句,也要一个双声或一个叠韵,错者罚一杯另说。如有两个双声或两个叠韵,抑或双声而兼叠韵,接令之家,或说一笑话,或行一酒令,或唱一小曲,均无不可;普席各饮一杯。如再多者,普席双杯。至于所飞之书以及古人名,俱用隋朝以前;误用本朝者,罚一杯。其书名一切仍是本人自报,省得临时又费扳谈。掣签之后,宣过题目,即将原签交给下家归桶,以杜取巧之弊;丫鬟接了,送交接令之家。如将原题记错,罚一杯另说。不准旁人露意,违者罚十巨觥。凡接令之家,俱架一筹,以便轮转易于区别。所有酒之分数,昨日已有旧例,无须再判。但昨日并无监令,今日妹子意欲添两位监令;人数既多,并又离的窎远,必须再添两位监酒,庶不致错误。"众人道:"如此更妙。就请姐姐预先派定,方无推诿。"若花道:"既承大家见委,妹子斗胆,就烦春辉、题花二位姐姐监令,宝云、兰芝二位姐姐监酒。都请各饮令酒一杯,妹子也奉陪一杯。"

国瑞徵把酒饮了,接过签筒,摇了两摇,道:"妹子有僭了。"掣了一签,高声念道:"花卉双声。"玉芝道:"昨日题花姐姐起令,是'举欣欣然有喜色',暗寓众人欢悦之意;今日姐妇是何用意呢?"瑞徵道:"我想五福寿为先,任凭怎样吉利,总莫若多寿最妙,先把这个做了

开场,自然无往不利了。适才想了'长春'二字,意欲飞一句《列子》,不知可好。说来请教:

　　　　长春　《列子》　荆之南有冥灵者,以五百岁为春。
'冥灵'叠韵,敬瑞春姐姐一杯。"

柳瑞春掣了一签,是古人名叠韵。紫芝道:"这是今日令中第一个古人,必须出类拔萃与众不同,才觉有趣。"瑞春道:"姐姐要出类拔萃的,我想自古帝王名讳,那是不敢乱用;至于大圣大贤名讳,也不敢行之酒令。除此之外,那个出类拔萃呢?"春辉道:"我也吃个令杯:今日我们所说一百个,必须前后接连不断,就如一线穿成,方觉紧凑。即如瑞徵姐姐才说了'长春'二字,瑞春姐姐所说古人名要与上文'长春'二字或成双声,或成叠韵,方准令归下手;下面接令之家,也照前例紧承上文:错者罚一杯。"众人都道"甚好"。瑞春道:"我看你们出这许多花样,只怕把令行完,还要多多吃些天王补心丹哩。好在我已想了一个古人,是最能孝母的,俗语说的'百行孝为先',大约也可做得令中第一位领袖。待妹子说来求教:

　　　　王祥[1]《张河间集》　备致嘉祥。
'备致'叠韵,敬祥冥姐姐一杯。"师兰言听了点头道:"人生在世,最要紧的莫过'忠孝节义'四字,今瑞春姐姐于游戏之中,却请出一位孝子,为令中第一位领袖,令人肃然起敬。况他当日为徐州别驾时,

----

[1] 王祥——晋人,字休征,古人称颂的孝子。后文第九十二回所说"卧冰求鱼",就是关于他的故事传说之一。

民间歌颂,都称他'温如玉,冷如冰',后关得列名宦。如此之人,我们都该恭恭敬敬立饮一杯,才不失为钦仰之意。"众人道:"此话极是。"于是都立饮一杯。

吕祥蓂掣了一签,仍是古人名叠韵。紫芝道:"姐姐这个古人必须与第一位相配才好哩。"祥蓂道:"当日韦彪言:'求忠臣必于孝子之门。'上首既有孝子,此时必须请出一位忠臣,方觉连贯。但要'七阳'之韵始与上文相连,何能如此之巧。"饮毕令杯道:"有了:

张良　屈原《九歌》　吉日兮辰良。

'吉日'叠韵,敬良箴姐姐一杯。"兰芝道:"按《史记》:张良五世相韩;及韩亡,他欲为韩报仇,曾以铁椎击始皇于博浪沙中,误中副车。其仇虽未能报,但如此孤忠,也可与王祥苦孝相匹。诸位姐姐似乎也该饮一杯了。"兰言道:"张良于韩国已亡之后,犹且丹心耿耿,志在报仇,彼时虽未遇害,但他一片不忘君恩之心,也就是奋不顾身。如此忠良,自应也照前例为是。"于是都立饮一杯。

宋良箴掣了一签,是列女名双声。小春道:"这是点到我们众人本题了,或好或丑,全仗姐姐飞的这句,不可弄出一群夜叉才好哩。"良箴道:"妹妹如吃一杯,我就飞个绝好句子。"小春把酒饮了。良箴道:

"姬姜　《鲍参军集》　东都妙姬,南国丽人。

'东都,双声,敬丽辉姐姐一杯。"小春道:"请教令官:诸如'东都妙姬,南国丽人'之类,还是飞一句好呢,两句好呢?"若花道:"若按正理,自应飞一句为是。但眼前常见之书则可;若非常见之书,必须多赘一句,才能明白。与其令人时刻请教上下文,何不随咀多带几字,岂不省了许多唇舌。"

兰芝道:"请教姐姐:即如上手用过之书,下手可准再用?"若花道:"主人之意若何?"兰芝道:"据妹子愚见:凡上家用过之书,一概不准再用,误用的罚两杯另飞。况花木、鸟兽、虫鱼等类,惟《诗经》、《尔雅》、《方言》〔1〕、《释名》〔2〕最多,若都用此书,不但毫无趣味,并且这几部书句子最短,大约至多不过四五字,何能有两个双声叠韵。姐姐替我所定销酒之法,岂非有名无实么?"花再芳道:"若据主人所言,我们百人自然要百部书了。不瞒姐姐说:妹子腹中除了十几部经书并《史记》、《汉书》及几部眼面前子书,还有几部文集,共总凑起来,不满三十种。你要一百部,岂非苦人所难么?"闵兰荪道:"妹子腹中连二十种还不足。"毕全贞道:"妹子不但并未读过百部,若认真看过百部,我也赌个誓。但书多寡不等,如《左传》、《礼记》每部有一二十万言之多;如今连多带少,每部只算类如《毛诗》一部,一年如能读得五部《毛诗》,也算极等聪明。若细细核算,这一百部书也须二十年方能读完。妹子今年十六岁,即使过了三朝就去读书,还得再读四年,大约过了二十岁就好奉陪行此酒令了。"兰芝道:"妹子恐大家都飞一样书未免无趣,妄发此论,取其多飞几种书,既可多销几杯

----

〔1〕《方言》——书名,是一部解释名物、地域、言语异同的书。汉扬雄作,晋郭璞注。据传实是汉人所著而假托扬雄名字的。
〔2〕《释名》——书名,是一部研究事物命名原由的书。也叫《逸雅》,汉代刘熙作。

酒,又觉好看。今三位姐姐既不情愿,何敢勉强。"

紫芝道:"你们三位可晓得这个才女的'才'字怎讲?若一百人连百部书也凑不起来,那还称得甚么才女!此时若不定了规例,设或所飞都在十数种书上,日后传扬出去,岂不是个笑话么!况且各人所读之书不同,别人又焉能把你所读之书恰恰都飞去呢?"再芳道:"姐姐不知:此中有五件难处。"紫芝道:"为何有五件难处?"再芳道:"即如所报花鸟等名,要他生成双声叠韵,这是第一难,不必说了。并且所飞之句,又要从那花鸟等名之内飞出一字,岂非第二难么?而所报花鸟等名,又要紧承上文,或归一母,或在一韵,岂非第三难么?这些虽难,还可勉强敷衍;就只最难招架的,所飞句内要有双声叠韵。你想:古人书上那里能像《诗经》巧巧都有'窈窕、辗转、参差、优游'之类?句内若无此等字面,随你想出一万句也不中用。再要加上百部书,岂不难而又难么?"兰言道:"妹子有个调停之法:此令主人既已定了,以后如有误用前书的,外罚两杯,即算交卷,不必另飞,何如?"众人道:"如此甚妙。"

小春道:"既如此,必须一一登记才能了然。这个差使教谁办呢?"紫芝道:"宝云姐姐的丫鬟玉儿,写的也好,记性也好,教他写罢。"兰芝把前面几句写了,交给玉儿,就在帘旁茶几设了笔砚。小春道:"你姓甚么?今年十几岁?"玉儿道:"我姓王,十三岁了。"小春道:"宝云姐姐替丫鬟起名字也这样俭省。"宝云道:"为何俭省?"小春道:"你把他的姓上只添了小小一点就算名字,还不省么?"

丽辉道:"我才掣了鸟名双声交卷了:

鸳鸯　师旷《禽经》　鸳鸯元鸟爱其类。
本题双声,敬芳芝姐姐一杯。"

孟芳芝掣了天文叠韵。若花道:"这个题目甚宽。据我愚见:不但'天田、常陈'这些星名不可用,就是'东风、夜月'那些浮泛的也都避了,才不过泛。"紫芝道:"姐姐此话甚是。若用浮泛的,莫讲别的,单风月两门,就要写一大篇了。"芳芝饮了令杯道:

"月窟　《淮南子》　是以月虚而鱼脑减。
'是以'叠韵,'以月'双声,敬玉英姐姐一杯,普席各饮一杯。"若花道:"此令轮到主人,普席自然要发利市了。"

董青钿道:"此句如果说的不错,不但我们都有酒,并且玉英姐姐还要说笑话。但细细推求:'是'系去声,'以'系上声。只怕芳芝姐姐说错,要罚一杯哩。"春辉笑道:"多时未见妹妹说话,此刻才开口就有酒吃,倒也有趣。你说'是以'二字上去不分,固然讲的不差;无如沈约韵书'是'字归在'四纸',恰恰是个叠韵。若以今时语言而论,似乎上去不分;若照前人韵书,芳芝姐姐倒像说的不错。只好奉屈妹妹饮了罚酒,再看韵书。"青钿道:"妹子如果错罚,自然该吃罚酒。但这'是'字要读成'使'字,将来都不叫'是非',只好叫作'使非'了。安有此理!"紫芝道:"我劝大家行令罢,莫说濛话了。"青钿道:"这个'濛'字又是何意?"紫芝道:"古人读梦为濛,我劝你们莫说濛话,就是莫说梦话。"小春道:"凡说话全要直截了当,霜霜快快,今诸位姐姐所说之话,只图讲究古音,总是转弯磨禄,令人茫然费解,何妨霜霜快快的说哩。"锦云笑道:"小春姐姐把'爽爽快快'读做'霜霜快快'，把'转弯磨角'读做'转弯磨禄'，满口都是古音，他还说人讲究古音。据我愚见：大家说的使古音也罢，不使古音也罢，且把'使'字查明再讲。"婉如道："这是西方老先生到了。"青钿道："即如锦云姐姐所说'使古音也罢，不使古音也罢'，他把'是'字忽然改做'使'字，请教诸位姐姐：若非预先讲论'是'字，谁又懂他这话呢？"春辉道："此时说也无用，少刻把书看过，自然明白。"说话间，宝云已命丫鬟把沈约《四声类谱》[1]取来，青钿展开细细看过，只得勉强饮了罚酒道："只顾替玉英姐姐争论，那知倒罚一杯。请说笑话罢，不要带累我了！"小春道："这是今日令中第一个笑话，就如戏中的'加官[2]'一样。玉英姐姐先把加官跳了，我们好一出一出慢慢的唱。"钱玉英道："适因'加官'二字，我倒想起一个笑话。"

未知如何，下回分解。

---

[1] 沈约《四声类谱》——沈约，南北朝梁人，曾在宋、齐、梁各朝做官。著有《晋书》、《宋书》等书。又撰《四声谱》，分字为平、上、去、入四声，使声韵学发生一大变化。沈是武康人，武康属湖州管辖，后文"湖州老儿"，也就是指的他。

[2] 加官——从前演戏开场时，照例由一人戴着面具，红袍手笏，拿着"天官赐福"、"指日高升"一类吉祥字眼的条幅道具，在场上跳几转，叫做"跳加官"。

## 第八十三回

### 说大书佐酒为欢　　唱小曲飞觞作乐

话说玉英道："适因小春姐姐谈论跳加官,倒想起一个笑话。并且'加官'二字也甚吉利,把他做个话头,即或不甚发笑,就算老师加官进爵之兆,也未尝不妙。——一人最喜奉承,凡事总要人赞好方才欢喜。这日请客做戏,偏偏戏甚平常,并无一人赞好。到晚戏散,与客闲谈道:'今日之戏如何?'客人只得勉强答道:'做的甚好。'此人又问道:'究竟那几出做的好?'客人见问,思忖多时道:'加官跳的好。'"众人不觉好笑。兰言道："这就如请教人看文,那人不赞文好,只说书法好,都是一个意思。"

玉英掣了鸟名叠韵道：

"商羊　刘向《说苑》　百羊之皮,不如一狐之腋。

'之皮'叠韵,敬融春姐姐一杯。"

左融春掣了官名双声道："请教若花姐姐:这个官名还是要用古名,要用时名呢?"若花道："据我愚见:不论古名时名,总以明白显豁、雅俗共赏,那才有趣。即如花鸟之类,按着古书,别名甚多,若说出来,与其令人不懂,又要讲说破解,何妨说个明白的,岂不省了许多唇舌。"融春连连点头道：

"士师　桓宽《盐铁论》　有司思师望之计。

‘司思’双声而兼叠韵,‘思师’叠韵,敬紫琼姐姐双杯,笑话一个,普席双杯。"燕紫琼道:"紫芝妹妹替我说个笑话,我格外多饮两杯,何如?"紫芝道:"妹子自然代劳。"绿云道:"紫芝妹妹向来说的大书[1]最好,并且还有宝儿教的小曲儿,紫琼姐姐既饮两杯,何不点他这个?"紫芝道:"如果普席肯饮双杯,我就说段大书。"众人道:"如此极妙,我们就饮两杯。"丫鬟把酒斟了。

紫芝取出一块醒木道:"妹子大书甚多,如今先将'子路从而后'至'见其二子焉'这段书说给大家听听。"于是把醒木朝桌上一拍,道:"列位压静,听在下且把此书的两句题纲念来:遇穷时师生错路,情殷处父子留宾。"又把醒木一拍,道:"只为从师济世,谁知反宿田家。半生碌碌走天涯,到此一齐放下。鸡黍殷勤款洽,主宾情意堪嘉。山中此夕莫嗟讶,师弟睽违永夜。"又把醒木一拍,道:"话说那子路在楚、蔡地方,被长沮、桀溺抢白了一番,心中闷闷不乐。迤逦行来,见那道旁也有耕田的,锄草的,老的老,少的少,触动他一片济世的心肠,脚步儿便走得迟了。抬起头来,不见了夫子的车辆。正在慌张之际,只见那道旁来了一位老者:头戴范阳毡帽,身穿蓝布道袍,手中拿着拄杖,杖上挂着锄草的家伙。子路便问道:'老丈:你可见我的夫子么?'那老者定睛把子路上下一看道:'客官,我看你:肩不能挑,手不能提,识不得芝麻,辨不得菽豆。谁是你的夫子!'老者说了

---

[1] 说大书——一个人说故事,不用乐器,只用一块醒木。所说故事的取材以《水浒》、《三国演义》等小说为主。

几句,把杖来插在一边,取了家伙,自去耘田去了。"又把醒木一拍,道:"列位!大凡遇见年高有德之人,须当钦敬。所以信陵君为侯生执辔[1],张子房为圯上老人纳履[2],后来兴王定霸,做出许多事业。那子路毕竟是圣门高弟、有些识见的人,听了老丈言语,他就叉手[3]躬身站在一旁。那老者耘田起来,对着子路说:'客官:你看天色晚下来了,舍间离此不远,何不草榻一宵?'子路说:'怎好打搅!'于是老者在前,子路随后,径至门首,逊至中堂;宰起鸡来,煮起饭来;唤出他两个儿子,兄先弟后,彬彬有礼,见了子路。唉!可怜子路半世在江湖上行走,受了人家许多怠慢,今日肴馔虽然不丰,却也殷勤款待,十分尽礼,不免饱餐一顿,蒙被而卧。正是:'山林惟识天伦乐,廊庙空怀济世忧。'毕竟那老者姓甚名谁?夫子见与不见?下文交代。"众人听了一齐赞"好",把酒饮了。

紫琼掣了虫名叠韵道:"请教令官:即如上文'士师'二字所飞之句,可准本题'士师'接连在内?"若花道:"二字连用,未尝不可;但飞觞之时,只能算得本题双声交令,不能格外普席敬酒。"兰芝道:"若

---

[1] 信陵君为侯生执辔——信陵君,战国时魏贵族,名无忌,信陵君是他的封号;侯生,指侯嬴,魏都大梁看守东门的一个打更的人。故事传说:无忌听说侯嬴是贤士,亲自驾车把侯嬴迎接到家里,当作贵客看待。后来因为侯嬴的谋略,完成却秦救赵计划,信陵君的地位声誉,大为增高。

[2] 张子房为圯上老人纳履——张子房,汉代人,名良;圯上,桥上。故事传说:张良游下邳,在桥上遇见一位老人,鞋掉在桥下,要他去取;张良取来,给老人穿上。老人后来传给他一部兵书。他熟读了这部兵书,帮助刘邦战胜项羽,成为汉代开国功臣。

[3] 叉手——拱手。

飞本题都无普席之酒,那还好么?"若花道:"即如句内有了本题双声,再加别的双声,虽系两个双声,原当普席敬酒;但究有本题在内,若不区别,谁肯另想新奇句子,酒反少了。总而言之:虽如此定例,至接令之家,如有情愿替主人敬酒,或说笑话,或行小令,普席仍饮一杯,并不拘定,也可随便销酒了。"紫琼把酒饮毕道:

"蟢子 刘勰《新论》 野人昼见蟢子者。

本题叠韵,敬凤翾姐姐一杯。"玉芝道:"请教姐姐:野人见了蟢子怎样呢?"紫琼正要回答,田凤翾道:"下句是'以为有喜乐之瑞'。"玉芝道:'怪不得今人见了蟢子也有此论,大约当日命名就是此意。此虫按《诗经》、《尔雅》叫做甚么?"凤翾道:"《毛诗》'蟏蛸在户',就是此虫。相传当年有母子离别日久,其母正在想子,忽见蟏蛸垂丝落在身上,不觉喜道:'莫非我子要回来么。'后竟果然。所以叫做喜子。"玉芝道:"既有喜子,可有喜母?"凤翾道:"闻得此虫又名喜母,就如喜子一个意思。"玉芝道:"这还罢了。若只有喜子,并无喜母,未免对不住父母了。"

凤翾掣了药名双声道:

"豨莶[1] 王符《潜夫论》 西方之众有逐豨者。

'之众'双声,敬熙春姐姐一杯。"

廖熙春掣了一签,高声念道:"水族叠韵。"春辉道:"水族之内,如鯆鱼、鳛鱼、鰷鱼、银鱼之类,都是双声,若照这样,未免过宽。据妹

--------
〔1〕 豨(xī)莶(xiān)——菊科,一年生草,叶可入药。
--------

子愚见：凡说鱼名，必须避了鱼字，才不重复。"熙春道："既不准'鱼'字露面，只好借重驼碑的交卷了：

    赑屃　左思《吴都赋》　巨鳌赑屃，首冠灵山。

本题叠韵，敬琼芝姐姐一杯。"紫芝道："好好的行令，怎么忽然把祝大姐夫请出来？"题花道："你去问问他，他的夫人还会说大书哩。"

  兰芝趁便让了一阵菜，又命丫鬟上了一道点心。兰言道："主人让酒让菜这些旧套，必须蠲了才好。况且昨日叨扰宝云姐姐，既无一人做假，无不尽欢，无不尽量；我们日亲日近，安有今日倒来做假之理。妹子饮个令杯：此后席中如有做假的，罚两杯；主人如再过于让菜，也罚两杯。行令的只管行令，用酒用菜的只管用酒用菜，各随其便，彼此才觉适意。并且今日所行之令，一经令到跟前，全要细心，并非粗心浮气所能行的；若再彼此逊让，不独分心耽搁好令，就是过于拘束，亦甚无趣。"众人道："所论极是。以后如有误犯的，无论主客均照此例。"

  琼芝掣了兽名叠韵道：

    "獬豸[1]　范蔚宗《后汉书》　獬豸，神羊也。

本题叠韵，'羊也'双声，敬浦珠姐姐一杯。"玉芝道："妹子闻得东方朔把獬豸叫做'任法兽'，这是何意？"兰言道："因他能别曲直，所以皋陶[2]治狱，凡罪疑者，俱令獬豸触之。古有'獬豸冠'，取义于

---

[1] 獬（xiè）豸（zhì）——古代传说中的一种独角兽。
[2] 皋陶（yáo）——虞舜的臣子，历史记载上法律和监狱制度的创始人。

此。——我们只顾闲谈,岂不耽搁浦珠姐姐笑话么。"

掌浦珠道:"紫芝妹妹:你替我唱个小曲,我也多饮两杯。"紫芝道:"小曲虽有,但众姐妹今日聚后,闻得都有告假回府之意。我想我们百人自从赴宴相聚以来,内中结拜的不一而足;即以妹子而论,除了我家七个姐妹,其余八九十位,倒有多半同我结为异姓姐妹。将来别后,不知今生可能再见。那昭明太子[1]说的:'叹分飞之有处,嗟会面以无期。'细想起来,能不令人心酸!"说着,不觉滴下泪来。众人听了,也都触动离怀,个个伤感。青钿道:"别后究竟怎样呢?"紫芝道:"惟有想他们再来。"青钿道:"你想他,他不来呢?"紫芝道:"他不来,我自然要恨了。我这小曲就是这个意思。"因唱道:

"又是想来又是恨,想你恨你都是一样的心。我想你,想你不来反成恨;我恨你,恨你不来越想的恨。想你是当初,恨你是如今。我想你,你不想我,我可恨不恨?若是你想我,我不想你,你可恨不恨?"

小春道:"婉如姐姐是个有名的'恨人',这个小曲许多'恨'字,倒与他对路。小曲唱过,我们都饮一杯,请接令罢。"

浦珠掣了昆虫双声。兰芝道:"姐姐也要替我敬一杯哩。"春辉道:"这个题目最窄,浦珠妹妹虽受主人之托,只怕所飞之句还难得凑巧哩。不知妹妹要用何名?"掌浦珠道:"要承上文,惟'蜘蛛'二字

---

[1] 昭明太子——南北朝萧衍(梁武帝)的长子,名统,昭明是他的谥号,历史上著名的文学家。

最好。"春辉道:"若用蜘蛛,其飞觞之句,莫若《西京杂记》'蜘蛛结而百事喜'最妙了。"浦珠道:"妹子适才也曾想到。因受主人之托,意欲想个双声叠韵俱全的才觉有趣。"把酒饮毕,想一想道:"有了:

　　蜘蛛　《关尹子》　圣人师蜘蛛,立网罟。
'师蜘'叠韵,'蜘蛛'双声,敬玉芝妹妹一杯,普席一杯。"

玉芝一心只想早早接令,惟恐过迟容易题目被人说了,难以交卷;正在盼望,恰好这个蛛字巧巧轮到,不觉满心欢喜。要过签桶,摇了两摇,口中祝道:"签神!签神!弟子素与韵学生疏,务必赐个容易题目,免的教我劳神!"掣了一枝列女名叠韵,念过题目,把签交给下家归桶。

青钿道:"有令在先:凡接令之家,遇见双声而兼叠韵,俱要说个笑话,且请妹妹把笑话说了再讲下文。"玉芝道:"这更难住我了。我自从掣了题目,见上面注着双声叠韵,是头一件心事;所报各名,又要记着上文,是第二件心事;飞觞之句,要将所报各名飞出一字,是第三件心事;所飞句内,又要凑成双声叠韵,是第四件心事;所用之书,又不准重复,是第五件心事。此刻记了这个,忘了那个;及至想起那个,又忘了这个;真是心绪如麻,何能再说笑话?诸位姐姐让我吃一杯,算我说过,免了罢!"春辉道:"若花姐姐有令在先:凡说本题双声叠韵,只算交卷,不在普席敬酒之例。今浦珠姐姐所说之句,内有蜘蛛本题双声,如何接令之家又说笑话,普席又要敬酒?刚才姐姐自己接令,业已误饮两杯,托人唱曲,此刻我们何能被你错呢?"浦珠想了一想,不觉笑道:"只顾要替主人敬酒,自己倒受罚了。"青钿道:"玉芝妹妹为何只管发呆？还不接令么？"玉芝道："左思右想，总无一个好笑话。好姐姐！我吃一杯，你替我说罢！"青钿笑道："怪不得发呆，原来还想笑话哩。我看你只怕有些痴了！难道大家的话你没听见么？"玉芝道："妹子一心想笑话，你们七言八语，那里还敢理会，实实不曾听得。"青钿道："这才是'心不在焉，听而不闻'哩。大家免了你的笑话，快接令罢。"玉芝道："姐姐莫非骗我么？"青钿笑道："你只管接令。如有人叫你说笑话，罚我十巨觥。难道还不放心么？"

玉芝听了，不觉满心欢喜。正要朝下接令，因耽搁多时，只顾注意笑话，倒把题目忘了；偏偏牙签业已归桶，不由暗暗发急。猛然想道："我记得刚才所制，倒像是古人名。不知可是，且去碰他一碰。我用'伊尹[1]'。"春辉道："错了，罚一杯。如有露意的，有令在先，要罚十巨觥哩。"玉芝道："难道'伊尹'不是双声么？"春辉道："若不是双声，岂止罚一杯！"玉芝道："共工[2]、逢蒙[3]呢？"春辉道："不是。共三杯了。"玉芝道："既非古人，我把天文、地理再搜寻几个。如说的对了，你就回我是的；设或不是，你莫答应，我就明白；不必只管不是、不是，令人听着讨厌。我用天文：穹窿[4]、河汉[5]、玉烛、

---

[1] 伊尹——商汤时的开国功臣，历史记载上著名的政治家。
[2] 共工——古代神话中的人物。参看第九十八回注。
[3] 逢蒙——古代会射箭的人。
[4] 穹窿——天的代名，指中间高、四面低的样子。
[5] 河汉——天河。

霹雳、列缺〔1〕、招摇、鹑首、媭訾〔2〕、星象;时令:清明、处暑;地理:原野、长川;地名:幽州、空桐。——可有想头?"春辉道:"无想头!共十八杯了。"玉芝道:"天文、地理既不是,我到百官找找去。"

未知如何,下回分解。

---

〔1〕 列缺——闪电。
〔2〕 招摇、鹑首、媭(jū)訾——都是星名。

第八十四回

## 逞豪兴朗吟妙句　　发婆心敬诵真经

话说玉芝道:"我用官名:少师、正詹、治中、检校、知州;身体:眉目、股肱、膀胱、指掌、喑哑、胡须、毫毛。——可有意思?"春辉道:"无意思。共三十杯了。"玉芝道:"好在不过二十几门,我就吃一坛,也不怕飞上天去! 我用音乐:鼖鼓[1]、箫韶[2];文具:金简[3]、玉砚;戏具:高竿[4]、呼卢[5];财宝:玉印、金玦[6];器物:便面[7]、茶船[8];服饰:钗钏、香囊;舟车:桴筏[9]、玉舆;百谷:蜀黍、黄粱;蔬菜:金针、荼风[10];饮食:馄饨、糟糕。——可好?"春辉道:"不好。共五十杯了。"玉芝道:"真要糟糕了! 我用花果:菡萏、苜蓿、黄杨、

---

〔1〕鼖(gāo)鼓——古代一种大鼓,敲此鼓作为劳动和休息的信号。
〔2〕箫韶——舜时音乐。
〔3〕金简——镶金的竹片,古代贵族随身携带纪事用的。
〔4〕高竿——一种杂技的名称:竖立长竿,人爬到竿上做种种惊险动作。汉代就有了,那时叫做"上唐梯"。现在的杂技团还有近似这种的表演。
〔5〕呼卢——古代一种掷骰的游戏。这种游戏中,有卢有雉,以五卢为最胜。卢,就是狗。掷的时候嘴里叫着"卢",所以谓之呼卢。参看第九十回注。
〔6〕金玦(jué)——镶金的玉佩,像环而有缺口。
〔7〕便面——团扇。团扇可以遮住脸,有避免和人见面的便利,所以叫做便面。
〔8〕茶船——狭长如船的一种茶托。
〔9〕桴筏——用竹子或木头编成在水上使用的交通工具,大的叫筏,小的叫桴。
〔10〕荼(dōng)风——广东地方出产的一种菜。

扶苏、花红、林檎、橄榄、毛桃、诸蔗[1]、圆眼;药名:芎䓖、漏卢、阿魏、姜黄、血竭、槐花、良姜、茵陈、五味、豆蔻。——可用得?"春辉道:"对曰:'否!'共七十杯了。"玉芝道:"怎么今日忽然钻进'迷魂阵'了?"青钿道:"据我看来:左一杯,右一杯,只怕还是'酉水阵'哩。"玉芝道:"我用禽名:青雀、金鸡、灰鹤、鱼鹰、野鸭、鸐雉[2]、流离[3]、荆鸠[4]、鸺鹠[5]、鶭鹲[6];兽名:橐驼、夷由[7]、於菟[8];水族:虾蟆、蟾蜍、鲮鲤[9]、玉蚾[10];虫名:螳蜋、蛱蝶、青蜓、蟋蟀、果蠃、蜉蝣、蜣蜋、蛞蠣[11]、螟蛉、耀夜[12]。——何如?"春辉道:"得罪!共九十七杯了!"紫芝道:"各门你都想到,单这一门想不到,却也奇怪。"春辉道:"你口中露意,也想酒吃了。"芸芝趁春辉同紫芝讲话,忙向玉芝轻轻说了一句。玉芝道:"春辉姐姐听了,

--------

[1] 诸蔗——甘蔗。
[2] 鸐(zhuó)雉——白雉。野鸡的一种,色白,会斗。
[3] 流离——猫头鹰的别名。
[4] 荆鸠——身体较小的一种鸠的名字。
[5] 鸺鹠——身体较小的一种猫头鹰的名字。叫起来声音像"休留休留"一样的连转。
[6] 鶭鹲——小鸟。一名巧妇,也叫黄脰鸟。做的窠大如鸡蛋,非常精密。
[7] 夷由——鼯鼠,和松鼠差不多。两尺多长,有钩爪和飞膜,很像蝙蝠。褐毛长尾,在树洞里作窠,昼伏夜出。
[8] 於(wū)菟——老虎的别名。
[9] 鲮鲤——就是穿山甲。有三尺多长,遍身角质鳞甲,脚爪宜于穿洞。
[10] 玉蚾——就是玉珧,也叫江瑶。海里的一种软体动物,壳薄而大。食品中的江瑶柱就是玉珧的肉柱。
[11] 蛞蠣——就是子子。
[12] 耀夜——就是萤火虫。

我用列女：瑶英〔1〕、骊姬、文君、扶都〔2〕、庄姜〔3〕，……"正念的顺口，只听春辉叫道："有了，不必念了。"玉芝道："那个是的？"春辉道："扶都、庄姜都对本题。"玉芝道："既是列女，为何单这两个切题，别的又不对呢？"若花道："上文是'蜘蛛'二字，你把承上这个规例怎么忽然忘了？"玉芝听了，这才明白。

春辉道："如今玉芝妹妹恰恰共罚一百杯，不但他自己不能全饮，就是他府上七位姐姐也不能代如许之多，必须大家公议，替他设法销去若干，自饮若干，然后好接前令。"玉芝道："既承姐姐美意，我倒有个善处之法：今日难得连主带客共计一百人，这一百杯酒好在不多不少，每位只消代我一杯就完了。"青钿道："你们听：好自在话儿！若不认真罚几杯，少刻都要乱令了！并且所有几个双声叠韵都被你随嘴说的干干净净，少刻别人掣签，又不能抄你旧卷，要费人许多神思，更觉可恨，如何轻轻放了你！"因向众人道："他这罚酒，妹子出个主意：此刻且将罚酒暂停，先把'庄姜'流觞句子教他飞出；所飞之句，只准四字。其四字之内，如有三个双声或三个叠韵一气接连不断，即将此酒请宝云姐姐出个飞觞之令，都替他飞出去。倘不如式，自饮十杯，其余九十杯，就以'庄姜'二字要在一部书上教他飞出。诸位姐姐以为何如？"

---

〔1〕瑶英——姓薛，唐元载的宠妾。
〔2〕扶都——主癸的妃子，商汤的母亲。
〔3〕庄姜——春秋时卫庄公的夫人，美而无子。

兰言道:"若以正理而论,凡双声叠韵,必须两字方能凑成一个;今四个字内要他三个双声叠韵,这是打马吊推般出色算法,未免苦他所难了。古来只有'溪西鸡齐啼'五个字内含着四个叠韵,这是自古少有的;今又限他要在'庄姜'二字之内飞觞,较之'溪西鸡齐啼',岂非更是难中之难么?"琼芝道:"既如此,何不就请青钿妹妹说个样子呢?"青钿道:"'溪西鸡齐啼'就是样子,何必再说。"史幽探道:"据我愚见:只要四字之内,恰恰凑成两个,也就罢了,何苦定要三个。况句中又要或'庄'或'姜'在内,就是两个也就尽够一想了。"青钿道:"一百杯罚酒,若不给他一个难题目,就是大家心里也不服,少刻别人倘或受罚,都要以此为例了。"秦小春道:"我用一百'秦'字在一部书上替他飞出,何如?"青钿道:"'秦'字不算。"兰言道:"据我调停,不必定限四字,就是六七字也未为不可。"

玉芝道:"姐姐莫要劝他,你越劝,他越得意了。天下既有'溪西鸡齐啼'五个字内含着四个叠韵,难道就无四个字内含着三个双声么。"一面说着,举起杯来连饮两杯,道:"必须多饮几杯活活机才想的出哩。"又命丫鬟掛两杯饮了,不觉笑道:"我今日要学李太白斗酒百篇[1]了。"掌红珠道:"这位李太白不知何时人,向来却未听见过。"玉芝道:"难道'自称臣是酒中仙'这句也未听过么?"吕尧蓂道:"这玉芝妹妹只怕要疯了,他的话越说越教人不解。"

---

[1] 李太白斗酒百篇——李白,字太白。下文说"不知何时人",参看第十九回"再过几十年,九公就看见了"句注。"太白斗酒诗百篇"和"自称臣是酒中仙",都是杜甫《饮中八仙歌》这一首诗里面称赞李白的句子。

---

玉芝忽叫道："诸位姐姐暂止喧哗，酒仙交卷了：

　　庄姜　《中庸》　齐庄中正。

'齐庄'双声，'庄中'双声，'中正'双声，敬凤雏姐姐一杯，请教笑话一个，普席各饮双杯。"众人齐声赞道："这句果然飞的有趣！难得四个字巧巧生在一母。今日大家飞觞之句，以此为最了。"

张凤雏道："妹子因昨日绿云姐姐央求众人写扇子，偶然想起一个笑话：一人夏日去看朋友，走到朋友家里，只见朋友手中拿着一把扇子，面前却跪着一人在那里央求。朋友拿着扇子只管摇头，似有不肯之状。此人看见这个样子，只当朋友素日书法甚佳，不肯轻易落笔，所以那人再三跪求，仍不肯写。此人看不过意，因上前劝道：'他既如此跪求，你就替他写写，这有何妨。'只见地下跪着那人连连喊道：'你会意错了！我并非求他写，我是求他莫写。'"说的众人不觉好笑。兰言道："世人往往自以为是，自夸其能，别人看着，口里虽然称赞，心里却是厌烦，他自己那里晓得。这个笑话虽是斗趣，若教愚而好自用的听了，却是当头一棒，真可猛然唤醒。人能把这笑话存在胸中，凡事虚心，所行之事，自然不致贻笑于人了。"

青钿道："笑话业已说过，请宝云姐姐销这百杯酒了。"宝云道："恰好妹子素日有个心愿，此时借此把酒销去，却也有趣。但恐过于迂腐，不合大家之意。"众人道："姐姐有何心愿，只管分付，无不遵命。"宝云道："妹子幼年因父母常念膝下无子，时常忧闷，每每患病，所以暗暗许个心愿，亲自敬录一万张《觉世真经》，各处施送。此刻意欲奉送诸位姐姐一张。当日发愿之时，曾祷告神祇：有人见了此经,如能敬诵一遍的,愿他诸事如意,遇难成祥。今日奉送之后,但愿时时敬诵,自然消凶聚庆,福寿绵长。喜得大家分居各道,每位另有十张,拜恳带去替我施送。并且《真经》之后还有几行小字,是劝人敬避圣讳的。妹子因乡愚无知,往往直称圣讳,并不称'某';而于文字亦不敬避。即使有不能不用者,则'霜'字按前人韵书原可通用,似应书此,方为尊敬。尤可骇者,乡愚无知,往往以'天'字取为名号。殊不知天为至尊,人间帝王尚且称为天子,若世人为名为号,其悖谬何可胜言!又有以'君'字为名号的。要知人生世上,除天地之外,惟君父最大,今于名号既知父字宜避,而君在父上,偏又不避,不知何意。诸如此类,总要明哲君子于乡党中恺切晓喻,俾知尊敬天地君亲之道,自然同归于善了。"众人道:"如此好事,姐姐又是写就现成之物,并非教我们代写施送,怎么还说拜恳的话,未免客套了。"

兰言道:"他为父母的事,况且又是圣经,这'拜恳'二字却是不可少的,不如此也不显他慎重之意。众人因他慎重,也就不肯草草施送了。——请教怎么又能借此可以行令呢?"宝云道:"如今妹子意欲借此把这《真经》对众敬诵一遍,普席都以句之落处饮酒。假如'敬天地',顺数第三位即架一筹,周而复始。念完之后,以面前酒筹多寡,照数饮酒。虽是奉敬两杯之意,其实要借此宣扬宣扬,这就如昨日姐姐所说,无非劝人众善奉行之意。诸位姐姐以为何如?"众人道:"我们无不遵令。"兰言道:"如此好令,真是酒席筵前所未有的,妹子恭逢其盛,能不浮一大白!至于姐姐所嘱《真经》,妹子不但代为施送,并且亲自薰沐[1],也录千张施送,以为老师、师母求福一点孝心。"宝云再三称谢。

那边闵兰荪同毕全贞、花再芳三人所坐之处虽都隔席,但相离甚近,不时交耳接谈,今听宝云、兰言之话,都不觉暗暗发笑。毕全贞暗向二人道:"宝云姐姐要行此令,已是迂腐讨厌;偏偏这位兰言夫子不但并不拦阻,还要从中赞扬,你说令人恨不恨!真是轻举妄动,乱闹一阵了。"花再芳道:"兰言夫子听了宝云夫子之话,正中心怀,乐不可支,如何肯去拦阻。你只听他昨日那一片'但行好事,莫问前程'的话,也不怕人厌,刺刺不休,就知他素日行为之谬。他口口声声只是劝人做好事;要知世间好事甚多,谁有那些闲情逸志去做。——不独没工夫去做,并且也做不了许多。与其有始无终,不能时行方便,倒不如我一善不行的爽快。遇着钱上的方便,我给他一毛不拔,借此也省许多花消;遇着口上的方便,我给他如聋似哑,借此也省许多唇舌。我主意拿的老老的,你纵有通天本领,也无奈我何。行为一定如此,这是牢不可破的。"闵兰荪道:"姐姐主见之老,才情之高,妹子虽不能及,但果蒙不弃,收录门墙之下,不消耳提面命,不过略为跟着历练历练,只怕还要'青出于蓝'哩。这些行为妙算,一时也说不完,好在大家言谈都归一路,将来慢慢倒要叨教。妹子平日但凡遇见吃酒行令,最是高兴,从不畏首畏尾;刚才听了这些不入耳之言,不但兴致索然,连头都要疼了。昨日听了兰言夫子那番话,足足

---

[1] 薰沐——用香料涂在身上沐浴,表示极端恭敬。

头疼一日;今日刚觉轻松,偏遇宝云夫子又是这番话,这个头疼倒又接上了。"

宝云见众人个个遵令,满心欢喜。因命丫鬟焚了几炉好香,远远摆在香几上,随即饮了令杯,以净水漱了口,命丫鬟取了一副酒筹,一面念着,一面散筹。不多时,把《真经》念完。众丫鬟七手八脚,都在各席查看众人面前酒筹,照数斟酒。内中如闵兰荪、花再芳、毕全贞,并还有几位才女都厌烦怕听《真经》,谁知不巧,偏偏句子落在这几位座上,较多几筹。无如他们又要逞强,也不等《真经》念完,每架一筹,赶忙饮了,就去销筹。总是架一筹,干一杯。俗语说的'酒入欢肠';——他们听了此令,已是满心烦闷,勉强应酬,偏又加上几杯急酒,等到宝云念完,这几位已是东倒西歪,就要呕吐,勉强忍住。谁知花再芳因吃些肴馔荤腥之类,何能禁得一连几杯急酒。那酒吃了下去,登时就在腹中同菜争斗起来:里面地方甚小,争之许久,酒既不能容菜,菜又安肯容酒,一齐都朝外奔。再芳再三拦挡,那里拦得住。说时迟,那时快,只听哇的一声,连酒带菜吐了一地。紫芝走到那边在地下看一看道:"罪过!罪过!"一面说着,取了一双牙筋,在地下夹起一物,放在再芳口边道:"姐姐快把这个吃了,不但立时止吐,还免罪过哩。"再芳果真把嘴张开,吞了下去。紫芝顿足道:"我的姐姐!怎么并不嚼烂,还是整吞进去?少刻倘或呕出,仍是整的了。"众人道:"是个甚么,你就给他吃了?"紫芝道:"刚才我夹起的,是整整的一个虾仁儿。再芳姐姐当时大约吃的匆忙,未曾嚼烂,刚才呕出,还是一个整的;此刻他又整吞进去。"众人听罢,不觉掩鼻大笑。

紫芝放下牙箸,正要回席,只见闵兰荪拿着牙杖在那里剔牙。紫芝走近身边道:"姐姐是甚么把牙塞了,这样狠剔还剔不出?我替你剔。"把牙杖接过。闵兰荪张口仰首,紫芝朝里望一望道:"姐姐:你的牙缝甚宽,塞的东西甚大,你拿这根小小牙签去剔,岂非大海捞针么?"说罢,放下牙签,取了一双牙箸,放入口内,朝着牙缝向外狠狠一夹。

未知如何,下回分解。

## 第八十五回

### 论韵谱冷言讥沈约　　引毛诗佳句美庄姜

话说紫芝拿着牙箸在兰荪牙缝狠狠一夹才夹了出来,望了一望,朝地下一丢道:"我只当肉丝子塞在里面,原来却是整整的一个肉圆子! 宝云姐姐这个厨子,明日一定要重重赏他,难为他做的这样结实!"说的众人笑个不了。

凤雏掣了列女叠韵。玉芝道:"《诗经》极言庄姜容貌甚美,姐姐既承上文,岂可将他美貌置之不问? 倘能引出《毛诗》赞他一句,妹子格外再饮一杯。"凤雏道:"《诗经》之句原多,要与所报之名相合的,一时何能凑巧? ——也罢,我借别书略为点染一句,也就算不辱命了:

　　延娟　《陈思王集》　云髻峨峨,修眉联娟。

'峨峨'双声,'联娟'叠韵,敬华芝姐姐一杯,普席一杯。"小春道:"本题既无普席之酒,这个重字也不应普席有酒;若像这样,少刻都飞重字了。"若花道:"嗣后凡飞本题以及重字者,只算交卷,普席一概无酒。倘接令之家,情愿照常说一笑话,普席仍饮一杯。"众人道:"如此极妙。"

华芝掣了戏具双声,饮了令杯道:

　　"秋千　《陆平原集》　采千载之遗韵。

'之遗'叠韵,'遗韵'双声,敬星辉姐姐一杯,普席一杯。"兰言道:"大家飞了若干句子,惟华芝姐姐这句才归到今日酒令本题,借此点明,却是不可少的,但普席又要吃酒,未免令人接应不暇了。"兰芝趁着大家饮酒,又在那里让菜,被众人罚了一杯。

蒋星辉道:"妹子说个禅机笑话:有个和尚,道行极深,讲的禅机,远近驰名。这日有个狂士,因慕和尚之名,特来拜访。来至庵中,走到和尚面前,不意和尚稳坐禅床,并不让坐。狂士不觉怒道:'和尚既有道行,就该明礼,为何见我仍旧端坐,并不立起,是何缘故?'和尚道:'我不立起,内中有个禅机。'狂士道:'是何禅机?'和尚道:'我不立起,就是立起。'狂士听罢,即在和尚秃头上狠狠打了一掌。和尚道:'相公为何打我?'狂士道:'我也有个禅机。'和尚道:'是何禅机?'狂士道:'我打你,就是不打你。'"说的众人好笑。

星辉掣了财宝双声道:

"青钱 鲁褒《钱神论》 钱多者处前,钱少者居后。

'前钱'双声而兼叠韵,敬全贞姐姐一杯,普席一杯。"春辉道:"这句当中很可点断,普席之酒似乎可免。"毕全贞道:"既如此,我的笑话自然也免了。"兰言道:"这句'钱多处前,钱少居后',令人听了,想起世态炎凉,能无慨叹!"青钿道:"姐姐因'钱'字而叹,我因'青'字忽又想起'是以'二字真罚的委屈。试问这个'青'字同水旁'清'字有何分别?'龙'与玲珑之'珑'其音又有何异?他却分在两韵。最令人不懂的:方旁之'於'归在'六鱼',干钧之'于'归在'七虞',诸如此类,不知是何肺腑?"春辉道:"他以一身而事宋、齐、梁三朝之君,於忠之一字,已可想见,其余又何必谈他。"

全贞道:"二位姐姐暂停高论,妹子交卷了。"随手掣了人伦双声道:

"妻妾　蔡邕《月令问答》　今日御妾,何也?"
紫芝道:"他要置妾,你便怎样? 我看姐姐倒有些醋意了。"兰芝道:"人家话还未完,你停停再说罢。"全贞接着道:"'曰御'双声,敬亚兰姐姐一杯。"

苏亚兰掣了虫名双声道:"玉芝姐姐才托凤雏姐姐所飞《毛诗》之句不能凑巧,如今妹子倒可引用赞美庄姜原句了:

蜻蜓　《诗经》　领如蝤蛴。
本题双声,敬舜英姐姐一杯。"兰言道:"这句不但补足庄姜之美,并且所敬亦得其人。若是容貌稍差的,也就不配了。"舜英道:"姐姐言谈最是纯正,何苦却拿妹子开心?"兰言道:"我是言道其实,你只问问众人就知道了。"

舜英掣了戏具双声道:"青钿姐姐! 又是飞觞那个顽意到了:

气球　马融《忠经》　导之以礼乐以和其气。
'乐以'、'其气'俱双声,敬巧文姐姐一杯,普席一杯。"

印巧文道:"这都是青钿姐姐抛球带累的,不但要吃酒,还要说笑话。奉告诸位姐姐:往日妹子原喜说笑话,今日只好告罪了。"青钿道:"今日为何不说?"巧文道:"妹子并非不说,其中有个缘故。"青钿道:"是何缘故? 倒要请教。"巧文道:"既是姐姐谆谆下问,我也不得不说了。实告诉你罢:我不说,就是说。"众人听了,猛然想起禅机笑话,不觉大笑。青钿道:"诸位姐姐莫笑,且听巧文姐姐说笑话。"巧文道:"凡说笑话,原不过取其发笑;今大家既已笑了,妹子才说之话,就可算得笑话,何必再说。"兰言道:"此言并不勉强,自应接令为是。"

玉芝道:"请教令官:即如刚才妹子误说各名约有一百之多,以后别人可准再用?"春辉道:"再用的罚三杯。"玉芝道:"这还罢了。"

巧文掣了古人名双声道:

"刘伶〔1〕 《国语》 闻之伶州鸠。

'州鸠'叠韵,敬彩云姐姐一杯。"玉芝道:"此时酒仙既出来,必须奠他一奠,少刻大家才有兴哩。"于是面对戏台,恭恭敬敬福了一福,奠了三杯。小春也奠了一杯道:"刘老先生:我也不求'五斗解酲',只求你老人家保佑我莫吐,就感大情了!"

紫芝道:"此令既有二十余门之多,何必要这古人名?妹子适才约计由唐虞至前隋,按经史可考的共有二百余人,都是双声叠韵,未免过宽。必须除去这一门,方不浮泛。"闺臣道:"不但此筹可去,并且此令甚长,若慢慢行去,恐令未完,天就晚了。据妹子愚见:莫若大家依次先掣二三十签,再一总结算。应说笑话者说笑话,愿行小令者行小令。如此分个段落,不过两三次就可令完,既不耽误饮酒,又可不致夜深。不知可好?"

---

〔1〕 刘伶——晋人,好酒,曾写过一篇题名《酒德颂》的文章,称赞酒的好处。这里下文所称的"酒仙"、"刘老先生",都指的是他。"五斗解酲"是《酒德颂》里面的句子。

彩云掣了服饰双声道:"妹子就遵姐姐之命,早早交卷:

  轻裘 《墨子》 牂羊之裘,练帛之冠。

'牂羊'叠韵,敬红英姐姐一杯。"

红英掣了戏具双声道:

  "琴棋 《颜氏家训》 围棋有手谈、坐隐之名。

'有手'叠韵,敬瑶芝姐姐一杯。"井尧春道:"这样宽题,不替主人转敬,未免可惜。"燕紫琼道:"此题若轮到妹子,大约也可转敬一杯。"邵红英道:"你们二位一善琴,一善棋,腹中自然该有琴棋故典。既是如此,你们就各认一字,也飞一句书,如双声叠韵俱全,抑或两个双声,两个叠韵,我说一个笑话;设或飞句不能如式,每人各饮三杯。"尧春道:"既如此,我就有僭,先飞琴字。李延寿《北史》:'垂帘鼓琴,风韵雅远。'两个双声。"紫琼道:"邯郸淳《艺经》:'夫围棋之品有九,一曰入神。'双声叠韵俱全。请教笑话了。"

红英道:"轮我掣签飞句,只有我听人的笑话,此时反弄到自己身上,倒也别致。适才我因李延寿'李'字却想起一个笑话:有个宰相去世多年,他族中有个侄儿,每与亲朋交谈,就把'家伯'卖弄出来,意欲使人知他为宰相族侄。一日偶到杭州游玩,因见石壁题着前朝许多名士,他也写了几字道:'大丞相再从侄某尝游于此。'题毕而去。后来有个士人李某,最好诙谐,看见此字,因题其旁道:'元元皇帝[1]二十五代孙李某继游于此。'"兰言笑道:"此话虽是游戏,但

---

[1] 元元皇帝——就是玄元皇帝,也称玄玄皇帝。是唐李隆基(玄宗)给李耳上的尊号。

---

乡愚往往犯了此病,若将这话给他听了,受益不浅。"

瑶芝掣了兽名双声道:

"穷奇[1] 王弼《周易略例》 一阴一阳而无穷。
'一阴'、'阴一'、'一阳'俱双声,敬月芳姐姐一杯,普席两杯。"

褚月芳掣了药名双声道:

"红花 《谢康乐集》 含红敷之缤翻。
'含红'双声,敬萃芳姐姐一杯。"

哀萃芳掣了地名双声。春辉道:"按现在十道所辖县名,双声叠韵,约有一百,若用县名,未免过于省事,误用者罚。"萃芳道:"幸而妹子想了一个,却与这些名目不同:

中州 《离骚经》 夕揽中州之宿莽。
本题、'州之'俱双声,敬小莺姐姐一杯。"

题花道:"我饮一个令杯。以后旁令说过之书,也不准再用,至于诗句,惟闺阁之书准用,余皆不准,才不宽泛。违者罚。"

崔小莺掣了药名双声道:

"妨风 崔寔《农家谚》 日没胭脂红,无雨也有风。
'雨也'双声,'也有'双声,敬锦春姐姐一杯,普席一杯。"

郦锦春掣了身体双声道:

"肺腑 司马迁《史记》 诸侯子弟若肺腑。
本题双声,敬婉春姐姐一杯。"

---

[1] 穷奇——一种犀牛。

邹婉春掣了人伦双声道：

"祖宗　刘向《列女传》　学穷道奥，文为辞宗。
'文为'双声，敬月辉姐姐一杯。"

蒋月辉掣了药名双声道："药名虽有，就只承上甚难，这却怎好？"只听耳旁有人说道："……如此如此，岂不好么？"月辉听了，满心欢喜道：

"蜂房　《春秋佐助期》　虞舜之时，景星出房。
'之时'叠韵，敬……"一面说着，又细细数一数道："敬二姐姐一杯。"蒋秋辉笑道："这个顽的好，怎么敬到自己家里了？"青钿道："这才显得你们姐妹亲热哩。"月辉回头把题花望了一眼道："好个短命鬼！"题花把月辉一指道："好个冒失鬼！"

秋辉掣了服饰双声道：

"黼黻[1]　《金楼子》　观人以言，美于黼黻文章。
'以言'、本题俱双声，敬蕙芳姐姐一杯。"

谭蕙芳掣了舟车双声道：

"风帆　沈约《宋书》　愿乘长风破万里浪。
'乘长'双声，敬兰言姐姐一杯。"玉芝道："怎么兰言姐姐落下泪来？"兰言道："我因蕙芳姐姐所飞这个'风'字，忽然想起《韩诗外传》[2]'树欲静而风不止，子欲养而亲不待'这两句话，触动思亲之心，所以

--------

[1] 黼(fǔ)黻(fú)——古代礼服上的绣花。
[2] 《韩诗外传》——书名。汉韩婴所著。原有两部分，一名内传，一名外传；内传失传。下回中所说的韩婴《诗外传》，就是这部书。

--------

伤感。假如双亲在堂,此时蒙太后半支俸禄,再能内廷供奉,即使家寒,亦可敷衍养亲。无如'子欲养而亲不待',虽高官极品,不能一日养亲,亦有何味!这总是自己早不树立,以致亲不能待,后悔何及。"兰芝道:"姐姐只顾如此,岂不打断酒兴么?"

未知如何,下回分解。

第八十六回

## 念亲情孝女挥泪眼　谈本姓侍儿解人颐

　　话说兰芝道:"众人闻了此话,莫不落泪,岂不打断酒兴么?"闺臣道:"此事虽由那个'风'字惹出来的,但兰言姐姐这几句话,令人听了,却勉励我们不少。据我看来:无论贫富,得能孝养一日且孝养一日,得能承欢一日且承欢一日;若说等你富贵之时再去尽孝,就只怕的来不及了!"兰芝道:"好姐姐！莫伤心,接令罢。"兰言掣了人伦双声,就在桌上用酒写了一个"厶"字道:"玉儿:你可认得?"玉儿走来望一望道:"这是某处的'某'字,又读公私的'私'字。"兰言道:"你何以晓得?"玉儿道:"当日晋朝范宁注《穀梁》,曾有'某'字之说;周时韩非论仓颉,却有'私'字之义。"兰言道:"我正要把这'私'字告诉他,好写在底本上,谁知他更明白。"题花道:"这叫作'强将手下无弱兵'。请罢,玉老先生,我们认得你了!"紫芝道:"他岂但在冷字上用功,还有一肚子好笑话哩。"月芳道:"少时我饮两杯,务必代我一个。"青钿道:"我记得'……子欲养而亲不待'这两句倒像出在刘向《说苑》,怎么说是韩婴《诗外传》呢?"春辉道:"你把这两部书仔细对去,只怕有几十处都是雷同哩。"兰言道:"多谢明断。

　　　　公姑　《韩非子》　自营为厶,背厶为公。
'为厶'、'厶为'俱叠韵,敬红萸姐姐一杯。"

红蕖道:"我情愿吃两杯,这个笑话只好拜托玉姑娘了。"宝云道:"姐姐怎么称他姑娘,岂不折他寿么?"红蕖道:"这叫做'敬其主以及其使'。况他如此颖悟,下科怕不中个才女!"紫芝道:"他的笑话虽好,不知可能飞个双声叠韵?"兰芝道:"如飞的合式,诸位才女自然都要赏鉴一杯。"玉儿道:"我就照师才女'公姑'二字飞《焦氏易林》'一巢九子,同公共母'。双声叠韵俱全,敬诸位才女一杯。"紫芝道:"都已赏脸饮了,说笑话罢。设或是个老的,罚你一杯。"

玉儿道:"就以我的姓上说罢:有一家姓王,弟兄八个,求人替起名字,并求替起绰号。所起名字,还要形象不离本姓。一日,有人替他起道:第一个,王字头上加一点,名唤王主,绰号叫做'硬出头的王大';第二个,王字身旁加一点,名唤王玉,绰号叫做'偷酒壶的王二';第三个,就叫王三,绰号叫做'没良心的王三';第四个,名唤王丰,绰号叫做'扛铁枪的王四';第五个,就叫王五,绰号叫做'硬拐弯的王五';第六个,名唤王壬,绰号叫做'歪脑袋的王六';第七个,名唤王毛,绰号叫做'拖尾巴的王七';第八个,名唤王全,……"玉儿说到此处,忽向众人道:"这个'全'字本归入部,并非人字,所以王全的绰号叫做'不成人的王八'。"

月芳笑道:"这个笑话虽好,未免与你尊姓吃亏。我吃两杯,你也替说一个,我好销帐。倘能把他们昨日射鹄子说一笑话,我格外再饮一杯。"玉儿道:"既如此,我就勉强敷衍一个:有一武士射鹄,适有一人立在鹄旁闲望,惟恐箭有歪斜,所以离鹄数步之远,自谓可以无虞。不意武士之箭射的甚歪,忽将此人鼻子射破,慌忙上前陪罪,连说失错。此人用手一面掩鼻,一面说道:'此事并非你错,乃我自己之错。'武士诧异道:'我将尊鼻射破,为何倒是你错?'此人道:'我早知箭是这样射的,原该站在鹄子面前。'"

郦锦春笑道:"玉姑娘!我也只好奉烦了。"红珠道:"姐姐诗学甚精,如做一首打油诗也就算了,何必定说笑话?"玉儿道:"才女把酒干了,我就说个做诗笑话。——有一士人在旅店住宿,夜间忽听隔房有一老翁自言自语道:'又是一首。'士子忖道:'原来隔房竟是诗翁,可惜夜深不便前去请教。据他所说又是一首,可见业已做过几首了。'正在思忖,只听老翁道:'又是一首。'士子道:'转眼间就是两首,如此诗才,可谓水到渠成,手无难题了。'到了次日,急忙整衣前去相会,略道数语,即问老翁道:'闻得老丈诗学有七步之才[1],想来素日篇什必多,特来求教。'老翁诧异道:'老汉从不知诗,不知此话从何而起?'士子笑道:'老丈何必吝教?昨晚隔房,明明听见老丈顷刻就是两首,何必骗我?'老翁道:'原来尊驾会意错了。昨晚老汉偶尔破腹,睡梦中忽然遗下粪来,因未备得草纸,只得以手揩之。所谓一手一手者,并非一首诗,乃是一手屎。'"众人听了,不觉大笑。题花道:"凡做诗如果词句典雅,自然当得起个'诗'字;若信口乱言,就是老翁所说那句话了。"

红萸掣了地名双声道:

---

[1] 七步之才——故事传说:三国魏曹丕做了皇帝,对兄弟曹植很嫉视,限他在走七步路的时间内做好一首诗。曹植应声而成。后来因称做诗文敏捷的为"七步之才"。

---

"东都 《江醴陵集》[1] 帐饮东都,送客金谷。本题双声,敬亭亭姐姐一杯。"春辉道:"姐姐怎么忽然闹出江文通《别赋》? 恰恰又飞到亭亭姐姐面前,岂不令人触动离别之感'黯然销魂'么? 若要想起诸位姐姐行期,连日之聚,真是江文通说的'惟樽酒兮叙悲'了。少刻必须紫芝妹妹把将来别后大家怎样音信常通唱个小曲,略将离愁解解才好哩。"

亭亭掣了列女双声道:

"嫫母[2] 《老子》 有名万物之母。
'万物'双声,敬艳春姐姐一杯。"玉芝道:"我记得'嫫母'二字见之《史记》、《汉书》,别的书上也还有么?"亭亭道:"即如'嫫母姣而自好',见屈原《九章》;'嫫母有所美',见《淮南子》;'嫫母勃屑而自侍',见东方朔《七谏》;'嫫母倭傀,善誉者不能掩其丑',见《王谏议集》;'饰嫫母之笃陋',见《晋书·葛洪传》;'瞽者遇室,则西施与嫫母同情',见嵇康《养生论》;'使西施出帷,嫫母侍侧',见吴质书。他如古诗'若教嫫母临明镜'之类,历来引用者甚多,妹子一时何能记得。"玉芝道:"常听人说亭亭姐姐腹中渊博,我故意弄这冷题目问他

---

[1] 《江醴陵集》——江淹,字文通,南北朝文学家。曾在宋、齐、梁三朝做官。《别赋》是他有名的作品之一。下文"帐饮东都,送客金谷"和"黯然销魂"、"惟樽酒兮叙别",都是《别赋》中的句子。江曾被封为醴陵侯,所以诗文集称《江醴陵集》。神话传说:江淹老年时梦见自己把一枝五色笔还给了另一个人,从此以后,作的诗文就再没有好句子了。后文第九十一回所引用的"江郎才尽",就借用的这个神话传说。

[2] 嫫母——古代传说中相貌很丑而有贤德的女子,又说是黄帝第四个妃子。

一声,果然滔滔不断,竟说出一大篇来。"

施艳春掣了官名双声道:

"祭酒 《周礼》 酒正掌酒之政令。
'之政'双声,'政令'叠韵,敬绿云姐姐一杯。"

绿云掣了药名双声道:

"细辛 刘熙《释名》 少辛,细辛也。
本题双声,敬珠钿姐姐一杯。"

珠钿掣了时令双声道:

"小雪 《春秋·元命包》 阴气凝而为雪。
'而为'叠韵,敬红蕖姐姐一杯。"

红蕖掣了百谷双声道:

"莽麦 《尚书·大传》 过殷之墟,见麦秀之蕲蕲。
重字双声,敬幽探姐姐一杯。"

幽探掣了服饰双声道:

"布帛 《诸葛丞相集》 臣本布衣,躬耕南阳。
'本布'、'躬耕'俱双声,敬书香姐姐一杯。"

林书香掣了财宝双声道:

"宝贝 钟嵘《诗品》 陆文如披沙简金,往往见宝。
'简金'、重字俱双声,敬瑶钗姐姐一杯。"

缁瑶钗掣了地理双声道:

"瀑布 《孙廷尉集》 瀑布飞流以界道。
本题双声,敬丽娟姐姐一杯。"

丽娟掣了药名双声道：

"百部　《大戴礼》　有霸之虫,三百六十。'有霸'双声,敬尧春姐姐一杯。"

尧春掣了饮食双声道：

"玉液　史游《急就章》　有液容调。'有液'双声,'液容'双声,敬秀春姐姐一杯,普席一杯。"陶秀春道："这个'容'字,我们读做'戎'字,今姐姐说液容双声,只怕错了。"春辉道："按前人韵书,容液本归一母。若读做'戎'字,那是贵处土音,岂是尧春姐姐错哩。"

秀春道："既如此,这个笑话少时只好奉托玉姑娘了。"紫芝道："与其记在帐上,莫若你饮两杯,我替你说。"秀春把酒饮了。紫芝道："有个公冶短去见长官。长官道：'吾闻公冶长能通鸟语；你以"短"为名,有何所长？'公冶短道：'我能通兽语。'正在说话,适有犬吠之声。长官道：'你既能通兽语,可知此犬说甚么？'公冶短听之良久,不觉皱眉道：'这狗满嘴土音,教我怎懂！'"众人一齐大笑。

秀春道："怪不得教我预先吃酒,那知这短命鬼却来骂我！"随即掣了音律双声道：

"音乐　《孝经》　移风易俗,莫善于乐。'于乐'双声,敬紫云姐姐一杯。"闺臣道："据这两句圣经看来,可见人家演戏,那坏人心术之戏也不可唱。若是官长在庙宇敬神,以及父兄在家庭点戏,尤应点些忠孝节义的使人效法才是。虽系游戏陶情,其实风化攸关,岂可忽略。但人只图悦目,那里计及于此。"

第七十四回 · 打双陆嘉言述前贤 下象棋谐语谈故事

第七十六回·讲六壬花前阐妙旨 观四课槛下窃真传

第八十回·打灯虎亭中赌画扇 抛气球园内舞花鞋

第八十四回・逞豪兴朗吟妙句 发婆心敬诵真经

第八八回·借月日月姊释前嫌　逞风狂风姨泄旧忿

第九十三回·百花仙即景露禅机　众才女尽欢结酒令

第九十四回·文艳王奉命回故里 女学士思亲入仙山

第九十五回·因旧恙筵上谈医　结新交庭中舞剑

紫云掣了列女双声道:

"云英　陶潜《圣贤群辅录》　天下忠贞魏少英。
'忠贞'双声,敬淑媛姐姐一杯。"

淑媛掣了药名双声道:

"荆芥　《曹大家集》　生荆棘之榛榛。
'荆棘'、'之榛'俱双声,'生荆'叠韵,敬文锦姐姐一杯,普席两杯。"
青钿道:"且慢斟酒。我记得扬雄《反离骚》有此一句,为何说是《曹大家集》? 只怕要罚一杯。"春辉道:"那《反离骚》是'枳棘之榛榛兮',与《东征赋》'生荆棘之榛榛'却微有不同,只怕妹妹错了。"青钿道:"吪!是我记错,罚一杯。"

谢文锦道:"我不会说笑话,这个交易可有人做?"紫芝道:"你果真不会,把酒干了,我替你说。"文锦道:"莫非骗我吃酒,又是'公冶短'么?"紫芝道:"你说话又无土音,就是'公冶短'也与你无干。"文锦把酒饮了。紫芝道:"有个公冶矮去见长官。长官问其所长,原来此人乃公冶短之弟,也通兽语。正在谈论,适值驴鸣。长官道:'他说甚么?'公冶矮道:'他说他不会说笑话。'"

文锦忍不住发笑道:"我也不知他怎么编的这样快。"随手掣了舟车双声道:

"锦车　《易经》　大车以载,有攸往,无咎。
'有攸'、'往无'俱双声,敬题花姐姐一杯。多飞'无咎'二字,以为日后若花姐姐飞车回乡吉祥之兆,并非敢敬普席之酒。"兰言道:"闻得飞车出在奇肱,若花姐姐这个飞车可是此处借的?"若花道:"飞车原是奇肱土产,近来周饶得了其术,制造更精,所以家父从周饶借来的。"玉芝道:"将来我们过去送行,倒要长长见识哩。"

题花掣了服饰双声道:"我用刚才'银汉浮槎'那个故典,春辉姐姐以为何如?"春辉拍手笑道:"若果如此,妹子就有文章做了。姐姐快些交卷。"

未知如何,下回分解。

## 第八十七回

### 因旧事游戏仿楚词　　即美景诙谐编月令

话说春辉笑道:"姐姐快些交卷,妹子有文章做了。"题花道:

"巨屦　《孟子》　有业屦于牖上,馆人求之弗得。"

紫芝道:"求之弗得,那里去了?"题花道:"飞了。——'有业'、'于牖'俱双声,敬宝钿姐姐一杯,普席一杯。"

春辉道:"我因今日飞鞋这件韵事,久已要想替他描写描写,难得有这'巨屦'二字,意欲借此摹仿几部书,把他表白一番。姐姐可有此雅兴?"题花道:"如此极妙。就请姐姐先说一个。"春辉道:"我仿宋玉《九辩》:独不见巨屦之高翔兮,乃堕卞氏之圃。"题花道:"我仿《反离骚》:巨屦翔于蓬渚兮,岂凡屦之能捷?"玉芝道:"我仿贾谊赋:巨屦翔于千仞兮,历青霄而下之。"小春道:"我仿宋玉《对楚王问》:巨屦上击九千里,绝云霓,入青霄,飞腾乎杳冥之上;夫凡庸之屦,岂能与之料天地之高哉!"春辉道:"这几句仿的雄壮。"紫芝道:"若要雄壮,这有何难! 我仿《庄子》:其名为屦,屦之大不知其几千里也。怒而飞,其翼若垂天之云。是屦也,海运则将徙于南冥。——南冥者,天池也。《谐》之言曰:'屦之徙于南冥也:水击三千里,抟扶摇而上者九万里,去以六月堕者也。'"春辉道:"这个不但雄壮,并且极言其大,很得题神。"题花道:"若像这样,仿到何时是了? 莫若把五经仿了好接前令。我仿《春秋》:庚子,夏四月,一屦高飞过卞圃。"春辉道:"记其年,记其月,而并记其所飞之地,这是史笔不可少的。"玉芝道:"我仿《易经》:初九,屦,履之则吉,飞之则否。象曰:履之则吉,行其正也;飞之则否,举趾高也。"春辉道:"此言事应休咎,也是不可缺的。"小春道:"我仿《禹贡》:厥屦维大大,厥足维臭。"春辉道:"这是言其形,辨其味,也是要紧的。"青钿道:"原来姐姐还能辨其味,倒也难得。"紫芝道:"我仿《毛诗》:巨屦扬矣,于彼高冈;大足光矣,于彼馨香。"春辉道:"'馨香'二字是褒中带贬,反面文章,含蓄无穷,颇有风人之旨。我仿《月令》:是月也,牡丹芳,芍药艳,游卞圃,抛气球,鞋乃飞腾。——"玉芝道:"还有一句呢?"紫芝道:"足赤。"说的众人好笑。青钿道:"你们变着样儿骂我,只好随你嚼蛆,但有侮圣言,将来难免都有报应。"众人道:"有何报应?"青钿把舌一伸,又把五个手指朝下一弯道:"只怕都要'适蔡'哩。"众人听了,一齐发笑。

董宝钿掣了鸟名双声道:

"锦鸡　谯周《法训》　羊有跪乳之礼,鸡有识时之候。
'羊有'、'识时'俱双声,'时之'叠韵,敬素云姐姐一杯。此句当中可以点断,不敢转敬。"

素云掣了花卉双声道:

"蒹葭　申培《诗说》　蒹葭君子,隐于河上。
本题、'隐于'俱双声,敬墨香姐姐一杯。"

阳墨香掣了地理双声道:

"疆界　《陶彭泽集》　纡远辔于促界。
'纡远'双声,敬丽蓉姐姐一杯。"兰言听墨香飞的这句,把他细细望了一望,不觉叹息不已。

余丽蓉掣了列女叠韵道:

"王嫱　刘劭《人物志》　诗咏文王,小心翼翼。
'文王'、'小心'俱双声,敬耕烟姐姐一杯。"

窦耕烟道:"此句幸亏当中可以点断,省了一个笑话。"于是掣了花卉双声道:

"黄花　《邱司空集》　佩紫怀黄,赞帷幄之谋。
'怀黄'、'帷幄'俱双声,敬翠钿姐姐一杯。"花再芳道:"黄花无所指,未免过于浮泛,只怕要饮一杯。"耕烟道:"汲冢《周书》:'又五月,菊有黄华。'《礼记·月令》:'季秋之月,鞠有黄华。'这两部书都说的是菊,为何妹子无指呢? 古无'花'字,俱以'华'字通用,如光华之华,读为阳平;华卉之华,读做阴平。况《尔雅·释草》明明写着:'荷,芙蕖,其华菡萏。'他如'唐棣之华'、'桃始华'之类,莫不以'华'为'花'。"再芳道:"若据此说,我这贱姓竟是杜撰了。但'花'字始于何时,姐姐可么?"耕烟道:"妹子记得北魏太武帝始光二年造新字千余,颁之远近,以为楷式。如'花'字之类,虽不知可在其内,但晋以后每每见之于书,大约就是当时所颁新字了。"

董翠钿掣了饮食双声,想了多时,虽有几个,无奈总不能承上。紫芝见他为难,因暗向题花道:"他有结巴毛病,我教他奏个音乐你听。"忙把汤匙拿起,向翠钿照了一照,又将两手比做一个圆形,故意说道:"飞了许多句子,可惜总未将班婕妤、苏若兰诗句飞出来,姐姐何不飞一句呢?"翠钿猛然被他提醒,连忙说道:"汤……汤……

汤团　班婕妤诗　裁成合欢扇,团团如明月。

'合欢'、'团团'俱双声,敬——呸!敬四妹妹一杯。"董花钿道:"怎么敬到家里来了?"题花道:"刚才是蒋四姑娘敬蒋二姑娘,此刻又是董二姑娘敬董四姑娘,怪不得我们都摸不着酒吃。"紫芝道:"他岂但敬酒,并且汤、汤、汤,敲起大锣,还奏乐哩。"幽探道:"我闻翠钿姐姐口吃毛病醉后更甚,大约今日又多饮两杯了。"

紫芝道:"我说个笑话:一人素有口吃毛病,说话结结巴巴,极其费事。那日偶与众友聚会,内中有一少年道:'某兄虽然口吃,如能随我问答,不假思索,即可教他学做鸡鸣。'众友道:'凡口吃的,说话全不能自己做主,不因不由就要结结巴巴,何能教他学做鸡鸣?果然如此,我们都以东道奉请。'少年道:'既如此,必须随问随答,不许停顿。'因取出一把谷来放在口吃面前道:'这是何物?'口吃者看了,随即答道:'谷……谷。'"说的众人好笑。紫芝用汤勺掬了一勺汤道:"翠钿姐姐:你看这是何物?"翠钿看了笑道:"这……这……刻薄鬼,又教我奏乐了。"

董花钿掣了列女双声道:

"敬姜[1]　《班兰台集》　列肆侈于姬姜。

---

[1] 敬姜——春秋时鲁相文伯歜的母亲,儿子做了大官,她还是终日纺织,劳动不懈。

---

本题双声,敬兰荪姐姐一杯。"

闵兰荪正吃的烂醉,听见令到跟前,急忙抽了一签,高声念道:"身体双声。"想了多时,信步走到玉儿那边道:"我看看他们用的都是甚么书,莫用重复了,又要罚酒。"紫芝趁空写了一个纸条,等兰荪走过,暗暗递了过去。兰荪正在着急,看了一看,如获至宝,慌忙说道:

"脚筋　《洛阳伽蓝记》　牛筋狗骨之木,鸡头鸭脚之草。'狗骨'双声,敬婉如姐姐一杯。"

众人听了,满心要笑,都因兰荪性情不好,又不敢笑,只得你望着我,我望着你,勉强忍住。紫芝道:"婉如姐姐这杯吃的有趣,还有狗骨可以下酒哩。"婉如皱着眉头,自言自语道:"偏偏轮到俺,又是脚筋,又是狗骨都来了。"众人听了,那个敢笑,只得再三忍住。花再芳道:"所报名类,原要显豁明白,雅俗共赏;若说出来,与其慢慢替他破解,何不就像兰荪姐姐这个明明白白,岂不爽快? 我倒要赏鉴一杯。"紫芝道:"你因有了好菜,自然想酒吃了。"

婉如掣了果木双声道:

"金橘　陈寿《三国志》　陆郎作宾客而怀橘乎? '陆郎'双声,敬芳春姐姐一杯。"

芳春掣了时令双声道:

"人日　宗懔《岁时记》　正月七日为人日。本题双声,敬丽楼姐姐一杯。"青钿道:"初七为人日,请教初一、初二呢? 此说可见经史么?"邬芳春道:"此说见董勋《问答》;后来《魏书序》亦有一鸡、二狗、三猪、四羊、五牛、六马、七人、八谷之说。大约自元旦至初八日总宜晴和为佳；即如初五为牛，若是日有狂风暴雨，当主牛有灾病。余可类推。"

姜丽楼掣了音律双声道：

"律吕　刘向《别录》　吹律而温至黍生。

'黍生'双声，按时音'而温'也是双声，敬绣田姐姐一杯。"邹婉春道："这个'黍'字，我们读做'褚'字，与'生'字并非一母，为何是双声？"春辉道："按'黍、鼠、暑'三字，韵书都是赏吕切，乃'舒'字上声，正与'生'字同母；若读'褚'字，那是南方土音，就如北方土音把'容'字读做'戎'字。好在有书可凭，莫若都遵韵书为是。"

锺绣田掣了兽名双声道："'鼠'字既是赏吕切，我就易于交卷了：

鼲鼠　姚恩廉《梁书》　意怀首鼠，及其犹豫。

'首鼠'、'犹豫'俱双声，敬芸芝姐姐一杯。"

芸芝掣了饮食双声道：

"菽水　蔡邕《独断》　地下之众者莫过于水。

'之众'、'众者'俱双声，敬青钿姐姐并普席一杯。"青钿道："我记得这句出在《风俗通》，怎么说是《独断》？难道姐姐说错也教我吃酒么？"春辉道："你又记错了。那《风俗通》是'土中之众者莫若水'，与'地下之众者莫过于水'却稍有分别，原来这酒还是要你吃的。"青钿教玉儿把书取来看了，这才把酒告干，掣了官名双声道：

"尚书　魏征《隋书》　圣人在上，史为书，瞽为诗。

'为诗'叠韵,敬骊珠姐姐一杯。"

骊珠掣了地理双声道:

"山水　《龙鱼河图》　昆仑山有五色水。
'昆仑'叠韵,敬兰芝姐姐一杯。"

兰芝掣了文具双声。题花道:"可惜今日已晚,只能行得双声叠韵之令,不能联韵。若一百人每人一韵做一首百韵诗,岂非大观么。"春辉道:"每人只得一韵,若叠起精神,细细做去,只怕竟是曹娥碑'黄绢幼妇'那个批语哩。"兰芝道:"就只怕的内中有几位姐姐不喜做诗;若果高兴,岂但黄绢幼妇,并且传出去还有一个批语:

镇纸　房乔《晋书》　洛阳为之纸贵。
'为之'叠韵,'之纸'双声,敬瑞蓂姐姐并普席一杯。"

吕瑞蓂掣了器物双声道:

"竹枕　令狐德芬《周书》　所居之宅,枕带林泉。
'之宅'、'宅枕'俱双声,敬兰英姐姐一杯。"

章兰英掣了药名叠韵道:"可惜有许多好书都不准再用,只好借着酒字敷衍完卷了:

茱萸　束晳《发蒙记》　猫以薄荷为酒,蛇以茱萸为酒。"

玉芝道:"虎以犬为酒,鸠以桑椹为酒。"兰英道:"妹妹莫闹。本题叠韵,敬乘珠姐姐一杯。"

掌乘珠掣了天文双声道:

"阴阳　荀悦《申鉴》　想伯夷于首阳,省四皓于商山。
'夷于'、'商山'俱双声,敬兰音姐姐一杯。可惜《易经》有人用过,若飞'曰阴与阳',岂不与'齐庄中正'并美么?"紫芝道:"若飞京房《易传》'《易》曰阴遇阳',还是四个双声哩。"

枝兰音掣了昆虫双声道:

"衣鱼[1]　《元中记》　一日逢鱼头,七日逢鱼尾。"
玉芝道:"此鱼如此之长,若吃东西,岂不要三四天才到腹么?'一日'、'七日'俱叠韵,敬红红姐姐一杯,我替兰音姐姐说了。"红红道:"适因'衣鱼'二字,偶然想起书集往往被他蛀坏,实为可恨。丽春姐姐最精药性,可有驱除妙方?"潘丽春道:"古人言,司书之仙名'长恩',到了除夕,呼名祭之,蠹鱼不生,鼠亦不齧。妹子每每用之有效。但遇梅雨时也要勤晒,若听其朽烂,大约这位书仙也不管了。"

红红连连点头,掣了百谷双声道:

"薏苡　王充《论衡》　薏苡之茎,不过数尺。
本题双声,敬锦云姐姐一杯。"

锦云掣了一签,正在高声念道"天文双声",忽觉松林微微透出一阵凉风,个个吹的毛骨悚然。闺臣道:"怎么刚掣天文就刮起风来?这签竟有些作怪!为何风中还带一股清香?"舜英道:"此香顺风飘来,宛如丹桂,若非四季桂,安能如此。原来此处却有如此佳品。"宝云道:"家父四季桂久已进上,此时那得有此。适才这阵幽香,芬芳异常,岂下界所有;且阵阵俱从霄汉吹来,看这光景,果真竟是'天香云外飘'了。莫非这位桂花仙姑知道今日座有佳宾,特放此

---
[1]　衣鱼——就是蠹鱼,衣服和书籍中的蛀虫。
---

香,以助妹子敬客之意么?"银蟾道:"据我看来:此是师母连得贵子之兆,或主玉儿下科蟾宫折桂也未可知。"

　　只见丫鬟向宝云道:"刚才卞兴来禀:外面有两个女子自称殿试四等才女,——虽系四等,却是博学。他因众才女在此聚会,执意要来谈谈。如果都是学问非凡,得见一面,死也甘心;若非真才,不敢相见,他也不敢勉强,只等众才女回他一句,他就去了。卞兴因他说之至再,不敢不禀。如何回他,请小姐示下。"宝云听了,默默无言。闺臣道:"丫鬟:你教管家去回他,就说我们殿试都是侥幸名列上等,并非真才实学,何敢自不量力,妄自谈文。况在酒后,尤其不敢冒昧请见。"若花道:"闺臣阿妹是谦谦君子,如此回复,却也省了许多唇舌。"只见亭亭、题花、春辉、青钿一齐连说"不可!……"

　　未知如何,下回分解。

## 第八十八回

### 借月旦[1]月姊释前嫌　逞风狂风姨泄旧忿

话说亭亭、青钿、春辉、题花闻听若花之言,一齐连说:"不可!……姐姐为何如此示弱,先灭自己威风?与其不战而负,何不请他一会?大家凭着胸中本领同他谈谈,倘能羞辱他一场,也教那些狂妄的晓得我们利害;如风头不佳,不能取胜,那时再'拜倒辕门'也不为迟。丫鬟快去相请!"不多时,两女子携手而来。一个年长的穿着青衫,年幼的穿着白衫。都是娇艳无比,绰约异常。众人见他器宇不凡,都不敢轻视,见礼让坐。问了姓氏:青衣女子姓封,白衣女子姓越。宝云命人当中另设一席。

二人归坐,一一请问名姓。及至问到唐闺臣,白衣女子道:"闻得前者殿试,才女有一篇《天女散花赋》可冠通场,可惜仍存大内,传抄不广,未睹全豹,甚觉耿耿。昨虽看见几联警句,却自平平,恐系传写之误,抑或假托冒名,均未可知。今日难得幸遇,意欲以本题五字

---

[1] 月旦——指对人物的评论。汉许劭、许靖等,每月要聚会一次,评论乡里人物,人称为"月旦评"。

---

为韵[1]，请教再做一赋，可肯赐教？"闺臣道："当日只想求取功名，不顾颜厚，只管乱写，今日岂可又来现丑？断断不敢从命！"青衣女子道："他既谆谆求教，才女若不赏光，不独负他一片美意，岂不把众才女素日英名全付流水么？"亭亭道："闺臣姐姐此番应试，原是迫于严命，无可奈何，勉强而来。此时一心注意伯伯远隔外洋，时刻牵挂，急欲寻亲，现在团聚业已勉强，那有闲情又做诗赋。既承二位执意见委，我虽不才，尚可涂鸦勉强应命。就烦主人预备笔砚，我好现丑。"白衣女子道："才女高才，久已拜服，何必再劳大笔。至唐才女乃众朝臣曾推第一之选，与众不同，因此才敢冒昧求教，意谓借此可以开开茅塞，那知竟是如此吝教！但既兴致不佳，何敢过劳费心，只求略略见赐一二短句，也就如获球璧了。"闺臣仍要推辞，无奈众人已将笔砚另设一座，推他坐了。闺臣只得告坐，濡毫构思。白衣女子道："素闻才女有七步之才，果能文不起草，走笔立就，那才算得名下无虚哩。"闺臣听了，把神凝了一凝，只得打起精神，举起笔来，刷、刷、刷，如龙蛇飞舞一般，一连写了几句。众才女在旁看着，莫不暗暗称赞，都道："如此佳作，少时给白衣女子看了，不怕他不肝脑涂地！"闺臣一面写着，众人只管点头称"妙"。登时写完，玉儿送给两女子观看：

---

[1] 以本题五字为韵——用题目上的那五个字，作为诗文句尾所要押的韵。这里题目是《天女散花赋》，赋的第一段，就要押"天"字的韵；其余四段，依着女、散、花、赋的韵押下去。

---

《天女散花赋》（以题为韵）

昔者：魏夫人葆朱蜜而遐御，炼紫芝而上仙，宫于丹林之侧，楼于绛树之边。长河煜爚，元都绮鲜；石藜弥浦，琼草为田。丸茯苓而霞迈，服胡麻而云骞。惟恨风多作恶，月不常圆。青蘋屡动而相扰，丹桂被锢而可怜。往往攀条泫若，执叶凄然。其女弟子黄令徵乃离席而前曰："臣忝群芳之总，窃九命之权，叨荣于二十七位，布华于三十六天。愿盟花国，共驾花軿，近披香雨，远匝醲烟。烦草檄以木笔，更买醉以金钱。靡弗缤纷拱震，纨缦辉乾。又岂虑乎十八之性虐，与夫三五之期愆。"夫人曰："善，吾将观焉。"

令徵于是开芳庖，设华俎，裹术粮，命椒醑，左笙鼗，右钟吕，悬风铃，笑月杵。始命御史进于鈤墀，再命太医列于阶序。斟酌囊携，校量窖贮。招玉蘂院之真妃，约紫兰宫之神女，邀金茎洲之上灵，迓芙蓉城之仙举。追逐茵䔲，纡迟容与。气杂蕙馨，餐惟鞠茹。或矜顷刻之巧，而筵顿呈芳；或擅生枯之能，而谷咸吹黍；或爱丝绦之系，而自喜翦刀；或贪罗绮之工，而别裁机杼。珊瑚之屑重重，翡翠之抛处处。信足以诡惑群情，回皇众绪。虽习闻乎蹄通报德之迢遥，而何碍于分景灵飞之来去。

至其花之为状也：如串珠之相衔，如连环之不断；如扇荟之奇，如璎珞之散；如四面镜之难分，如万卷书之罕判；如七宝、八宝之低旋，如重台、三台之高贵；如冠子、缬子、毯子之靡穷，如纽丝、铰丝、垂丝之还绊。若夫花之为色也：红则宾州、岳州、延州、陈州之美以地而分,苏家、贺家、林家、袁家之妍以人而冠。紫则朝天、乾道、军容、状元之异以贵而称,梦良、师博、潘何、惠知之丛以幽而唤;黄则叠金、叠雪偕叠罗而并娇,白则玉带、玉盆与玉版而争灿;丹则有卷丹、番丹、月丹之各殊,墨则有拨墨、染墨、晕墨之微漫;绿则比凤毛之垂,青则夺鸭卵之纍。莫不综异形于三灵,馨殊变于一榦。将使善状者谱而且疑,悟色者拈而竟叹。

其散之中爰有蒂也:华容之抽特秘,洛阳之并无加;画省之二分蜡缀,昌州之一寸绡斜。其散之中更有厬也:三寸则有金鹤之径,八寸则有青鸳之夸;双头则有合芳之讶,三头则有会英之嘉。其散之中又零而为瓣也:迎春则有九瓣之秀,拒霜则有千瓣之奢;兔耳则有二瓣之细,鹿葱则有七瓣之遮。其散之中又聚而为蕊也:鹤顶之蕊正满,麝香之蕊偏赊;合蝉之蕊自瑞,卷狮之蕊如挐。而且殊名竞纪,閟号争夸。第觉香温晓雾,艳失晨霞。并是太平之萼,俱为称意之花。

于斯之时:天帝来观,神君惊顾,太一徬徨,群灵奔赴,三十有二司朝,二万四千宰诉。天上枝枝,人间树树。曾何春而何秋,亦忘朝而忘暮。不夜之彩,何假乎纤阿之辉;回飙之能,何虞乎蜚廉之怒。魏夫人乃俯碧寓而暂翔,凌紫虚而微步。始焉迷离,既而凝注。亟召令徵而宠以诰曰:"夫落英幡洒,则沈墨之非固也;嘉卉灌丛,则苴囊之所赋也。惟汝之贤,符吾之素。吾其锡汝押忽之珍,方圆之璐;更饗汝凝津之浆,流甘之露;终畀汝以下弦一规,珝弓满库:俾汝如居士之息,贮皓魄于素壁之间;希神尧之臣,缴大风于青邱之渡。汝其敬扬新命,保乃休遇,以无坠吾剧阳之垂裕。"令徵则感激弗胜,媿谢靡喻,再拜而请于夫人曰:"今日之会,靡苞弗吐;既旋阴而斡阳,复酿和而吹煦。愿为短歌,敬写长慕。"

其歌曰:

"夫人之福兮广慈霆,花姑之灵兮耀天路。庶几揽此景于无穷兮,延荣晖于亿祚。"

夫人又从而和之。其歌曰:

"眇孤蓬之振根兮,每刁调而难住。抑阎扶之过影兮,又凄怆而易误。得女夷于今日兮,岂二者之足妒。"

令徵更起而答以乱曰:

"景彼元化,纷以寓兮。嗟彼埃壒,驰且骛兮。翳余弱抱,劳冶铸兮。获从夫人,陪众妪兮。自今以游,焉容污兮。"

白衣女子见这赋上处处嘲着风月,登时怒形于色。原来此女正是月姊。他因当年受了百花仙子讥讽,以为谪下凡尘,可消此恨;谁知他倒联捷直上,名重一时,太后公主均极隆重。因此颇为不平,特邀风姨,假扮白衣、青衣两个女子来此搅闹一场,正要借着此赋,吹毛求疵,羞辱几句,那知倒被闺臣先替群芳占了身分。不觉大怒道:"此是'天女散花赋',并非'散风散月赋'。你只言花,何必节外生枝?况花根柢极微,只知献媚求荣,何能竟要轻视风月!如此措词失当,当日殿试诗赋之谬,可想而知。太后移置十名后,可见妍媸难逃圣鉴,得能不致名落孙山,乃太后格外姑容。今自不知愧,仍复随笔混写,竟是信口乱言了!"风姨道:"他句句总不畏风,要知这些花卉又非铜枝铁蕊,何能不怕风吹? 莫讲粗风暴雨,不能招架;就是小小一阵凉飕,只怕也难支持了!"言还未毕,只听四面呼呼乱响,陡然起了一阵大风,把众才女吹的个个清寒透体,冷气钻心,战兢兢只管发抖。

正在惊慌,忽见半空中现出万道红光,照的凝翠馆霞彩四射,一片通红。红光之内,猛然揎下一个美女。那风已被红光冲散。众才女只觉眼花撩乱,更觉胆怯。紫绡、紫琼、紫菱、紫樱、丽蓉、玉蟾六位才女早已掣出宝剑,立在一旁。那个美女两手执着斗笔,指着风姨、嫦娥道:"尔等职掌风月,各有专司,为何无故越俎,搅乱文教? 且妍媸莫辨,品论乖张,逞风狂以肆其威,借月旦以泄其忿,岂是堂堂上界星君所为! 我职司闺秀,执掌女试大典,岂容殴辱斯文! 特兴问罪之师:如果知罪,亟宜各归,以免饶舌;设仍不悟,弹章一上,后悔无及!"嫦娥道:"我泄私忿,与尔何干?"风姨道:"我正怪你点额失当,意存偏袒,你反出言责备,岂不自羞?"那美女听了,气的暴跳如雷。正在厉声分辩,只见丫鬟来报:"又有一位道姑要来求见。"言还未毕,道姑业已走来,同美女执手相见。众才女上前见礼。

道姑向嫦娥、风姨道:"星君请了:此时群芳尘缘将及期满,吾辈欢聚谅亦不远。当日彼此语言虽小有芒角,但事隔多年,何必介意?

若再参商[1],哓哓不休,岂非前因未了,又启后世萌芽?且仙凡路隔,尤不应以违心之言,释当日之恨。况彼既俯首无词,毫无较量,亦可略消气恼。从此倘能欢好如初,不惟从前是非一概瓦解,亦足见大度汪洋,有容人之量。如其不然,何妨俟其返本还原,再明斥其非?今忽急急冒然而来,第恐举止孟浪,物议沸腾,于二位大有不利,窃为星君不取。拙见如此,尚望尊裁。"风姨连连点首道:"高论极是,敢不凛遵!况我向无芥蒂,无非为他相招而来。既承见教,自应即退,以副尊命。"嫦娥道:"当日无故受他讥讽,以为被谪历受劫磨,可消此忿;谁知他倒名重一时,优游乐土。心中颇为不平,因此特来一会。仙姑既正言规劝,所有前事,自当谨领尊命,一概尽释,决不挂怀。倘有后言,皇天可证,永堕尘凡!"说着,同了青衣女子出了凝翠馆,飘然而去。那个执笔女子,仍化一道红光,不知去向。

道姑正要告别。众人听他刚才那一片话,知他道行非常,必是一位仙姑,再三挽留,另设素席坐了。把赋看了一遍,连连点头道:"前因不昧,足见宿慧非凡。"宝云道:"请教仙姑法号?"道姑伸出两手道:"贫道以此为名。"宝云道:"仙姑指爪如此之长,莫非'长指仙姑'么?"道姑道:"贫道乃长指山人。"若花道:"那个执笔美女,当日我在海外同闺臣阿妹见过一面,后来曾在尼庵仿照塑了一像,看其光景,

---

[1] 参(shēn)商——指彼此之间的不和睦。古代神话:古代皇帝高辛氏有两个儿子,时常互相争斗,高辛氏就把一个儿子放在东方,一个儿子放在西方,让他们彼此不见面。在东方的是在商星的天文度数之下,在西方的是在参星的天文度数之下;这两个星,相背而出,从地面不能同时看到,因此称为"参商"。

自然是女魁星了。请教那白衣、青衣两个女子是何星君？"道姑道："诸位才女日后在他两个姓上细细着想，少不得自能领会。"闺臣上前恭恭敬敬斟了一杯素酒，又奉了几样果品。

紫芝趁空同众人商议："这位仙姑来历不凡，必知过去未来之事，我们大家何不问问休咎，将来到底是何结局，岂不放心？"众人都道"甚好"。于是七言八语，都要请教道姑讲讲休咎。道姑道："贫道素于卜筮命相虽略知一二，但众才女有百人之多，一生穷通寿夭，一时何能说得完结。且今日之聚，也非偶然，此中因果，更非顷刻所能言的。"闺臣道："仙姑何不略将大概说说呢？"道姑道："当日我在海外曾见一首长句，细揣大略，内中因果，颇有几分仿佛诸位才女光景，如不嫌絮烦，倒可口诵一遍。"闺臣道："如此极妙。设有不明之处，尚望明白指示。"道姑道："此诗义甚精微，词多秘奥。或以数语历指一事，或以一言包括数人。其中离合悲欢，吉凶休咎，或隐或现，或露或藏，虚虚实实，渺渺茫茫，贫道见识短浅，何能知其端倪。必须诸位才女互相参详，或可得其梗概。"闺臣道："据仙姑之言，此诗定非数句所能完的，若一总念去，我们何能得其详细？必须分个段落，才好细细请教。"道姑点头道："此诗随处皆可点断。待贫道先念几句，大家不妨各就所知，互相评论。设有错误，贫道不知则已，若有所知，无不尽言。"因向题花道："才女尊名莫非'题花'二字？闻得当日此诗因题群花而作，难得尊名恰恰相合，何不就请大笔一挥？"众人听了，莫不吐舌称异。紫芝道："仙姑可知我的名字么？"道姑道："才女大名何能知道。但荷池犬儿最劣，昨日已被伤了一口，此后仍要留神才好。"星辉听了,不觉拍掌大笑。道姑道:"才女休要笑人,那绣鞋里面也非藏身之所。"话未说完,紫芝早已笑的连声称快。众人不懂,个个发痴。纪沉鱼把昨日钓鱼各话说了,大家这才明白,不觉大笑。

题花举笔道:"请教仙姑:此诗是何起句?"道姑道:"他这起句,倒像从大周金轮而起,待贫道念来。"

未知如何,下回分解。

## 第八十九回

### 阐元机历述新诗　　溯旧迹质明往事

话说道姑道:"这诗起句虽系唐朝,但内中事迹倒像从大周金轮女帝而起。待贫道先念几句,自然明白:

皇唐灵秀气,不仅畀须眉。帝座咸推后,……

这三句其义甚明,诸位才女自必洞悉了。"唐闺臣道:"上二句与诏上'灵秀不钟于男子'之句相似,第三句大约说的就是太后?"

道姑道:"才女所见不错。

奎垣乃现雌。

此句对的何如?可知其义么?"小春道:"'帝座'、'奎垣'对的极工,而'推后'、'现雌'四字尤其别致。据我揣夺:闺臣姐姐海外所见女魁星,大约就是此句。"

道姑点头道:

"科新逢圣历,典旷立坤仪。"

春辉道:"这是总起女试颁诏之始,而并记其年,虽是诗句,却是史公[1]文法。"闺臣道:"据我管见:这两句定是紧扣全题,必须如此,

---
[1] 史公——指作《史记》的司马迁。司马迁做过太史令,自称"太史公"。史公,太史公的省称。
---

后面文章才有头绪,才有针线。仙姑以为何如?"

道姑道:"才女高论极是。

　　女孝年才稚,亲游岁岂衰。潜搜嗟未遇,结伴感忘疲。
　　着屐循山麓,浮槎泛海涯。攀萝防径滑,扪葛讶梯危。
　　桥渡虬松偃,衣眠怪石欹。雾腥粘蜃沫,霞紫接蛟蜃。
　　纵比蓬莱小,宁同培塿卑。"

花再芳道:"这几句说的必是闺臣姐姐。昨日听他寻亲那段话,以为不过随口乱说,那有十四五岁的孤身弱女,就敢拚了性命,深入荒山之理;莫讲若花姐姐一人结伴,就再添几个,无非是个弱女,有何能为。今听这几句诗,才知他跋涉劳碌,竟是如此辛苦!末一联对句虽佳,但何以比蓬莱却小而又不卑呢?"若花道:"那座大山生在海岛,虽名小蓬莱,其实甚高,故有此二句。"

道姑道:"这是才女身历其境,所以明白。

　　泣红亭寂寂,流翠浦渐渐。秘篆偏全识,真诠许暗窥。
　　拂苔名已改,拾果路仍歧。"

彩云道:"前几句大约是泣红亭碑记。但'拂苔名已改……'二句却是何意?"若花道:"闺臣阿妹原名小山,后来因在小蓬莱遇见樵夫,接着家信,才遵严命改名闺臣。起初上山时,惟恐道路弯曲,日后归时难寻旧路,凡遇岔道,于山石树木上俱写'小山'二字,以便他日易于区别;那知及至回来,却都变为'闺臣'二字。"芸芝道:"以此看来,原来唐伯伯竟是已成仙家了。"

道姑道:

"辙涸鳞愁渴,仓空雀忍饥。清肠茹异粒,涤髓饱祥芝。他日投簪[1]去,凭谁仗剑随?"

婉如道:"前四句是海外绝粮,以及闺臣姐姐餐芝之事,这都明白。至'凭谁仗剑随',请教仙姑:却是何人?"道姑道:"上面明明写着'剑'字,其义甚明,才女何必细问。"

玉芝道:"诗上所叙闺臣姐姐事迹,长篇大论,倒像替他题了一个小照。我们一百人,若都像这样,倒也有趣。"青钿道:"都像这样,却也不难,大约删繁就简,只消八百韵也就够了。——就只可惜韵书无此宽韵。"道姑道:"若将四纸所收'是'字之类归在四寘,再把别的凑凑,大约也就够了。"青钿道:"他们打趣我已难招架,怎么仙姑也来同我做对?"道姑笑道:"原来此中却碍着才女? 贫道如何得知。偶尔失言,罚一大杯。"兰芝亲自斟一巨觥送去。

道姑饮毕道:

"林幽森黯淡,峰乱矗崎岖。星弹奔犴寇,雷枪震殪狮。"

兰英道:"上二句大约描写山景。下二句请教怎讲?"司徒妩儿道:"妹子记得丽蓉姐姐前在两面曾以铁弹退寇,第三句倒像说的就是此事。"婉如道:"若论第四句,看来坐中除了紫樱姐姐,惟有俺最了然。当日唐家姑夫同俺父亲在麟凤山被一群猛兽困住,几遭大害,亏得紫樱姐姐一阵连珠枪把猛兽伤了,才解此围。那兽名狻猊,也是狮

---

〔1〕 投簪——古时官吏的制服帽子上插有簪子。投簪,把簪子拔了丢掉,就是表示不做官,犹如后来说的"掼纱帽"。

---

之种类。"闺臣道:"'星弹'、'雷枪',可谓天生绝对。听了这种雄壮句子,遥想二位姐姐当日那股神威,能不凛凛可畏!"

道姑道:

"雅驯调驳马,叱咤骇蟠螭。潮激鲲扬鬣,涛掀鳄奋鳍。"

闺臣道:"不料驳马、人鱼今日忽于诗中出现,令人意想不到。"瑶芝道:"原来姐姐知道。请教怎讲?"闺臣道:"上两句说的是若花姐姐同妹子,亏得驳马才不致为虎所伤;下两句说的是家父同我母舅,亏得人鱼才不致为火所害:一兽一鳞之微,此诗亦必叙及,可见有善必书。以此看来:鱼马之善,尚且不肯埋没,何况于人?真是勉励不小!"

道姑点头道:"诚哉是言!

踏波生剖蚌,跨浪直劖骊〔1〕。罾挂逃鱼腹,……

此三句坐中只有两位才女晓得。"婉如道:"这是锦枫姐姐之事。"众人正要细问,只听道姑道:

"裙遮倏虎皮。"

婉如道:"此事也只得两人明白。前年俺父亲同姑夫在东口山游玩,忽见一只大虫,正在害怕,谁知那虎把皮云了,却是红蕖姐姐。"众人不明,洛红蕖把前事说了。众人都吐舌道:"这个岂非女中杨

---

〔1〕 劖(tuán)骊——劖,割的意思;骊,这里是骊龙的省词。神话传说:深海里有骊龙,颔下有大珠。劖骊,就是到深海里杀死骊龙取得大珠的意思。

香[1]么!"

道姑道:

"萑苻[2]遭困陷,荆棘脱羁縻。"

若花道:"若据'萑苻'二字,大约说的是红红阿姐遇盗被掳,后亏女盗释放,我们才得逃下山来。"

道姑道:

"符获踰墙逸,枚衔掣电追。"

婉如道:"这是斌儿姐姐盗旗,驸马遣将追赶两出热闹戏。怪不得丽蓉姐姐说他善能飞檐走壁,只这'踰墙'二字就可想见了。"

道姑道:

"耸身腾美侠,妙手吓纤儿。秉烛从容劫,怀笺瞬息驰。"

红蕖道:"这几句不但描写紫绡姐姐黑夜行劫以及寄信之事,并且连赤足乱钻丑态几乎也露了出来。"宝云众人都向红蕖盘问,不觉大笑。玉芝道:"他劫甚么?"宋良箴见问,惟恐洛红蕖失言,心内十分着急。

道姑道:"才女慢慢自然明白。

智囊曾起瘠,仙药顿扶羸。纺绩供朝夕,机枢藉淅炊。

蒸蒸刚煮茧,轧轧又缲丝。压线消寒早,穿针乞巧迟。"

---

[1] 杨香——汉代人。杨丰的女儿。故事传说:杨香幼年时随杨丰在田里收割,忽然来了一只老虎要咬杨丰。当时杨香手里没有武器,便用手叉住老虎的颈子;老虎跑了,这样救了杨丰性命。

[2] 萑(huán)苻——历史记载:春秋时,郑国强盗藏在多生芦苇的水泽里行劫,那个地方叫萑苻。因而后人就用"萑苻"二字指强盗聚居的地方。

兰芝道:"上两句大约是兰音姐姐向日所言虫积之患。下四句婉如姐姐都知么?"易紫菱道:"此事前在绿香园久已闻得蘅香、芷馨二位姐姐都善养蚕织机,若据末句,只怕还是好针黹哩。"

道姑道:

"剧怜编网罟,始克奉盘匜。"

玉芝道:"据这两句,莫非我们队里还有渔婆么?"婉如道:"岂但渔婆,并且堂堂御史还做渔翁哩!"于是把尹元取鱼为业,红蕖织网养亲各话说了。众人无不叹息,都道:"若非仙姑今日念这诗句,我们何能晓得海外众姐妹却有这些奇异之事。最难得婉如姐姐都能句句破解出来,真比古迹还好听。求仙姑莫要遗漏才好。"

道姑道:

"弃国甘尝荠,来王愿托葵。沥诚遥献表,抒悃密缄辞。"

萃芳道:"这段话若非若花姐姐前在朝中说过,少不得又要劳动婉如姐姐破解了。"

道姑道:

"韵切留青目,谈雄窘素髭。秾妍锺丽质,娓娓产边陲。"

锦枫道:"怪不得都说亭亭姐姐谈文不肯让人,据这'窘'字,当日九公受累光景可想而知。那知如今路上倒亏他老人家起早睡晚,种种照应,真是'人生何处不相逢'。但谈论反切,为何又留青目呢?"婉如道:"那时若不亏他另眼垂青,岂止'问道于盲',只怕骂的还不止哩。——原来这诗用的字眼却如此尖酸。"闺臣道:"若以末句而论,倒像总结海外之意。不知下面是何起句,难道我们考试这样旷典,只轻轻点了一句就不谈了?"道姑道:"如何不谈!下面紧接就是此事,并且还将来源指出哩。"春辉道:"若说末句系结海外而言,那紫绡姐姐并非海外人,为何也列其内?"道姑道:"前路茫茫,谁得而知。但此诗既将颜才女也列外洋,安知他日后不是海外人呢?"

米兰芬道:"请教女试来源究竟从何而起? 就请详细指示,我们外乡人也好知其梗概。"道姑道:"你问来源么:

缘绎迴文字,旋图织锦诗。抡才萦睿虑,制序费宸思。
昔闺能臻是,今闺或过之。金轮爱独创,玉尺竟无私。
鹗荐鸣鸾阙,鹏翔集凤墀。堆盐夸咏絮,腻粉说吟栀。
巨笔洵稀匹,宏章实可师。璠玙尤重品,蘋藻更添姿。"

闺臣道:"我说安有如此大典竟置之不问,原来却有如许议论,并将幽探、萃芳两位姐姐绎诗,太后制序,也都一字不遗。"舜英道:"就只缺了婉如、小春二位姐姐榜前望信一段佳话。"

道姑笑道:"才女莫忙,只怕就在下面:

盼捷心徼梦,迁乔信复疑。榜开言咄咄,筵撤语期期。"

阳墨香道:"这几句岂但描写榜前望信情景,连翠钿姐姐赴宴,满口结结巴巴,也都活画出来。"舜英道:"若把末联改作'厕中言咄咄,筵上语期期'还更好哩。"芳芝道:"这却为何?"舜英把婉如、小春闻报入厕狂笑光景说了,众人无不发笑。

道姑道:

"盛事传三辅,欢呼动九夷。"

闺臣道:"'九夷'二字用的得当,连海外诸位姐姐赴试也一字不遗。

据我看来:这首长句只怕就是仙姑做的。"道姑道:"何以见得?"闺臣道:"适才我刚说怎么不讲考试,你就滔滔不断,说出一大篇来,岂非是你大笔么?"道姑道:"贫道向来只知贸易,那会做诗;若会做诗,久已也来观光了。"婉如道:"仙姑所说'只知贸易那会做诗'这话,倒像俺姑夫在白民国同那先生讲的;至'观光'二字,是海外道姑对俺闺臣姐姐说的:原来仙姑话中却处处带着钩儿。"道姑道:"我又不会垂钓,那得有钩;即使垂钓,也是无钩之钓。"紫芝道:"我看这话只怕从那钩中又套出一个钩儿。"

道姑道:

"千秋难儗俪,百卉有专司。"

闺臣道:"女试自然是千秋罕有之事。但'百卉有专司'是何寓意?"道姑道:"其中奥妙,岂能深知。若据字面而论:那'百卉'二字,倒像暗寓百位才女娇艳如花之意;至'专司'二字,大约言诸位才女或授女学士之职,或授女博士之职,或授女儒士之职,岂非各有专司么?"闺臣听了,不觉笑道:"仙姑讲的却也在理,我敬一杯。"

道姑也微笑饮毕,道:"才女莫非说我讲的不是,要罚我么? 我是随口乱道,何足为凭。

摹仿承弓冶[1],绵延衍派支。"

---

[1] 弓冶——指父子相传的事业。《礼记》:"良冶之子,必学为裘;良弓之子,必学为箕。"意思是:善于冶铸的人家,他的子弟看惯了熔化金铁补治破锅之类的东西,于是也学会了用兽皮补缀裘袍,把它弄完好;善于制弓的人家,他的子弟看惯了把角干弄弯屈了制成弓,于是也学会了把柳树枝条之类弄软了来做成箕。

闺臣道:"昨日绣田、月芳二位姐姐只推不会写字。若据这诗,岂非都是家传么?"

道姑道:

"隶从丹籀化,额向绿香麾。"

余丽蓉道:"紫琼姐姐府上'绿香园'三字是凤雏姐姐大笔,这却知道;至于善隶书的却不晓得。"田凤翾指着婉如道:"这位就是行家。"

道姑道:

"御宴蒙恩眷,钦褒值政熙。"

闺臣道:"书香、文锦二位姐姐前在'红文宴'蒙太后称赞,业已名重一时,今又见之于诗,这才是真正名下无虚哩。"

道姑道:

"吐绒闲泼墨,翦绢爱和脂。邃谷馨弥洁,层崖影自垂。

蜻蜓芦绕籥,络纬荳缠篱。团扇矜挥翰,齐纨羡折枝。"

紫芝道:"这是昨日画扇一段韵事,连花卉草虫也都一一标明,就只'层崖影自垂'说的虽是撇兰,几乎把猪尾也露出来。"题花道:"我在这里手不停毫,仅够一写,你还闹我;设或写错,我可不管。"

道姑道:

"凝神夸绝技,审脉辨良医。"

闺臣道:"若以'良医'二字参详,可见丽春姐姐歧黄原非寻常可比。但上句不知所指何人?"紫芝道:"你问他么?就是那个拍桌子、打板凳、出神叫好的。"

道姑道:

"詹尹〔1〕拈尧蓂〔2〕,君平〔3〕郯孔薈。"

花再芳道:"这两句大约说的芸芝姐姐同妹子了。"紫芝不觉鼻中哼了一声。

未知如何,下回分解。

---

〔1〕 詹尹——古代卜筮的官。
〔2〕 尧蓂(shà)——蓂,古人认为是一种吉利的草,因而用它做卜筮的工具。神话传说:这种草当初生长在尧的厨房里,它能自己摇动而生凉风,使食物不致腐臭。所以称做"尧蓂"。
〔3〕 君平——姓严,汉代星相家。

第九十回

乘酒意醉诵凄凉句　　警芳心惊闻惨淡词


话说紫芝听了再芳之言,不觉冷笑道:"这诗倒像只讲善卜之人;至于姐姐初学起课,似乎不在其内。"

道姑道:

"只因胸磊落,屡晰貌嵚巇。"

闺臣道:"这两句不独赞兰言姐姐风鉴之精,连磊落性情也描写出来,真是传神之笔。"

道姑道:

"盘走珠勤拨,筹量算慎持。乘除归揣测,默运计盈亏。"

紫芝道:"此言素精算法几位姐姐。但我昨日曾要学算,不知可在其内?"再芳道:"够了!莫刻薄了!"

道姑道:

"爨致焦桐[1]惜,弦兴改缦悲。"

紫芝道:"这个大家都知,就只再芳姐姐一心只想学课,只怕是听而

---

[1] 焦桐——故事传说:东汉蔡邕,听见人家用桐木烧饭的爆炸声音,知道是可以做琴的好材料,就要了去制成七弦琴,弹起来声音果然很好听。因为琴尾已经烧焦了,于是叫做"焦尾琴"。后来一般用"焦桐"二字作为琴的代词。

不闻。"再芳道："对牛弹琴,牛不入耳,骂的狠好,咱们一总再算帐!"

道姑道：

"繁音闻李峤[1],翕响媲桓伊[2]。"

闺臣道："此是品箫吹笛诸位姐姐考语。"

道姑道：

"庭院深沉处,秋千荡漾时。彩绳微雨湿,绛袖薄晖移。"

紫芝道："这四句只好去问'老姐'、'小姐',他们昨日都瞻仰过的。"众人不懂。施艳春把"黄食"笑话说了,无不发笑。

道姑道：

"斗草蜂声闹。"

春辉道："昨日我们在百药圃摘花折草,引的那些蜂蝶满园飞舞,真是蝶乱蜂狂。今观此句,古人所谓'诗中有画',果真不错。"

道姑道：

"评花猿意知。"

闺臣道："此句对的既甚工稳,而且这个仙猿非比泛常,此时点出,断不可少。"

道姑道：

---
[1] 李峤——唐人,善吹箫。
[2] 桓伊——晋人,善吹笛。
---

"经纶收把握,竿笠弄涟漪。博弈连排遣,樗蒲[1]属戏嬉。含羞撕片叶,……"

青钿道:"这几句所讲垂钓、博弈都切题,就只丽辉姐姐'撕牌'二字未免不切。"紫芝道:"妹妹:你那里晓得,那时他虽满嘴只说未将剪子带来,其实只想以手代剪。这个'撕'字乃诛心之论,如何不切!"丽辉道:"此时我一心在诗,无暇细辩,随你们说去。"

道姑道:

"角胜夺枯萁。"

闺臣笑道:"连他们夺状元筹也在上面,可谓无一不备了。"紫芝道:"岂但夺筹,只怕还有夺车哩。"小春道:"断无此事。"

道姑笑道:"何能断其必无?

门后争车觅,樽前赌砚贻。"

小春道:"真是'怕鬼有鬼'!你这仙姑不是好人,我敬一杯。"青钿道:"下句是玉芝妹妹同老师赌东以砚为赠的话,且不必管他。此诗我不喜别的,只喜这个'觅'字用的得神。"小莺道:"何以见得?"青钿道:"桌上只见棋盘,并不见人,及至找到门背后,才知他们夺车,岂不得神么?"小春道:"你且慢些笑人,安知诗中就无飞鞋那出戏呢?"青钿道:"这样好诗,如何有这腌臜句子!"

---

[1] 樗(chū)蒲——古时博戏的一种:博具是木制的"马",分做枭、卢、雉、犊、塞五种花色。掷骰子看得采多少,以定输赢。有四种贵采、六种杂采之分。后来一般用"樗蒲"二字作为各种赌博的代词。樗蒲也可写作摴蒱。

---

道姑笑道:"他只知做诗,那里还管腌臜;就是有些屁臭,亦有何妨。

鞋飞罗袜冷,……"

小赤道:"这个'冷'字用的虽佳,但当时所飞之鞋只得一只,必须改为'鞋飞一足冷'才妙。"

道姑道:

"枰散斧柯糜[1]。校射肩舒臂,烹茶乳沁脾。"

宰玉蟾道:"这三句含着三个典故:一是馨、香二位姐姐观棋,一是凤雏姐姐射鹄,一是紫琼姐姐品茶。妹子素日虽有好茶之癖,可惜前者未得躬逢其盛,至今犹觉耿耿。"紫芝道:"你既如此羡慕,将来燕府少不得要送茶[2]与你,何必着急!"玉蟾登时羞得满面通红。

道姑听了,不觉暗暗点头道:

"藏钩[3]猜哑谜,隔席叠芳词。抵掌群倾倒,濡唇众悦怡。"

紫芝道:"这是猜谜、行令以及笑话之类。但为何缺了剔牙一件韵事?"再芳道:"你拿镜子照照,满鼻子都是鼻烟,若编在诗里还更好

---

〔1〕 枰散斧柯糜——柯,斧柄;糜,烂。神话传说:晋王质到山里砍柴,遇见两个童子在下棋,他就坐下旁观。童子给他枣核一样的东西吃了,一点也不感觉饥饿。童子下完棋,对他说:"你的斧柄已经烂了。"他起身回家,下山一问,谁知已经过去一百年了。

〔2〕 送茶——古时婚礼中,男方要送茶给女方。就是第六十一回文中所说的"下茶"。

〔3〕 藏钩——一种猜东西的游戏:参加的人分为两方面,人数相等,把钩藏在一人手中,由对方去猜在什么人手里。

哩。"紫芝道:"若把鼻烟也编成诗句,我真服他是个神仙。"

道姑笑道:"我虽非神仙,曾记诗中却有一句:

　　指禅参郢鼻,……"

众人听了,莫不发笑。闵兰荪道:"这句自然是闻鼻烟了。请教'郢鼻'二字是何出处?"闺臣道:"妹子记得《庄子》曾有'郢人漫垩鼻端'之说,大略言:郢人以石灰如蝇翼之大,抹在鼻尖上,使匠人轮起斧斤,运斤成风,照着鼻尖用力砍去,把灰削的干干净净,鼻子还是好好,毫无损伤。今紫芝妹妹鼻上许多鼻烟,倒像郢人漫垩光景,所以他用'郢鼻'二字。"紫芝道:"仙姑只顾用这故典,我看你下句怎么对?果真对的有趣,我才服哩。"

道姑道:"那得好对,无非也是本地风光:

　　牙慧剔丰颐。"

紫芝拍手笑道:"这句真对的神化!我敬一杯。"再芳道:"郢是地名,丰是丰满之意,以郢对丰,似乎欠稳。"春辉道:"难道姐姐连《书经》'王来自商至于丰'也不记得么?况如今沛郡就有丰县,此是借对极妙句子,姐姐说他欠稳,未免孟浪。"

道姑道:

"嘲说工蟾吊,诙谐任蝶欺。"

闺臣道:"此句大约又是紫芝妹妹公案。他是座中趣人,与众不同,所以'郢鼻'之外,又有这个考语。"

道姑道:

"聪明覃黠婢,绰约艳诸姬。"

毕全贞正在打盹,忽听此句,不觉醉眼矇眬道:"为何又闹出丫鬟,这是何意?"丽蓉同斌儿只管望着小莺,小莺只急的满面通红。林书香道:"据我看来:这句或者说的是玉儿也未可知。"

道姑道:

"倦每嗤休矣,……"

紫芝道:"此句描写座中瞌睡光景,却是对景挂画;但这'矣'字是个虚字,颇不易对。仙姑:你可晓得,他们不但爱睡,还爱吐哩。"

道姑点头道:

"哇恒鄙出而。"

众人听了,忍不住一齐发笑。紫芝道:"这个'而'字对的虽密密可圈,就只他们哇的还有一个虾仁儿,可惜不曾表出,未免缺典。"

道姑道:

"白圭原乏玷,碧珷忽呈疵。"

紫芝道:"这两句我最明白,大约上句说的是诸位姐姐美玉无瑕,下句是我丑态百出了。"花再芳道:"座中就只你爱骂人。"闵兰荪道:"而且你又满嘴乱说。"毕全贞道:"这句说的不是你是谁!真有自知之明!"

道姑道:

"戍鼓连宵振,……"

青钿道:"为何忽要擂鼓?莫非要行'击鼓催花'之令么?若果如此,这个'戍'字只怕错了,还请另改一字。"

道姑点头道:"贫道只顾多饮几杯,那知却已醉了。

军笳彻晓吹。"

宝云道:"这句更古怪,莫非要打仗么?可谓奇谈了!其中是何寓意,尚望仙姑指示。"

道姑道:"此诗语句莫不明明白白,何须指示。况暗寓仙机,谁敢泄漏!

将骁单守陴,卒劲尽登陴。矗竖妖氛黑,……"

闺臣道:"仙姑既言仙机不敢泄漏,我们也不必苦人所难。况这诗句明明说着军前之事,何必细问。据我拙见:大约将来总有几位姐姐要到军营走走。就只末句'妖氛'二字,只怕其中还有妖术邪法之类,这倒不可不防。请教仙姑:这话可是?"

道姑道:"刚才有言在先,此诗虚虚实实,渺渺茫茫,贫道何能深知。好在所剩无几,待我念完,诸位才女再去慢慢参详,或者得其梗概,也未可知。

旗招幻境奇:短帘飘野店,古像塑丛祠。炙热陶朱宅,搓酥燕赵帷。冲冠徒尔尔,横槊亦訚訚。[1]"

花再芳道:"据这几句细细参详,却含着'酒色财气'四字,莫非军前

---

[1] 这里四句,分说财、色、气、酒,预射后文的酒、色、气、财四关。第一句:炙热,兴盛的样子;陶朱,春秋时大财主,据说是范蠡的化名。第二句:搓酥,形容女人身体的润泽;燕赵帷,代表女人,是由古诗"燕赵多佳人"的句子而来。第三句:冲冠,是说在生气的时候,头发上竖,把帽子都冲动了;徒尔尔,不过如此的意思。故事传说:春秋时,赵相如到秦国去,和秦王谈判,因为生气,以致"怒发冲冠"。这里引用这个故事,意思说,像那样的生气,也算不了什么。第四句:槊,长矛。故事传说:曹操向东吴进兵时,在江面船上喝醉了酒,手中横着槊,嘴里念着诗;訚訚,迷糊的样子。

还有这些花样么?"

道姑道:"若无这些花样,下句从何而来:

裂帛凄环颈,……"

众才女听到此句,个个毛骨悚然,登时都变色道:"据这五字,难道还有投环自缢之惨么?"

道姑叹道:"岂但如此!

雕鞍惨抱尸。寿阳梅碎骨,……"

众人都惊慌战栗道:"这竟是伤筋动骨,军前被害,不得全尸了!何至如此之惨!"一面说着,都滴下泪来。

道姑道:"你道这就惨么?还有甚于此的!此时连贫道也不忍朝下念了:

姑射镞攒肌。染碛模糊血,埋尘断缺骹。"

小春、婉如、青钿诸人听了,都垂泪道:"这个竟是死于乱箭之下,体无完肤了!莫讲日后自己不知可遭此陁,就是别位姐姐如此横死,令人何以为情,能不肝肠痛碎!"说着,都哽咽起来。

道姑道:

"甫为携帚妇,遽作易茵嫠。"

毕全贞道:"这是合欢未已,离愁相继。若由上文看来,大约必是其夫军前被害,以致拆散鸳鸯,做为嫠妇了。"

道姑道:

"泪滴天潢胄,魂销梵宇尼。"

锦云道:"我们这里那有皇家支派?这个尼姑又是何人?真令人不

解。"洛红蕖惟有暗暗嗟叹不已。

道姑道：

"井几将入井,……"

玉芝道："若以'入井'二字而论,岂不又是一位孀妇？以此看来:那碑记所说'薄命谁言座上无',这话果真不错。"井尧春道："请教仙姑：此句莫非是我休咎么？"道姑道："此诗虚虚实实,何能逆料就是才女。总而言之:此皆未来之事,是是非非,少不得日后自然明白。"青钿道："这两个'井'字不知下句怎对,请仙姑念来,我们也长长见识。"

道姑道：

"缁却免披缁。"

闺臣叹道："据这'缁'字,除了瑶钗姐姐再无第二人。但彼时他虽侥幸入场,何以竟至'免披缁'？难道那时竟要身入空门么？"缁瑶钗乳母在旁叹道："那时若非老身再三解劝,他久已躲入尼菴了。这位仙姑果真猜的不错。"众人听了,这才明白,都道："这两句竟是天生绝对,若非仙笔,何能如此。"

道姑道：

"瑟瑟葩俱发,姜姜蕊易萎。"

小春道："刚才仙姑说'百卉'二字系指我们而言；若果如此,你们听这下句,岂不令人鼻酸么！请教仙姑:据这诗句看来,我们众姊妹将来死于非命的不一而足,难道都是生平造了大孽而遭此报么？"道姑摇头道："如果造了大孽,又安能名垂千古。"小春道："既如此,为何又遭那样惨死呢?"道姑道:"惨莫惨于剖腹剜心,难道当日比干也造甚么孽?这总是秉着天地间一股忠贞之气,不因不由就把生死置之度外。"

小春道:"世上每有许多好人倒不得善终,那些坏人倒好好结果,这是何意?"道姑道:"'君子疾没世而名不称',岂在于此。若只图保全首领,往往遗臭万年。即以比干而论:当日他若逢迎君上,纣必甚喜,比干亦必保其天年;今日之下,众人一经说起,莫不唾骂。因其不肯逢迎,遇事强谏,以致不得其死;今日之下,众人一经说起,莫不起敬。岂非不得善终反强于善终么?所以世间孽子、孤臣、义夫、节妇,其贤不肖往往只在一念之差。只要主意拿得稳,生死看得明,那遗臭万年,流芳百世,登时就有分别了。总之:人活百岁,终有一死。当其时,与其忍耻贪生,遗臭万年;何如含笑就死,流芳百世。贫道为何忽发此言?只因内中颇有几位要应'含笑就死'这句话哩。但世事变迁莫定,总须临时方见分晓。下面还有两段结句,待我念来:

卞家分主客,孟氏列埙篪[1]。凡此根牵蒂,奚殊铁引磁。"
兰言道:"据这几句,可见大家连日聚会,果非偶然。"玉芝道:"若据'根蒂'二字,岂非把我们认真当作花卉么?"

道姑道:

---
[1] 埙(xūn)篪(chí)——原是两种乐器名,《诗经》:"伯氏吹埙,仲氏吹篪。"表示兄弟的和睦。因而后来一般就用"埙篪"二字作为兄弟的代词。

"武功宣近域,儒教骋康逵。巾帼绅联笏,钗钿弁系绥。"

史幽探道:"幸而还有这几句,毕竟闺中添了若干荣耀,可以稍快人意。"

道姑道:

"四关犹待阵,万里径寻碑。琐屑由先定,穷通悉合宜。"

小春道:"也不知四关所摆何阵;若请教仙姑,大约又是不肯说的。自从'戍鼓连宵振'一连几十句,闹的糊里糊涂,只怕还是'迷魂阵'哩。"融春道:"上文明明说着妖氛幻境,如何不是迷魂阵。若据第二句,只怕还有人到泣红亭走走哩。"

道姑道:"诸位才女:你看后两句,岂非凡事都不可勉强么?下面贫道也有几句妄语。"因伸出长指道:"总要搔着他的痛痒,才能惊醒这一场春梦哩。

爪长搔背痒,口苦破情痴。积毁翻增誉,交攻转益訾。

朦胧嫌月姊,跋扈逞风姨。镜外埃轻拭,……

贫道今日幸而把些尘垢全都拭净,此后是皓月当空,一无渣滓,诸位才女定是无往不利。但此中误事之由,谁得而知。待我再续一句,以足百韵之数,以明此梦总旨:

纷纷误局棋。"

闺臣听了,猛然想起碑记一局之误,连忙问道:"请教仙姑:何以误在棋上?"道姑道:"其中奥妙,固不可知;但以管窥之见:人生在世,千谋万虑,赌胜争强,奇奇幻幻,死死生生,无非一局围棋。只因参不透这座迷魂阵,所以为他所误。此时贫道也不便多言,我们后会有期。"当即作别而去。

众人送过,各自归席,重整杯盘。玉芝道:"被这道姑疯疯颠颠,隐隐跃跃,说得心里七上八下。起初听见那几个惨死的,心中好不害怕,惟恐将来轮到自己身上;及至听到名垂千古、流芳百世几句话,登时令人精神抖擞,生死全置度外,却又惟恐日后轮不到自己身上。只要流芳百世,就是二十四分惨死,又有何妨!不知区区日后可有这般福气。"花再芳道:"妹子情愿无福,宁可多活几时,那怕遗臭万年都使得;若教我自己朝死路走,就是流芳百世,我也不愿。"闵兰荪、毕全贞听了,莫不点头称善道:"现成的真快活倒不图,倒去顾那死后虚名,非痴而何!"

题花听见这些不入耳之言,心中着实不快,只得用言把他们话头打断道:"他这百韵诗虽不能字字工稳,其中佳句却也不少。刚才我一面写着,细细看去,共总一千字,并无一个重字,倒是绝调。"兰荪鼻中哼了一声道:"就只'邐迮易茵黁'、'萋萋蕊易萎',重了两个'易'字。"春辉扑嗤笑道:"姐姐既不明白,不该乱说。'萋萋蕊易萎'之易列在四寘,'邐迮易茵黁'之易列在十一陌,一是去声,一是入声,迥然不同,如何却是重字?若是这样,难道那两个'从'字也算重字么?"紫芝道:"姐姐说他无重字,我同你赌个东道。"题花道:"如有,我吃三杯;若无,你吃三杯。何如?"紫芝道:"既如此,你先吃六杯,若无重字,照样罚我。"题花着实诧异,只得饮了六杯道:"快说,快说!"紫芝道:"'泣红亭寂寂,流翠浦澌澌',这是两个重字。还有……"题花不等说完,忙走过道:"原来是这重字!若不好好吃六杯,大家莫想行令!"紫芝只得照数饮了道:"姐姐请人接令罢。"兰芝道:"还有两个笑话未曾交卷哩。"众人道:"才听道姑'寿阳梅碎骨'那些话,虽说无妨,毕竟心里还跳个不住,莫若此时再掣一二十签,略把心神定定,一总再说。如不能说的,照例饮三杯。"

锦云道:"如此甚好。刚才掣的是天文,妹子交卷了:

　　云芽　魏伯阳《参同契》　阴阳之始,元合黄芽。
'阴阳'、'合黄'俱双声,敬兰芬姐姐并普席一杯。"

米兰芬掣了禽名叠韵道:

　　"杜宇　《尸子》　天地四方曰宇。
'曰宇'双声,敬沉鱼姐姐一杯。"

沉鱼掣了百谷双声道:

　　"大豆　崔豹《古今注》　宣帝元康四年,南阳雨豆。"
紫芝道:"上天雨豆,虽是祥瑞之象,不知那时可曾雨过虾仁儿?"

　　未知如何,下回分解。

第九十一回

## 拆妙字换柱抽梁　掣牙签指鹿为马

话说紫芝道:"上天雨豆,虽是祥瑞之象,不知那时可曾雨过虾仁儿?"纪沉鱼道:"姐姐又要闹了。'阳雨'双声,敬锦枫姐姐一杯。"

廉锦枫掣了百官双声道:"今日行这酒令,已是独出心裁,另开生面,最难得又有仙姑这首百韵诗,将来传扬出去,却有一句批语:

　　都督　《张景阳集》　价兼三乡,声贵二都。
'价兼'双声,敬尧蓂姐姐一杯。"

吕尧蓂掣了身体双声道:"锦枫姐姐大约喜爱此诗,所以赞他。妹子就承上文再替你足一句:

　　发肤　刘勰《文心雕龙》　辞采为肌肤。
'辞采'双声,'为肌'叠韵,敬小春姐姐一杯。"

秦小春道:"妹子不会说笑话,倒可以贱姓行个酒令。"玉芝道:"'秦'字之多,莫过《战国策》,不知怎样行法?"小春道:"此时就从妹子说起,把《战国策》'秦'字,或句或读,从一个字起,要如宝塔式,至十个字为止,句句不离'秦'字。说出者免酒,说不出饮一杯接令。"玉芝道:"若是这样,即如'事秦'、'入秦'、'于秦'之类,不计其数,我们一百人,说到何时是了?"小春道:"这都不用,只用国名'齐秦'、'楚秦'之类。妹子先说一个,错者罚:

　　　　秦;韩秦;韩与秦;韩不听秦;韩谒急于秦;韩必入臣于秦;韩
　　　　出锐师以佐秦;韩令冷向借救于秦;韩相公仲使韩侈之秦;韩为
　　　　中军以与天下争秦。"

小春方才念完,众人纷纷都要交卷,这个说"我有'楚秦'",那个说"我有'齐秦'"。……小春笑道:"此事若非妹子预先埋伏,大家若都说出,还没一人吃酒哩。我这'韩秦',句句都是'韩'字起头,'秦'字落尾,一直到底,皆有次序,并非句中有了国名就算了。"玉芝道:"教我白想了两个'齐秦',那知这刻薄鬼用这坏心思!"小春道:"我替你主人敬酒,还说坏么?"

　　闺臣道:"幸而我还凑了一个,不至被他考倒:

　　　　秦;魏秦;魏攻秦;魏不胜秦;魏插盟于秦;魏折而入于秦;魏
　　　　王且入朝于秦;魏因富丁且合于秦;魏令公孙衍请和于秦;魏请
　　　　无与楚遇而合于秦。"

众人道:"国名虽有,要像'魏'字句句起首,却想不出,只好各饮一杯。怪不得那道姑说'隔席叠芳词',原来又有这些花样。"

　　小春掣了天文双声道:

　　"月牙　《春秋保乾图》　日以圆照,月以亏全。

'以圆'、'月以'俱双声,敬素辉姐姐一杯。"玉芝道:"如今又掣出天文,莫非那位仙姑又要来了? 但他指爪俱有数寸之长,闻得麻姑指爪最长,莫非他是麻姑前来点化么?"闺臣点头道:"妹妹这话,只怕竟有几分意思。"

　　蒋素辉掣了虫名双声道:"他脸上光光的并无一个麻子,如何说

是麻姑? 我去请教扬子,到《方言》找找去:

  蚰蜒 扬雄《方言》 蚰蜒自关而东,谓之蟪蚭。
本题、'蟪蚭'俱双声,敬紫绡姐姐一杯。"

  颜紫绡掣了宫室双声道:"谁知因谈麻姑,咱倒想起《金刚经》来:

  园囿 《金刚经》 祇树给孤独园与大比邱众。
'园与'双声,敬丽春姐姐一杯。"兰英道:"我们座中只有闺臣、紫绡二位姐姐最喜静养功夫,那知行令飞起书来也是不离本意。"

  潘丽春掣了药名双声。玉芝道:"这牙签有些作怪,倒像晓得丽春姐姐知医,他就钻出来。请教姐姐:假如今日多饮几杯,明日吃甚么可以解酒?"丽春道:"葛根最解酒毒;葛粉尤妙。此物汶山山谷及澧鼎之间最多。据妹子所见:惟有海州云台山所产最佳,冬月土人采根做粉货卖,但往往杂以豆粉;惟向彼处僧道买之,方得其真。"

  宝云道:"昨日家母所要方子,姐姐可曾带来?"丽春道:"此方乃人家必需,万不可少的,妹子意欲济世,所以都记在心里。此时就教玉儿写,待我念来:全当归捌钱,川芎叁钱,益母草叁钱,炙甘草壹钱,炮姜炭伍分,桃仁(研)拾粒。水对黄酒各壹碗。煎壹碗温服。"幽探道:"此方治何病症?"丽春道:"昨日师母因家父做过御医,命宝云姐姐告诉我,当日老师有位姨娘,因产后瘀血未净,以致日久成痞去世,惟恐别位姨娘再患此症,所以问我可有秘方。恰好我家祖传有这'生化汤'古方,凡产后瘀血未净,或觉腹痛,即服叁伍剂,最能去瘀生新;每日再能饮一杯童便,可保永无存瘀之患。此方若能刊刻,家家施送,真是阴骘不小。至师母所问肿毒之药,惟'五黄散'最妙。其方用黄连、黄柏、黄芩、雄黄、大黄,每样伍钱,共研极细末,磁瓶收贮;凡肿毒初起,用好烧酒调搽数次即消。这也是我家秘方。大家记了,即或自己不用,传人济世,也是好的。"兰芝道:"这算丽春姐姐行了一个小令,我们也饮一杯。"

丽春道:"妹子就借'葛根'交卷了:

　　葛根　《管子》　地者,万物之本原,诸生之根菀。

'万物'双声,敬紫樱姐姐一杯。"董宝钿道:"妹子闻得葛根人都叫作葛梗,这是何意?"丽春道:"前人医书并无'梗'字之说,大约这是近日医家写错了。"

魏紫樱掣了宫室双声道:"若非'根'字,何能承上。我只好也用元韵:

　　门楣　《晏子》　楚人为小门于大门之侧而延晏子〔1〕。"
紫芝向再芳道:"姐姐如发倦,何不进这小门打个盹去?"再芳不解此书之义,因答道:"他们既延晏子,我就进去何妨。"众人忍不住发笑。紫樱道:"'延晏'双声,敬紫菱姐姐一杯。"

易紫菱掣了列女双声道:

"　　婉儿　皇甫谧《高士传》　老莱子为婴儿戏以娱亲。

--------

〔1〕 "楚人为小门于大门之侧而延晏子"——故事传说:春秋时,齐国派晏婴使楚。晏婴身体矮小,楚国戏弄他,就在大门旁开一个小门,让他走。晏婴说:"我出使到'狗国',该走狗门;现在我出使的是楚国,怎么也让我走狗门呢?"这话一说,楚国立刻就改请他走大门。

--------

'老莱'、'以娱'俱双声,敬蘅香姐姐并普席一杯。妄用时音,自行检举,罚一杯。"春辉道:"'儿'字读作时音,与'婉'字同母,倒可不罚;但误用时人,却是要罚的。"紫菱道:"我用《灵飞经》所载爱儿,何如?"青钿道:"'爱儿'二字,见陶宏景《真灵位业图》,不始于钟绍京,误用时书,也罚一杯。"玉芝道:"令中不准用时人,为何姐姐要用婉儿?况且当日阅卷也有他在内,还算我们不及门的老师哩。"

紫菱道:"我因他有个评论,心中甚为不平,因此特将他的小名叫出,解解闷气。"青钿道:"是何评论?"紫菱道:"妹子闻他向日曾以牡丹等类三十六花分为师、友、婢,上、中、下三等,别的失当之处也不管他,我只不服为何好好把个凤仙列之于婢?他说芙蓉朝开暮落,其性不常,不能列之于友。至于凤仙,非芙蓉可比:若浇灌得宜,不使结子,能开三月之久。俗语说的'花无百日红',以凤仙而论,实有百日之红。向来有千层的,有并蒂的,又有一株而开五色的:各种颜色,无一不备。即如桃红一种,就有深浅三四等之分,其余可想而知。又有一种千层并蒂,能叶上开花,名叫'飞来凤';近日又有'千层顶头凤',其花大如酒杯,宛如月季。各样异种,不能枚举。栽种既易,又最长久。花之娇妍,无过于此。妹子每年总以绝好美种栽植数百盆,以木几由高至下,层层罗列,觉秋光明艳,赛过春花。如此佳品,求其列之于友而不可得,能不替他叫屈!"青钿道:"此花虽好,就只无香,列之于婢,或者因此。"紫菱道:"凡花有色者往往无香,即如有翼者皆两其足。天下之事,那能万全。若因有色无香,就列之于婢,试问牡丹、芍药、海棠之类,又何尝有香?大约色香俱全的惟有梅花,其次玫瑰,皆花中妙品,除此之外,岂可多得。"那边若花听了,暗向闺臣道:"当日你说碑记我们都有'司花'字样,紫菱姐姐这样替凤仙抱屈,莫非他是凤仙主人么?"闺臣点头道:"看这光景,只怕是的。"

兰芝道:"诸位姐姐或说笑话,或行小令,也该结结帐替我生发了。"薛蘅香道:"我不会说笑话,只好行个抽梁换柱小令。"青钿道:"一切酒规照前,不必再宣,姐姐说罢。"蘅香道:"我说一个'軍'字,把当中一竖取出,搓成团儿,放在顶上,变成'宣'字。"兰言道:"这令虽有趣,只怕一时要凑几个倒费事哩。"秀英道:"我说一个'平'字,把当中一竖取出,搓团放在顶上,变成'立'字。"众人齐声叫好。玉芝道:"我说一个'车'字,把当中一竖取出,搓团放在顶上,是个……"春辉道:"说了半截,怎么不说了?"玉芝道:"才想的明明白白,怎么倒又忘了?"青钿道:"据我看来:你这抽梁换柱,大约也同'分之,人也',又是自创的时样儿。"紫芝道:"蘅香姐姐是搓成团子,我要拉做长条儿,可使得?"蘅香道:"只要有趣,何所不可。"紫芝道:"我把玉芝妹妹搓坏的那个团子,拉做长条儿,放在破车当中,仍是一个整车;这叫做'反本还原'。"众人笑着,都饮一杯。

米兰芬道:"我饮两杯,托玉姑娘替我说个笑话。我的表兄是个秀才,你若教我一个骂秀才的,格外再饮一杯。"玉儿道:"有一老翁,最喜说笑话。这日元宵佳节,出去看灯,遇见几个秀才把他拦住,求他说笑话。老翁道:'笑话倒也不难。就只今日饮食不消,身子甚觉发懒。'众秀才道:'为何饮食不消?'老翁道:'前日偶尔吃了几个未煮熟的汤圆,肚腹一连疼了两日,刚才大解,细细一看,谁知还是几个生圆〔1〕。'"青钿笑道:"颜色可曾发绿?"绿芸道:"未发绿,倒变青了,所以都穿着青衫。"

吕瑞蓂道:"我还欠着一个笑话,我饮两杯,只好也烦玉儿了。"玉儿道:"有个解子,解一和尚发配。行至中途,偶然饮醉,不知人事。和尚趁其睡熟,即将解子头发剃去;并将自己僧衣脱下,给解子穿了;又把枷锁除下,也与解子戴了。登时逃去。解子酒醒,不见和尚,甚为焦躁。徘徊许久,忽见自己身穿僧衣;因将头上一摩,宛然光头和尚;及至细看枷锁,也都戴在颈上。不觉诧异道:'和尚明明在此,我往何方去了?'"兰言笑道:"这个解子忘了本来面目,究竟醉后,还情有可原。近来世上竟有明明白白的,忽然胡言乱道,忘了本来面目,不知又是何意?"紫芝道:"大约还是宿酒未醒。"

青钿道:"玉儿快接下去,我饮两杯。"玉儿道:"有一道学先生,教人只体贴得孔子一两句言语,便终身受用不尽。忽遇一个少年道:'在下生平也只体贴孔子两句,极亲切,自觉心宽体胖。'道学先生听了,不觉起敬道:'不意先生如此青年竟有这等颖悟! 不知是那两句?'少年道:'食不厌精,脍不厌细。〔2〕'"说的众人个个发笑。

红珠道:"笑话完了,请蘅香姐姐接令罢。"兰芝道:"此后酒令所剩无几,所有酒规,自应仍照前例,似可不必一总结算了。"蘅香掣了桥梁双声道:

------

〔1〕 生圆——生员的谐音,生员就是秀才,所以这里说是"骂秀才的"。

〔2〕 "食不厌精,脍不厌细"——食不厌精,是吃饭要拣好米;脍不厌细,是吃肉丝之类的肉要吃细切的。语出《论语》。

------

"城池　严遵《道德指归论》　通千达万而志在乎陂池。'陂池'叠韵,敬紫芝姐姐一杯。"

紫芝道:"这两日我手气不好,看牌就输,何能掣着好签。玉儿替掣一枝。只要掣着天文、地理宽宽题目,就有文章做了。"玉儿答应,掣了一签。正要看时,青钿夺过望望,是个天文,忙朝桶内一丢,道:"虫名双声。"紫芝道:"完了!我因上手漏报'万而'双声,正在得意,那知又弄出这个难题目!原来他的手气比我还丑。我最恶的是虫名,他偏要钻出来,真是'怕鬼有鬼'。——莫非不是虫名,你乱说罢?"青钿道:"姐姐既嫌此题太窄,就另掣一签何妨?"紫芝道:"呸!混说!我岂肯乱令!这总怪玉儿手气不好。你想这个虫名,即如他们所飞蜘蛛、蚰蜒之类,所有双声叠韵,都在本题身上,岂能教人吃酒?你若掣个天文、地理,有的是风云、雷雨、江河、湖海,处处都可生发。如今弄了这个,还不知可能敷衍交卷。我被你闹的真是'江郎才尽'了。"

春辉道:"别人掣签,不过略想一想,即刻就接令;他是先要谈论一番,然后慢慢再构思。玉儿!你写了多时,只怕乏了,且到花园顽顽歇歇去,这里接令还早哩。"紫芝道:"姐姐倒不必激我。我虽想了一个虫名,但报过之后,有人把这名字,不论颠倒,或在经史子集,或在注疏之中,道此两字的,我另外说一笑话;说不出,各饮一杯,何如?"兰芝道:"这倒有点意思。假如座中有两人道此二字呢?"紫芝道:"那怕十位道此二字,我就说十个笑话。倘你们说过之后,我也说出一个,怎样呢?"众人道:"我们自应也饮一杯。"幽探道:"忽又套出许多令来,还不知是个甚么惊天动地的虫名哩。妹妹请罢。"紫芝

道:"诸位姐姐躲远些,我说出来,被他咬了我可不管:

  臭虫　《山海经》　其状如人而二首,名曰骄虫。
'如人'双声,'人而'双声,'而二'双声,敬琼英姐姐一杯,笑话一个,普席两杯。"

  吕祥蓂道:"你弄出许多双声,倒不如每人吃一壶罢。"宝钿道:"这个顽的好,忽又闹出臭虫来了。"兰言道:"我的菩萨!这两个字却从那部书上找去?我先认输吃一杯。"戴琼英道:"兰芝姐姐不准一总结帐,我这笑话谁肯替我说,我好吃酒?"紫芝道:"你吃两杯,我替你说个'翻筋斗'的令。"星辉道:"怎么叫做翻筋斗?"紫芝道:"假如说一个字,一个筋斗翻过来,笔画虽然照旧,却把声音变了。说不出,仍照前例饮一杯。我说一个'士'字,翻了一个筋斗,变成'干'字。"月芳道:"这倒有趣,可惜一时想不出。"秀英道:"我用贱姓'由'字,翻个筋斗,变成'甲'字。"春辉道:"紫芝妹妹故意弄这酒令惑乱人心,谁去想他!我们且将这杯饮了,再把普席两杯干了,好去替他捉臭虫。"紫芝道:"去年我因臭虫多的狠,买了一包毒臭虫的药,甚为欢喜。及至打开一看,里面写着:'如捉住臭虫,把药塞他嘴里,登时就可毒死;设或不死,再塞一二次,总以毒死为度。'今年又买一个秘方,展开一看,却是'勤捉'二字。"亭亭道:"姐姐且慢谈论,妹子有话请教:这'臭虫'二字,刚才姐姐宣令时,曾有不论颠倒之话,我却想起一句。"紫芝道:"姐姐这话,好不令人毛骨悚然,莫非此书是两个'王'字做的么?"亭亭连连点头。

  未知如何,下回分解。

第九十二回

## 论果赢佳人施慧性　辩壶卢婢子具灵心

话说亭亭点头道:"还是'五行'哩。"紫芝道:"不必说,我吃一杯。"春辉道:"我也晓得了,上面还有'卯金刀'哩。"众人不懂。春辉道:"《汉书·五行志》曾有'为虫臭恶'之句,却是班固引刘向的话,所以他说'五行'篇,我说'卯金刀'了。"

众人道:"请教臭虫主人可能也说一个?"紫芝道:"你们可晓得本朝有个喜吃臭虫的?"众人道:"又说本朝了,罚一杯。"紫芝道:"我说晋朝郭璞,可使得？他注《尔雅》,曾言'负盘臭虫',难道你们还不该吃……"略停一停,又接着道:"一杯么？"春辉道:"你把一句话分做两截说,这个意思,也教我们吃臭虫了。"紫芝道:"话虽如此,但喜臭虫之人,乃吃的是负盘,其形似蜂；若认做咬人的臭虫,那就错了。"春辉道:"吃到这些臭东西,还要替他考正,你也忒爱引经据典了。"紫芝道:"若不替他辩明,将来都要乱吃,姐姐还当得住么?"春辉道:"他吃臭虫,为何我当不住？看这光景,我又变做臭虫了。——你可晓得我这臭虫是爱咬人的?"说着,走了过来。紫芝道:"好姐姐！莫咬！算我说错,罚一杯。"兰言道:"二位姐姐莫闹臭虫了,天已不早,快接令罢。"

琼英掣了宫室双声道:

"承尘　干宝《搜神记》　飞上承尘。

本题双声,敬芷馨姐姐一杯。"兰言听了,望了一望,不住摇头。窦耕烟暗暗问道:"姐姐为何摇头?"兰言道:"此书原是'鸠来为我祸也飞上承尘'一连十个字,才是一句。今琼英姐姐因上半句话语不好,只飞下半句。我细细把他一看,那知此句竟是他的谶语,也是一位不得其死的。"耕烟道:"待我问他一声。"因叫道:"姐姐要飞'尘'字,书中甚多,即如刘峻《辨命论》、班彪《北征赋》,以及《晋纪·总论》、屈原《渔父》之类,都可用得,必定要用《搜神记》,这是何意?"琼英道:"妹子原想用《何水部集》'寻玉尘于万里,守金龟于千年'。谁知不因不由,忽把此句飞了出来。"

姚芷馨掣了财宝双声道:

"真珠　陆贾《新语》　禹捐珠玉于五湖之渊。

'玉于'双声,敬秀英姐姐一杯。"

闺臣道:"适因此珠,偶然想起昨托宝云姐姐请问师母之话,可曾问过?"宝云道:"昨日姐姐去后,妹子细问家母,据说姐姐之珠,乃无价之宝,务须好好收藏。家父真珠虽多,类如此等的,也只得两颗。但各珠名号不同,其类有龙、蛟、蛇、鱼、鳖、蚌之分:龙珠在额,蛟珠在皮,蛇珠在口,鱼珠在目,鳖珠在足,蚌珠在腹。——姐姐之珠,乃大蚌所产,名'合浦珠'。"廉锦枫道:"师母这双慧眼,真是神乎其神,此珠果是大蚌腹中之物。"宝云道:"姐姐何以晓得?"闺臣就把锦枫取参杀蚌各话说了。众人听了,莫不赞叹锦枫之孝。春辉道:"刚才我们说王休徵卧冰求鱼,已是奇孝;谁知锦枫姐姐入海取参,竟将性命置之度外,如此奇孝,普席也该立饮一杯,大家也好略略学个样子。"众人饮毕。

秀英掣了列女双声,想了多时,忽然垂下泪来道:"此时我们只顾在此饮酒,只怕家中都是:

　　　朝姝　《战国策》　汝朝去而晚来,则吾倚门而望。"
玉芝道:"'汝暮去而不还,则吾倚闾而望。'"闺臣同锦枫、亭亭听了,都泪落如雨。座中凡有老亲而在异乡的,听了此句,又见秀英、闺臣这个样子,登时无不堕泪。兰芝道:"姐姐:这是何苦!甚么飞不得,单要飞这两句?究竟那位接令?真闹糊涂了。"司徒妩儿道:"他在那里伤心,我替盟姐说罢:'而晚'、'而望'俱双声,敬妩儿妹妹一杯。此系时音,不敢替主人转敬。"题花道:"时音还在其次;至《战国策》正令虽未飞过,宝塔词却用的不少,只怕要罚一杯。"秀英道:"我用枚乘《七发》'麦秀蔪兮雉朝飞'。"紫芝道:"姐姐何不用《齐书》'虱有谚言,朝生暮孙';或用徐干《中论》'小人朝为而夕求其成'?普席岂不都有酒么?"兰言道:"秀英姐姐不必另飞,省得接令换人又要争论,好在《战国策》与正令还不重复,也可用得。"

司徒妩儿掣了虫名叠韵道:

　　　"蒲卢　《尔雅》　果蠃蒲卢。
'果蠃'、本题俱叠韵,敬玉蟾姐姐一杯。"春辉道:"《诗经》是'螟蛉有子,果蠃负之';《尔雅》又是'果蠃蒲卢'。一物而兼三名,原不为奇,最难得都是叠韵。古人命名之巧,无出其右,这可算得千古绝唱了。"题花道:"此中还有几个奇的:若把'蠃'之当中'虫'字换个

'鸟'字,《博雅》谓之'果蠃桑飞',却又变成鸟名;再把'鸟'字换做'果'字,《诗经》谓之'果蠃之实',忽又变成瓜名。三个都是同音。这个不但命名甚巧,并且造字也巧。"玉儿道:"祝才女把'虫'字读做'蟲'音,不知有何出处?只怕错了。"题花道:"我原知'虫'是古'虺'字,应当读'毁',只因一时匆忙说错,罚一杯。你这玉老先生,我实在怕了!"

兰言道:"玉儿:你既这样聪明,我再考你一考:请教店铺之'铺',应做何写?"玉儿道:"应写金旁之'铺'。"兰言道:"帐目之'帐'呢?"玉儿道:"此字才女只好考那乡村未曾读书之人。我记得古人字书于帐字之下都注'计簿'二字,谁知后人妄作聪明,忽然改作贝旁,其实并无出处。这是乡村俗子所写之字,今才女忽然考我,未免把我玉儿看的过于不知文了。"兰言道:"玉老先生莫动气,是我唐突,罚一杯!"

玉蟾掣了花卉叠韵道:"我们连日在老师府上,妹子有个比语,说来求教:

  芃兰 《家语》 入善人之室,如入芝兰之室。

'如入'双声,敬香云姐姐一杯。"兰言道:"此句飞的乃'言道其实',万不可少,恰恰飞到香云姐姐,尤其凑巧。明日老师看见这个单子,见了此句,必说我们这些门生虽然年轻,还是识得好歹的。"小春道:"独赞宝云姐姐,岂不把今日的主人落空么?"春辉道:"何尝落空!你把飞的'芝兰'二字翻个筋斗,岂不是今日的主人么。"众人听了,不觉大笑,都道:"这句飞的原巧,也难得春辉姐姐这副锦心,这张绣口。"

香云掣了虫名叠韵道:

"螳螂 《吴越春秋》 夫黄雀但知伺螳螂之有味。本题叠韵,敬再芳姐姐一杯。"兰言道:"每见世人惟利是趋,至于害在眼前,那里还去管他。所以俗语说的:'人见利而不见害,鱼见食而不见钩。'就如黄雀一心要捕螳螂,那知还未到口,而自己却命丧王孙公子之手,岂非为螳螂所害?古人因贪利之辈不顾祸患,故设此语以为警戒;无如世人虽知其语之妙,及至利到跟前,就把'害'字忘了。所谓'利令志惛',能不浩叹!"

青钿道:"再芳姐姐接令了。"花再芳因紫芝臭虫之令又多饮几杯,正在打盹,忽听此言,连忙接过签桶,掣了一枝,高声念道:"身体双声。"众人听了,想起兰荪的脚筋,由不得又要发笑;因再芳性情不好,大家也不敢多言。紫芝却暗暗写了一个纸条拿在手里。只见再芳在那里一面摇着身子寻思,一面拿着牙杖剔牙。紫芝趁势过去道:"姐姐只怕也是肉圆子塞在牙缝里,我替你剔出来。"再芳仰首张口。紫芝朝里望一望道:"这个好剔,只有豆大,是个红的。"接过牙签,放入口内,朝外一剔,看了一看,撂在地下道:"我说为何通红,原来是个臭虫。"再芳道:"左边也塞的狠,你也替我剔出来。"紫芝又剔出,朝地下一丢道:"我只当是些脂麻,原来是几张虱子皮。"就势把纸条递过,随即归位。

再芳看了,乐不可支,慌忙说道:

"秃头 《榖梁传》 季孙行父聘于齐,齐使秃者御秃者。

重字双声,敬琼芳姐姐一杯。"引的众人由不得好笑。春辉道:"这都是紫芝妹妹造的孽。我同你赌个东道:除前书之外,如再飞个秃字,或双声,或叠韵,我吃一杯。——并且所飞之句仍要归到形体,至于苏武秃节效贞,孔融秃巾微行之类,那都不算。"紫芝想一想道:"有了:《东观汉记》:'窦后少小头秃,不为家人所齿。'这是本题双声。又《许氏说文》:'仓颉出,见秃人伏禾中,因以制字。'这是'因以'双声。还有《风俗通》:'五月忌翻盖屋瓦,令人髪秃。'这是'屋瓦'双声。别的虽有,大家用过之书我都忘了,必须查查单子去。"春辉道:"查出不算。"紫芝道:"既如此,就吃三杯饶你罢!"春辉道:"我记得他们议论'菽水',《风俗通》倒像有人用过。"紫芝道:"吓!我也吃一杯。"

青钿道:"刚才玉儿替紫芝姐姐掣的实系天文,我因题目过宽,所以改个虫名,那知还是教他灌了好几杯。"紫芝道:"并且亭亭姐姐说的那句《汉书》,还多谢你们把笑话也免了。"春辉道:"这个亏吃的不小。怎么九十多人都被他闹臭虫搅糊涂了? 少刻这笑话一定要补的。"

叶琼芳掣了兽名双声道:

"騊駼 《司马文园集》 轶野马,辚騊駼。

'野马'叠韵,本题双声,敬银蟾姐姐一杯。"题花道:"这两句竟是套车要走了。"众丫鬟道:"车都套齐,久已伺候了。"玉芝道:"祝才女说的是书,何尝问你们套车。看这光景,你们倒想家了。"史幽探道:"正是。天已不早,此令不知还有几人?"玉儿道:"还有八位才女。"

众人齐催拿饭。兰芝只说:"天时尚早,尽可从容。"

宰银蟾掣了蔬菜叠韵道:

"壶卢　刘义庆《世说》　东吴有长柄葫芦,卿得种来否?本题双声,敬兰芳姐姐一杯。"兰言道:"玉儿:我考你一考:此句怎讲?"玉儿道:"这是当日陆士衡弟兄初见刘道真,以为道真不知问些甚么大学问的话,谁知他只问壶卢种可曾带来。"紫芝道:"我也学刘道真了,请问婉春姐姐:你们会稽山的老虎最多,你来时可曾把虎须带来?"婉春道:"姐姐要他何用?"紫芝道:"我要两根送兰荪、再芳二位姐姐做剔牙杖。"兰言道:"玉儿:你把单子拿来我看。"玉儿送过,兰言看了道:"这'壶卢'二字,为何写做两样?究竟用那个为是?"玉儿道:"历来写草头虽多,但据我的意思:壶是饮器,卢是饭器,北边此物极大,人都做为器用,古人命名,必是因此。《诗》有'八月断壶'之句,并非草头。至于'草头'二字,葫是大蒜,芦是蒲苇,会义指事,迥然不同,不如无草头最切。当日崔豹虽未言其所以,却已用过。"兰言道:"玉老先生请罢! 将来我们再写这两个字,断不'依样葫芦',一定要改'新样壶卢'的。"

蔡兰芳掣了地理双声,忖一忖道:"妹子虽想了两句,但一有普席之酒,一无普席之酒;若取吉利,却无普席之酒。"兰言道:"且把吉利的交了卷再讲。"兰芳道:

"黄河　王嘉《拾遗记》　黄河千年一清,圣人之大瑞也。率题双声,'千年'叠韵,敬锦心姐姐一杯。"兰言道:"普席之酒却是何句?"青钿道:"我猜着了:莫非虞荔《鼎录》'寇盗平,黄河清'么?"

兰芳道:"并非《鼎录》,是《吕氏春秋》'吕梁未发,河出孟门'。"兰言道:"这句却有'吕梁'、'孟门'两个双声,既如此,我们普席各饮半杯。"

言锦心掣了花卉双声道:"妹子并无好句,不过搪塞完卷。至于以上所飞之句,处处入妙,却有一比:

荷花　李延寿《南史》　此步步生莲花也。

重字双声,敬闺臣姐姐一杯。"青钿道:"且慢掛酒!这部《南史》,正令虽未用过,我记得刚才红英、尧春二位姐姐以'琴棋'二字打赌,曾用李延寿《南史》;并且红英姐姐曾借'李'字说过元元皇帝一个笑话。姐姐误用重书,只怕要罚一杯。"井尧春道:"青钿姐姐记错了!我用的是李延寿的《北史》,并非《南史》。"青钿只得饮了一杯道:"我今日闹的糊里糊涂多吃了许多酒,总是'湖州老儿'把我气的。"

闺臣掣了时令双声道:"兰芝姐姐:天已黄昏,所谓'臣卜其昼,未卜其夜[1]'。请赐饭罢。妹子就用'黄昏'二字交卷,以记是日欢聚几至以日继夜之意。"青钿道:"'黄昏'二字,虽是对景挂画,就只可惜是个俗语。"闺臣道:"'日至虞渊[2],是谓黄昏。'见《淮南鸿烈》,岂是俗语。"春辉道:"他才把酒干了,倒又想吃,真是好量。"

忽闻远远的一片音乐之声,只见丫鬟向宝云道:"各灯都在小鳌

---

[1] "臣卜其昼,未卜其夜"——故事传说:春秋时,陈敬仲陪着齐桓公喝酒喝得很高兴。天快黑了,桓公叫拿烛来,准备继续喝下去。敬仲辞谢说:"我只计划了白天里,没有计划到晚上,不敢再喝下去。"

[2] 虞渊——古代传说太阳落入的地方。

山楼上楼下分两层挂了,请小姐先去看看,如有不妥,趁此好改。夫人恐众才女过去看灯,未备花炮,觉得冷淡,现命府中女清音在彼伺候。"众人道:"既已挂齐,我们就同去走走,少刻再来接令。"一齐出席,离了凝翠馆。

宝云道:"兰芬姐姐如把这些灯球算的不错,我才服哩。"兰芬听了,甚觉不懂,只得含糊应道:"妹子只能算算天文、地理、勾股之类,何能会算灯球。"董花钿道:"我们今年正月在小鳌山看灯,那知转眼又交夏令了。"只闻音乐之声渐渐相近,不多时,来到小鳌山。原来三面串连大楼二十七间,只南面一带是低廊,楼上楼下俱挂灯球,各种花样,五色鲜明,高低疏密,位置甚佳。兰芬道:"怪不得姐姐说这灯球难算哩。"

未知如何,下回分解。

# 第九十三回

## 百花仙即景露禅机　众才女尽欢结酒令

话说兰芬道:"怪不得姐姐说这灯球难算,里面又有多的,又有少的,又有长的,又有短的,令人看去,只觉满眼都是灯,究竟是几个样子?"宝云道:"妹子先把楼上两种告诉姐姐,再把楼下一讲,就明白了。楼上灯有两种:一种上做三大球,下缀六小球,计大小球九个为一灯;一种上做三大球,下缀十八小球,计大小球二十一个为一灯。至楼下灯也是两种:一种一大球,下缀二小球;一种一大球,下缀四小球。"众人走到南边廊下,——所挂各色连珠灯也都工致——一齐坐下,由南向北望去,只见东西并对面各楼上下大小灯球无数,真是光华灿烂,宛如列星,接接连连,令人应接不暇,高下错落,竟难辨其多少。

宝云道:"姐姐能算这四种灯各若干么?"兰芬道:"算家却无此法。"因想一想道:"只要将楼上大小灯球若干,楼下灯球大小若干,查明数目,似乎也可一算。"宝云命人查了:楼上大灯球共三百九十六,小灯球共一千四百四十;楼下大灯球共三百六十,小灯球共一千二百。兰芬道:"以楼下而论:将小灯球一千二百折半为六百,以大球三百六十减之,余二百四十,是四小球灯二百四十盏;于三百六十内除二百四十,余一百二十,是二小球灯一百二十盏。此用'雉兔同笼[1]'算法,似无舛错。至楼上之灯,先将一千四百四十折半为七百二十,以大球三百九十六减之,余三百二十四,用六归:六三添作五,六二三十二,逢六进一十,得五十四,是缀十八小球灯五十四盏;以三乘五四,得一百六十二,减大球三百九十六,余二百三十四,以三归之,得七十八,是缀六小球灯数目。"宝云命玉儿把做灯单子念来,丝毫不错。大家莫不称为神算。又听女清音打了一套十番[2],惟恐过晚,都回到凝翠馆。

青钿道:"闺臣姐姐要用即景'黄昏'二字,可曾有了飞句?"闺臣道:"我因刚才禅机笑话偶有所感,却想起葛仙翁一句话来:

黄昏 《抱朴子》 谓黄老为妄言,不亦惜哉!
'为妄'双声,'亦惜'叠韵,敬红珠姐姐一杯,普席一杯。"兰言道:"闺臣妹妹这两句,因世人不信人可成仙,特引此书为之提醒,虽是一片婆心,但看破红尘,能有几人?莫讲成仙了道,略把争名夺利各事看的淡些也就好了。我看贤妹仙风道骨,大约上了小蓬莱已得了

---

[1] "雉兔同笼"——古代算法的一种。所谓"雉兔同笼",指只知雉兔的头和脚的总数,求雉兔各为若干。算法是:足数折半,减去头数,得兔数;从头数减去兔数,得雉数。

[2] 十番——是一种音乐合奏。所用的乐器,随时间、地点而有变更,也不限于十种;其中还有粗细之分。以前常用的是唢呐、笙、海笛、星堂、小锣、齐钹、胡琴、怀鼓等。后来流行的十番锣鼓,不再用管弦乐器,而专用锣、鼓、堂鼓、木鱼等几种打击乐器。

元妙,日后飞昇时倘将愚姐度脱尘凡,也不枉今日结拜一场。"闺臣道:"姐姐说我日后飞昇,谈何容易!这才叫作'望梅止渴'哩。"闵兰荪道:"你们只顾说这不中听的话,岂不把笑话耽搁么?"

掌红珠道:"姐姐莫忙。适因'成仙了道'之话,倒想起一个笑话:一人最喜饮酒,并且非肉不饱,每日惟以赌钱消遣。一日,遇见仙人,叩求长生之术。仙人道:'看你骨格,乃有根基之人。我有仙丹一粒,你拿去服过之后,即可长生不老。但有几件禁戒之事必须牢记,设或误犯,虽服仙丹,也是无用。'此人接过仙丹道:'请教所戒何事?'仙人道:'只得七个字:戒酒除荤莫赌钱。'此人思忖良久,把仙丹退还道:'这有何趣!'"兰言笑道:"以此而论:放着现成仙丹还要退回,你若教他苦修,岂不难么!"

红珠掣了饮食双声道:"今日蒙兰芝姐姐赐饭,明日还不能出门哩。"兰芝道:"这却为何?"红珠道:"当日北齐皇甫亮曾对文宣有句话,妹子说来,姐姐就明白了:

　　酒浆　李百药《北齐书》　一日醉,一日病酒。

'一日'、'一日'俱叠韵,敬春辉姐姐一杯,普席一杯。"兰言道:"今日的酒,真是络绎不绝。又有两位令官监酒,丝毫不能容情,大约座中未有不是尽欢尽量。明日病酒这话真真不错。"小春道:"只要有了云台山的葛粉,怕他怎么!"

春辉道:"妹子因古人造字有象形之说,意欲借此行个酒令,但大家都是急欲回去,如不高兴,我就说个笑话,好接前令。"兰芝道:"天时尚早,好姐姐,你把象形酒令宣宣罢。"春辉道:"我说一个'甘'

字,好像木匠用的刨子。"兰言道:"果然神像。此令倒还有趣。"玉芝道:"玉儿:这个字怎么写?"玉儿道:"金旁加个包字。"玉芝道:"只怕有些杜撰。"玉儿道:"此字见顾野王《玉篇》,如何是杜撰。"题花道:"你刚才说那八个弟兄都有绰号,我也送你一个绰号,叫做'知古今'。"施艳春道:"我说一个'且'字,像个神主牌。"褚月芳道:"我说'非'字,好像篦子。"紫芝道:"倒是一张好篦子,可惜齿儿太稀了。"斌儿道:"我说'母'字,好像书吏帽子。"书香道:"我说'山'字,像个笔架。"秀英道:"我说'酉'字,像个风箱。"小春道:"我说'伞'字,就像一把伞。"红蕖道:"我说'册'字,像一座栅栏。"紫芝道:"我说一个'出'字,像两个笔架。"春辉道:"这是抄人旧卷。"尹红萸道:"我说'皿'字,像一顶纱帽。"印巧文道:"我说'乙'字,像一条蛇。"柳瑞春道:"我也说个'一'字,像一条扁担。"众人道:"这两个'乙'字都好。"春辉道:"诸位姐姐如不赐教,请用一杯,好接令了。"紫芝道:"姐姐如吃三杯,我再说个顶好象形的。"春辉道:"我酒已十分,再吃三杯,岂不醉死么!"紫芝道:"或者题花姐姐说个笑话也使得。"题花道:"笑话倒不难。但说过之后,你的字设或无趣,并不贴切,却怎样呢?"紫芝道:"如不贴切,我也还你一个笑话。"

题花道:"我因春辉姐姐才说醉死之话,却想起一个笑话:一人最好贪杯。这日正吃的烂醉,那知大限已到,就在醉中被小鬼捉去。来至冥官殿上,冥官正要问话,适值他酒性发作,忽然大吐,酒气难闻。冥官掩鼻埋怨小鬼道:'此人如此大醉,为何捉来?急速放他回去。'此人还阳,只见妻妾儿女都围着恸哭,连忙坐起道:'我已还魂,不必哭了。快拿酒来!'妻妾见他死而复生,不胜之喜,一齐劝道:'你原因贪杯太过,今才活转,岂可又要饮酒!'此人发急道:'你们不知,只管快些多多拿来,那怕吃的人事不知,越醉越好。'妻妾道:'这却为何?'此人道:'你不晓得,我如果醒了,就要死了。'"兰言笑道:"过于明白,原非好事,倒是带些糊涂最好。北方有句俗语,叫作'憨头郎儿增福延寿';又道'不痴不聋,不作阿家翁'。这个笑话,细细想去,却很有意味。"

题花道:"笑话已说,你的字呢?"紫芝道:"我说一个'艸'字,神像祝大姐夫用的两把钢叉。"引的众人好笑。题花拿着酒杯过来道:"你不好好说个笑话,我一定灌三杯!"紫芝道:"我说!我说!你过去!那公冶矮的兄弟名叫公冶矬,也能通兽语。这日正向长官卖弄此技,忽听猪叫。长官道:'他说甚么?'公冶矬道:'他在那里教人说笑话哩。'"青钿道:"题花姐姐:今日且由他去,明日我们慢慢编几个再骂他。"紫芝道:"这猪昨日用尾撇兰,今日又要听笑话,倒是极风韵的雅猪。"春辉笑道:"'雅猪'二字从未听过。至于猪能风韵,尤其新奇。猪又何幸而得此!"随手掣了一签,高声念道:"水族双声。"紫芝道:"忽然现出水族,莫非祝大姐夫果真要来耍么?"春辉道:"妹妹莫闹!我才想了一个'石首[1]',意欲飞《竹书纪年》'帝游于首山'之句,虽可替敬一杯,但今日我们所行之令,并非我要自负,实系

---

[1] 石首——有三种解释:一、鱼名,就是黄花鱼,省称黄鱼;二、人名,春秋时人;三、县名,属湖北省。

前无古人,后无来者,竟可算得千古独步。此时只剩三人就要收令,必须趁此将这酒令略表白一句,庶不负大家一片巧思。"玉芝道:"你说这是独步,将来设或有人照这题目也凑一百双声叠韵,比我们还强,岂不教人耻笑么?"春辉道:"若照我们题目,也把古人名、地名除去,再凑一百个,何得能彀。况且你又误猜将及百条,也要除去,尤其费事。即使勉强凑出,不是《博雅》、《方言》的别名,就是《山海经》、《拾遗记》的冷名,先要注解,岂能雅俗共赏。我们这个好在一望而知,无须注解,所以妙了。总而言之:别的酒令,无论前人后人,高过我们的不计其数;若讲双声叠韵之令,妹子斗胆,却有一句比语:

  石首 《任中丞集》 千载美谈,斯为称首。

'斯为'叠韵,敬宝云姐姐一杯。"兰芝道:"这个虽是鱼名;若据《左传》,却是人名;按地理又是县名。虽与果蠃之义不同,难得一名却是三用。如此之巧,大家也该赏鉴一杯才是。"兰言道:"这杯一定干的。但下手只剩两位就要收令,姐姐分付快些拿饭,行令的行令,用饭的用饭,才不耽搁。"众人道:"姐姐既不拿饭,少刻令完一齐都散,看你拦住那个!"兰芝见天色不早,又因酒已不少,只得分付拿饭。

  宝云掣了人伦双声道:"刚才起令,良箴姐姐曾有'东都妙姬,南国丽人'之句;此时将要收令,必须仍要归到我们身上,才有归结。并且妙姬丽人,只言其美,至于品行,尚未言及,妹子意欲点他一句,心里才觉释然。——无奈难得凑巧之句。虽有几句好的,偏偏书又被人用过。"兰言道:"品行一层,乃万万不可少的,姐姐若不略点一句,将来后人见这酒令,还把我们当做一群酒鬼哩。"宝云忖一忖道:

"曹大家乃自古才女,莫若用他着作点染,尤其对景:

夫妇　班昭《女诫》　女有四行,一曰妇德。

'一曰'双声,敬周庆覃姐姐一杯。"玉芝道:"周者,普遍之意,只怕令要全了。"青钿道:"好容易我才捉住一位!请教宝云姐姐:'夫妇'同'石首'既不同韵,又不同母,失了承上之令,岂不要罚么?"紫芝道:"我同妹妹格外赌个东道:如宝云姐姐被罚,我也吃一杯;倘你说错,也照此例。你可敢赌?"青钿道:"我就同你赌!"宝云道:"妇首同韵,青钿妹妹输了。"青钿道:"我不信!妇首声音悬殊,岂能归在一韵?而且一上一去,断无此理。"玉儿把沈约《韵谱》送过,青钿翻开看了,气的闭口无言。一面饮酒,只将"湖州老儿"骂个不了。兰芝道:"你虽恨他,我却感激他,不想这位老先生倒会替我敬酒。"说的青钿扑嗤一笑,把酒都喷出道:"我活到如今,才晓得'夫妇'却教做'夫否'。"

周庆覃掣了地理双声道:"今日诸位姐姐所飞这些双声叠韵,经史子集无般不有,妹子在旁看着,何敢赞一词。只有《庄子》一句恰对我的光景:

湖河　《庄子》　吾惊怖其言,犹河汉而无极也。

'河汉'古音双声,'而无'今音双声,敬若花姐姐一杯,普席同庆一杯。"若花道:"偏偏轮我收令,又教我说笑话,这却怎好?"题花道:"容妹子略想一想,替你说罢。"

玉芝道:"刚才春辉姐姐说我们今日之令乃千古绝唱,既如此,妹子明日就将此令按着次序写一小本,买些梨枣好板,雇几个刻工把他刻了,流传于世,岂不好么?"题花道:"有一教书先生最好放屁,……"玉芝道:"我正说刻书,题花姐姐忽说放屁,这是怎讲?"兰言笑道:"他替若花姐姐说笑话哩。"玉芝道:"原来如此。你快说,先生好放屁便怎么?"题花道:"……惟恐学生听见不雅,就在坐位之后板壁上刻一小洞,以便放屁时放在洞外,可掩其声。一日,先生外出,东家偶进书房,看见此洞,细问学生。学生告知其故。东家皱眉道:'好好板壁,为何如此遭塌!即或忍不住放几个屁,也是人之常情,何必定要如此。少刻先生回来,你务必告诉先生:以后屁只管教他放,板是乱刻不得的。'"众人听了,笑的个个喷饭。玉芝道:"我刚要刻酒令,他就编出这个笑话,真是刻薄鬼。"

若花把签桶摇一摇:"起首是'五百岁为春'以及'吉日辰良'等句,莫不暗寓祥瑞之意。此刻轮到妹子收令,必须也用一个佳句才有始有终。但一句要把他收足,业已费事,且又有承上及双声叠韵之难,不知题目可能凑巧。"随即掣了一枝花卉双声。青钿道:"此题还不甚窄,姐姐拟用何名?"若花道:"我才想'合欢'二字,既承上文,又与现在光景相符,必须用此才妙。"青钿道:"既如此,所飞之句,何不用嵇康《养生论》呢?"若花摇头,忖一忖道:"有了:

　　　合欢　《礼记》　酒食者,所以合欢也。

'合欢'双声,合席欢饮一杯。"众人赞道:"此句收的不独'酒食'二字点明本旨,且'合欢'二字又寓合席欢饮之意。虽只数字,结束之妙,无过于此,若非锦心绣口,何能道出。能不佩服!"玉芝道:"结的固好,但《礼记》有人用过,要罚一杯。"

未知如何,下回分解。

第九十四回

## 文艳王奉命回故里　女学士思亲入仙山

话说玉芝道:"《礼记》有人用过,要罚一杯。"若花道:"这又奇了!刚才我看单子,无论正令旁令,并无'礼记'二字。为何有人用过?只怕玉儿写错了。"玉芝把单子取来一看,只见"齐庄中正"之上写着"中庸"二字,这才明白,道:"原来是我未报《礼记》,报了《中庸》,无怪姐姐忽略过了。"题花道:"如今看着虽算重了一部,安知后世不将《中庸》另分一部哩[1]。好在旁令所飞之书甚多,也补得过了。"兰言道:"我只喜起初是若花姐姐出令,谁知闹来闹去,还是若花姐姐收令,如此凑巧,这才算得有始有终哩。"众人因天色不早,当即出席,再三致谢而散。

次日,蒋、董、掌、吕四家小姐彼此知会,都禀知父亲,就借卞府邀请众才女聚了一日。闺臣、若花同史幽探诸人也借凝翠馆还席。接着大家又替若花、兰音、红红、亭亭分着饯行。一连聚了几天。那"长安送别图"诗词竟有数千首,恰恰抄成四本,极尽一时之盛。登

------

[1]《中庸》本是《礼记》中的一篇。宋朱熹撰章句,把它抽出单印,和《大学》、《论语》、《孟子》合称"四书"。《中庸》从《礼记》中抽出单印,是唐代以后的事,所以这里故意作揣测的语气。

时四处轰传,连太后、公主也都赋诗颁赐。

这日钦限已到,若花同兰音、红红、亭亭前去叩别老师。方才回寓,礼部早有官员把敕命赍来,并催急速起身,以便覆旨。四人忙备香案接了御旨,上朝叩谢。适值国舅也因接了敕命上朝谢恩,一同回到红文馆。那九十六位才女也都会齐等候送行。众人因国舅虽系男装,并非男子,都来相见。闺臣预备酒饭。大家都是恋恋不舍,略略坐了一坐,当即出席。国舅家人已将三辆飞车陆续搭放院中,都向西方按次摆了。众人看时,那车只有半人之高,长不满四尺,宽约二尺有余;系用柳木如窗棂式做成,极其轻巧;周围俱用鲛绡为幔;车内四面安着指南针;车后拖一小木如船柁一般;车下尽是铜轮,大小不等,有大如面盆的,有小如酒杯的,横竖排列,约有数百之多,虽都如同纸薄,却极坚刚。当时议定:国舅、若花坐前车,红红、亭亭坐中车,兰音与仆人坐后车。国舅把钥匙付给仆人,又取三把钥匙递给红红道:"一是起匙,一是行匙,一是落匙,上面都有名目,用时不可错误。如要车头向左,将柁朝右推去;向右,朝左推去;紧随我车,自无舛错。车之正面有一鲛绡小帆,如遇顺风,将小帆扯起,尤其迅速。"并引红红、亭亭将车内如何运动钥匙之处交代明白,道声慢在,轻轻上了前面飞车。仆人上了后车。国舅道:"就请贤甥同三位学士及早登车,以便趱路。"

若花、兰音、红红、亭亭望着众才女不觉一阵心酸,那眼泪那里忍得住,如雨点一般直朝下滚,个个哽咽不止;众人无不滴泪。亭亭向闺臣泣道:"前寄家书,不知何时方到。贤妹回到岭南,千万叮嘱我母不可焦心。俟到彼国，自必即托若花妹妹遣人伴我前来迎接；设或此去不能安身，亦必星夜仍回岭南。我无着己之亲，只得寡母一人，今忽远隔外洋，不能侍奉，惟望妹妹俯念当日结拜之情，替我早晚照应，善为排解，使无倚闾之望，永感不忘。妹妹！你今受我一拜！"不觉放声大哭，跪了下去，只管磕头道："妹妹！你同我不啻嫡亲手足，这个千斤担子要放在你身上了！"霎时哭倒在地。闺臣正因姊妹离别伤感，适听亭亭嘱托堂上甘旨，猛然想起父亲流落天涯之苦，跪在地下，也是大放悲声，同亭亭抱头恸哭。众人看着，无不心酸。国舅在车内催了数遍。婉如、小春一面哭着，把亭亭、闺臣搀起。亭亭哭的如醉如痴，晕过几次。礼部官员又差人前来相催。亭亭那里舍得上车，只管望着闺臣恸哭。多九公惟恐误了钦限，暗暗分付众丫鬟，硬把亭亭搀着，同红红上了当中飞车。若花、兰音也只得含悲上车。国舅同红红、仆人都将钥匙上了，运动机关，只见那些铜轮，横的竖的，莫不一齐乱动：有如磨盘的，有如辘轳的，好像风车一般，个个旋转起来。转眼间离地数尺，直朝上升，约有十余丈高，直向西方去了。大家望眼连天，凄然各散。

隔了几日，红文馆众才女纷纷请假回籍：闺臣仍同林婉如、秦小春、田凤翾、洛红蕖、廉锦枫、宋良箴、颜紫绡姊妹八人同回岭南；余丽蓉、司徒妩儿同林书香、阳墨香、崔小莺也回淮南；尹红萸、魏紫樱、薛蘅香、姚芷馨各自回家；其余众才女也就四散。

阴若花乘了飞车，自从长安起身，沿途因遇逆风，走了十余日才到本国。那知女儿国王因次子之变，受了惊恐，又因思想若花，竟至

第九十四回　文艳王奉命回故里　女学士思亲入仙山

一病不起,及至若花赶到,业已去世。诸臣扶立若花做了国王。将兰音、红红、亭亭都封为护卫大臣;即差使臣到天朝进表谢恩。亭亭因思亲心切,随即请了飞车,带了熟悉路境之人到了岭南,接了缁氏回女儿国去了。及至闺臣到家,亭亭早已起身。

林氏见众人回来,欢喜非常。闺臣把赴试光景及若花各事,都向母亲、叔、婶略略告诉一遍。林氏命人大排筵宴,并命外面也摆筵席。原来小峰、廉亮近日都把书籍丢了,求唐敏请了两位教师,日日跟着习武。当时唐敏请多九公就在外面听房同教师坐了。饭罢,林婉如、秦小春、田凤翾都拜辞,同多九公回去。颜紫绡因闻祖母去世,急急回家,同哥哥颜崖扶柩回籍去了。宋良箴仍把祁氏留下做伴。廉锦枫同良氏、廉亮在新房居住。红蕖、良箴、闺臣住在楼上。

次日,闺臣同林氏商议,因父亲至今不归,要到小蓬莱再去寻访。林氏道:"此虽要紧之事;我因红蕖媳妇业已长成,意欲秋天替小峰成亲,你何不再耽搁几月,把这喜事办了再去呢?"闺臣道:"母亲既有此意,女儿自应在家照应,分分母亲之劳。"忙了几时,到了重阳吉期,小峰同红蕖成了百年之好。刚过满月,接着尹元差人来接廉亮、锦枫完姻,并接良氏同去。大家饯行,忙了几日,良氏带着儿女去了。闺臣心内虽急如星火,偏偏婉如同田凤翾的哥哥田廷结了婚姻,因田廷父亲向任山南总兵,现在告老,必须等他来年三月回来方能迎娶,林之洋何能离开,闺臣只好呆呆等候。转眼到了新春。那时虽有许多媒人来替闺臣作伐,林氏同女儿商议,闺臣是要等父亲回来随父亲做主,林氏只得把媒人回了。到了四月,翾如姻事才毕。洛承志也遣人来接宋良箴到小瀛洲合卺;林氏替他备办妆奁,即托祁氏送去。匆匆忙忙,一直到了七月,才把上小蓬莱的行期定了。

闺臣因明日就要起身,这晚正在楼上收拾,忽听嗖的一声,撺进一片红光,仔细一看,原来是颜紫绡。连忙见礼让坐道:"妹子闻得姐姐扶柩回籍安葬,屡次遣人到府问信,总无消息,那知姐姐却已回来。为何夤夜至此?"颜紫绡道:"咱自京师归家,适值咱哥哥颜崖也中武举回来。因父母灵柩久在异乡,心甚不安,同哥哥商量,把灵柩扶归故土,葬在祖茔,才同哥哥回来。到了家中,闻得贤妹就要远行,因此夤夜赶来,一者送行,二者还有一事相商:咱家中现在一无牵挂,贤妹此时迢迢数万里前去寻亲,婉如妹妹闻已婚配,此次谅不能同去,贤妹一人未免过于寂寞,咱情愿伴你同去。你意下如何?"闺臣听了,虽觉欢喜,奈自己别有心事,又不好直言。踌躇半晌,只得说道:"虽承姐姐美意,但妹子此去,倘寻得父亲回来,那就不必说了;设或父亲看破红尘竟自不归,抑或寻不着父亲,妹子自然在彼另寻一个修炼之计,归期甚觉渺茫。尚望姐姐详察。"紫绡道:"若以人情事务而论:贤妹自应把伯伯寻来,夫妻父子团圆,天伦乐聚,方了人生一件正事。但据咱想来:团圆之后,又将如何?乐聚之后,又将如何?再过几十年,无非终归于尽,临期谁又逃过那座荒丘?咱此番同你前去却另有痴想,惟愿伯伯不肯回来,不独贤妹可脱红尘,连咱也可逃出苦海了。"闺臣忖道:"怪不得碑记说他'幼谙剑侠之术,长通元妙之机'。果然竟有道理。"连忙说道:"姐姐既如此立意,与妹子心事相合,就请明日过来,以便同行。"紫绡点点头,将身一纵去了。次日,把行李搬来。林氏正愁女儿无伴,今见颜紫绡同去,甚是欢喜。

当时闺臣拜辞祖先,并向母亲、叔、婶洒泪拜别。因对小峰道:"你年纪今已不小,一切也不消再嘱。总之:在家须要孝亲,为官必须忠君,凡有各事,只要俯仰无愧,时常把天地君亲放在心上,这就是你一生之事了。"又向红蕖拜了下去。红蕖急忙跪下道:"姐姐为何行此大礼?"闺臣滴泪道:"你当年替母报仇,忿不顾身;又能不惮劳悴,侍奉祖父余年:如此大孝。将来母亲甘旨,妹妹自能侍奉承欢,无须谆嘱。但愚姐此番远去,缺了孝道,全仗妹妹一人偏劳,你当受我一拜。"二人挍泪起来。林氏又嘱付一番,合家洒泪而别。

闺臣、紫绡带着乳母到了林之洋家,婉如同田凤翾都从婆家过来送行。多九公因京中回来,一路过于辛苦,不能回去;小春有病,也未过来。林之洋又带了几样货物,托丈母江氏在家照应;带着儿子、吕氏、闺臣、紫绡,辞别众人,上了海船,一直望小蓬莱进发。沿途虽卖些货物,也不敢过于耽搁,只向抄近水面走去。

不知不觉过了新春,于四月下旬到了小蓬莱。闺臣同紫绡别了众人,上山去了。林之洋等到两月之后,不见回来,十分着急。每日上山探听,那有踪影。看看又是一月,海上秋凉,山林萧瑟。这日正在山上探望,忽遇一个采药的女道童。

未知如何,下回分解。

第九十五回

因旧恙筳上谈医　结新交庭中舞剑

话说那个女道童手中拿着两封信递给林之洋道："这是唐、颜二位仙姑家书,拜烦顺便替他寄去。"林之洋把信接过,正要细细盘问,那个女童忽然不见,迎面却站着一个青面獠牙宛如夜叉一般,吼了一声,奔了上来。林之洋连说:"不好！……"直向山下飞跑,那夜叉也随后跟来。林之洋跑到船上,忙叫放枪。众水手放了几枪,虽打在他的身上,那夜叉只当不知,仍是吼叫连声,要向船上撺来。吓的众人慌忙开船。林之洋连日上山辛苦,又吃这一吓,竟自浑身发烧,卧床不起,足足病到次年三月回到岭南,还未大好。吕氏把两封信送交林氏;林氏看了,知道闺臣看破红尘,不肯回家,只哭的死去活来。颜崖接了妹子之信,也是诉说看破红尘之话,并嘱哥哥即到小瀛洲投奔洛承志,日后勤王,立点功业,好谋个出头之日。颜崖得了此信,约了婉如丈夫田廷一同前去,并托小峰向洛红蕖要了一封家信。

原来小峰自闺臣起身后,日日跟着颜崖、田廷习武,甚属投机。去年同多九公说了,把秦小春配了颜崖。今见颜崖、田廷要到小瀛洲,即向母亲说知,也要跟去碰碰机会。颜崖把家眷托多九公照应,同了小峰、田廷向小瀛洲进发。路上恰好遇见廉亮、尹玉、魏武、薛选,都因武试落第回来,一路同行,颇不寂寞。大家谈起行藏,小峰把实情说了,廉亮等四人都有愿去投奔之意。颜崖道:"咱正愁人少不能壮观,若得四位兄长同去,添了许多威风,那更妙了。"

七人晓行夜住,这日来到小瀛洲山下,颜崖把信交小卒投了,史述同洛承志、宋素迎下山来。大家见礼,彼此问了名姓。颜崖把众人来意及大家姐妹都是同年的话说了。史述见七个人相貌堂堂,威风凛凛,如同七只猛虎一般,十分欢喜,即请上山。小卒在前引路,进了山寨。只见里面有两个少年大汉迎了出来,一个面如重枣,一个脸似黄金;都是虎背熊腰,相貌非凡。彼此也见了礼。洛承志指着红面少年道:"这位是我们各家姐妹的世兄,乃礼部尚书之子,姓卞名璧;那黄面的乃新科才女燕紫琼之兄,名叫燕勇。我们虽然初会,但各家姐妹却久已相聚多时了。"史述把七人名姓来意也向二人说了。大家聚谈,甚是相投。颜崖问起后寨有无家眷在内。洛承志道:"史家哥哥嫂夫人就是新中才女,姓宰名银蟾;燕勇哥哥娶的是史家嫂嫂令妹名宰玉蟾;宋素哥哥娶的是燕勇哥哥令妹燕紫琼;卞璧哥哥尚未定婚;小弟贱内是宋家哥哥令妹:都是前岁在此完姻,家眷都在后寨。后面房屋甚多,略为消停,七位哥哥自应也将家眷接来在此同居,才觉放心。"众人点头。

史述命人摆了酒席,十二位公子各按年齿坐了。酒过数巡,颜崖道:"卞家哥哥为何不随任[1]京华?到此几年了?"卞璧叹道:"提

---

[1] 随任——长辈在做官,晚辈随着在衙署里生活。

起此话甚长:小弟于三岁时染了惊风之症,一病垂危。彼时合家正在悲泣,适值有一道人化缘,问知此事,把我看了,说尚有一分可救,如肯给他抱去,等他医好,再抱来送还。那时我家父母因我业已无救,只好随他抱去。——谁知他竟把我治好!"廉亮道:"这个道人也就非凡,莫非是位仙家么?"卞璧道:"此人并非真是道人,乃陇右寒士,当年上京不第,流落京师。家父念他斯文一脉,延请管理书启,时常周济;后来他父母殡葬各事,也是家父帮他办理。此人更为感念,只恨无以报答。那年小弟染了惊风,他原有奇方可以疗治,无如当年先兄也于三岁时染患惊风,此人献方,我家父母听了医家之语,竟不肯用,以致耽搁无救;所以到了小弟染患此症之时,不敢再去献方,只好托了一个道家,暗用此计,把小弟骗出。他即替我推拿服药,竟自医好。他辞了家父,把小弟带到陇右,就在他家住了多年。"薛选道:"此人是何名姓?那时既将哥哥治好,为何不送还伯伯,却带回他乡,是何道理?"卞璧道:"这人乃史家哥哥族兄,名叫史胜,素精岐黄。他因母病不能治好,立誓不再谈医。他将小弟疗治,实因要报家父之情。及至治好,不将小弟送还,更有深意。至今谈起,犹令人感激涕零。"田廷道:"不知有何深意?"卞璧道:"他因惊风一症固因受热、受寒、受风,以及伤食、痰火,皆可染患。但富贵人家惟恐小儿受凉,过于爱护,莫不由于受热而起。他恐把我送回,日后再染此症,即难医治,因此特将小弟带到他家,相待如同手足。——好在他自从做了这件好事,凡百事务,莫不如心,连那从不生草的不毛之地也都丰收起来,家运大转。——起初延请西席教我念书;过了几年,又请教师教我骑射,习学武艺。他本要将我送到史伯伯麾下谋一出身,因我年纪尚小;后来因闻史、洛二位哥哥在此,才把我送到山上。到此已三个年头了。"

魏武道:"那时哥哥所服是何妙药,可能百发百中么?"卞璧道:"我那史家哥哥说:小儿惊风乃第一险症,医家最为棘手,历来小儿因此丧命的固多,那疗治讹错的也就不少。即如今人凡遇小儿惊风,不论寒热,不问虚实,总以一派金石寒凉之药投之,——如牛黄丸、抱龙丸之类,——最害人不浅。即使百中治好一个,那知受了金石之毒,就如痴呆一般,已成废人。他说:你要晓得小儿惊风,其症不一,并非一概而论,岂可冒昧乱投治惊之药。必须细细查他是因何而起。如因热起,则清其热;因寒起,则去其寒;因风起,则疏其风;因痰起,则化其痰;因食起,则消其食。如此用药,不须治惊,其惊自愈,这叫做'釜底抽薪'。再以活蝎一个,足尾俱全的,用苏薄荷叶四片裹定,火上炙焦,同研为末,白汤调下,最治惊风抽掣等症。盖蝎产于东方,色青属木,乃足厥阴经[1]要药。凡小儿抽掣,莫不因染他疾引起风木[2]所致,故用活蝎以治其风,风息则惊止。此史家哥哥因伤了儿女无数,临症极多,方能得此不传之秘。——如无活蝎,或以腌蝎泡去咸味也可,但不如活蝎有力。小弟只吃了数十个活蝎,又服了几剂

---

[1] 足厥阴经——人体内血液流行的脉管,古称经脉,省称经。经分手足各六支,名"十二经脉"。足厥阴经是十二经脉之一,中医认为这一经脉是属于肝部的。
[2] 风木——中医说法:肝属木,其动为风,所以风病皆起于肝木。

清热的药,并未吃过牛黄、抱龙之类,病倒好了。当日在家,那些小儿科用的总是一派惊风的药,那知越吃越离'鬼门关'近,这样治病,无怪又生出斗殴的事来。"小峰道:"这却为何?"卞璧道:"那大方脉[1]对小儿科道:'我把年纪大的都医的变成小孩子给你医了,你为何总不教他长大给我医呢?'因此把小儿科痛打。岂非又生出斗殴的事么?"大家不觉大笑。颜崖道:"小弟向有便血之症,不知这位史家哥哥可有妙方,拜烦便中替我问问。"卞璧道:"凡便血以柏叶炒成炭,研末,每日米汤调服贰钱;或以柿饼烧存性,亦用陈米饮调服贰钱:连进十服,无不神效。这也是目睹的秘方。"

饭罢散坐。洛承志道:"燕家哥哥向来饭后总要舞一回剑,今日为何把这工课蠲了?"燕勇道:"刚才俺见他们七位哥哥所带器械莫不雄壮精致,想来技艺必是高强,所以不敢班门弄斧。"尹玉道:"小弟向在海外只知读书;因前岁廉家哥哥到了舍下,忽要习武,家父请了教师,小弟这才随着学了两年。虽然勉强进了武学,其实并无一技之长。向日在家屡要学剑,奈教师此道不精,不过敷衍教了两个势子,却是一毫无用。哥哥既精此技,倘蒙指点,情愿拜从为弟子。"燕勇道:"大家弟兄相聚,原该彼此切磋,兄长为何说这客套话?若是这样,小弟倒不敢乱谈了。"众人道:"燕家哥哥说的不错,以后都不准客气,才见我们弟兄亲热。"

---

[1] 大方脉——中医的十三科之中,给成人治病的有"大方脉科",给儿童治病的叫做"小方脉科"。

燕勇道："尹家哥哥向日既学过两个势子,何不给俺们看看呢?"尹玉道："小弟正要求哥哥指教。"即将衣服结束,掣出宝剑,就在庭中使了几路。燕勇道："哥哥身段倒是四平八稳,并且转动盘旋极其轻捷,手脚亦极灵便,真是绝好质地。可惜被这庸师欺骗,诸法全未讲究。如果要学,小弟倒可指点。但必须把旧日这些步法、势子尽都弃了,从头另讲究一番,慢慢学去,才能日见其妙。"尹玉道："当日那教师原说过他不谙剑法,不过胡乱学两路欺那外行,若讲战斗,必须另求明师才能有济。今听哥哥之言,果然不错。可见教师并非有心欺人,竟是苦于不谙。应如何习学之处,尚求指示。"

燕勇道："古之剑可施于战。自古帝王各有剑士;至剑士之多,莫过我朝太宗。——太宗有剑士千人,都有万夫不挡之勇,惜其法不传。断简残编中虽有一二歌诀,亦不详其说。近有好事者得之朝鲜,其势法俱备,小弟略知其详。即如初学先要晓得眼法、击法、刺法、格法、洗法,这些势子,俺都有图,哥哥且看了,小弟再慢慢指点,自然就能领会。还有两首剑诀,可惜后面一首遗失二句,现在只存得十四句,待俺念来:

> 电掣昆吾[1]晃太阳,一升一降把身藏。摇头进步风雷响,滚手连环上下防。左进青龙双探爪,右行单凤独朝阳。撒花盖顶遮前后,马足之中用此方。

---

[1] 昆吾——原是山名。《山海经》说:昆吾的石头可以锻炼成铁,制成剑能够割玉如泥。后来因而就以"昆吾"作为剑的代词。

第二首是:

  蝴蝶双飞射太阳,梨花舞袖把身藏。凤凰展翅乾坤少,××
  ×××××。××××××××,(以上遗失二句)掠膝连肩
  劈两旁。进步满堂飞白雪,回身野马去思乡。"

把诗念完,手中执剑,即照上面势子舞了一回。尹玉惟有佩服。小峰、廉亮在旁看着甚觉眼热,也都跟着习学。一连学了几日,莫不心领神会。

  众人看见魏武、薛选放的连珠枪竟是百发百中,个个称奇。大家住在山上,不是操练人马,就是各人习学武艺。众人因闻燕勇、颜崖都会剑侠,意欲跟着习学,——谁知二人胸襟都不能至公无私,遇事每存偏袒,所以此术久不灵了。

  过了几时,七位公子暗暗回去,都把家眷陆续接来。不知不觉,过了一年。这日洛承志因文府久无消息,不知何时才起义兵,要到淮南探听一番。

  未知如何,下回分解。

第九十六回

## 秉忠诚部下起雄兵　施邪术关前摆毒阵

话说洛承志要到淮南探听信息,史述道:"小弟记得女试那年,卞家哥哥初到山寨,我们去到淮南,文家哥哥曾再三嘱付:嗣后万万不可亲自下山,惟恐被人看出,彼此性命交关;如有起兵之举,自然先令徐家哥哥前来送信。——为何此时又要前去?况且那时回到半路,果被巡兵看出破绽,若不亏燕家哥哥拔刀相助,我们何能敌得许多官兵?"燕勇道:"小弟只因一时路见不平,此刻四处缉捕,教俺有家难奔;怎么哥哥又要前去?"

忽见小卒来报:"余公子到了。"众人甚喜,迎进山寨。同史述、洛承志道了阔别,问了众人名姓,序齿归坐。史述问起文府之事,余承志叹道:"文伯伯自从平了倭寇,就在剑南镇守。后因各才女俱请假回籍,即命弟兄五个一同完姻。谁知刚过吉期,文伯伯竟在剑南一病不起。及至他们弟兄赶到,延医诊治,奈积劳成疾,诸药不效,竟至去世。幸亏武后因念文芸哥哥向日代理节度印务尚属出力,仍命承袭父职。去岁孝服已满。今因心月狐光芒已退,特嘱小弟前来暗暗通知:明年三月初三桃会之期,一同起兵,先把武氏弟兄四座大关破了,诸事就易如反掌。"

廉亮道:"四关都叫何名?"余承志把"北名酉水,西名巴刀,东名才贝,南名无火",以及命名之意也说了。尹玉道:"他因'木'字犯讳,缺一笔也罢了;就只'炁'字暗中缺一笔未免矫强。"薛选道:"这四关那一处易破,那一处难破?"余承志道:"闻得酉水、无火二关易破,巴刀最凶,才贝尤其利害。文家哥哥命小弟到此,一来通信,二来就命与诸位兄长商量破关之策。并命小弟到河东同章家十位哥哥酌议。"洛承志道:"为何不请章伯伯示下,倒同十位哥哥商酌?"余承志道:"章伯伯也于三年前去世,如今章荭哥哥接袭其职。"宋素道:"据文家哥哥意欲先破某关?"余承志道:"有人议论宜先破难的;若把易的破了,恐他兵马并在一处,那难的更难了。若据文芸哥哥之意,先破易的为佳:盖四关破他两关,先挫动他的锐气,那两关就势如破竹了。"众人道:"此说甚善。将来自应先攻酉水、无火二关为是。"

余承志连连点头,即欲别去。众人再三挽留。余承志道:"我还要到河东把事议定,好回文府送信,岂可在此耽搁。"卞璧道:"哥哥既有正事,弟等也不敢过于扳留;但临期在何处会齐,还要通个信息才好。"余承志道:"如先攻南北二关,自然在酉水关会齐。到了临时,少不得自有关照。前日文家哥哥说:成败在此一举;彼时所有各家眷属,都要带在军营,惟恐事有不测,与其去受武氏弟兄荼毒,莫若合家就在军前殉难,完名全节,以报主上,倒可免了许多后累。"众人连连点头。

余承志别了众公子,到了河东,见了章府十位公子,即回淮南,将各话回了文家弟兄。

## 第九十六回　秉忠诚部下起雄兵　施邪术关前摆毒阵

那时承志已同司徒斌儿婚配,林书香、阳墨香也都招赘在家。只有余丽蓉因隐姓埋名住在文府,尚未许字;恰好洛承志差人下书替卞璧作伐,余承志当即应允,把余丽蓉送到小瀛洲草草完婚。

过了新正,文芸、章苙、史述彼此知会,约定桃会之日,在酉水关会齐。至期一齐起兵前进,都说奉了太后密旨,调赴酉水关有紧急军情会议。沿途尽是淮南、河东官军旗号;史述一枝人马也充做官军。恰好三月初三日,三路约有二十万人马陆续到齐,离关五里,放了三声大炮,安营下寨。各家眷属在大营后面也立了一个营盘。大营里面是文芸、文䔲、文其、文菘、文苁、章苙、章芝、章蘅、章蓉、章芗、章苣、章茗、章芹、章芬、章艾、史述、卞璧、燕勇、宋素、颜崖、田廷、魏武、薛选、尹玉、廉亮、唐小峰、余承志、洛承志;还有文府小姐林书香丈夫林烈、阳墨香丈夫阳衍、章府小姐蔡兰芳丈夫蔡崇、谭蕙芳丈夫谭太、叶琼芳丈夫叶洋、褚月芳丈夫褚潮:共三十四位公子。女营是文府章氏夫人、章府水氏夫人、柳氏夫人、燕勇之母叶氏夫人、小峰之母林氏夫人、廉亮之母良氏夫人、魏武之母万氏夫人、薛选之母宣氏夫人:共八位夫人。那众公子之妻是章兰英、邵红英、戴琼英、由秀英、田舜英、钱玉英、井尧春、左融春、廖熙春、邺芳春、郦锦春、邹婉春、施艳春、柳瑞春、潘丽春、陶秀春、林书香、阳墨香、蔡兰芳、谭蕙芳、叶琼芳、褚月芳、宰银蟾、宋良箴、余丽蓉、宰玉蟾、燕紫琼、秦小春、林婉如、薛蘅香、魏紫樱、廉锦枫、尹红英、洛红蕖、司徒斌儿:共三十五位才女。

众人初意，原想起兵之时把中宗迎至大营才好起事，不意是时太后已命中宗仍回东宫。好在宋素原是中宗堂弟，当时众公子即推宋素权在大营执掌兵权。彼时朝中是张易之、张昌宗、张昌期用事，日日杀害忠良，荼毒生灵，无恶不为。文芸、章荭、史述商议：此时朝中惟张柬之、桓彦范、李多祚、袁恕己、薛思行、崔元暐最为忠直可靠，必须此六人做了内应，先除内患，里外夹攻，方易蒇事。于是替宋素写了六封书信，暗把此意通知；并嘱咐六人即到东宫预先通信，以免临时仓卒。发过书信，大小营盘四面扯起义旗。

早有探事的报进关去。武四思忖道："连日各处关津来报，都说文芸、章荭带领人马前来，我正疑惑；那知他要追步徐敬业、骆宾王的后尘，竟来'太岁头上动土'，若不给他一个下马威，他也不知利害！"即分付大将毛猛在关前把酉水阵摆了。次日，文芸、章荭、史述带领人马，同众弟兄杀奔关前，武四思领了一枝人马出来迎敌。文芯早已提枪跃马，直奔武四思杀来。毛猛轮动大斧，与文芯杀在一处。斗未数合，文芯用了一个拨草寻蛇势，一杆银枪，直向下身刺来；毛猛说声"不好"，只听嗤的一声，肚腹着了一枪，跌下马去。文芸、章荭、史述催动人马，一拥齐上，掩杀一阵。

武四思来到酉水阵前，大声叫道："文芸、章荭休得无礼！我这里有座小小酉水阵，你如破了此阵，我将此关情愿奉献；若要胆怯不敢进阵，我刀下开恩，饶你们去罢！"文芯道："老狗休得夸强！你看老爷破这狗阵！"正要跃马进阵，文芸连忙叫道："五弟不可造次！今日已晚，明日再同老狗计较。"即令鸣金收兵，一同回营。文芯道：

"今日武四思伤了许多人马,也就挫他锐气,小弟正要趁胜破他酉水阵,为何却要收兵?"文芸道:"他这阵不知是何邪术,贤弟如何轻入重地!况头一次就得胜仗,何必急急定要破他此阵?"文苁道:"他把这阵恰恰拦在关前,你不把此阵破了,如何进得关去? 我明日一定要到阵里看看。"薛选道:"既如此,小弟也奉陪走走。"宋素道:"据我愚见:总以慢慢智取,最为上策。"

次日,武四思又在军前喊叫:"那个敢去破阵!"众公子齐到疆场。文芸一马当先道:"武四思! 你连日只管教我们去破阵,我也有个'盘蛇阵',你敢破么? 你如敢进我阵,我们也进你阵。"武四思道:"我进你阵,安知你不用暗剑伤人?"文芸道:"既如此,为何你又教我进你阵呢?"武四思道:"孤家这阵,不但不用暗剑伤人,若伤损你们一根毫毛,久后我定死刀箭之下。"文苁道:"老狗既对天赌誓,我就前去看看。"将马一纵,跟着武四思闯进阵去。

武四思早已不见;但见柳暗花明,山青水碧,偏地芊眠芳草,骏马骄嘶。从容下了马,几忘身在战场,手牵着丝缰,顺步行去。路旁有一竹林,林中有七个人,都是晋代衣冠[1],在那里小酌:那股酒香,阵阵直向鼻中扑来。只听林中有个白衣少年道:"此刻为何只觉俗气逼人,莫非有甚么俗子来此窥探么?"文苁听了,知他明明讥刺,意欲发挥几句;看了看,这七个人都是放荡不羁,目空一切。只得忍耐

---

[1] 这里七个人,指的是晋代文学家嵇康、阮籍、山涛、向秀、刘伶、阮咸、王戎。这七个人都欢喜喝酒,彼此很要好,常常在竹林里面聚会,别人称他们为"竹林七贤"。

走过道:"这些狂士,满脸酸气,总是书在肚内不能熔化,日积月累酿出来的。凡读书人沾了酸气,未有不迂;若同他较量,他一味歪缠起来,如何摆脱?只好由他说去。"

正朝前进,忽觉酒气熏人,忙掩鼻道:"那里来的这股酒臭!"只见迎面来了一群醉猫,把去路拦住。都是酒气醺醺,身子乱幌,摇着头,伸着手道:"来,来,来!豁三拳,放你去!"文芸笑道:"你这群醉猫,吃了几杯酒就这样烂醉!这宗酒量也出来丢丑,还敢拦我去路!"即挺手中枪,左五右六,撒花盖顶,四面八方一阵乱挑,把一群醉猫杀的尿屎遍地,四散奔逃。不觉掩鼻皱眉道:"蠢材,蠢材!该死,该死!只顾乱杀,那知这群醉猫酒吃多了,却从下面还席,被他这股臭气把马也熏跑了。"

望前走了数步,路旁一家门首飘出一个酒帘[1],那股酒香真是芬芳透脑。文芸嗅了这味,只觉喉咙发痒。信步走进酒肆,只见上面有一副对联,写着:

尽是青州从事,那有平原督邮。[2]

---

[1] 酒帘——古时酒店用长的竿子挑着旗帜招徕顾客,这种旗帜叫做酒帘。也叫幌子、酒旗、酒望子。参看第二十二回"幌子"注。
[2] 尽是青州从事,那有平原督邮——故事传说:晋代桓温手下有一位官吏,善于辨别酒味的好坏,尝到好酒,他说是"青州从事";坏酒,就说是"平原督邮"。因为青州有齐郡,齐脐同音,意思是说喝了好酒可以通到脐下,平原有鬲县,鬲膈同音,意思是说喝了坏酒到膈便不能下去了。从事、督邮都是官名;膈是胸腹之间的肉膜。

下面落的款是"欢伯[1]偶书"。当中有红友[2]题的额,是"糟邱[3]"两个大字。旁边还有麴秀才[4]写的一副对联,是:

三杯软饱后,一枕黑甜余。[5]

里面坐着许多人,也有独酌的,也有聚饮的,个个面上都带三分春色,齐赞酒味之美。只得也拣一张桌儿坐了。

有个酒保上来陪笑道:"客官要饮那几种名酒?"文芸道:"酒家,你姓甚么?"酒保道:"小人姓杜[6]。"文芸道:"这姓姓的不好:杜者,乃杜绝之意,岂非不教我饮么?以后必须另换好姓,不许姓杜了。"酒保道:"客官分付,小人怎敢再姓杜。但据小人愚见:若做卖酒生意,这个杜姓却不可少。"文芸道:"何以见得?"酒保因指肚腹道:"客官若非'肚兄'想吃一杯,岂肯进我小店;小人若不亏'肚兄'会装酒,何能消得多货;小人之所以谆谆要姓'杜'者,却是为此。"文芸道:"你是木旁之'杜',怎么赖做肉旁之'肚',岂不闹出白字么?"酒保道:"当日我们木旁之杜与肉旁之肚联过宗的,算是本家,偶尔

---

[1] 欢伯——酒的别名。《焦氏易林》说:"酒为欢伯,除忧来乐。"
[2] 红友——酒名。宋苏轼经过宜兴黄土村时,当地人请他喝"红友酒"。
[3] 糟邱——糟,酿酒粮食的渣滓;糟邱,指酿酒的渣滓堆积成山。
[4] 麴秀才——麴,同曲,酒母。神话传说:唐叶法善会道术。有人在叶处,想喝酒。忽见一人敲门进来,自称是麴秀才;叶用小剑击他,倒在阶下,变成一瓶好酒。
[5] "三杯软饱后,一枕黑甜余"——宋苏轼的诗句。软饱,指喝酒后的情况;黑甜,熟睡的意思。
[6] 小人姓杜——杜康,周人,善造酒。后来一般用"杜康"二字作为酒的代词。这里酒保姓杜,也是影射酒。

借用，也还不妨。"

文芸道："这话可谓杜撰了。——我且问你：我要饮天下美酒，可有么？"酒保道："有，有，有。"忙到柜上检了一块粉牌，双手捧来，弯着腰道："客官请看：这就是各处所产名酒。如要那几种，我家无不现成，比别家分外醇美，客官吃了，还要同我做主顾哩。"文芸道："你家可肯赊么？"酒保道："只要客官肯照顾，那怕立折子三节结帐都使得。我们是老实生意，断不开你老人家的虚帐。"

文芸接过粉牌，只见上面写着：

山西汾酒。江南沛酒。真定煮酒。潮洲濑酒。湖南衡酒。饶州米酒。徽州甲酒。陕西灌酒。湖州浔酒。巴县咋酒。贵州苗酒。广西瑶酒。甘肃酒乾。浙江绍兴酒。镇江百花酒。扬州木瓜酒。无锡惠泉酒。苏州福贞酒。杭州三白酒。直隶东路酒。卫辉明流酒。和州苦露酒。大名滴溜酒。济宁金波酒。云南包裹酒。四川潞江酒。湖南砂仁酒。冀州衡水酒。海宁香雪酒。淮安延寿酒。乍浦郁金酒。海州辣黄酒。栾城羊羔酒。河南柿子酒。泰州枯陈酒。福建浣香酒。茂州锅疤酒。山西潞安酒。芜湖五毒酒。成都薛涛酒。山阳陈坛酒。清河双辣酒。高邮稀莶酒。绍兴女儿酒。琉球白酎酒。楚雄府滴酒。贵筑县夹酒。南通州雪酒。嘉兴十月白酒。盐城草艳浆酒。山东谷辘子酒。广东瓮头春酒。琉球蜜林酎酒。长沙洞庭春色酒。太平府延寿益酒。

文芸看了酒名，再加这股酒香直朝鼻内钻去，只觉口涎直流道："这酒我都要尝尝，你先把水牌前面十种各取一壶来。"酒保答应，登时取了十壶放在面前；又取几样下酒之物；桌上放了十个酒碗，把酒斟了。文芥忖道："莫非这酒下了毒药么？"嗅了一嗅，香不可当。拿起一碗酒刚放嘴边，忽然摇头道："不可，不可！使不得，使不得！"一面说着"不可"，已将十碗都尝了半碗，道："酒味虽美，那知我生平最喜吃陈酒，他这酒都是新酿，如何吃得！趁酒保在那里张罗卖酒，且到前面看看可有陈酒。此时只觉发渴，须用醇酒解解口渴才好。"

暗暗提着枪出了酒肆，走不多时，远远有个酒望子飘在那里。连忙趱行，来到酒肆门首。只见路旁有个文士，一手提着酒壶，一手拿着衣服，同一老者讲价，把衣服卖了，沽一壶酒去了。看那衣服，只觉金碧辉煌，华彩夺目。因上前请问老者。老者道："此是鹔鹴裘。刚才那个文士复姓司马[1]，是当今才子。因他生性好饮，一时无钱沽酒，所以把他卖了。"文芥别了老者，走进酒肆，拣副座儿坐了。有个酒家，却是女子，正要上来问话，又有一人拿着一顶金貂前来换酒[2]；酒家把那人打发去了，这才走到文芥面前。

未知如何，下回分解。

---
[1] 那个文士复姓司马——指汉司马相如。故事传说：司马相如爱喝酒，在成都，因为没有钱，就把穿的鹔鹴裘拿到市上换酒喝。
[2] 一人拿着一顶金貂前来换酒——指晋阮孚。金貂，指上面饰有貂尾的贵重帽子。故事传说：晋阮孚爱喝酒，因为没有钱，就把戴的金貂拿到市上换酒喝。
---

## 第九十七回

### 仙姑山上指迷团　节度营中解妙旨

话说酒家走到文芸面前道:"客官可喜陈酒?若要吃新酒,小店却无此物,只好请向别家照顾。"文芸道:"我不喜陈酒,何必又到你家!请教娘子尊姓?在此开张几年了?"酒家道:"小婢姓仪[1]。此店自夏朝开设至今,将近三千年了。"文芸忖道:"原来是个老酒店,怪不得那人以貂冠换酒,可见其酒自然不同。"因问道:"你家共有几种名酒?"酒家道:"我家名酒甚多。请问客人;还是要饮自古名人所造的陈酒呢?还是要饮古来各处所产的陈酒呢?"文芸道:"古人名酒固佳,但恐其人前后或居一乡,酒味难免雷同;我要各处所产名酒。"

酒家即从柜上检了一块粉牌,文芸接过。只见上面写的尽是古来各处所产名酒,约有一百余种。前后看了一遍道:"这酒每样我都尝一碗,如果可口,将来自然照顾。但今日可肯赊我几碗?"酒家摇头道:"近来饮酒的每每吃了都怕还钱,所以小店历来概不赊欠。客官只看刚才那位姓阮的拿着貂冠还来换酒就明白了。"文芸从身上

---

[1] 小婢姓仪——指仪狄。参看第三十八回"禹疏仪狄"注。古书有误以仪狄为夏禹的女儿的,所以这里说是女子。

把宝剑取下道:"就把此剑权押你处。你就照着粉牌所开酒名,每样一碗,先斟三十碗解解口渴;随后只管慢慢照样斟来。如果醇美,把这粉牌吃成,我自重重赏你。"酒家答应,拿着宝剑去了。

文芥看那正面也有一副对联,写的是:

> 万事不如杯在手,一生几见月当头〔1〕。

下面落的款是"醴泉侯〔2〕偶题"。正面有闺秀黄娇〔3〕写的匾,是"般若汤〔4〕"三个大字。各座上人人畅饮,个个欢呼。

酒家刚把三十碗酒摆在面前,那股酒香直从碗内阵阵冒将出来。文芥只觉喉内倒像伸出一只小手要来抢吃光景,那里忍得住。只得发个狠道:"武四思!你就下了毒药,我也顾不得了!"转眼间三十碗早已告干,把嘴咂一咂道:"不意世间竟有如此美酒,无怪那位司马先生连鹔鹴袭也不要了!我也明知酒是害人的,无奈这张嘴不能由我做主,只怕将来竟要把命结识他哩!话虽如此,究竟不可多饮。要紧要紧!切记切记!"自己正在嘱付,酒家道:"客官可要再饮几碗?"文芥思忖多时道:"索性放量饮几碗,明日再戒罢。"因向酒家道:"刚才我已说过,你只照着粉牌名色斟来,何必又要来问?"酒家又摆了

---

〔1〕 万事不如杯在手,一生几见月当头——这是明人朱存理做的两句诗。
〔2〕 醴泉侯——酒的别号。唐子西著《陆谞传》,把酒当作人来加以叙述,作成传记,说他的封爵是"醴泉侯"。
〔3〕 黄娇——指酒。元段继昌欢喜喝酒,把酒叫做"黄娇",是和酒亲切的意思。
〔4〕 般(bō)若(rě)汤——般若,智慧的意思。般若汤,和尚对酒的代词。和尚是不许吃酒的,欢喜喝酒的和尚只能偷偷地喝,不敢说是酒,就把酒叫做"般若汤"。

三十碗,文芿仍旧一气饮干;一连几次,登时把粉牌所开百十种酒都已饮完,只觉天旋地转。立起身来,拖着银枪,出了酒肆,走未数步,跌在地下,竟自昏迷不醒。

文芸同众人在外面候了多时,总不见文芿出阵,甚不放心。薛选道:"昨日我同文芿哥哥有约,待小弟前去探探。"文蔊道:"我也同去。"文芸道:"你们此去务要小心。"二人点头,将马一纵,闯进阵内,只觉四处酒气熏人。薛选不会饮酒,被这酒气一熏,早已醉倒在地;文蔊饮了几杯,也就醉倒。文芸等之许久,见无消息,只得暂且收兵。

次日,武四思命兵丁将文芿送到文芸营里,教他看看文芿身上可有伤痕,可曾服毒;这是他自己贪饮过度,以致送命。若知此阵利害,及早收兵;如再执迷不醒,少不得都同文芿一样。那兵丁交代回去。文家弟兄并众公子团团围着观看,只见文芿面色如生,口中宿酒仍向外流,酒气熏人。文芸因他胸前尚温,即请医家设法解救。挨了半日,只听他说了一句"后悔无及",早已气断身亡。文家弟兄个个顿足恸哭,口口声声誓要杀了武四方消此恨。随即草草殡殓,寄在邻近庙内。此信传到钱玉英耳内,闻知丈夫被害,只哭的死去活来;章氏夫人也是恸哭不已。

次日,武四思又在战场叫人去破阵。文芸、章荭正要率领众人出去,只见宋素、燕勇、唐小峰、洛承志道:"我四人愿到阵中探探二哥并薛家哥哥消息,看他究竟是何妖术。"文芸道:"千万小心!"四人来到阵前,也不同武四思答话,一直冲进阵中。到了里面,被酒气一熏,那不会饮酒的早已晕倒在地;那会吃酒的先有三分醉意,及至闹到后来,弄的糊里糊涂,不因不由就想吃一杯了;因此凡入阵的莫不被他醉倒。

众公子候了一日,杳无音信。次日都在营中计议。文芸道:"才到第一关就如此失利,这却怎好!"章荭道:"按这'酉水'二字而论,无非是个'酒'字,何至如此利害?"史述道:"偏偏我们弟兄所去之人并无一人回来;如能略晓其中光景,也好设法破他。"

只见家将来报:"宰、燕二位才女要来求见。"文芸分付请进。宰玉蟾、燕紫琼进来,向众人垂泪道:"我们丈夫被武四思困在阵中,存亡未卜。特来面请诸位将军将令,愿到阵中探听虚实,再来缴令。"文芸道:"二位嫂嫂千万仔细!"二人答应,出了营盘,玉蟾骑了银鬃马,紫琼骑了赤兔马,一直冲进阵中去了。文芸同众弟兄等候多时,忽见从空落下一个人来;众人一看,原来是燕紫琼。只见他满面通红,坐在地下,嘘嘘气喘。史述忙取一杯茶放在面前;紫琼把茶喝了两口,精神略觉清爽。众人问起阵中光景,紫琼立起道:"刚才我二人闯进阵去,里面水秀山青,无穷美景。才走几步,一股酒香直向鼻孔钻来;玉蟾姐姐不善饮酒,受了这股酒气,早已醉倒。我到各处探了一遍,幸喜我们去的七人虽都醉倒,尚属无妨。原想把玉蟾姐姐驼了回来,那知他阵中四面安设天罗地网,我费尽气力才能逃出。小峰将军乃闺臣姐姐胞弟,今既困在阵中,妹子且到小蓬莱求求闺臣姐姐。他如今业已成仙,不知可能见面,只好且去碰碰。"说着,将身一纵,忽然无踪。众公子看了,略觉放心。

紫琼来到小蓬莱,走到石碑跟前,看见唐敖所题诗句,正在嗟叹,只见有个道姑在那里采药。紫琼上前合掌道:"仙姑请了!"道姑也还礼道:"女菩萨从何至此?来此有何贵干?"紫琼把要访唐闺臣、颜紫绡之意说了。道姑道:"我在此多年,并未见此二人。女菩萨访他有何话说?"紫琼把起兵被困之话说了。道姑道:"他这四阵,虽有酉水、巴刀……各名,其实总名'自诛阵'。此时虽有几人困在其内,他断不敢伤害;他若伤了一人,其阵登时自破。"紫琼道:"昨日文府五公子业已被害,为何仙姑还说这话?"道姑道:"凡在阵中被害的,那都是自己操持不定,以致如此,何能怨人?所谓'自诛阵'者,就是这个取义。"紫琼道:"请教仙姑可有破他之法?"道姑笑道:"我们出家人只知修行养性,那知破阵之术。据我愚见:女菩萨何不'即以其人之道还治其人之身'呢?"紫琼听了,正要朝下追问,那个道姑忽然不见;知是仙家前来点化,只得望空拜谢。回到大营,对众人说了,都摸不着是何寓意。

文芸道:"他那座阵团团把城围住,他们出入毫无挂碍,何以我们一经进阵就被醉倒?必定另有趋避之法。那仙姑所说'即以其人之道还治其人之身',定是这个缘故。必须把他兵丁捉住一个,看他身上带着何物就明白了。"随即派了卞璧、史述去办此事。紫琼回后营去了。不多时,卞璧、史述捉住一个大汉,身上搜出一张黄纸,上写"神禹之位"四个硃字。细拷那人,才知武四恶军中凡有从阵内出入的,胸前都放这张黄纸,才不为酒所困。文芸听了,如获至宝。即将大汉打入囚笼。随即写了数千纸条,每人胸前各放一张,点了三千精兵,每人也是一张。文芸道:"我们这三千兵须分三队前进:第一队,

第九十六回·秉忠诚部下起雄兵 施邪术关前摆毒阵

第九十七回·仙姑山上指迷团 节度营中解妙旨

第九十八回·逞雄心挑战无火关 启欲念被围巴刀阵

第九十八回·逞雄心挑战无火关 启欲念被围巴刀阵

第九十八回・逞雄心挑战无火关　启欲念被围巴刀阵

第九十九回・迷本性将军游幻境　发慈心仙子下凡尘

第九十九回·迷本性将军游幻境 发慈心仙子下凡尘

第一百回・建奇勋节度还朝 传大宝中宗复位

卞璧、颜崖二位哥哥领一千步兵,从正面正中进阵;第二队,林烈哥哥同章苎兄弟领一千步兵,从正面左首进阵;第三队,蔡崇哥哥同四弟文菘领一千步兵,从正面右首进阵。过了此阵,凡到关者俱先放号炮。小弟同史述哥哥带领五千马兵随后接应。进关后毋许伤害良民。章茳兄弟同诸位紧守大营。"众人齐声答应。分派已毕,约有初更时候,各带人马,一齐冲入阵内。谁知六位公子同三千雄兵倒像下了一个酒馆,个个醉倒在内。

文芸同史述等了多时,毫无响动,甚觉惊慌。连忙回营把大汉提出细细拷问,才知武四思每逢摆设此阵,手下兵将俱不准饮酒;至进阵之日,内中倘有一人在本日预先犯了酒戒,连随去之兵无论多寡,也都困在阵内,身上虽带灵符也不中用;并且书符、带符之人,不独本日不准饮酒,还要焚香叩祝,说个"戒"字,才能保得入阵不为所困。文芸命人把大汉仍旧打入囚笼,即同众弟兄沐浴焚香,一齐叩拜,虔诚书写,并命各营一概不准饮酒。次日书写完毕,复又设了香案叩头祷告,分给众兵;众兵也都磕头领受,各说"戒"字。当时分派廉亮、章蘅领了一枝人马,阳衍、章蓉领了一枝人马,惟恐阵中正面有自己被困兵将在内,都从两旁进阵。四位公子领命,带了众兵从两旁冲进阵去。文芸、史述在后面接应,忽听连声号炮,慌忙领兵奔到关前,望了望,城上尽是自己旗号。

原来武四思因昨日才陷了文家三千人马,正自得意,做梦也不知今日来破阵,一切并未准备。众兵攻进城去,武四思被乱箭射死,家眷打入囚笼。城上供着一个女像,一个男像,却是仪狄、杜康,还有几十碗灯,被余承志击的粉碎。这里刚把牌位击了,那酉水阵还有未尽的妖气,化一阵狂风也都散了。接着大队人马进城,阵中所困兵将俱已苏醒归队。宰玉蟾也回女营。惟文菂醉在地下,被众兵把胸前误踹几脚,业已无救;文氏弟兄恸哭一场,当即盛殓。关上派了章苣、章苕、章芬、章艾带领四千兵把守。

歇兵一日,即向无火关进发。那日离关五里下寨,探子来报关前已摆无火阵,外面看不见兵马,惟见许多云雾围护。次日,林烈一马当先,前去挑战。

未知如何,下回分解。

第九十八回

逞雄心挑战无火关　启欲念被围巴刀阵

话说林烈前去挑战,同武七思斗了几合,武七思回马便走。林烈道:"你不过引我进阵,我倒要进去看看!"来到阵前,武七思朝里一闪,早已不见。林烈冲进阵内,只见里面轻云冉冉,薄雾漫漫,远峰忽隐忽现,疏林旋露旋藏。把神宁了一宁,下马缓步前进。云雾渐淡,日色微明,四面也有人烟来往,各处花香鸟语,颇可盘桓。迎面有座冲天白石牌楼,上写"不周山境"四个大字。穿过牌楼,路旁远远一座高岭,十分嵯峨。遥见山下立着一条大汉,不知为甚暴跳如雷,喊了一声,把头直朝山上触去。只听呱剌剌一声响亮,倒像起了霹雳一般,把林烈振的只觉满耳钟儿磬儿乱响;再看那山已被他触的缺陷了半边[1]。那缺陷处尘土飞空,烟雾迷漫,霎时天昏地暗,好不怕人。慌忙跑开道:"吓杀我了!从未见过这样铁头!我想此人之头即使纯钢铸的,也不能把山触通,大约总是这股怒气所使。可见孟子'至

---

[1] 这里是指共工。古代神话:大地的西北方有一座不周山,撑着天。古代的共工和颛顼争着做首领,失败了,生起气来,一头向不周山撞去,把这个撑天的柱子撞断了。

大至刚'之话〔1〕,并非无因而发。"

　　前面又有一条大汉立在那里,也是怒气冲冲。忽见一只猛虎,比水牛还大,直向那汉奔去。林烈道:"此人手无寸铁,这却怎好!"只见那虎离此人不远,正要迎头扑去;忽听那人大喊一声,圆睁二目,忽把眼角裂开,冒出几点热血,直朝虎面溅去〔2〕。那虎着了此血,身子幌了一幌,几乎跌翻,只听吼了一声,逃窜而去。林烈道:"刚才那人之头把山触通,业已奇极;那知此人眼角之血竟会打虎,可谓奇而又奇!莫非他眼中会放弹么?——即使放弹,也不过替虎搔痒,虎又安能畏弹?可见此人眼角之血竟胜于弹,将来竟可叫做'铁血'了。以此类推,原来气之为用,竟是无所不可。"

　　忽见那面有个妇人在那里燃火炼石〔3〕。林烈上前问道:"请教大娘:炼这石块有何用处?"妇人道:"只因有个大汉把不周山触坏,天维被他振的也有微缺,我炼这石要去补天。"林烈忖道:"原来石可补天,无怪杞人要发愁了。"

　　又朝前进,道旁现出一座战场,有个黑面大将在那里杀的烟雾冲天。忽听他喊了几声,就如霹雷一般,振的耳根嗡嗡乱响,内中只听

------

〔1〕 孟子"至大至刚"之话——至大,无可比拟、没有限量的意思;至刚,不可屈挠的意思。《孟子》:"我善养吾浩然之气。……其为气也:至大至刚,以直养而无害,则塞于天地之间。"
〔2〕 这里是指朱亥。故事传说:战国时,魏无忌派朱亥往秦国,秦王把朱亥放在虎圈里。老虎想吃朱亥,朱亥发怒,睁大着眼睛看着,眶眶都裂开了,血溅在老虎身上,老虎吓得不敢动。
〔3〕 这里是指女娲。古代神话:女娲因为天有一角塌倒,就炼石头去垫补。

------

得一句"力拔山兮气盖世[1]"。林烈点头道:"气能盖世,怪不得孟子有'塞于天地之间'那句话哩。"

游了多时,甚觉腹饥。路旁有许多店面,进前看时,那卖饮馔的只得酒肆、茶坊,蒸饼、馒头之类。信步走到一个蒸饼铺。正要进去,只见里面坐着一人,却是周朝打扮,不知为甚同人吵闹,气的头发根根直竖,把头上戴的冠都冲起来[2]。看罢吐舌道:"这人如此硬发,若被他打上几发,如何受得住!离开他罢。"走到间壁馒头铺。又有一个周朝人坐在那里,倚着桌案,不知为甚气的胡须根根直竖,把桌案都戳翻了。吓的连忙走开道:"这人更惹不得!设或性子发作起来,把胡子朝你身上乱戳,还戳几个洞哩!"

又走到一个肉包铺。里面蒸的肉包,热气腾腾;两旁坐着无数罪犯,都是披枷带锁,鸠形垢面,个个叹气唉声。上前拱手道:"诸位为何犯此重罪?我看你们人人嗟叹,莫非有甚冤枉,误犯此罪么?"众人都叹口气道:"这是自作自受,有何冤枉!"因手指蒸笼道:"我们的罪都是为他而起,以致弄出人命事来,此时身不由己,后悔无及。但愿将军奉劝世人把个'忍'字时时放在心头:即使命运坎坷,只要有了'忍'字,无论何事总可逢凶化吉,不遭此祸了。"林烈听了,正要答话,忽觉一股枣香扑鼻,那厢有个枣糕店。行至跟前,把马拴在外面,

---

[1] 这里是指项羽。历史记载:西楚霸王项羽兵败,在垓下被围,作了四句歌:"力拔山兮气盖世,时不利兮骓不逝;骓不逝兮可奈何!虞兮虞兮奈若何!"
[2] 这里是指蔺相如。参看第九十回"财、色、气、酒"注。

走进去拣张桌儿坐了。再看那些吃糕之人，个个面黄肌瘦，都带病容，刚把糕吃了，忽又蹙额皱眉呕了出来；及至勉强重复吃进，少时仍旧呕出。又有许多肚腹膨胀之人，也是骨瘦如柴，饮食费力，个个愁眉苦脸，极其可怜。因拱手道："诸位为何染此重恙？莫非命运不济，患这孽病么？"众人都叹口气道："这病何关命运，总是自作孽！"因指蒸笼道："无非因他而起，以至日积月累，弄的食不下咽，无药可医，如今后悔已晚。但愿将军奉劝世人把个'耐'字时时放在心头：即使命运不济，只要有了耐字，无论何事总可转祸为福，不染此患了。"

林烈把蒸笼望一望道："怎么此处蒸笼竟如此害人！那边被他害的都身犯重罪，这里又被他害的都不能饮食。如此可恶，等我吃了枣糕再同他算帐！"一片声喊叫："快拿糕来！"走堂虽然答应，却把糕拿到别桌去。林烈喊道："你这囚徒！大约因我后到，不肯把糕拿在人前，难道我连露肘破肩的乞丐也不如么！再不拿来，你且吃我几拳！"走堂见他喉急，只得把别桌剩的冷糕凑了一盘送来。林烈一见，不由心头火起，拿起盘子，照着走堂脸上连糕一齐掼去，那盘子恰恰插在走堂面上，喊了一声："打死我了！"浑身是血，早已跌翻。只见四处蒸笼热气直朝外冒。林烈道："我正要同你算帐，你还朝我冒气！索性给他一不做、二不休！"双手举起大刀，照着那些蒸笼左五右六一阵乱砍；登时自己无名火引起阵内邪火，四面热气都向口鼻扑来，一交跌倒，昏迷过去。

次日，谭太、叶洋进阵，也无消息。

文芸十分着急,暗暗命人把武七思兵丁捉了一个,细细搜检,胸前有一张黄纸,写着"皇唐娄师德之位"。大家甚喜,立时沐浴焚香,写了许多分给众兵,照前说个"戒"字,带在胸前。到晚,派魏武、尹玉、卞璧各带兵马一千进阵;余承志、洛承志带领接应众兵,只等号炮一响,就冲杀过去。那知等之许久,竟似石沉大海。文芸又将那兵丁提出再三拷问,受刑不过,才说出实情:原来身上虽带了黄纸,仍须写个"忍"字焚化,跪吞腹内,方能进阵出入自如;但不许动怒生气,一经误犯,更有性命之忧。文芸命人把他打入囚笼。即如法炮制,果然把阵破了。攻进城内,武七思久已逃窜。城上供着共工、霸王、蔺相如、朱亥诸人牌位,当即焚毁。阵内所困谭太、叶洋、林烈三人均已无救,随即盛殓。大兵陆续进关,宋素安抚百姓,秋毫无犯。文芸把酉水关章氏弟兄分了两个来此镇守。

歇宿一宵,正要起兵,只见女营来报:文菂之妻邵红英、林烈之妻林书香、谭太之妻谭蕙芳、叶洋之妻叶琼芳,俱投环殉节。章、文两府弟兄听了,好不伤悲,只得装殓题和[1],同众人之柩寄在一处,并派兵丁看守。

这日来到巴刀关安营下寨。次日阳衍出去挑战,同武五思斗了两合,即引进阵去。阳衍进了巴刀阵,但觉香风习习,花气溶溶,林间鸣鸟宛转,池内游鱼盘旋,各处尽是画栋雕梁,珠帘绮户,那派艳丽光

---

[1] 题和——棺材前后两头叫做"和"。题和,是把死者的名字写在棺材头上。

景,竟是别有洞天。于是下马缓步前进,微闻环佩之声,只见有二女子远远而来,生得娇妍绝世,美丽无双。那路旁的鸟儿见了这两个美人,早已高高飞了;池内游鱼,也都惊窜深入〔1〕。又有一个美人不知为甚忽然用手捧心,那种张目蹙额媚态,令人看着更觉生怜〔2〕。转到前面,顺步看去,接接连连尽是绝美妇女:也有手执柳絮的,也有手执椒花的,也有手执锦字的,也有手执团扇的〔3〕,也有手执红拂的〔4〕,也有手执鲜花的。个个彬彬大雅,绰约绝伦。意欲上前同他谈谈,无奈这些妇女都是正颜厉色,那敢冒昧唐突,惟有空怀羡慕,徒自垂涎。看了多时,只得叹气另向别处走去。

行未数步,两旁俱是柳巷花街,其中美女无数,莫不俊俏风流。正要上前谈谈,忽闻一阵花香,原来路旁一片芍药,开的甚觉烂漫。花间走出一个美女,怀抱琵琶,手执一枝芍药〔5〕,笑道:"郎君到此,即是奇缘;果蒙垂青,愿谐永好。"阳衍正在心荡神迷,一闻此语,慌忙接过芍药道:"承女郎见爱,何福能消!但未识芳闺何处?"女子道:"侬家离此甚近,穿过这条花街,过了那条柳巷,前面一带桑林便

---

〔1〕 这里是指毛嫱、丽姬。参看第四十八回"沉鱼落雁"注。
〔2〕 这里是指西施。故事传说:西施生病,用手捧着心口,很难过的样子。由于西施貌美,虽然这个样子,别人还认为很好看。
〔3〕 这里四个人,是指谢道蕴、刘臻妻陈氏、苏蕙、班婕妤。
〔4〕 手执红拂的——指红拂。传奇故事:红拂名出尘,隋代杨素的侍姬,杨素会客的时候,她在一旁侍候,手里拿着红拂,所以称做红拂女。
〔5〕 怀抱琵琶,手执一枝芍药——唐白居易有《琵琶行》诗,写一个艺妓;《诗经》有"赠之以芍药"的句子,写女人和男人互相笑谑,封建社会中认为这是淫乱行为。因此,这里就借用琵琶、芍药来指行为不正当的女人。

是。婢子先去烹茶恭候,望郎君玉趾早临。"即向桑林去了。阳衍乐不可支,刚要举步,复又忖道:"莫非他要害我么?"思忖多时,忽又笑道:"痴子,痴子!天下岂有美人而能害人之理!况如此绝色,即使不测,亦有何妨!"于是急急赶去,欢欢喜喜,成其好事。……

次日,章芹、文萁、文菘也冲进阵去。……

隔了一日,武五思命人把阳衍、章芹、文萁、文菘四个尸首送到文营,并劝文芸、章茈"早早收兵;若再执迷不醒,这四人就是前车之鉴"。文芸、章茈见兄弟被害,十分悲恸。登时传到女营,阳墨香、戴琼英闻知此信,即到大营,抚着阳衍、文萁尸首恸哭一场,姑嫂两个,旋即自刎。

由秀英、田舜英得了丈夫凶信,把文菘宝剑每人各拿一把,暗暗骑了两匹马,来到阵前,口口声声只要武五思出来答话。兵丁报进,武五思乘马出来,远远望见秀英、舜英,不觉喜道:"孤家正在鳏居寂寞,那知天送两个绝色女子与我!"一面思想,已到阵前。正要细细盘问,秀英、舜英早已右手执着宝剑,左手抖着丝缰,望前奔来。武五思看见二人执剑放马,全不在部位上,纯是一团温柔袅娜样子。看了又是好笑,又是可怜;意欲把两个活捉过来,又万万不能。只得狠一狠道:"如今只好留个绝色,把那姿色略次的结果了罢。"即举大斧,向着舜英迎头砍去。舜英马望旁边一撺,一斧砍空;随又一斧,才把舜英砍下马来。秀英一见,那敢怠慢,双手举剑,用尽平生之力,趁势一剑刺去,恰中肋上。武五思喊了一声,坐不住雕鞍,跌倒在地。秀英慌忙也跳下马去,一连又是两剑,早已结果。众兵见秀英如猛虎一般,谁敢上前;一齐放箭。秀英跨上马去,身上业已中箭,仍催马上前,又伤了几人,登时死于乱箭之下。及至文芸得信,带兵前来接应,秀英、舜英已经被害,幸喜把尸首抢回。来到营盘,谁知文菘因在阵内未受大伤,竟自苏醒过来,文芸喜出望外。把众人殡殓,寄在庙内。

次日,宋素同卞璧也困在阵内。这里四处派人捉拿武氏兵丁,偏偏一个也捉不着。众公子正在发愁,恰好燕紫琼从小蓬莱回来。

未知如何,下回分解。

第九十九回

迷本性将军游幻境　　发慈心仙子下凡尘


话说燕紫琼来到营中道:"我因丈夫被困,即至小蓬莱,一步一拜,叩求神仙垂救。适蒙仙人赐了灵符一道,灵药一包。此符乃请柳下惠临坛,临期焚了,自有妙用。"文芸道:"这药有何用处?"紫琼道:"据说此药是用狠兽之心配成。凡去破阵之人,必须腹内先吃了狠心药,外面再以'柳下惠'三字放在胸前。到了阵内,随他百般蛊惑,断不为其所害,再有灵符之力,其阵自然瓦解。"把符药交代,回女营去了。

到了二更,文芸派了兵将,焚了灵符,把阵破了,攻进城去。里面虽有张易之差来几员将官,那里禁得众公子一齐并力,早已抱头鼠窜而去。宋素、卞璧向日都不在色欲上留意,所以都好好回来。武五思家中一无所有,惟供着许多女像,当即一一焚毁。文芸也领大兵进城。宋素安抚百姓。歇宿一宵。次日派了蔡崇、褚潮帅领二千兵在此镇守,大队人马又朝前进。

这日来到才贝关。武六思早已把阵摆了,来到疆场喝道:"谁敢破我此阵!"章荛纵马出来,同武六思略斗两合,即冲进阵去。到了里面,只见四处青气冲霄,铜香透脑。章荛不觉叹道:"世上腐儒只知妄说铜臭,那晓其香之妙,可惜未被这些臭夫闻此妙味。"远远望去,各处银桥玉路,朱户金门,光华灿烂,颇有富贵景象。慢慢提着丝缰,来到一座冲天牌楼,上面写着"家兄"两个金字。穿过牌楼,人来人往,莫不喜笑颜开,手内持钱。钱有大小,其字亦多不同:有写"天下太平"的,有写"长命富贵"的,……只见有个晋代衣冠之人,生得面黄肌瘦,肚腹鼓胀,倒像患了积痞一般,坐在那里,四面许多钱把他团团围住,他却满面欢容,一个一个拿着赏玩[1]。

正朝前进,忽见一个火钱阻住去路。那钱竖在那里,金光闪闪,其大无对。下面密密层层,有亿万人来来往往,都想争夺此物。细细看去,士农工商,三教九流,无一不有。也有绯袍象简[2]在那里伸手的,也有胥吏隶役在那里勒索的,也有捏造词讼在那里讹诈的,也有设备赌具在那里引诱的,也有怒目横眉在那里恐吓的,也有花言巧语在那里欺哄的,也有暗设牢笼在那里图谋的,也有描

---

[1] 这里是指和峤。故事传说:晋和峤有爱钱的瘾,做官时千方百计地弄钱。
[2] 绯袍象简——指官吏。绯袍,红袍;象简,象牙做的笏;都是从前官吏服用的东西。

写假字在那里撞骗的,也有钻穴逾垣在那里偷窃的,也有杀人放火在那里抢劫的:种种恶态,不一而足。大钱之下悬着无数长梯;梯旁尸骸遍地,白骨如山,都因妄求此物,死于非命。章荭看了,暗暗点头,嗟叹不已。远远见那钱孔之内,铜馨四射,金碧辉煌,宛如天堂一般。把马拴在一旁,沿梯而上,走到钱眼跟前,轻轻钻进,四处一望,里面尽是琼台玉洞,金殿瑶池;地下碧玉为路,两旁翡翠为墙:气象之富,景致之精,迥非人世所有。游玩多时,越看越爱。忖道:"如此洞天福地,倘得几间幽室,在此暂住几时,也不枉人生一世。"

　　正在痴想,迎面忽现一所高堂大厦。走进看时,前后尽是琼楼瑶室,画栋朱栏,各种动用器皿,件件俱全。看罢虽然欢喜,复又摇头道:"这样精室,若无锦衣美食,两手空空,也是空自好看。"再到各房张望,谁知那些锦绣绫罗,山珍海错,金银珠宝,但凡吃的、穿的、用的,无一不备。不觉恨道:"早知如此,为何不将仆婢带来!"只见有个老苍头手拿名单,带着许多长随[1]、小厮上来磕头;又有一个老嬷,带着几个丫鬟也来叩见。章荭道:"那个苍头名叫甚么? 你们共来几人?"苍头道:"小人姓王,因我年老,人都称我王老[2]。连老奴

--------

〔1〕 长随——明代小太监做大太监的随从,叫做长随。后来作为一般奴仆的通称。
〔2〕 王老——钱的代词。唐до元宝很有钱。当时的钱上面有"元宝"二字,一般人因而就把钱叫做"王老"。出《南部新书》。

共有十六人来此伺候。现有众家人执事名单[1],请恩主过目。"

章荭接过,只见上面写着:"管总帐家人二名:四柱、二柱。"看罢点头道:"管理总帐全要旧管、新收、开除、实在,算的明白。今派四柱,倒也凑巧;为何又把二柱派在内呢?"二柱道:"只因小人算盘不精,往往算错,只能管得两柱,故此王老把小人派了帮着四柱做个副手。"章荭道:"他也是个人,你也是个人,为何你只管得一半?以后必须好好学算盘,倘把算盘学精,就是替人管管钱谷徵比也是好的。"二柱连道两个"是",闪在一旁。

----

[1] 这里名单里的人名,是古来钱名或和钱有关的名词;支配职务,都有双关意义的:四柱、二柱,南北朝梁时铸的钱;旧式账上开列有四种项目,也叫做"四柱"。对文,南北朝梁初时铸的钱;原名"五铢",一般人为了牟利,把五铢的边剪掉,只馀芯子,所以叫"对文"。五分,汉时铸的钱。四文,晋元帝过江时,用三国吴时的当千旧钱,轻重搀杂着用,中等的叫"四文",大的叫"比轮"。榆荚,汉时铸的钱。宝货,周景王时铸的大钱,上面有"宝货"二字;王莽时作金银龟贝钱布之类的钱,也叫"宝货"。丰货,后赵时铸的钱,直径一寸,重量四铢。藕心,汉时铸的钱,四方形,上面有孔,像破藕一样。鲸文,汉时一种铸有两条鱼形的钱,也叫做轻影钱。半两,秦时铸的钱,重半两;后来汉时铸一种八铢钱,一种四铢钱,也都叫做"半两"。赤仄,汉武帝时铸的钱,一个当五个。厌胜,汉时铸的钱,长方形,上有龙马花纹,同古来刀布差不多。契刀、错刀,王莽时铸的两种钱,契刀身形如刀,长二寸,另外有一环,上面有"契刀五百"四个字;错刀上面有"一刀值五千"的文字。货泉,王莽时铸的钱。沈郎,晋吴兴沈克铸的一种小钱。鹅眼,魏时铸的小钱。荇叶、莱子,南北朝宋时铸的小钱。白选,汉武帝时铸的钱,以银锡白金铸成,值三千。紫绀,错刀和赤仄钱的别名。货布,王莽时铸的钱。鸡目,后魏、西魏铸的钱。綖环,南北朝宋时一种最轻的钱,放在水里不沉,随手就破碎了,几十万钱还不满一把。传形,三国蜀刘备铸的一种值百传形五铢钱,钱上"五"字在左,"铢"字在右。水浮、风飘,魏时铸的小钱。裁皮、糊纸,隋时铸的小钱。二铢,南北朝宋时铸的钱。三铢、四铢、五铢,汉魏六朝时铸的钱。

章荎又朝下看:"管厨家人一名:对文。"把头点点道:"厨子最爱开谎帐,全要替他核对明白,今派对文管理,倒也罢了。但你不可因他开谎帐,就便也加上些,我主人就架不住了。"对文道:"小人不敢。但只每日茶酒洗澡几个零碎钱,还求主人见谅。"章荎道:"只是不要过于离奇,这都使得。天下那有分文不苟的,况且你又不图廉洁牌坊。"对文道:"这是恩主明见。"

章荎又朝下看:"管银家人一名:五分。管钱家人一名:四文。"章荎道:"管银钱家人却派五分、四文,这是何意?"五分道:"小人向日做人最老实,凡有银子出入,每两只落五分,从不多取,所以王老特派小人管这执事。"四文道:"小人向日也最老实,每钱一千只扣四个底儿;不像那些下作人,每钱一千,不但偷偷摸摸,倒串短数,还搀许多小钱,小人断不肯的。"章荎点头道:"每两五分,每千四文,也还不多,都算要好的;就只你们名字被外人听了未免不雅,必须另改才好。"王老道:"不消改得,他们都有乳名,就叫乳名也好。"五分道:"小人乳名榆荚。"四文道:"小人乳名比轮。"章荎道:"将来再派比轮替我照应照应车辆。怪不得五分生得又瘦又小,原来乳名却叫榆荚;外面刮动风须要留神,设或被风吹去,我的银帐少不得又要另换新手,那时再想你'五分',只怕不止了。"

又把单子看去:"管金珠家人一名:宝货。管绸缎家人一名:丰货。管果品点心家人一名:藕心。管鱼虾海菜家人一名:鲸文。管酒家人一名:半两。管厕家人一名:赤仄。管门家人一名:厌胜。厨子二名:契刀、错刀。水夫一名:货泉。"章荎道:"那宝货、丰货以及藕心几人派的执事都还相称;但管酒家人为何却派半两?"王老道:"老奴因他素日替主人管酒,不敢过于弄诡,每日只偷得半两,不过略略杀杀馋虫,所以小人派他管这执事。"章荭道:"每日只偷半两,并不为多,此人派他管酒,也还不差;但派定之后,莫要认真放出量来,那可使不得。"半两道:"恩主只管放心,小人量窄,即或放量,也不过几杯儿。"章荭道:"莫讲每日只得半两,就是再添几两,这个东道我老爷也做得起;就只怕的久而久之,把两丢了上了斤,或者才开一坛你倒先去了半坛,我可供应不上了。——这都慢慢再定章程。我还要问苍头:你把茅厕派了赤仄,这是何意?"王老道:"老奴因他名内仄字,原是厕的本字,难得这样巧合;又因他姓赤,惟恐厕内倘有赤痢血痔之类,也好教他触目惊心,时常打扫:因此把他派了。"章荭点头道:"这个也还人地相宜。为何你把管门家人却派厌胜呢?"王老道:"老奴派他,却有深意:因他素日替人管门,最厌客人来拜;他这脾气,恰恰与姓相合。并且胜字也可读做平声,所谓'厌胜'者,就如厌之不胜其厌之意,因其如此之厌,所以凡有客来,总是一概回他不在家;且又能言善辩,凭着三寸不烂之舌,能令客人不得进门。门上有了这样能事家人,恩主于五伦之中,虽于'朋友'这伦有些欠缺,毕竟少了许多应酬之烦。人生在世,只要自己畅心适意,那里管他五伦、四伦,就缺几伦也还是个人,难道人家就不把你当么?"章荭道:"你这蠢材,莫非疯了!怎么同我'你'呀'我'的混闹起来!"王老道:"老奴只顾乱说,那知说的倒忘形了。"章荭道:"厌胜善于回客,可有甚么凭据么?"王老道:"虽无凭据,却有一个笑话:当日他替人管门,一日,适值主人的表叔走来,正要进内。厌胜未曾留神,只当客人来拜,连忙上前拦住道:'我家主人不在家,请老爷改日再来罢。'这位表叔太爷听了,上前狠狠踢了一脚道:'你这囚徒,也不仔细看看!我是你主人的表叔,怎么也回我不在家!'"

一面说笑,又将小厮名单呈上;上面写着四人名姓,是沈郎、鹅眼、荇叶、菜子。章荭把四人望了一望,只见个个腰如弱柳,体态轻盈,真是风儿略大就可吹得倒的,却是绝美的俊仆。

那老嬷也把仆妇丫鬟带来侍立一旁。章荭道:"你姓甚么?他们都叫甚么名字?"老嬷道:"老婢姓子,那些姐儿哥儿因我年老,都叫我子母[1];叫来叫去,无人不知,倒像变成名字了。这个名字内中有个母字,虽不吃亏,但仔细想来,到底过板。今日老爷何不替我起个风骚名字呢?倘能又娇又嫩,不像这么老腔老班,那就好了。"章荭忖道:"这个老狐狸头上并无一根黑发,还闹这些花样,倒是一个'老来俏'。我且骗他一骗。"因说道:"你要改名字,惟有'青蚨'二字可以用得:虽系虫名,乃人人所爱之物,你若改了,将来必是人人喜爱。况这'青'字就有无穷好处,诸如'青春'、'青年'之类,都是返老还少之意。并且内中还有'青丝':你目下发虽如霜,叫来叫去,安知不变满头青丝呢?"子母道:"多谢老爷厚意。如今改了青蚨,日后设或有点好处,我一定绣个眼镜套儿送你老人家。"

---

[1] 子母——神话传说:南方有一种虫,名叫青鸟,也叫青蚨。用这种虫的血涂在钱上,当使用的时候,留子钱在家,母钱就会飞回来;留母钱在家,子钱就会飞回来。

章荭道:"再过几十年,我眼睛花了,少不得要托你做的。这六个仆妇都叫甚么名字?管甚么执事?"子母道:"一个是替奶奶管香粉的,名叫白选;一个是替奶奶管胭脂的,名叫紫绀;这个专管奶奶裹脚布,名叫货布;那个专管奶奶挑鸡眼,名叫鸡目。还有两个:一名綖环,专管奶奶钗环;一名传形,专替奶奶画小照。"章荭道:"奶奶缠足要用多少布,却要派人专管?倒是这个画小照的却不可少;并且连挑鸡眼也都派人,难为你想的到,将来告诉奶奶,一定要赏的。但那綖环为何生的那样瘦小?莫非有病么?"子母道:"綖环虽瘦,还算好的;刚才还有几个仆妇,诸如水浮、风飘、裁皮、糊纸之类,都生的过于瘦弱,老婢惟恐不能做事,都回他们去了。"

章荭道:"那八个丫鬟都叫甚么名字?"子母手指四个年纪大的道:"那穿白的名叫二铢,专管奶奶银帐;穿青的名叫三铢,专管奶奶钱帐;穿红的名叫四铢,专管奶奶赌帐;穿黄的名叫五铢,专管奶奶吃帐。他们都以'铢'字为名,就如'五分'、'四文'之意,每日所落不过几铢,断不敢多取的。"又指四个年纪小的道:"一名币儿,专管奶奶币帛;二名泉儿,专管奶奶茶水;三名布儿,专管奶奶洗脚布;四名刀儿,〔1〕专管奶奶修脚刀。"章荭道:"奶奶洗脚布、修脚刀也都派人,你这办事可得上等考语,叫做'明白谙练,办事精详'。"

众人领了执事退出。丫鬟烹茶,安设床帐。章荭手执茶杯,复又忖道:"今日却教那个丫鬟暂伴一宿呢?"正在凝思,忽有四个绝色美

---

〔1〕 币儿、泉儿、布儿、刀儿——币、泉、布、刀,都是古代钱的通称。

---

人前来陪伴。问其姓名,一名孔方、一名周郭[1]、一名肉好[2]、一名元宝。四人陪着用过宴,到晚就寝。次日起来,有这些美人陪伴,天天珠围翠绕,美食锦衣,享尽人间之福。过了几时,四个美人都已有孕,忙向三官跟前焚香叩祷,各佩"男钱"一枚,以为得子佳兆。那知四美竟生五男。章荏因儿子过多,要想生个女儿,于是又找几个"女钱",给他们佩着,果然又生二女[3]。这五男二女[4]年纪略大,请了一位西席教他们念书。那位西席年纪虽老,却甚好学,每逢出入,总有文字随身,就只为人过于古板,人都称他"老官板[5]"。又过几年,陆陆续续把儿女都已婚配。真是日月如梭,刚把儿女大事办毕,转眼间孙儿孙女俱已长成,少不得也要操心陆续办这嫁娶。不知不觉,曾孙绕膝,年已八旬。

这日,拿镜子照了一照,只见面色苍老,鬓已如霜。猛然想起当年登梯钻钱之事,瞬息六十年如在目前。当日来时是何等样精力强壮,那知如今老迈龙钟,如同一场春梦。早知百岁光阴不过如此,向

---

[1] 周郭——钱外面一转的边叫做周郭。
[2] 肉好——钱外面的边为肉,内面的边为好。肉指钱体,好指钱孔。
[3] 迷信的说法:有一种"布泉"钱,孕妇挂在身上,可以生男;有一种"五铢"钱,孕妇挂在身上,可以生女。这两种钱也叫"男钱"、"女钱",都是南北朝梁时铸的。
[4] 五男二女——古钱名,背面有"五男二女"字样,铸的时代不明。
[5] 老官板——明时把坏钱叫做"板儿",后来就称好钱为"老官板儿"。从前官家铸的钱,每板六十四个,板板都是一样的,因而一般就用"板板六十四"来形容拘泥不活动的人。这里就借"官板"以形容古板。

来所做的事颇有许多大可看破。今说也无用,且寻旧路看看当年登梯之处。即至钱眼跟前,把头钻出,朝外一探;不意那个钱眼渐渐收束起来,把颈项套住,竟自进退不能。……

文营众将见章荭进阵,到晚无信。次日,宋素、燕勇又要进阵。文芸道:"宋家哥哥现在大营执掌兵权,岂可屡入重地?况前在酉水阵业已受困多日,营中人心颇为惶惶,何必又要前去?"宋素道:"众弟兄在此舍死忘生,不辞劳苦,原是为着我家之事。今我反在营中养尊处优,置身局外,不独难以对人,心中又何能安!况'死生有命',兄长断断不要阻我。"即同燕勇进阵,也是一去不返。

次日,燕紫琼、宰玉蟾闻得丈夫又困在阵内,吓的惊慌失色,坐立不宁。二人商议,惟有且到阵中看看光景,冀为解救;如无指望,就同丈夫完名全节,死在阵内,倒也罢了。当即命人通知大营,各跨征驹,闯进阵去。武六思忽见两个妇女进阵,惟恐逃遁,忙又作法焚符,密密布了几层天罗地网。文芸只当紫琼必定回来,那知也是毫无影响。因向众人道:"此时连宋家嫂嫂也不回来,其中邪术自必更甚。据小弟愚见:我们只管同他对敌,切莫轻入阵内;俟宋家嫂嫂回来,再作计较。"

颜崖听了,正因连日未耍大斧,心中气闷,当即请令带领精兵一千前去挑战。恰好张易之、张昌宗因折了三关,甚觉害怕,又差李孝逸统领大兵前来接应,早被颜崖把他偏将伤了两个。次日,魏武也去讨战,一阵银枪,也伤他一员大将。李孝逸因连伤三将,十分气恼,即亲自出马。文营众公子也到阵前。余承志、洛承志一见,想起当年父亲被害之事,恨不能生食其肉,各催坐下马,枪鞭并举,与李孝逸战在一处。斗了多时,李孝逸被余承志一枪刺在腿上,大败而逃。众公子带领人马一拥齐上,把各兵杀的五零四散,各自逃生,及至再去讨战,并无人应,只好暂且回营。恰好把李孝逸兵丁捉了几个,身上搜检,一无所有;细细拷问,都说到关之日,武六思给了一碗符水喝在腹内。一连几个,隔别讯问,都是如此。

次日,又去挑战。武六思只在阵前立着,叫人去破阵,并不出马。及至众人赶到跟前,他即跑进阵去;等你刚要收兵,他又百般叫骂。文芸气的暴跳如雷,正要催马进阵,只见余承志、洛承志、唐小峰、章蓉、章芛、史述、颜崖、尹玉一齐拦住道:"连日章荏、宋素二位哥哥俱困阵内,此时营中惟仗哥哥调遣,今再进阵,设被围困,岂不令诸将无主么?我们八人情愿领精兵八百进阵,看看虚实,再来缴令。"文芸只得应允回营。八位公子带着八百精兵,冲进阵去,里面登时也变出八百八个幻境,都是各走一路,彼此不能见面。那有主意的,把钱不放在心上,任他扇惑,总不动心,还不至有害;最怕是见钱眼红,起了贪心,自然生出无穷事端,性命也就莫保了。文芸见他八人一去不归,更觉发慌,次日又去讨战。武六思立在阵前,任你辱骂,总不出马。文芸看看手下虽有强兵猛将,无奈这阵围在关前,不能攻打城池,徒自发急。

那女营之内司徒斌儿、宋良箴、洛红蕖、郦芳春、郦锦春、宰银蟾、秦小春、廉锦枫八位才女,闻得丈夫困在阵内,吓的泪落不止;一连数次遣人到大营打听，总无影响。看看又是一日。这八个才女走出走进，叹气唉声，不知怎样才好。那跟前有子的，还有三分壮胆；那无子身上有孕的，也有一分指望；就只那跟前一无所有的，到此地位，毫无想头，只等凶信一到，相从于地下，这就是他收缘结果。一时想起碑记中薄命之话，再看看书香、秀英诸人前车之鉴，不由不毛骨悚然，肝肠寸断。洛红蕖惟有焚香求闺臣来救小峰之命。众人见他如此，也都沐浴焚香，叩求过往神灵垂救。八人一连跪求三日，水米不曾沾牙，眼泪也不知流了多少。真是至诚可以感格，那青女儿、玉女儿早已约了红孩儿、金童儿各驾风火轮来到女营。文芸闻知，即亲自迎到大营。

未知如何，下回分解。

## 第一百回

### 建奇勋节度还朝　传大宝中宗复位

话说文芸同众公子把红孩儿……四仙邀进大营,问了备细。复又施礼道:"蒙四位大仙法驾光降,现在武六思抗拒义兵,肆其邪术,困我多人,以致我主久禁东宫,不能下慰臣民之望,惟求早赐手援!"红孩儿道:"我们当日原与群芳有约,今因苦苦相招,不能不破杀戒,亦是天命,莫可如何。事不宜迟,将军就于今夜三更,带领人马前去破阵,我们自当助你一臂之力。"文芸再三称谢道:"请教大仙:他这阵内是何邪术?"金童儿道:"此阵名唤'青钱阵'。钱为世人养命之源,乃人人所爱之物;故凡进此阵内,为其蛊惑,若稍操持不定,利欲熏心,无不心荡神迷,因而失据。"

文芸道:"请示大仙:晚间须由几路进兵?"红孩儿道:"只消三枝人马。到了夜间,将军命人预备香案,我等将王衍、崔钧[1]二公灵魂请来,借其廉威,庶免'阿堵'、'铜臭'之患。少时百果仙姑就到。临期金童大仙同了百果仙姑即先进阵,以核桃先救被困各兵。那时

---

[1] 王衍、崔钧——历史记载上称为不爱钱财的两个人。王衍,见第三十八回文。崔钧,汉代人。他父亲崔烈用钱五百万买官做,问他外间批评怎么样,他答道:大家都说这个官有点铜臭气味。

将军领一枝人马随同小仙破他阵之正面；再发两枝人马，一随青女仙姑破他左面，一随玉女仙姑破他右面。好在武氏弟兄除摆'自诛阵'之外，一无所能，此阵一破，其关不消费力，唾手可得了。"文芸道："请教核桃有何用处？"青女儿道："今夜凡去破阵之人，临期每人必须或食核桃或荸脐十数枚，方能避得那股铜毒。"文芸道："何以此二物就能解得铜毒？"玉女儿道："凡小儿误吞铜器，即多吃核桃，其铜即化为水；如无核桃，或荸脐也可。将军如不信，即取铜钱同核桃或荸脐慢慢嚼之，其钱立时粉碎。"文芸随即命人多备核桃、荸脐，以为破阵之用，——谁知城外并无此物。

忽报有位仙姑手提花篮来至大营，原来是百果仙子到了。文芸慌忙迎接进内。青女儿道："仙姑为何来迟？"百果仙子指着花篮道："我恐此物不够将军之用，又去找了几个，因此略为耽搁。"将花篮付给文芸道："将军可将篮内核桃，凡进阵之兵，每人分给数枚；分散完毕，仍将此篮交还小仙，另有妙用。"文芸接过一看，只得浅浅半篮，不觉暗笑。玉女儿道："将军今晚要带多少兵丁进阵？"文芸道："共分三处，必须三千人马。"玉女儿笑道："莫讲三千，就是再添几倍，他这核桃也够用的。"

文芸即托魏武、薛选挑选精兵三千，每人十枚，按名分散。薛选把花篮接了，走出营外，同魏武商议道："刚才那位玉女仙姑说：'再加几倍这核桃也够用的。'既如此，每人何不给他二十个，看他可够。况且多吃几个，走进阵去，更觉放心。"于是按着营头分散。及至把三千兵丁散完，再看篮内，仍是浅浅半篮。魏武道："据我愚见：这样不花钱的核桃,我们索性把那不进阵的众兵也犒劳犒劳罢。"薛选道:"设或用完,怎么回去交令?"魏武道:"倘或不够,我们给他剩几个也好交令了。"二人随又按营分派,每名也是二十个。那些兵丁一个个也有抬筐的,也有担箩的,乱乱纷纷,费了许多工夫,才把二十万兵丁散完;再把篮内一看,不过面上去了薄薄一层。薛选只管望着篮内发呆。魏武道:"你思忖甚么?"薛选道:"我想这位仙姑若把这篮核桃送我,我去开个核桃店,岂不比别的生意么?"魏武笑道:"你若开了核桃店,我还弄些大扁杏仁来托销哩。"说着,一同来到大营交令。百果仙子把花篮看了,向文芸笑道:"今日营中有了小仙核桃,将军可省众兵一餐之费。"文芸道:"这却为何?"百果仙子道:"二十万兵丁每人都有二十个核桃,还算不得一顿饭么。"魏武、薛选一面笑着,把分散众兵之话说了,文芸这才明白。众公子听了,莫不吐舌称奇,赞叹不已。

少时,摆了素斋,大家略为吃些。到了三更,营中设了香案,文芸虔诚礼拜;红孩儿焚了两道符;百果仙子提着花篮,同金童儿先进阵中去了。魏武、章芝领了一千人马随在青女儿之后,薛选、章衡领了一千人马随在玉女儿之后,文芸带着一千人马跟着红孩儿:三路人马,一齐冲进阵去。霎时邪气四散,纸人纸马,纷纷坠地。魏武、薛选早已攻进关去,四处号炮冲天。文芸方才进城,后面接应人马也都到了。武六思早已逃窜。他向无妻室,所有仆人也都四散。家内供着和峤牌位,早被众公子击碎。再查所困阵内之人,章荭、燕勇、宰玉蟾、燕紫琼在阵多日,均已无救;馀皆无恙。至宋素虽亦在阵多日,因他素于钱上甚为冷淡,所以未曾被害。即将众人殡殓。大队人马进关,众百姓都是焚香迎接,欢声载道。文芸把武六思家内查过,正要前去拜谢众仙,忽有军校飞报:"那五位大仙未曾进关,忽然不见,连宋素、文菘二位公子也不知何处去了。"文芸火速命人四处追寻,并无踪影。

这日略为安歇。次日,又报四处勤王之兵刻日可到。文芸又写了书信,暗暗通知张柬之等,于某日都在东宫会齐。

文芸查点人马,并未损伤一兵。男营之中被害的是章荭、章芹、文蒳、文萁、文苏、林烈、阳衍、燕勇、谭太、叶洋;女营之中被害的是由秀英、田舜英、宰玉蟾、燕紫琼;自尽的是邵红英、戴琼英、林书香、阳墨香、谭蕙芳、叶琼芳。文芸想想当日起兵时原是好好弟兄五个,今二、三、五弟都没于王事,已觉伤痛;及至大功垂成,四弟又复不见,只剩独自一人,手足连心,真是恸不欲生。又恐章氏夫人悲伤成疾,只得勉强承欢。每听半夜哀鸿,五更残角,军中警枕,泪痕何尝得干!

正要统领大兵前进,张易之闻知各关攻破消息,因太后抱病在宫,即假传敕旨,差了四员上将,带领十万大兵前来迎敌,被众公子带着精兵杀的四散逃生。诸军齐集长安城下。张柬之、桓彦范、李多祚、袁恕己、薛思行、崔元晖、李湛、敬晖得了此信,立即帅领羽林兵,同文芸、余承志、洛承志等把中宗迎至朝堂,斩张易之、张昌宗于庑下;进至太后所寝长生殿。太后病中惊起,问谁作乱。李多祚道:"易之、昌宗谋反,臣等奉太子令,已除二患,惟恐漏泄,故未奏闻。

但臣等称兵宫禁,罪当万死!"太后见光景不好,只得说道:"叛臣既除,可命太子仍回东宫。"桓彦范道:"昔日天皇以爱子托陛下,今年齿已长,愿陛下传位太子,以顺天人之望。"当即收张昌期等立斩于市。次日,太后归政。中宗复位,上太后尊号为则天大圣皇帝,大赦天下,诸臣序功进爵。中宗因此事虽赖张柬之等剪除内患,但外面全是文芸一干众将血战之功,故将起兵三十四人尽封公爵,妻封一品夫人,追赠三代,赐第京师。其有被害以及尽节者,男入贤良祠,女入节孝祠;所有应得公爵,令其子孙承袭。并又派官换回镇守四关各将。众公子谢恩退朝,暂归私邸。地方官带领夫役起造府第。卞滨见了卞璧,喜出望外。各家欢庆,自不必说。

过了几时,太后病愈,又下一道懿旨,通行天下:来岁仍开女试,并命前科众才女重赴红文宴,预宴者另锡殊恩。此旨一下,早又轰动多少才女,这且按下慢慢交代。

却说那个白猿本是百花仙子洞中多年得道的仙猿。他因百花仙子谪入红尘,也跟着来到凡间,原想等候尘缘期满,一同回山。那知百花仙子忽然命他把那泣红亭的碑记付给文人墨士去做稗官野史;他捧了这碑记日日寻访,何能凑巧?转眼唐朝三百年过去,到了五代晋朝,那时有一位姓刘的[1]可以承当此事,仙猿把碑记交付他,并将来意说了。他道:"你这猴子好不晓事,也不看看外面光景!此时

---

[1] 有一位姓刘的——指后晋刘昫。刘昫作《旧唐书》。

四处兵荒马乱,朝秦暮楚,我勉强做了一部《旧唐书》,那里还有闲情逸志弄这笔墨!"仙猿只得唯唯而退。及至到了宋朝,访着一位复姓欧阳的,还有一位姓宋的[1],都是当时才子,也把碑记送给他们看了。二人道:"我们被这一部《新唐书》闹了十七年,累的心血殆尽,手腕发酸,那里还有精神弄这野史!"

这仙猿访来访去,一直访到圣朝太平之世,有个老子的后裔[2],略略有点文名;那仙猿因访的不耐烦了,没奈何,将碑记付给此人,径自回山。此人见上面事迹纷纭,补叙不易。恰喜欣逢圣世,喜戴尧天,官无催科之扰,家无徭役之劳,玉烛长调,金瓯永奠;读了些四库奇书,享了些半生清福。心有余闲,涉笔成趣,每于长夏余冬,灯前月夕,以文为戏,年复一年,编出这《镜花缘》一百回,而仅得其事之半。其友方抱幽忧之疾,读之而解颐、而喷饭,宿疾顿愈。因说道:"子之性既懒而笔又迟,欲脱全稿,不卜何时;何不以此一百回先付梨枣,再撰续编,使四海知音以先睹其半为快耶?"

嗟乎!小说家言,何关轻重!消磨了三十多年层层心血,算不得大千世界[3]小小文章。自家做来做去,原觉得口吻生花;他人看了又看,也必定拈花微笑:是亦缘也。正是:

---

[1] 一位复姓欧阳的,还有一位姓宋的——指宋欧阳修和宋祁。欧阳修和宋祁作《新唐书》。
[2] 有个老子的后裔——本书作者李汝珍的自指。
[3] 大千世界——佛家说法:人类所住的世界一千个,合称为小千世界;小千世界一千个,合称为中千世界;中千世界一千个,合称为大千世界;总称三千世界。上面还有华严世界等。意思是世界无量无边,不可思议的。

镜光能照真才子,花样全翻旧稗官。
若要晓得这镜中全影,且待后缘。